Trilogia Conan il
Barbaro Terzo Libro

La Presenza
Erika Sanders

Trilogia Conan il Barbaro
Terzo Libro:
La Presenza

Erika Sanders

Serie
Trilogia Conan il Barbaro 3

Sinossi

Incontra le donne nella vita di Conan come non ti è mai stato detto prima ...

Dopo nuove avventure e nuovi trionfi, Conan e il suo gruppo tornano nella città dove ora è la loro casa, Tarantia.

Il ritorno farà perdere loro le avventure? o sarà migliore del previsto?

Terzo libro della trilogia.

Volumi inclusi:

33 – Zora

34 – Eloise

35 – Iris

36 – Yasimina

37 – Erice

38 – Antistia

39 – Freya y Amora

40 – Cassandra

41 – Belit

42 – Cyphia

43 – Yasimina y Valeria

44 – Valeria, Zula y Yasimina

45 – Diana

46 – Yasimina

47 – Zula

48 – Valeria

Epilogo

(Tutti i personaggi hanno 18 anni o più)

Nota sull'autrice:

Erika Sanders è una nota scrittrice internazionale, tradotta in più di venti lingue, che firma i suoi scritti più erotici, lontani dalla sua prosa abituale, con il suo nome da nubile.

Indice:

CONAN IL BARBARO
TERZO LIBRO
ERIKA SANDERS

CAPITOLO XXXIII
ZORA

Zora guardò l'acqua davanti a loro, riempiendo il tunnel mentre scendeva in profondità.

Che Cassandra volesse che lei nuotasse, era semplicemente ridicolo.

Inoltre, si era già pentita di aver accettato di aiutare il semidemone.

Ma il problema era che lei era troppo presa da questo per fare marcia indietro.

L'unica via di fuga da quel passaggio di cui era a conoscenza era attraverso un'orrenda barriera di vegetazione carnivora che non aveva idea di come neutralizzare.

Se avesse cercato di andarsene, probabilmente sarebbe morto nel tentativo.

Ma anche andare avanti non sembrava la cosa più sicura.

Doveva cercare di fare appello a qualunque senso di conservazione che Cassandra potesse ancora avere.

"Non sappiamo fino a che punto arriva l'acqua", ha detto, "potremmo annegare".

"Non sarà così lontano. E siamo in buona forma fisica; possiamo nuotare."

La donna mezzo demone sembrava abbastanza positiva.

Zora quasi le chiese come potesse esserne così sicura, ma respinse la domanda.

Naturalmente era la Presenza; quella strana entità infernale che gli parlava nella sua testa, o qualunque cosa facesse.

"Beh, ma non dimenticare, c'è una specie di entità celeste dall'altra parte", ha detto, "la creatura che abbiamo combattuto prima era una cosa, ma come possiamo sperare di combattere un essere celeste? Non ne so molto su di loro, ma so che sono incredibilmente potenti. Scommetto che anche gli avventurieri incalliti ci penserebbero due volte prima di affrontare uno di loro, e gli permetteremo di saltarci addosso mentre cerchiamo di uscire dall'acqua. suicidio! "

Cassandra la fissò e, per un momento, il suo viso si trasformò, le sue corna crebbero, i suoi occhi diventarono rosso sangue, le sue labbra dischiuse rivelarono denti aguzzi e appuntiti.

"Continuiamo", ha detto con una voce gutturale e più profonda di quanto fosse una volta.

Poi, solo un secondo dopo, è tornato alla normalità.

Zora indietreggiò.

Non gli piaceva quello che era diventato il semidemone.

Come la sua eredità demoniaca fosse molto più forte ora di prima, e come a volte si mostrasse molto visibilmente, quindi sicuramente doveva anche offuscare i suoi pensieri.

Aveva accettato di aiutarla a causa della promessa di ricchezza e potere, ma come faceva a sapere che poteva fidarsi di questa donna per mantenere quella promessa?

Era stato un errore accettarlo.

Ma, se in tutta onestà, era troppo spaventata per cambiare idea ora, anche se quella era stata un'opzione.

Sapeva nel profondo, con un senso di desolazione, che avrebbe dovuto seguire Cassandra nell'acqua e nel paradiso.

Sperava solo di non morire durante il processo.

Non disse altro, si limitò a guardare il terreno e poi, ancora una volta, l'acqua, le spalle che si abbassarono per la rassegnazione.

Cassandra non disse nient'altro e iniziò a togliersi gli stivali.

Quindi il diluvio è durato abbastanza a lungo che non volevano essere carichi di vestiti pesanti, pensò Zora, mentre il semidemone continuava a spogliarsi.

Eccellente.

Almeno l'acqua sarebbe stata calda.

Drog evidentemente intuì la sua sottomissione e iniziò a togliersi la camicia, rivelando un ampio petto grigio-verde increspato dai muscoli.

Ma dubitava che la sua capacità di combattere all'aperto avrebbe aiutato molto contro ciò che stavano per affrontare.

Con riluttanza, Zora iniziò a unirsi a loro spogliandosi.

Si è scoperto che Cassandra indossava biancheria intima da uomo che non mostrava nulla della sua figura, anche se francamente, viste le circostanze, Zora dubitava che, in ogni caso, se avesse visto la carne che l'avrebbe distratta di più.

Inoltre, il suo interesse per le altre donne era alimentato più dal desiderio di corrompere i virtuosi per godere di qualcosa che sovverte i loro principi morali, che da qualcosa di più apertamente fisico.

E Cassandra era già troppo corrotta perché questo fosse significativo.

Il ladro si rimise la cintura, tenendo in mano la sua spada corta e una borsa contenente i dispositivi magici che aveva portato con sé.

Poi si voltò verso Zora, un sorriso falso sul volto.

"Seguimi," disse, con una voce che suonava fastidiosamente allegra.

Evidentemente si stava godendo il disagio della maga.

Cagna.

Cassandra entrò nell'acqua, camminando finché non fu abbastanza profonda da affondare la testa e scomparire.

Drog, che indossava solo un paio di pantaloncini e stringendo saldamente la sua ascia, la guardò alla luce della sua luce magica.

Non sembrava spaventato, rifletté.

Anche se sospettava che fosse possibile perché lui non aveva compreso appieno la situazione.

"Vado per primo", ha detto, e continuava a saltare in acqua.

Zora trasalì, rendendosi conto di essere sola quando la testa di Drog scomparve sotto la superficie scivolosa.

Doveva seguirlo rapidamente in modo che avesse un po 'di luce: Cassandra sembrava non averne bisogno, ma anche la visione notturna di un mezzo orco non poteva far fronte all'oscurità assoluta di un labirinto sotterraneo.

Tutto quello che si era tolta erano la vestaglia e le scarpe, sentendosi come se non volesse davvero essere mezza nuda quaggiù.

Indossare un vestito sarebbe stato scomodo, ed era esattamente per questo che non lo indossava oggi, solo pantaloni neri attillati e una maglietta abbinata su una camicia di lino bianca.

Dovrebbe essere abbastanza leggero da non appesantirlo, anche se le assicurazioni di Cassandra sulla lunghezza del passaggio sommerso erano state sopravvalutate.

O almeno così speravo.

Accidenti a quella dannata donna dall'inferno.

Infilando la sorgente luminosa della luce magica tra i lacci dei suoi pantaloni, entrò in acqua, camminando a passo svelto finché non raggiunse i suoi fianchi.

Aveva ragione sul fatto che faceva caldo, anche se aveva un odore sgradevole di minerali che lo rendeva inadatto per fare il bagno.

Seguendo gli altri, fece un respiro profondo, si chinò in avanti e abbassò la testa, lontano dalla pietra che si apriva sotto i suoi piedi e nell'oscurità al di là.

La sua luce magica aveva scarso effetto sull'acqua torbida, solo brillando e dandogli brevi scorci di pareti di pietra e un soffitto sommerso davanti.

Continuò ad avanzare con movimenti decisi, muovendosi il più velocemente possibile nell'oscurità incerta.

Il viaggio sembrava durare per sempre, per continuare molto più a lungo di quanto si aspettasse.

I suoi polmoni stavano iniziando a contrarsi, ma si rese conto di essere troppo lontano per tornare indietro.

Dannazione ... dannazione ... stronza, pensò.

E dannazione per aver accettato questo.

C'era luce davanti.

Un bagliore arancione che scende dall'alto.

Senza soffermarsi a pensare di più al motivo per cui si tuffava, sentì un dolore al petto mentre lottava per evitare di respirare.

Solo un secondo dopo, anche se sembrava molto più lungo, riemerse, senza fiato.

Seguito da una maledizione contro la donna infernale sulle sue labbra.

Qualche istante dopo, si rese conto che c'erano urla e scoppi davanti a lei.

Ovviamente c'era una rissa nelle vicinanze, ma i suoi lunghi capelli neri le attraversarono il viso e non riuscì a distinguere nulla, a parte il fatto che lì c'era luce.

Avrei dovuto legarlo a lui, pensò, rigirandolo e alzando le mani in un gesto per lanciare un incantesimo.

Qualcosa aleggiava verso di lei.

Qualcosa di umanoide e dorato, che blocca la luce.

Zora era una venditrice di oggetti magici, non una maga da combattimento, e non conosceva molti incantesimi da combattere.

Ma lei sapeva qualcosa e lanciava la cosa più letale che conosceva contro qualunque cosa le fosse di fronte.

Con un lampo di luce bianca, l'incantesimo rimbalzò innocuo sulla pelle della cosa.

Parlava, con un ordine di comando in una lingua che non aveva mai sentito.

Non riusciva nemmeno ad articolare i suoni della parola.

Non avrebbe mai potuto ripetere quelle sillabe incredibilmente ineffabili, eppure riecheggiavano nel suo cervello più e più volte.

E tutto è diventato nero.

* * *

Non era incosciente, e quella era la cosa spaventosa.

Ma non poteva muoversi, non poteva vedere, non poteva nemmeno sentire niente.

In qualche modo sentì vagamente di essere stata commossa, e il calore dell'acqua intorno a lei svanì, per essere sostituito da una sensazione più secca e fresca.

La paralisi le fece diventare insensibile il corpo e non aveva più idea di cosa stesse succedendo.

Zora lottò per controllare la sua paura, consapevole di non poter nemmeno urlare, e che era completamente in balia di qualunque cosa le facesse questo, senza dubbio, l'essere celeste.

Erano stati sconfitti, questo era chiaro.

Tutti i loro avvertimenti erano ora pienamente giustificati poiché avevano affrontato qualcosa che li aveva respinti come se non fossero altro che insetti irritanti.

E non c'era niente che potesse fare al riguardo, niente che potesse fare per proteggersi.

Tutto quello che poteva fare era aspettare e vedere cosa era successo, vedere se c'erano poche possibilità di salvarsi in qualche modo.

Ma temeva che l'essere li avrebbe semplicemente uccisi prima.

Uno di loro era contaminato dai demoni, dopotutto.

La sua audizione è stata il primo senso a tornare.

Poteva sentire qualcosa che camminava su un pavimento ruvido, e il suono del suo stesso respiro, e uno scoppiettio ... sì, un fuoco scoppiettante da qualche parte.

Tuttavia, nient'altro, e in realtà non è stato di grande aiuto.

L'oscurità cominciò a svanire.

Una macchia arancione apparve davanti ai suoi occhi e lui crebbe, concentrandosi mentre iniziava a osservare la telecamera intorno a lui.

Era sdraiata su un fianco, ancora incapace di fare altro che sbattere le palpebre, fissando una stanza sotterranea.

Il pavimento era rivestito di pietra grezza e il soffitto si estendeva fuori dal suo campo visivo, mentre le pareti assomigliavano molto a quelle dei tunnel sotterranei.

Una colonna di qualche tipo occupava il centro della stanza, proiettando un'ombra nella luce crepitante del fuoco al di là.

Non poteva muovere la testa per vedere la sua maglia.

Il fuoco doveva essere magico, altrimenti in quale altro modo la cosa avrebbe trovato carburante qui?

Inoltre, la stanza non era piena di fumo.

Nel caso ci fosse stato qualche dubbio, era ormai chiaro che l'essere era magicamente più potente di lei.

All'inizio, non poteva vedere il celeste stesso, sebbene potesse sentirlo muoversi.

Dal suo angolo, tutto ciò che era visibile erano le gambe nude di Drog, distese sulla pietra e quella che doveva essere la mano di Cassandra, che spuntava da dietro il pilastro.

Quando l'essere finalmente apparve, la sua natura era ovvia.

È vero che sapeva poco dei diversi tipi di questo essere, ma che in realtà fosse un celeste era fuori discussione.

Era, pensò, alto circa sette piedi, forse un po 'di più.

Umanoide, ad eccezione delle grandi ali piumate bianche che immaginò dovessero spuntare dalle sue spalle, sebbene potesse vedere solo le loro metà inferiori da dove si trovava.

Indossava sandali e un kilt bianco con strisce di stoffa argentata che lo decoravano.

In cima c'era una cintura con il sacro simbolo dorato del dio Sole come fibbia.

Anche la sua pelle era di un color oro brunito, quasi metallico, non come una semplice pittura per il corpo, e brillava alla luce riflessa del fuoco: la sua stessa luce magica sembrava essersi spenta.

Sembrava nudo dalla vita in su, anche se, incapace di muovere la testa, poteva vedere solo la parte inferiore del busto, le gambe e parte delle ali.

A parte il colore e la sua statura, tutto quello che vedeva era che non aveva l'ombelico, solo la pelle liscia sulla pancia e che le sue gambe erano chiaramente muscolose.

Come, senza dubbio, sarebbe il resto, se potesse vederlo.

Le sensazioni cominciarono a tornare.

La sensazione di pietra grezza sotto il tuo corpo e una sensazione di formicolio ai piedi e alle dita.

Sperimentalmente, ha flesso una mano e le dita si sono mosse.

Ma le sue gambe e le sue braccia si rifiutavano ostinatamente di seguire l'esempio.

L'essere si voltò e fece un passo verso di lei.

Adesso non poteva vedere niente sopra le ginocchia, anche se, anche nell'ombra che proiettava, era abbastanza vicino da poter vedere chiaramente la sua pelle.

Era completamente glabro, mancavano anche i pori che normalmente ricoprono la pelle umana, quasi come se la sua pelle fosse fatta di un metallo dorato flessibile.

Non lontanamente umano, quindi, a prescindere dalla sua forma generale.

"Ti svegli," disse.

La voce era profonda, risonante, disumanamente morbida, e non era nemmeno sicura di sentirla davvero, almeno non con le orecchie.

Invece, la voce sembrava essere dentro la sua testa, anche se poteva dire che proveniva dall'essere in piedi di fronte a lei.

"Va bene."

Cosa vorrei?

Almeno non c'era alcuna possibilità che tentasse di violentarla.

Come un Dio del Sole celeste, quella dannata cosa sarebbe probabilmente asessuata, e inoltre, sarebbe un modello di nobiltà, legge e generale pudica decenza.

Mosse le labbra e vide che stavano rispondendo lentamente alla sua volontà, e cercò di parlare, ma uscì come un mormorio finale, la sua lingua si muoveva a malapena.

"Chi sono? Perché sono qui?"

"Uhm ... non lo dico" riuscì a dire.

La sua voce sembrò tornare, anche se lentamente.

Potresti anche muovere leggermente i piedi.

Sebbene ciò che avrebbe potuto fare anche quando il pieno controllo del suo corpo fosse tornato, non ne aveva idea.

"Non è necessario che tu resista", disse, prendendo apparentemente la richiesta alla lettera, "me lo dirai e io saprò se dici una parola di falsità".

"Vaffanculo," disse, pronunciando le parole con attenzione, e compiaciuta del suo successo nel farlo.

Il celeste si chinò e l'afferrò sotto una spalla, mettendola in posizione verticale e poi spingendola contro il muro, che si trovava a pochi centimetri dietro di lei.

Scoprì che poteva tenere la testa alta, ma non aveva ancora la forza di stare in piedi da sola, anche se un formicolio alle gambe le diceva che non ci sarebbe voluto molto tempo per farlo.

"Perché sei qui? Perché ne hai portato uno con una macchia di demone dentro?"

La testa del celeste era priva di peli come il resto del suo corpo, sebbene più o meno umana nelle sue caratteristiche generali.

Tuttavia, i suoi occhi brillavano di una luce interiore, senza pupille o iride visibile, solo un bagliore bianco senza caratteristiche.

La sua espressione mostrava che sapeva di avere il pieno controllo della situazione e che non era più preoccupato per lei che per una zanzara errante.

"Cosa ti fa pensare che te lo direi?"

"La tua vita ti importa così poco?"

"Prometti di perdonarmi se rispondo onestamente?"

Forse aveva una possibilità.

Non aveva remore a tradire Cassandra, soprattutto dopo quello che era successo, ma aveva bisogno che lei facesse la promessa prima di correre il rischio.

Il celeste distolse lo sguardo e non disse nulla.

Il suo cuore sussultò quando si rese conto che era sicuramente condannata.

Dopo una pausa, si voltò a guardarla, concentrandosi su di lei con quegli occhi opalescenti illeggibili.

"Tuttavia. Me lo dirai."

La sua arroganza e certezza cominciavano a irritarla.

Era ben consapevole di averla premuta contro il muro, che stava riprendendo a malapena il controllo dei suoi arti, e che la sua maglietta era fradicia, aderendo alla sua pelle e facendola sembrare vulnerabile come si sentiva.

È tempo di dimostrare che, indipendentemente dalla situazione, aveva ancora dei combattimenti dentro di lei.

"Mi stai abbracciando così in modo da poter dare una buona occhiata alle mie tette?" lo schernì, sapendo chiaramente che non sarebbe stato per questo, ma non pensando a un altro modo per sembrare provocatorio nella sua posizione attuale.

La creatura celeste distolse improvvisamente lo sguardo, rifiutandosi di guardarla mentre muoveva la bocca come per parlare, poi la richiuse.

Un secondo dopo, si voltò a guardarla.

"Non dire parole così scortesi in mia presenza, mortale," disse, con un accenno di rabbia nella voce.

Ma aveva visto la sua reazione e, umano o no, il suo significato era inequivocabile.

Inoltre non poteva fare a meno di notare che aveva effettivamente negato l'accusa.

Non aveva senso, perché un tale essere dovrebbe sicuramente essere libero da ogni desiderio carnale.

Il Dio Sole non renderebbe un tale essere corruttibile, quindi quale sarebbe la ragione di ciò?

Improvvisamente ricordò le sue parole pronunciate prima, quando aveva chiesto sarcasticamente se gli antichi avventurieri avessero creato un santuario per Ymir quaggiù per evocare un celeste.

Ora sapeva di essersi sbagliato su quale dio avessero scelto, ma in qualche modo dovevano ancora evocarlo, e la luce del sole era scarsa qui.

Poi la verità cadde su di lei e i suoi occhi si spalancarono per un'improvvisa realizzazione.

Non avevano creato un santuario, non nel senso convenzionale.

Avevano eseguito un rito di adorazione a una divinità diversa e invocato il Dio Sole attraverso di lei.

Gli avventurieri avevano usato Muriela come loro condotto e, in qualche modo, ciò che avevano evocato era stato contaminato da quella connessione!

Il celeste sentiva il desiderio sessuale a causa del modo in cui era stato evocato.

Era corruttibile, ma solo giusto.

Tuttavia, quello era tutto ciò di cui Zora aveva bisogno per controllare la situazione; la corruzione era una parte centrale del loro commercio.

L'entità non lo sapeva ancora, ma le cose avevano già iniziato a cambiare.

"Vuoi una prospettiva migliore?" disse, le dita che lottavano contro la paralisi che si stava ritirando per tirare fuori la sua maglietta dai pantaloni.

Con un braccio tremante, la tirò su sul petto, lasciando che i suoi grandi seni penzolassero liberi, ancora leggermente umidi dall'acqua.

Il celeste la lasciò improvvisamente, voltandosi e usando il suo braccio per coprirle gli occhi.

"Nessun mortale può tentarmi con cose così effimere," affermò, anche se la sua voce ora sembrava alquanto indecisa.

Zora si rese conto che adesso poteva stare in piedi, anche se in parte accasciata contro il muro.

Le sue gambe potevano quasi sostenerla, purché non cercasse di allontanarsi troppo dal supporto.

Con movimenti sempre più sicuri, si tirò la camicia sopra la testa e la gettò via.

Il celeste si rifiutava ancora di guardarla.

"Mettiti i vestiti, mortale," gli ordinò.

"Molto bene," disse, mettendo un falso accenno di sottomissione nella sua voce, "Adesso puoi guardare".

Mentre parlava, si passò le mani sui seni, accarezzandole i capezzoli pallidi e massaggiandoli in modo allettante.

Il celeste, un po 'ingenuo, si voltò verso di lei e il suo viso mostrò un chiaro shock per ciò che vedeva.

"Come osi essere così sfacciato di fronte a me?"

"Vorresti che queste fossero le tue mani, giusto? Scommetto che hai anche avuto qualche sensazione mentre mi tiravi fuori dall'acqua e mi toccavi le tette."

"Io ... non dovrei ... non dovrei nemmeno ascoltare un'accusa così falsa."

"Lo hai fatto, vero?" disse, rendendosi conto che era vero, "non potevi resistere all'opportunità!"

"Non parlarmi in quel modo".

La creatura celeste si lanciò in avanti, afferrandogli le braccia per i polsi e allontanandole dal petto, mettendole contro il muro.

Sentendosi più forte ogni secondo, Zora si spinse in avanti in modo che i suoi seni sfiorassero la pelle nuda del busto glabro del celeste.

Il suo tocco era caldo, si rese conto, notevolmente più caldo di qualsiasi essere umano, anche se fortunatamente non abbastanza da bruciare.

I suoi capezzoli formicolavano alla sensazione e sapeva che la paralisi era finalmente svanita per sempre.

"Non devi nemmeno toccarmi in quel modo. Sono un agente del divino!"

Le lasciò le mani e cercò di tirarla via dal suo petto, realizzando all'ultimo secondo che le sue mani stavano ora tenendo a coppa ciascuno dei suoi seni.

Zora si dimenò in modo seducente contro il muro, e la creatura celeste la tenne lì, con gli occhi spalancati mentre le sue dita le devastavano i seni, stringendo e accarezzando, strofinando e circondando i suoi capezzoli eretti.

La sua resa a tale palese lussuria gli fece venire un brivido di eccitazione attraverso il suo corpo, un dolore struggente che si formava nel suo intestino.

Stava seducendo un celeste, autoproclamato agente dei poteri divini ... solo questo pensiero la faceva bagnare.

All'improvviso se ne andò, come se si fosse appena reso conto di quello che stava facendo.

Si voltò di nuovo, coprendosi il viso con le mani e allargò le ali verso di lei.

"Non!" gridò: "Non tentarmi, sporca puttana. Perché sono forte, e quei pensieri carnali non influenzano uno come me. Chiedi perdono o morirai".

D'accordo, pensò Zora, vediamo cosa posso fare per te.

Si inginocchiò umilmente, incrociando le braccia sul petto.

"Mi dispiace," disse, "devi perdonarmi per le mie azioni."

Si voltò di nuovo, pronto a parlare, così colse l'occasione per liberarlo dal suo kilt, dandogli uno strattone finché non si liberò e cadde a terra.

Che fosse un attributo naturale di questo tipo di esseri, o qualcosa legato al modo in cui era stato convocato in questo mondo, fu sollevata di scoprire che aveva tutto l'equipaggiamento naturale di qualsiasi maschio umano.

Aveva anche un'erezione che si stava lentamente indurendo.

"Come osi guardare una cosa del genere?" esclamò: "Quelle parti non sono per te da vedere".

Dato che l'essere era alto più di sette piedi, non c'era da meravigliarsi che il suo pene fosse di dimensioni considerevoli, con una circonferenza sufficientemente ampia.

Il suo inguine era, naturalmente, glabro come il resto, e l'oro puro del suo membro indurito brillava alla luce riflessa del fuoco.

L'afferrò prima che il celeste potesse girarsi di nuovo, facendo scorrere la mano lungo la sua grande lunghezza.

La pelle era liscia, non metallica, ma completamente liscia, più simile alla seta che alla carne umana.

"Lasciami andare! Non puoi toccarmi ... aspetta ... cosa stai facendo?"

Quello che stava facendo era inclinare la testa in avanti, tirare giù il grosso cazzo, baciarne la punta e poi spingerlo in bocca.

Aveva il sapore di acqua fresca, rifletté mentre faceva scorrere la lingua lungo la sua liscia lunghezza, senza un accenno di sudore o muschio.

Il celeste era completamente duro ora mentre faceva scivolare indietro il prepuzio con la lingua, premendo il glande contro la parte posteriore della gola.

"No ..." ansimò, non facendo più nulla per fermarla. "Non devi farlo. È proibito."

Zora sentì la sua crescente sottomissione alla sua volontà mentre scuoteva la testa da un lato all'altro, mentre la saliva scivolava via dalla sua straordinaria morbidezza mentre prendeva a coppa e solleticava le sue palle glabre.

Forse non sapeva che i piaceri proibiti erano sempre i migliori.

"Devi smetterla," disse, con un accenno di supplica che ora raggiunse la sua voce risonante, "Non devo ... ohhh ... non posso essere ... oh ... oh ..."

Nonostante le sue parole, le mise una grande mano dietro la testa, afferrandole delicatamente i capelli mentre lei si dondolava avanti e indietro.

I suoi fianchi iniziarono a muoversi in risposta ai suoi movimenti, spingendo il membro innaturalmente caldo dentro e fuori dalla sua bocca bagnata.

"Per favore ..." disse, e la parola la spinse solo in una maggiore emozione, "non farmi questo. Se io ..."

Sembrava allora come se un'improvvisa compressione lo avesse colpito, facendo fermare momentaneamente l'essere celeste per riprendere i sensi.

La lasciò andare, fece diversi passi indietro fuori portata e la fissò con orrore e incomprensione, le ali leggermente sollevate dietro la schiena.

"Brutta puttana! Come osi sottometterti a un atto così basso! Dovrei picchiarti e distruggerti per una tale insolenza che è al di là di ogni comprensione."

"Sono stata una cattiva ragazza?" Chiese Zora, imperturbata, e vedendo dallo stato della sua erezione che aveva ancora tutto il potere.

Si sporse in avanti, premendole i seni tra le sue braccia.

"Sono una ragazza davvero cattiva, molto cattiva?" Aggiunse, pizzicandole uno dei capezzoli e facendo scorrere l'altra mano verso il cordoncino dei suoi pantaloni.

"Ooh, sono così malvagia e malvagia", continuò, facendo scivolare i pantaloni sui fianchi e sulle cosce, "qualcuno buono e nobile dovrà punirmi. Punisci il male e il male che mi causano." Si tolse i pantaloni e presto le sue mutandine la seguirono. "Oh cosa mi farai? Ho bisogno di una punizione molto buona, dura e liberatoria, giusto?"

Ora nuda, allargò le gambe, strofinando la mano sul suo tumulo, mostrando le labbra umide e gonfie.

"Non tentarmi, mortale!"

"Ma sono stata così, così, cattiva ..." continuò, toccandosi mentre l'essere divino era lì, ancora a guardare.

Era così caldo in quel momento che stava prendendo tutta la sua concentrazione per non venire sul posto.

Aveva un disperato bisogno di lui tra le sue gambe, arrendendosi completamente ai suoi desideri, rompendo tutti i suoi voti, anche la giustificazione della sua esistenza.

A giudicare dalla sua espressione, non avrebbe dovuto aspettare a lungo.

Il celeste si avventò su di lei, facendola cadere sulla fronte, sollevandole le gambe mentre si inginocchiava a terra, tirandole il sedere sollevato fino ai fianchi.

"È questo che vuoi?" ringhiò e immerse il suo lungo cazzo duro nella sua fica in attesa.

Zora sussultò ad alta voce, un grido di deliziato piacere.

Il cazzo morbido e setoso del celeste si sentiva più grande che mai dentro di lei, il suo calore ardente era strano, ma profondamente gratificante.

Gemette di gioia senza parole mentre lui continuava a scoparla, pompando dentro e fuori con velocità e vigore disumani.

Voleva che la sua voce suonasse allettante, che la spingesse con gemiti eccitati, ma non doveva più fingere nulla.

La forza delle sue spinte non diminuì, la sua resistenza era chiaramente superiore a quella di qualsiasi essere umano che avesse mai incontrato.

Il lungo cazzo ardente si tuffò dentro di lei più e più volte, portandola in un'estasi che era superata solo dalla consapevolezza di come stava tradendo tutto ciò in cui aveva creduto.

Le sue palle morbide e glabre le colpirono la carne mentre le sue mani armeggiavano per stringerle e accarezzarle i seni.

"È questo quello che ti piace?" chiese, ancora martellando la sua fica desiderosa, "vuoi un grosso, duro cazzo celeste nella tua fica mortale?"

"Sì ... oh, dei, sì ..." riuscì a dire.

"Oh cazzo ..." gemette, una voce tonante piena di gioia e piacere, "fanculo sì!"

Incapace di controllarsi più, Zora arrivò con un lungo pianto singhiozzante, tutto il corpo tremante.

Pochi secondi dopo, il celeste lo seguì, un'eiaculazione di liquido caldo che zampillava dalla sua fica malconcia.

Mentre crollava, ansimando e cercando di riprendere fiato, sentì un urlo prolungato dall'essere dorato dietro di lei.

Era pieno di orrore e perdita, gemendo per l'enormità di ciò che aveva appena fatto.

L'urlo continuò, cambiando timbro, finché sembrò essere un urlo di puro dolore fisico, piuttosto che un tormento emotivo.

Con le mani che non la tenevano più, Zora si voltò per vedere cosa stava succedendo.

Il bagliore dorato stava svanendo dal suo corpo, sostituito da un grigio opaco mentre le piume del celeste cominciavano a cadere dalle sue ali.

Ancora più importante, un oggetto lungo e appuntito rivestito di metallo veniva proiettato dal centro del suo petto, rivoli di fuoco che gli correvano intorno invece di sangue.

Zora alzò lo sguardo per vedere Cassandra in piedi dietro l'essere non più divino, spingendo l'altra estremità dell'oggetto di metallo tra le sue scapole.

Le urla cessarono e Cassandra fece un balzo indietro mentre il celeste cadeva di lato.

"Fatti da parte!" gridò il semidemone, e Zora obbedì subito alla feroce nota di comando nella sua voce.

E a un certo punto non fu troppo tardi, poiché pochi secondi dopo il celeste esplose in fiamme, una grande palla di fuoco gialla che salì fino al soffitto della camera, poi scomparve, insieme a ogni traccia del corpo.

La stanza divenne nera, il fuoco magico che era stato nel luogo e che l'aveva acceso evidentemente si spense con la morte del suo creatore.

"Beh ..." disse la voce di Cassandra nel buio, "non sarebbe stato il modo in cui l'avrei distratto, ma certamente ha funzionato."

CAPITOLO XXXIV
ELOISE

Il luogo era evidentemente in qualche modo extradimensionale, uno spazio di realtà che non rientrava nelle dimensioni regolari del mondo fisico.

Conan aveva già sentito parlare di cose del genere, le aveva anche viste su scala più piccola, ma non ne aveva mai sperimentata una abbastanza grande da entrare.

A giudicare dalle porte che conducevano fuori dal corridoio di pietra, era persino più grande di quello che potevano vedere da lì, un'intera casa nascosta da quella che presumibilmente era una porta facilmente trasportabile.

Camminarono con cautela e in silenzio lungo il corridoio, non volendo allertare nessuno all'interno.

La fortuna, tuttavia, non era con loro.

Prima che si fossero mossi a metà strada, uno degli occupanti girò l'angolo in fondo e li vide, e lanciò un urlo improvviso.

Riconobbe la schiava dai capelli rossi che aveva incontrato al mercato, sembrò ricordare che il suo nome era Freya e lanciò immediatamente un incantesimo di sogno nella sua direzione.

La donna è crollata, le gambe si sono piegate sotto di lei e ha battuto forte il suolo.

Conan si lanciò in avanti, allontanandosi dagli altri per un momento mentre l'urlo della donna continuava a echeggiare nello spazio magico, evidentemente potenziato in qualche modo.

Non voleva farle del male, perché era una vittima innocente, come lo era Kaminari, così come l'intero harem, ma era imperativo che Amazarac e i suoi schiavi non avessero la possibilità di armarsi.

"Andiamo ..." disse Yasimina, ma in quel momento tutto si fece buio.

Conan si ritrovò a girare, come se fosse stato colpito da un uragano.

Non poteva vedere o sentire gli altri, ma sentiva che venivano trascinati altrove.

Non avrebbe dovuto allontanarsi da loro, non avrebbe dovuto permettere alle sue emozioni di prevalere sui suoi istinti.

Riuscì a malapena a evitare di inciampare, ma, pochi secondi dopo, il movimento si interruppe con un sussulto improvviso.

Gettò una mano verso il muro e trovò la pietra stranamente liscia sotto i suoi polpastrelli.

Probabilmente non era una vera pietra, rifletté, ma adesso non importava.

L'importante era che si trovasse in un corridoio buio pesto, apparentemente separato dai suoi compagni.

Si sforzò di ascoltare per vedere se poteva sentire qualcosa.

Il posto non poteva essere così grande, dopotutto.

Abbastanza sicuro, pensava di poter sentire la voce di Yasimina a una certa distanza, anche se non riusciva a distinguere le parole.

Stava per muoversi in quella direzione quando sentì un passo dietro di lui.

Era morbido, appena udibile, ma inconfondibile lo stesso.

Si voltò e si mise in guardia nel caso avesse dovuto usare la spada o uno dei suoi incantesimi, ma non riusciva a vedere nulla nell'oscurità.

Era lo stesso Amazarac, nel qual caso avrebbe potuto dirigere un grande incantesimo esplosivo lungo il corridoio che avrebbe dovuto colpirlo indipendentemente da dove si trovava?

O era una delle donne schiave, nel qual caso non voleva lanciare nulla di distruttivo?

Per un attimo fu paralizzato dall'indecisione: ancora una volta il suo morale lo travolse, perché non voleva fare del male a una vittima innocente.

Chiunque fosse gli corse incontro e iniziò a fare movimenti per lanciare un incantesimo difensivo.

Tuttavia, prima che potesse finire, erano sopra di lui, un corpo pesante che si schiantò contro di lui e lo scaraventò a terra.

Chiunque fosse apparentemente poteva vedere nell'oscurità.

Si dimenò, cercando di liberarsi, ma un forte braccio gli avvolse il collo, costringendolo a tornare indietro, e una gamba pesante avvolta attorno a una delle sue.

Non poteva lanciare un incantesimo in una tale posizione, né prendere la spada poiché chiunque la tenesse era chiaramente più forte di lui.

Doveva essere Amazarac o la donna guerriera che viaggiava con lui.

Si spera che sia l'ultimo, anche se uno dei membri più mansueti dell'harem sarebbe stato anche meglio.

Prese il suo pugnale, l'unica difesa ancora a portata di mano.

Una mano forte afferrò la sua, l'altro braccio del suo rapitore ancora intorno alla gola, e si ritrovò a combattere contro qualcuno di potente muscolatura.

Udì un leggero grugnito di sforzo dall'altra persona; femminile, pensò, il che almeno significava che non aveva a che fare con il demone in persona.

Ma se era uno degli harem, era incredibilmente forte per una donna e sbatteva la mano contro la pietra.

All'inizio riuscì a mantenere la presa sul pugnale, ma non riuscì ad avvicinarlo alla sua pelle, mentre continuava a sbatterlo contro il muro, e al terzo colpo, l'arma le scivolò dalle dita ammaccate.

Mise la mano dietro la schiena, avvolgendosi una cinghia intorno al polso.

Cercò di calciare mentre lei si muoveva, ma inutilmente, e l'altro suo braccio fu presto preso dalla sua presa di ferro, e fu costretto a incontrare il suo gemello, poi li legò strettamente con la corda.

"Sei il mio prigioniero! Se cerchi di scappare, ti spezzerò il collo."

La voce era, infatti, femminile, con un accento gutturale che non riusciva a individuare.

Aveva visto solo tre membri dell'harem; Kaminari, Freya e una donna bionda e robusta, ma i suoi compagni avventurieri ne avevano identificati altri due, uno dei quali diceva che era senza dubbio una guerriera.

Chiaramente lei era quella che aveva avuto la sfortuna di incontrare, ma essere suo prigioniero almeno gli suonava meglio che essere morto.

Da qualche parte Yasimina e gli altri erano ancora attivi e, a parte lo stesso Amazarac, dubitava che ci fosse qualcun altro lì che potesse rappresentare una grande minaccia per loro.

Si spera quindi che abbia solo dovuto aspettare per essere salvato.

Il che era imbarazzante, ma quasi senza altro motivo di speranza.

Per ora, tutto ciò che poteva fare era cooperare e giocare per tempo, se poteva, tenendo questo guerriero lontano dagli altri.

Una volta affrontato Amazarac, non sarebbe più stato un problema.

"Alzarsi!" sibilò, trascinandolo rudemente.

Mettendolo in piedi di fronte a lei, lo spinse in avanti, aggiungendo:

"Adesso cammina."

Percorsero un po 'il corridoio senza luce, ed era evidente ancora una volta che conosceva molto bene la sua strada o aveva una sorta di assistenza magica che le permetteva di vedere nell'oscurità.

Alla fine, aprì una porta, rivelando una stanza illuminata al di là.

Si rese conto che la luce non si riversava nel corridoio, suggerendo che l'oscurità fosse di per sé magica; anche se avesse avuto la possibilità di lanciare un incantesimo leggero, probabilmente non avrebbe funzionato.

Il suo rapitore lo spinse dentro e si trovò in quella che sembrava essere una cucina, piena di pentole e pacchi di cibo, con una stufa di metallo in un angolo e un grande tavolo ricoperto di stoffa di fronte.

"Sedere!" disse, costringendolo a sedersi su una sedia e, quando si allontanò per guardarlo, ebbe la sua prima vera possibilità di vederla.

Il suo primo pensiero fu che fosse alta; incredibilmente alto per una donna.

Calcolò che poteva essere alta sei piedi e sei pollici, il che l'avrebbe resa molto più alta di lui, e difficilmente poteva essere descritta come indifesa.

Si diceva che, da qualche parte nelle Terre Selvagge, ci fosse una tribù di mezzogre, molto più forte di qualsiasi essere umano.

Poteva pensare che appartenesse a quella tribù, a causa della sua altezza e corporatura, ma non per il suo aspetto, dal momento che, a parte la sua taglia, sembrava perfettamente umana.

In effetti, come l'intero harem Amazarac, era una donna attraente, anche se il cipiglio sul suo viso faceva poco per enfatizzarlo.

I suoi vestiti, tuttavia, suggerivano che provenisse dalle Terre Selvagge, indipendentemente dal fatto che avesse o meno sangue di orco nelle vene.

Indossava una camicetta di pelle senza maniche, legata sulle spalle nude e con un'ampia cintura decorata con distintivi di metallo in disegni barbari.

Sotto la cintura, indossava pantaloncini di pelle così corti che erano poco più che mutandine, e un paio di stivali alti fino al ginocchio con i capelli di una bestia irsuta.

Oltre a questo, e ai braccialetti di cuoio attorno a ciascun polso, le braccia e le gambe erano nude.

Nudo e molto muscoloso, segni che non sarebbero sembrati fuori luogo in un nano, ma che sembravano strani in una femmina umana, specialmente una così alta.

Tuttavia, era sicuramente umana, a giudicare dal suo viso, che certamente mancava di tracce di un orco o di un orco nel suo aspetto.

Aveva lunghi capelli castani, che le scendevano a cascata lungo la schiena e tenuti fermi da un cerchio d'oro con una gemma blu scintillante; si chiese se quello fosse il dispositivo magico per il quale lei aveva visto al buio.

Anche i suoi occhi erano blu, un blu profondo e abbagliante che compensava il colore più scuro dei suoi capelli, e le sue labbra erano piene, attualmente in un ghigno.

Anche nella sua situazione attuale, non poteva fare a meno di notare che, sopra il corpetto di pelle, aveva una magnifica scollatura.

Amazarac chiaramente non voleva solo un guerriero.

Gli puntò contro un pugnale.

Non era sua, che era caduta nell'ingresso, ma una lama d'acciaio affilata con un manico d'avorio che senza dubbio lei sapeva come usare.

Conan decise che, per il momento, probabilmente non sarebbe stato saggio turbarla.

"Tu chi sei?" gridò, "e come sei entrato?"

"Sono un guerriero e un mago, sono riuscito ad aprire la serratura."

Lei ringhiò, i suoi occhi lo guardarono con diffidenza.

"Quanti altri ci sono con te?"

"Sono solo".

"Bugiardo!" gridò, puntando il coltello in avanti finché non fu a meno di un centimetro dal suo viso, "Ho sentito la donna parlare, quindi so che ce ne sono altre. Due? Tre? Non mentirmi".

Non disse nulla e lei aggrottò la fronte con rabbia, prima di ritirare il coltello.

"Non importa," disse, alla fine, "il mio padrone li troverà e li distruggerà. E io ti ho come prigioniero. Se non mi dici quello che voglio, il mio padrone ti interrogherà e lo prenderà tutto comunque. "

"Il tuo insegnante è un demone. Lo so molto bene."

"Forse," disse, "ma un demone grande e potente, più magnifico di quanto tu possa immaginare."

"Non pensavo che alla gente delle Terre Selvagge piacessero i demoni."

Si accigliò, come se qualcosa fosse perplessa, poi scosse la testa.

"Lui è diverso. La sua gloria è insuperabile, come saprai quando ti schiaccerò nell'oblio. E adesso che mi dici di Kaminari?"

"Non so chi intendi."

"Ah, ma questo lo sai," disse, facendo un passo avanti, ancora agitando la pistola nella sua direzione. "Freya ti ha visto uscire con lei. Ti ha descritto, quindi so che sei lo stesso uomo. Anche se non penso che tu sia bello come ha detto, perché sei insignificante, come tutte le persone in città."

Non poteva dirle dove fosse Kaminari, poiché nel caso in cui non fosse stato salvato, doveva almeno assicurarsi che la donna orientale avesse le migliori possibilità possibili di evitare la riconquista e la schiavitù.

Ma si chiedeva quanto avrebbe potuto dire a questa donna, perché forse aveva un'altra possibilità qui.

Non aveva detto agli altri esattamente come era riuscita a portare Kaminari in un posto dove avrebbe potuto lanciare l'incantesimo che l'aveva liberata, anche se Valeria, almeno, lo sospettava sicuramente.

Ma gli aveva insegnato qualcosa di prezioso sul suo nemico demoniaco.

I membri dell'harem erano ossessionati da Amazarac, vittime di un potente incantesimo in corso.

Farebbero qualsiasi cosa per lui, anche servire come giocattoli sessuali.

Ma era chiaro che il demone non era molto attaccato a loro.

Probabilmente non poteva colpirli direttamente, poiché cose del genere normalmente rompono quel tipo di fascino, ma questo non significa che doveva davvero prendersene cura.

In particolare, gli sforzi sessuali del demone non avevano nulla dell'amore di Muriela in loro.

Ha scopato le donne ogni volta che ne aveva voglia, ma non era interessato a come reagivano, solo a ottenere il suo piacere.

L'incantesimo lo contrastava, in parte, ma era ovvio che Kaminari non fosse venuto sessualmente, e questo era ciò che gli diede l'opportunità di sedurla.

In breve, Amazarac non poteva darle il tipo di piacere sessuale che desiderava davvero.

Questa donna potrebbe benissimo trovarsi nella stessa situazione.

In effetti, sembrava il tipo che vorrebbe dominare sessualmente, ed era improbabile che il demone gli avrebbe dato la possibilità di sperimentarlo.

"Parla!" disse la barbara agitando di nuovo il pugnale e si rese conto di essere rimasta in silenzio troppo a lungo, riflettendo sulle possibilità.

"L'ho distratta," disse, "è così che ho scoperto questo posto, dov'era."

La donna sbuffò in modo derisorio.

"Non ti direbbe una cosa del genere. È ridicolo! Stai mentendo. Cos'è successo veramente?"

"Abbiamo fatto sesso. Le è piaciuto ... molto."

"Ora so che stai mentendo!"

"È la verità. Perché dovrei inventarmela? Immagino che avesse bisogno di più di quanto Amazarac potesse fornire."

La donna rise, ma c'era qualcosa di leggermente falso in lei, e subito dopo si voltò, fissando il muro in fondo, senza incontrare il suo sguardo.

Se le loro mani non fossero state legate, sarebbe stata una grande opportunità per attaccarla, ma sapeva come sarebbe andata a finire se ci avesse provato adesso.

"Impossibile", disse, continuando a non guardarlo, "Amazarac ci fornisce tutto; la nostra casa, la nostra vita, il nostro scopo di essere. Le nostre vite erano vuote prima che lo incontrassimo e lui ci ha mostrato la via."

"Kaminari non sembrava pensarlo. In quale altro modo sarei qui? Sei sicuro che non ti manchi nulla? Un uomo non può fornire tutto, anche se quell'uomo è davvero un demone."

"Può," disse, voltandosi a guardarlo, ma sembrava che stesse cercando di convincersi quanto lui.

"Quanto ne sei sicuro? Inoltre, cosa hai da perdere? L'hai detto tu stesso; i miei amici e io non lo batteremo comunque, quindi perché non cogliere questa opportunità finché puoi?"

Rimase in silenzio per un momento, guardandolo, uno sguardo di apprezzamento sul viso, come se stesse soppesando la qualità di un pezzo di carne.

Alla fine, piegò le labbra in un mezzo sorriso e annuì leggermente.

"Vedremo," disse semplicemente, e tornò alla porta della cucina, bloccandola saldamente, prima di camminare per mettersi di fronte a lui.

"Il mio nome è Eloise," la informò, "e tu lo sei?"

"Conan," disse.

Non vedeva alcun motivo per inventare qualcosa in quel momento.

"Metterai alla prova le tue parole, Conan. Mi farai piacere, e quando avrai finito, se non sei stato in grado di costringermi a venire, ti ucciderò." Detto questo, iniziò a togliersi gli stivali e li gettò da parte.

"Sembra ... un buon incentivo ..." disse a disagio mentre lei si slacciava la cintura, "vuoi almeno sciogliermi le mani?"

Lei scosse la testa.

"Sei mio prigioniero. Non hai bisogno di mani."

Tirò la cintura e poi fece un passo avanti, afferrando Conan per le spalle e tirandolo fuori dalla sedia.

Con una spinta, lo costrinse a inginocchiarsi, tenendolo lì con una mano potente, le gambe muscolose leggermente divaricate, lasciandolo a chiedersi cosa avrebbe fatto dopo.

Con la mano libera, la donna barbara tirò i suoi pantaloncini di pelle, facendoli scivolare sulle sue potenti cosce per sdraiarsi ai suoi piedi.

Non indossava niente sotto, e Conan si trovò di fronte a capelli notevolmente arruffati.

Si aspettava che si spogliasse ulteriormente, ma invece gli lasciò la spalla, gli afferrò la nuca e lo tirò verso il suo inguine.

Il suo naso era premuto goffamente nei suoi capelli, un odore di cuoio e sudore gli riempiva le narici.

Tentativo, la baciò tra le gambe e la trovò ancora asciutta laggiù.

Eloise cambiò leggermente posizione e lo tirò giù, costringendole il collo in una posizione scomoda, ma premendo le sue labbra contro la sua figa.

"Leccami," ordinò, "assaggia la mia figa e mostrami questa tua abilità di cui parli."

Non era la posizione più romantica in cui fosse mai stato, ma doveva cercare di portare a termine il suo piano.

Le sue mani erano ancora legate dietro la schiena, lasciandolo quasi indifeso mentre la donna barbara gli spingeva il viso contro l'inguine peloso.

Se avesse potuto accontentarla, forse c'era la possibilità che lei gli avrebbe dato più opportunità di fare qualcosa.

È stata una fortuna che avesse molta esperienza, anche se questa non era la migliore delle circostanze.

Ha fatto scorrere la lingua lungo la sua figa, sentendo i capelli ricci sfregarsi contro di lui.

Poi la fece passare tra le sue pieghe, leccandola lentamente, assaporando la sua carne.

Le succhiò le labbra, tirandole leggermente, poi rilasciandole, infilando la lingua dentro e fuori.

Mentre lo faceva, lui sondò e giocò con le sue pieghe, leccando e succhiando mentre lei si muoveva al centro del suo piacere.

Il barbaro ringhiò rumorosamente quando raggiunse il suo clitoride.

Era insolitamente grande, e lui la tirò e la succhiò con le labbra, facendola sussultare di piacere.

Le sue labbra della fica stavano cominciando a inghiottirlo ora, e lui sentì il sapore familiare dei succhi di una donna che gli scorrevano lungo la lingua.

Mentre continuava a giocare con il suo clitoride, sentì i suoi fianchi iniziare a premere contro il suo viso, i suoi movimenti erano già un po 'incontrollabili.

"Sì, sei bravo," disse riluttante, e inaspettatamente gettò la testa indietro e via, tirandosi i capelli. "Sul tavolo".

Barcollò in piedi, ancora completamente vestito, e fece un passo verso il tavolo ricoperto di stoffa, gesticolando con le mani legate e aspettando che lei ricevesse il messaggio.

Non lo fece, e semplicemente lo sollevò con entrambe le mani, spingendolo in cima, poi si arrampicò dietro di lui e lo costrinse a cadere sulla schiena con entrambe le braccia muscolose.

"Abbiamo una posizione migliore qui, giusto?" disse, guardandolo con un'espressione che lo sfidò davvero a non essere d'accordo.

Lui annuì docilmente, decidendo che era meglio così, e lei sorrise, sostenendolo con una mano mentre si toglieva il corpetto.

I suoi seni pesanti si staccarono, grandi capezzoli rosa già eretti, ma chiaramente fuori portata.

Mosse il suo corpo, potenti cosce su entrambi i lati della testa.

Ora che lo aveva intrappolato con il suo corpo, Eloise aveva entrambe le mani libere.

Ne usò uno per separare le labbra dalla sua figa, facendogli vedere l'umidità rosa che aveva assaggiato così di recente e annusare l'umidità della sua eccitazione.

"Fottimi con la tua lingua!" ordinò, sollevando i fianchi sul suo viso. "Leccami lì e dammelo!"

Lui obbedì, spingendolo più lontano che poteva, scivolando nella sua scivolosa umidità.

Le accarezzò l'enorme clitoride, muovendolo con la punta della lingua, finché lei non iniziò ad ansimare pesantemente, i fianchi che tornavano al loro movimento lento.

Dalla sua posizione scomoda, poteva vederla accarezzare un seno con la mano libera, pizzicando e strofinando il suo grande capezzolo mentre continuava a muoversi su e giù per il viso.

Conan ha succhiato il clitoride del barbaro con tutta la dedizione che poteva, baciandolo e succhiandolo tra le incursioni più profonde nella sua figa.

Eloise emise un gemito di soddisfazione, ora aggrappata al lato del tavolo invece che a lui, gettando indietro la testa mentre cavalcava la lingua.

"Utfgrt'na ohhh ..." mormorò, o qualcosa del genere, ricorrendo evidentemente alla sua lingua.

Hanno continuato in quella posizione per un po'.

Stava dondolando ferocemente contro di lui, i suoi seni pesanti ondeggiavano per il movimento.

Ha esplorato ogni parte della sua figa, muovendo la lingua da un lato all'altro e accarezzandola su e giù, notando cosa le piaceva.

Ha continuato a compiacerla ancora e ancora.

Alla fine sembrava che ne avesse avuto abbastanza, almeno per il momento, e si staccò dal suo corpo disteso, inginocchiandosi su di lui, a gambe larghe, fissandolo tra le frange dei suoi lunghi capelli castani.

Il suo corpo era coperto da uno strato di sudore, il suo petto si alzava e si abbassava profondamente.

"Cosa ne pensi di questi?" disse, sollevando i seni: "Ora succhiali".

Scendendo per sdraiarsi sopra di lui, gli premette un magnifico seno nella bocca, e lui rispose con entusiasmo, tirando un grosso capezzolo rosa nella sua bocca con le labbra.

Lo succhiò e lo tirò, passandogli la lingua intorno come aveva già fatto nella sua figa, e la donna barbara rispose strofinando il suo corpo contro il suo.

Il suo ventre nudo poteva sicuramente sentire il rigonfiamento della sua erezione crescente premuta contro di lei, ma non mostrava alcun interesse.

Invece, ha semplicemente cambiato lato in modo che lui potesse assaggiare il suo altro seno.

"Bene," disse, e si allontanò, guardandolo con quegli occhi blu profondi. "E adesso cosa facciamo, eh?"

"Qualunque cosa tu voglia ..." ansimò, sentendo che era la risposta corretta.

Sorrise, il primo sguardo di vera felicità che lui avesse mai visto sul suo viso, anche se per essere onesti, non l'aveva guardata bene quando l'aveva succhiata.

"Oh cazzo," disse, ancora mezzo sorridente, "perché no? Ma se provi qualcosa, ti spezzo le dita."

Il luccichio nei suoi occhi mentre parlava lo convinse che la seconda parte poteva essere vera, quindi non si mosse quando lei si allungò dietro la schiena e separò le cinghie che gli legavano le mani.

Alla fine liberato, si strofinò i polsi per ripristinare la circolazione e cercò di ignorare il dolore della mano che aveva ripetutamente sbattuto contro il muro di pietra.

Le strinse i fianchi sudati, sentendo un muscolo duro sotto di loro, ma lei lo spinse via, appoggiandosi all'indietro sulle cosce.

"Di sotto", ha detto, "è per questo che non voglio le tue dita".

Afferrò una coscia potente e fece scivolare la sua mano buona lungo la sua figa.

Era la sua sinistra, ovviamente, che era un po 'scomoda, ma, con la sua destra ferita, avrebbe dovuto farcela.

Si chinò per baciarle il petto appena sotto il seno mentre faceva scivolare un dito all'interno.

I suoi baci vagarono sul suo ventre teso e muscoloso, fermandosi a leccare un ombelico notando, per la prima volta, che c'era un anello d'oro lì.

Un secondo dito si unì al primo e iniziò a muovere la mano dentro e fuori.

"Più forte e più veloce, Conan," avvertì, "se vuoi farmi venire, dovrai fare di più."

Mentre i suoi baci si muovevano lungo il suo inguine, iniziò a muovere le sue dita con più forza, spingendole tra le sue pieghe con crescente energia.

Eloise ora ansimava pesantemente, il viso arrossato, gli occhi azzurri spalancati, le tracce della sua saliva sui seni luminosi che brillavano alla luce della lampada.

La sua bocca raggiunse la sua figa, anche se le sue dita continuavano a muoversi dentro e fuori.

Ha succhiato il suo grande clitoride e lei ha buttato indietro la testa, emettendo un forte gemito di piacere felice.

"Sì, dammelo così! Succhiami bene. Utfgrt'na ohhh!"
Emise ripetuti sussulti mentre lui continuava le sue attenzioni.

Le sue mani strinsero la tovaglia mentre il suo corpo iniziava a
torcersi attorno alle sue dita esperte.

Adesso i fianchi tremavano vigorosamente, le gambe si
muovevano contro il tavolo.

"Ksetch!" Urlò, con un pizzico di disperazione, afferrandolo di
nuovo per le spalle e tirandolo via da lei.

All'inizio pensava di aver fatto qualcosa per farla arrabbiare, ma
l'espressione di pura lussuria nei suoi occhi calmò presto quella paura.

Alzando di nuovo le ginocchia, spinse il guerriero verso il basso e
gli afferrò i pantaloni, tirandoli verso il basso mentre rilasciava il suo
cazzo eretto.

Eloise scoprì i denti con un sorriso selvaggio, gli occhi ardenti di
passione.

"Grande per un ragazzo di città," disse, "potresti quasi essere uno
della tribù. Vuoi spingerlo dove un cazzone nato in città non è mai
stato prima?"

Non ha aspettato nessuna risposta, l'ha semplicemente afferrata e
l'ha messa dove poteva gettarsi contro di lui.

Premette la parte inferiore del corpo contro di lui, quasi
premendo le palle contro il tavolo mentre cercava di spingerlo più
lontano che poteva.

"Utfgrt'na!" disse di nuovo, con uno sguardo selvaggio, e iniziò
a montarlo. "Fottimi, ragazzo di città, va bene?" disse, quasi
ringhiando, "ti piace? Dimmi che ti piace?"

Lo stava picchiando vigorosamente, i suoi seni si sollevavano, le
sue palle che sbattevano più e più volte contro il suo culo.

Non era praticamente in grado di fare nulla in risposta se non
arrendersi alle sensazioni che scorrevano attraverso il suo corpo
mentre lei continuava la sua corsa sfrenata.

I suoi capelli erano disordinati, lunghe ciocche castane che le scendevano lungo il viso, le spalle e la parte superiore del torace, i grandi capezzoli rosa fortemente gonfiati sul petto che rimbalzavano. Le afferrò i seni, le accarezzò i capezzoli e le strinse i grandi tumuli sotto le mani.

"Sì, mi piace ..." riuscì a dire, tra i sussulti.

Il barbaro chiuse gli occhi, gettò indietro la testa e borbottò qualcosa più e più volte nella sua strana lingua.

La sua voce aveva un accenno di disperazione e un accenno di quasi l'orgasmo mentre le sue spinte crescevano sempre più veloci.

All'improvviso, i suoi occhi azzurri si aprirono di scatto e lo fissò in faccia mentre emetteva un grido senza parole, e il suo corpo si contrasse contro il suo mentre il suo seme le inondava la figa.

Continuò a muoversi contro di lui anche quando lui iniziò ad ammorbidirsi, sebbene adesso fosse più lenta e più tranquilla.

Alla fine, si scostò alcune ciocche dal viso e si rotolò su di lui, sdraiata sulla schiena accanto a lui, le gambe penzoloni dal tavolo mentre riprendeva fiato.

Durante la cavalcata le aveva tolto i due anelli dal corpo, la gemma azzurra che teneva la treccia dei suoi capelli e l'anello dorato dell'ombelico, per non sapere quale dei due fosse quello magico, anche se forse erano entrambi.

Anche se ora era quasi troppo esausto per lanciare l'incantesimo che l'avrebbe liberata dall'incantesimo di Amazarac.

Ma solo "quasi".

CAPITOLO XXXV
IRIS

L'ascia di Snagg era già nella sua mano e fece un passo avanti, assumendo una posizione di battaglia quando la donna dai capelli rossi gridò allarmata ...

Poi, un attimo dopo, cadde a terra quando l'incantesimo di Conan la colpì.

Qualcun altro potrebbe essere dietro l'angolo, forse il demone in persona, o almeno uno dei più competenti dei suoi schiavi rimasti.

"Andiamo ..." iniziò Yasimina, e poi la sua voce si spense mentre tutto diventava nero e il mondo sembrava girare intorno a lei.

"Qualcuno di voi ha lanciato un incantesimo di disorientamento?" ringhiò il nano mentre iniziava a girare, anche se dopo pochi secondi si rese conto che nessuno dei maghi l'aveva fatto.

Nessuna risposta.

La rotazione non lo aveva disorientato, e all'inizio pensò che gli umani fisicamente più deboli fossero stati colpiti in modo diverso.

Ma no, non c'erano e Snagg era solo.

Non era nemmeno sicuro di trovarsi nella stessa parte del posto.

Sebbene i suoi occhi potessero adattarsi facilmente alla luce fioca di un sistema di caverne nane, nessuno poteva vedere in totale assenza di luce.

A meno che, forse, gli occhi non fossero quelli di un demone.

Si bloccò, tendendo le orecchie per cogliere ogni accenno di ciò che lo circondava.

Sebbene fosse cieco, Amazarac potrebbe non esserlo.

Poteva sentire, da qualche parte in lontananza, la voce di Yasimina, attutita dalle pareti della falsa pietra.

La sua consistenza era troppo regolare per essere una sostanza reale, ma per il resto aveva proprietà simili.

Fece un passo in direzione della voce del paladino, ma poi si fermò di nuovo quando udì un passo silenzioso.

C'era qualcun altro qui.

Qualcuno dietro di lui.

Snagg si gira, facendo oscillare la sua ascia in aria verso quello che dovrebbe essere il livello della vita di un umano, non trovando nient'altro che aria vuota.

"Ti degni di attaccarmi fisicamente? Quanto sei rude!"

La voce era profonda, mascolina e piena di disprezzo.

Questo era chiaramente il demone in persona, e Snagg era solo e nell'oscurità, incapace di vedere nulla.

Tuttavia, incapace di distinguere qualsiasi percorso attraverso il quale poteva scappare, la sua unica opzione era combattere.

Fortunatamente, la voce di Amazarac aveva chiaramente rivelato la sua posizione e il nano si fece avanti, facendo oscillare la sua ascia.

L'arma colpì qualcosa, provocando solo un grugnito sorpreso dal suo avversario.

Poteva sentire come si era morso nella carne, ma qualcosa non andava bene, pensò mentre lo strappava per un secondo colpo.

C'era qualcosa che non andava, ma non ebbe il tempo di rifletterc su cosa, e nemmeno di sferrare quel secondo colpo, prima che qualcosa gli andasse a sbattere contro il petto, spingendolo indietro di qualche passo per colpire il muro, con l'armatura che sbatteva contro sostanza.

"Non posso essere ferito da semplici armi mortali, sciocco!" il demone sputò mentre Snagg si lanciava di nuovo nella sua direzione.

Qualcos'altro lo colpì prima che potesse raggiungere il suo bersaglio, qualcosa che lo inghiottì, intrappolando il suo braccio e torcendo una gamba sotto di lui in modo che cadesse a terra impotente.

Con sorpresa, si rese conto che era una rete e lottò affinché l'ascia rompesse i suoi fili.

Tuttavia, ogni volta che si muoveva, i fili della ragnatela si stringevano di più ... dovevano essere magici, un tipo di potere con cui non aveva familiarità.

Il suo braccio sinistro era attaccato al suo fianco ora e il suo destro poteva a malapena muoversi.

Quando provò a far oscillare l'ascia, sperando di tagliare alcuni dei fili che la stavano contraendo, lei gli sbatté contro, spingendogli il gomito contro il suo corpo, riducendo ulteriormente la sua portata.

Quando calciava con le gambe, la rete si tirava anche su di loro; più esercitava la sua forza, più si aggrappava a lui, lottando con il potere magico della rete.

Era intrappolato, impotente.

"È ora di porre fine alla tua vita, verme impertinente", sbottò Amazarac.

Un bagliore verdastro molto spiacevole apparve nell'aria sopra il nano catturato, una luce magica che circondava una mano dall'aspetto umano, ma non illuminava nulla intorno ad essa.

Era un incantesimo, e sicuramente mortale.

Se nessuno dei suoi compagni è arrivato in tempo, Snagg si è reso conto che stava fissando la morte in faccia.

"Ce ne sono altri?" La sua voce sibilò, suonando sorpresa, anche se non così scioccata come il guerriero quando scoprì che il demone poteva apparentemente leggere i suoi pensieri.

Il bagliore scomparve, riportando tutto nell'oscurità.

"Parlami di loro!"

Snagg non disse nulla, costringendo la sua mente a pensare a pietre e passaggi sotterranei.

Il demone sbuffò.

"Posso aggirare quei meschini tentativi di nascondere la tua conoscenza. Ma non ora. Tornerò per te, piccolo nano, ma penso che ce ne siano altri con cui devo occuparmi prima."

Snagg sentì la rete tremare intorno a lui, sebbene la sua armatura lo proteggesse da quella che sospettava sarebbe stata una costrizione molto dolorosa.

Un attimo dopo sentì, invece di vedere, un lampo di energia rossa avvolgerlo.

Il suo corpo sussultò in risposta ... appena prima di scivolare nell'incoscienza.

* * *

La prima cosa che si rese conto quando iniziò a tornare dall'incoscienza fu che era seduto su una superficie dura, sostenuto da qualcosa premuto contro la sua schiena.

Ha cercato di muovere le mani e ha scoperto che erano strettamente legate dietro di lui.

Non solo era disarmato, come si aspettava, ma anche la sua armatura era stata spogliata, rendendolo doppiamente indifeso.

Aprì gli occhi e scosse la testa per schiarire la vista.

Era in una stanza, luminosa, a differenza del corridoio, legato saldamente a quella che sembrava una gamba di un tavolo, con le caviglie attaccate anch'esse.

Indossava solo la maglietta e i pantaloni al ginocchio; i loro stivali erano stati persino rimossi.

Lanciò un'occhiataccia alla persona seduta di fronte a lui.

Almeno non era Amazarac, ma tutti i suoi schiavi erano così completamente sotto il suo potere che dubitava di avere qualche possibilità di convincerla a liberarlo.

Avrebbe dovuto liberarsi o sperare che gli altri avventurieri fossero più fortunati di lui.

"Vedo che sei di nuovo con noi," disse la donna, con un tono
gelido nella voce.

Era seduta su un lettino, niente che potesse essere definito
lussuoso, e da quello che poteva vedere intorno a lei, lui era in un
laboratorio, con attrezzi da falegnameria appesi al muro.

La pietra sul pavimento, quello che poteva sentire sotto le sue
dita, era falso, il che significava che era ancora all'interno del labirinto
magico.

Non che mi sarei aspettato diversamente.

"Tu chi sei?"

"Mi chiamo Iris", disse, "e sono un'artigiana al servizio del grande
Lord Amazarac. Ma, cosa più importante, chi sei, Dwarf Master?"

Non ha detto niente, non volendo dare via così tanto.

Lei sbuffò.

"Come tutti i nani, mantieni sempre i segreti, anche quando non
ha più importanza."

"Cosa dovrebbe significare?"

"So tutto della tua razza, maestro nano," disse, alzandosi dal letto
e iniziando a camminare. "Vengo dalle terre del sud, non lontano
da una delle case di montagna della tua gente. Sono un'artigiana e
avrei potuto imparare molto dai nani. Avrebbero potuto insegnare
molto alla mia famiglia, se lo avessero voluto. Ma no, dovevano tutti
mantenere i loro segreti, i preziosi segreti della fucina nanica. "

La sua ascendenza meridionale era evidente quando la guardavo.

Gli esseri umani possono essere alti e morbidi, ma era abbastanza
facile capire la loro origine.

Gli occhi azzurri e la pelle pallida di Iris hanno segnato la sua
patria, perché cose del genere si vedevano raramente qui su Tarantia.

Indossava un abito lungo che le arrivava quasi alle caviglie, fatto
di un tessuto grigio chiaro.

Approvò il taglio, con il collo alto e le maniche lunghe, un
disegno che faceva del suo meglio per nascondere il suo ampio seno,

con una scollatura più discreta e rispettabile di quanto sembrava essere la norma tra gli umani.

Un clima nativo freddo probabilmente incoraggerebbe questo tipo di pensiero ragionevole.

Per gli standard umani, che certamente non significava molto per lui, era ragionevolmente attraente.

Il suo viso era ampio, il suo corpo non era troppo asciutto, e il blu puro dei suoi occhi sarebbe stato quasi allettante, se non lo avesse guardato con tanta ostilità travestita.

"Non sono un fabbro," disse sulla difensiva, "non sono stato io a tenerti nascosto quei segreti."

Anche se, da quello che aveva detto, la sua casa originale non poteva essere lontana dal suo luogo di nascita, e poteva anche parlare dei membri del suo clan.

I nani erano meno numerosi degli umani; dovevano mantenere i loro segreti per ragioni pratiche, anche se non era anche una questione di orgoglio, una parte della loro identità razziale.

"Eppure eccoti qui, a mantenere segreti. Il mio maestro leggerà nella tua mente, una volta che avrà avuto a che fare con i tuoi amici. Quindi potresti anche dirmi qualcosa adesso, per salvarti dal tormento. Come sei arrivato qui? Dov'è Kami? Come molti di voi ci sono?"

Quindi Amazarac non lo aveva letto abbastanza per sapere quanti avventurieri c'erano.

Dato che Iris era qui, ciò ha lasciato altre tre donne nel complesso, oltre allo stesso Amazarac, e una delle donne era priva di sensi.

I numeri erano pari e, a parte il barbaro, dubitava che molti degli schiavi fossero davvero formidabili.

Questo ha dato loro il sopravvento e forse ha dato ad alcuni avventurieri la possibilità di sfuggire alla scoperta per un po 'e attaccare il demone.

Certo, sarebbe molto utile se potessi mantenere Iris distratta parlando qui.

"Perché dovrei dirtelo? Non vedo alcun vantaggio per me."

Quindi, era meglio del rifiuto totale.

"Mi stai dicendo che potresti essere corrotto? Ne dubito, da quello che so della tua gente. Non pensare che non abbiamo provato, la gente del nostro villaggio. La ricchezza non li ha convinti a condividere i loro segreti di costruzione . Lo so.. Probabilmente avevano troppo, con le loro miniere e gli affari usurai. Con cos'altro potrei corromperti? Riesco a malapena a offrirti il potere, e le cose umane hanno poco valore per i nani esperti. Non sono interessati a magia, non vuoi scambiare conoscenze, e quando alcune donne del mio villaggio erano così disperate da cercare di offrire i loro corpi, hanno reso perfettamente chiaro che i nani non parlano nemmeno di queste cose ".

Fece una smorfia per la crudezza dell'ultima cosa che aveva menzionato.

I nani di certo non parlavano di queste cose e, nel caso di Snagg, aveva una vergogna segreta a cui non voleva davvero pensare.

"Vedo che non vuoi nemmeno che ne parli", disse in tono scherzoso, "beh dimmi, a cosa dici di essere interessato? Vuoi solo vivere? Hai paura?"

Non disse nulla, incapace di pensare a una risposta.

"No, non lo ammetteresti mai. Sei un guerriero nano. Non hai paura di niente. Beh, a parte ..."

All'improvviso si staccò da lui, un leggero sorriso di comprensione sul viso, e si lasciò sfuggire una risata.

"A parte l'unica cosa che ho detto che ha avuto qualche reazione da parte tua," disse, in parte a se stessa, senza nemmeno guardarlo.

Si voltò a guardarlo, un'espressione calcolatrice sul viso che Snagg stava cominciando a trovare preoccupante.

"Potrei non essere in grado di offrirti molto, ma forse posso minacciarti. Di cosa sei preoccupato, Dwarf Master?"

Si inginocchiò a terra, fuori dalla portata delle sue gambe, nel caso avesse deciso di prenderla a calci, anche se legato com'era, anche quello sarebbe stato difficile.

"Nessuna risposta? Beh, lascia che ti dica cos'è: intimità. I nani si vestono sempre molto stretti e duri, e di solito sei nascosto nella tua armatura. Probabilmente ti vergogni di essere visto mezzo vestito come sei adesso."

"Che cosa hai intenzione di fare?" chiese, una nota di vera preoccupazione che cominciava a insinuarsi nella sua voce.

Poteva affrontare le solite minacce, ma questo era qualcos'altro, qualcosa che gli ricordava Adriana, una donna che non voleva proprio ricordare.

Almeno questa volta non c'era afrodisiaco.

"Lo farò," disse, allungando una mano e facendolo scivolare sotto l'orlo del giubbotto.

Le dita di Iris si sfregarono sui muscoli tesi del suo ventre, accarezzandolo.

"Non toccarmi!" l'urlo.

"Oh, quanto male parlato," rispose la donna umana, "Penso di aver trovato la tua debolezza."

La sua mano scivolò più in alto, sfiorando i folti peli sul suo petto, la punta di un dito su un capezzolo.

"Per quello, o non ti dirò niente."

Adesso era impossibile evitare di pensare ad Adriana ea quello che avevano condiviso.

Non era un fatto che aveva avuto il coraggio di ricordare fino a quel momento, eppure si odiava ancora per questo.

Odiava ciò che l'afrodisiaco lo aveva costretto a fare.

Tuttavia, ora, quando riaffiorarono i ricordi del corpo nudo del mercante alto, si sentì eccitato e dovette cambiare posizione, sollevando le ginocchia in modo che Iris non potesse vedere l'effetto che i ricordi stavano avendo su di lui.

Ha dovuto resistere.

"Se non mi dici niente, allora non mi fermerò," la informò, sollevando il panciotto con entrambe le mani, infilandolo sotto le ascelle per esporre il petto e l'addome nudi.

Ora gli strofinò entrambe le mani su di lui, accarezzandolo, arruffandogli i capelli sul petto, muovendosi lungo i suoi fianchi muscolosi con movimenti lenti.

La sua pelle era callosa, le mani di un'artigiana, non un tipico essere umano, e si vergognava di rendersi conto che il pensiero le piaceva.

"Non è adatto per un essere umano guardare il corpo di un nano", la informò, "semplicemente non è naturale".

"Allora dimmi cosa voglio sapere!"

Dal momento che lui non ha detto niente, lei sbuffò con rabbia.

Poi ha afferrato la sua maglietta, cercando di strapparla a mani nude.

"No! Liberami, sciocco umano!"

La stoffa si strappò con un forte suono, strappandosi mentre Iris la allungava con rabbia, lasciando nient'altro che pezzi intorno alle sue braccia.

"Sarebbe difficile per chiunque non guardare il tuo corpo ora, nano maestro."

"Pervertito! Non pensare di potermi tentare."

Ha riso davvero di questo.

"Non sto cercando di tentarti. Sto cercando di umiliarti, punirti per quello che la tua gente ha fatto alla mia, o. Per meglio dire, per quello che non volevi fare." Lei sbuffò in modo derisorio, "Non mi interessa il tuo piccolo cazzo!"

"È grande quanto quello di un essere umano!" sbottò con rabbia, ricordando qualcosa che gli aveva detto Adriana, "il che credo significhi che la tua gente è quella mal equipaggiata."

Iris rise di nuovo.

"Come se tu potessi saperlo!" Si sporse più vicino, uno sguardo determinato e crudele sul suo volto, "Certo, se non vuoi che ti dimostri che sei un bugiardo, è meglio che inizi a parlare."

Troppo tardi, si rese conto di averla appena provocata.

"Non!" disse, la paura genuina che cominciava a prenderlo per la prima volta.

Se lei avesse visto il suo stato attuale, non sarebbe mai riuscito a superare la vergogna.

"Nerd ..."

"Allora parlami dei tuoi amici," sibilò trionfante.

"Non posso tradirli ... ma tu non devi ..." cercò disperatamente di pensare a qualcosa da dirle, "ascolta ... no, non farlo ..."

Iris gli tirò forte i pantaloni, costringendolo a scivolare lungo la gamba del tavolo, la schiena quasi piatta sul pavimento, le braccia tese dolorosamente dietro di lui.

Li abbassò intorno alle caviglie, poi guardò il corpo nudo di Snagg, il suo pene semi-eretto ora completamente esposto.

La donna bionda balzò in piedi, portandosi una mano alla bocca mentre i suoi occhi si spalancavano per lo shock.

"Per gli dei ..." disse, una risatina reale gli sfuggì dalle labbra, "sei eccitato da questo! Sei davvero eccitato." Lei rise, schiaffeggiandosi allegramente una coscia, "e tu mi chiami pervertito! Ah ah ah!"

"Non vedo niente di divertente," scattò in risposta, cercando di tornare in posizione seduta e spostando indietro le cosce per cercare di nascondere il suo imbarazzo, anche se era troppo tardi.

"Non per te, forse. Anche se," ammise, continuando a sorridere, "immagino che tu non stia mentendo". Si prese un momento per mantenere la calma, prima di assumere una faccia un po 'più seria.

"Ma questo apre tutti i tipi di nuove possibilità."

"Quello che lo fa?"

"Per esempio, vedo che sei interessato a me, ma non puoi avermi. Anche se non vuoi parlare, posso almeno tormentarti con questo."

"Ma a me non interessa! La stanza è calda, ecco tutto."

"No, non lo è. Oh, e il fatto che tu non lo ammetta, nemmeno a te stesso, lo rende ancora più divertente. Almeno lo fa per me, se non lo fa per te."

La fissò, ma lei si chinò per togliersi le scarpe.

"Cosa ... cosa stai facendo?" Chiese preoccupato di conoscere già la risposta.

"Sei interessato a me, maestro nano," disse, voltandosi in modo da dargli la schiena e poi guardandosi alle spalle per fissare i suoi occhi azzurri su di lui. "Vuoi toccarmi, sentirmi, ma non puoi farlo, perché sei legato lì, e non ho intenzione di darti nulla. Ma ti mostrerò cosa ti manca e ti farò affrontare il tuo desiderio."

"Continuo a dirtelo," ringhiò, "Non ti voglio. Tu sei umano, e io non lo sono. Perché dovrei essere interessato a uno ... così lungo, molle, attenuato, muscoloso e flaccido .. ." farfugliò indignato.

"Continua a dirti che ...", disse mentre iniziava a slacciare i lacci sul retro del vestito, togliendolo dalle braccia, "perché chiaramente lo sei" annuì in direzione del suo inguine, attualmente nascosto da lei sollevata cosce.

La lunga gonna di Iris le cadeva intorno alle caviglie e lei la tolse in seguito.

Come si era vestita Adriana, sotto indossava un abito più corto, di stoffa più sottile e quasi senza maniche.

Al di sotto di questo, lo sapeva, avrebbe indossato mutandine indecentemente corte, non quelle modeste alte fino alle cosce delle donne nane.

L'idea provocò un altro scalpore sul suo cazzo e dovette sforzarsi di ricordare che non era attratto dalle donne umane.

L'ultima volta era stato l'afrodisiaco a provocare tutta la sua eccitazione.

Quella era l'unica ragione.

E tutto quello che Adriana aveva affermato di non poter cambiare i desideri, ma solo di indebolire la sua determinazione a ignorarli, non ci credeva.

Era stato un trucco, altrimenti non le avrebbe fatto qualcosa del genere.

Doveva concentrarsi su quel pensiero e mostrare a Iris che non aveva alcun potere su di lui.

Anche tra i nani, le donne non erano mai dominanti e lui sapeva in fondo che quello che stava facendo era sbagliato.

Potrei resistere.

E io resisterei.

Iris si voltò a guardarlo di nuovo, facendo scivolare una mano seducente lungo il fianco, lisciando il tessuto leggero e sfilandosi il vestito.

"Vorresti che questa fosse la tua mano, giusto? Andiamo, ammettilo."

Non lo dignitò con una risposta.

Iris fece un altro passo in avanti, tirando su un lato della camicia da notte, rivelando una coscia cremosa.

Le sue gambe erano più lunghe e sottili di quelle di qualsiasi donna nana, e sotto c'era un ridicolo accenno di muscoli.

Allora perché quella forma arrotondata, quella pelle morbida e pallida, sembrava così attraente?

"Ti interessano le mie gambe? Vuoi baciarle? Scommetto che la tua barba mi farebbe il solletico."

Si voltò, fissando il muro. Doveva smetterla di pensarci.

"Bene, questa è la prima volta che smetti di cercare, nano maestro," fece notare, avvicinandosi, "ma non possiamo permetterlo, vero?"

Si inginocchiò accanto a lui, ma lui si rifiutò di riconoscerla.

"Guardami," fece le fusa la bionda, "sai che vuoi farlo. Guarda, ma non toccare. Il desiderio di farlo deve farti impazzire."

La ignorò, fissando ancora il muro, fingendo che non fosse lì.

C'era poco che potesse fare, al momento, per dimostrarle quanto si sbagliava con lui.

"Oh, ma posso toccarti," disse, mettendo di nuovo le mani sul petto.

Non la stava ancora guardando.

"Dai, non uno sguardo?"

Scosse la testa, in silenzio, mentre le sue mani scivolavano lungo i suoi fianchi, sotto la base delle sue costole, fino ai suoi fianchi, i suoi pollici che sfregavano i capelli scuri lì.

Si dimenò mentre scivolavano più indietro, giù per le sue natiche, prendendo a coppa, tenendo e stringendo.

Si spostarono da lì alle sue cosce, prima fuori, poi dentro, salendo lentamente centimetro dopo centimetro.

"Non mi interessa quello che neghi," disse, "il tuo cazzo ti mostra che sei un bugiardo. È difficile come dovrebbe essere, vedi? E questo mostra quali pensieri ti stanno davvero passando per la testa."

"Tutte le donne umane sono così sfacciatamente lussuriose?" sbottò, voltandosi per lanciarle uno sguardo arrabbiato.

"Cosa?" Disse sarcastico, "conosci qualche altro essere umano con cui confrontarmi?"

"No ... no, certo che no," balbettò, diventando rosso quando un'immagine delle lunghe cosce di Adriana apparve davanti a lui.

"Per gli dei, questo migliora solo!" Iris gridò sbalordita, staccandosi da lui e alzandosi in piedi. "Sei davvero un pessimo bugiardo, vero? Come è successo, in nome degli dei? Ti comporti come se l'avessi fottuta E non lo ammetti nemmeno a te stesso! Devo sapere, hai davvero scopato lei??

Snagg chiuse gli occhi e strinse i denti, sbattendo la testa per la frustrazione contro la gamba del tavolo dietro di lui.

Vorrei poter scappare da questa pazza!

"Questo mi riporta alla minaccia, non è vero? Perché ora so qualcosa di te che davvero non vuoi sapere. Perché, potrei dire a chiunque."

"Per favore ... per favore no ..." Era quasi un sussurro.

Si sentiva imbarazzato, non solo per quello che aveva fatto, ma per come suonava ora.

Se solo quella vergogna potesse fare qualcosa per bandire il bruciore che questa donna stava provocando nelle sue viscere.

"Quindi alla fine supplica. Beh, sai cosa devi fare," la sua voce si fece di nuovo dura, "dimmi cosa voglio sapere."

"Non posso ... per favore ..." soffocò le parole, incapace di continuare oltre.

"Allora è meglio che andiamo avanti con questo," disse, voltando le spalle di nuovo, "finché non cambierai idea."

Le sollevò l'orlo della camicia da notte fino alla vita, mostrando la curva delle sue natiche dentro le mutandine indecentemente corte sotto.

I suoi occhi si spalancarono quando lei mosse un po 'i fianchi, stuzzicandolo ancora di più.

Ma non che funzionerà, si disse un attimo dopo.

Ovviamente no.

Iris sollevò più in alto la camicia da notte, poi si librò sopra la sua testa, dandogli una visione della sua schiena nuda e snella.

Era troppo magra per i gusti di un nano e allampanata per i suoi standard, anche se forse non così tanto per un umano.

Non aveva nemmeno i muscoli delle spalle, si disse.

Le donne dovrebbero essere in forma e in salute, non con tutte quelle linee e curve lunghe e sottili che aveva l'umano.

La donna bionda incrociò le braccia sui seni e si voltò a guardarlo di nuovo, ora con indosso solo le mutandine.

La sua pancia, ovviamente, sembrava strana quanto la sua schiena, troppo sottile e lunga.

D'altra parte, doveva ammettere che il suo petto era impressionante come quello di qualsiasi donna nana.

Adriana era stata molto più piccola, ricordava, i suoi capezzoli anormalmente piccoli, o almeno così gli erano sembrati.

"Beh, posso vedere cosa stai guardando," disse Iris, "pronta ad ammettere che vuoi vedere di più?"

Sapeva che non ci sarebbe stata alcuna differenza in quello che aveva detto, quindi non ha detto niente.

Dovrebbe davvero provare a ignorare i suoi giochi stravaganti.

Iris sogghignò, un lampo di denti bianchi contro le labbra rosa, e allargò lentamente le braccia, le mani ancora premute contro il suo corpo, finché non si posarono sui suoi capezzoli, l'unica cosa sulla sua vita ora nascosta alla vista.

I seni dell'umano, rifletté, erano un po 'cedevoli rispetto a quelli di un nano.

Dovrebbero essere più sodi, anche se le loro dimensioni e la curva arrotondata sono gradevoli alla vista.

Sembravano cuscini morbidi, flessibili e confortanti su cui appoggiare la testa ... si staccò rapidamente da quella serie di pensieri, ignorando il pulsare nel suo cazzo.

"Ti piacciono eh? Vuoi toccarli, posso vederlo. Ma non te lo permetterò."

Ora sollevò lentamente le dita, allontanando le mani dai morbidi tumuli, esponendo capezzoli rosa pallido con grandi aloni.

Il pensiero che le sue tette somigliassero più a un nano che a quelle di Adriana gli aveva fatto sobbalzare il cazzo, e chiuse gli occhi per bloccare la vista.

Tuttavia, poteva ancora vederli nella sua mente quando sentì Iris camminare verso di lui ancora una volta.

"Apri gli occhi, non vuoi perderti niente."

Scosse la testa, ma poi sentì la sua mano sul ginocchio e la sorpresa li fece riaprire.

Si allungò verso di lui ed era seduta a poca distanza, prendendo a coppa i suoi grandi seni tra le sue mani.

Fissò i suoi occhi azzurri su quelli scuri e iniziò ad accarezzare i tumuli, passandosi le mani sui capezzoli, strizzandoli, enfatizzando la morbidezza del suo corpo.

I suoi capezzoli si stavano indurendo, gonfiandosi sotto la punta delle dita, mucchi di carne rosa che emergevano dalla pelle più chiara.

"Vuoi toccarli?" chiese la bionda avvicinandosi "vuoi baciarli?"

Adesso era a pochi centimetri da lui, china su di lui.

I seni gli riempirono la vista, mentre li sollevava per esaminarli.

Una mano saettò tra le sue gambe, prendendole le palle pelose, e non poté fare a meno di sussultare dalle sue labbra.

Iris fece scorrere la punta del dito indice lungo la parte inferiore del suo pene eretto, accarezzandogli contemporaneamente il seno sinistro con la mano libera.

"Vuoi spremere i miei capezzoli duri?" suggerì, chinandosi per sussurrarglielo all'orecchio.

"Forse, ma non puoi," disse all'improvviso, allontanandosi da lui e tornando verso il letto, fuori dalla sua portata.

La guardò di nuovo, una furiosa maledizione sulle labbra.

Era pazza, non solo per mettersi in mostra in questo modo, ma per aver immaginato che lo avrebbe eccitato.

Il fatto che lei avesse effettivamente accarezzato le sue parti più intime ... il suo cazzo tremò di nuovo al pensiero, e fece del suo meglio per ignorarlo.

Mentre immaginava la prossima cosa che avrebbe fatto, Iris si tolse le mutandine e ora si sedette sul letto con le gambe divaricate, il tutto in piena vista del nano prigioniero.

I suoi capelli biondi erano più radi di quelli di una donna nana, un riflesso della generalità senza peli che gli umani, maschi e femmine, condividevano a vari livelli.

Dopotutto, non erano solo la sua altezza e la sua forma ad essere anormali.

Iris si passò le mani sulle cosce, sul ventre, tenendo le gambe divaricate.

Era una dimostrazione di così tanta lussuria che difficilmente avrebbe potuto immaginarla prima che lei iniziasse.

Tuttavia, tale era la spudoratezza del suo comportamento che non riusciva a staccarle gli occhi di dosso.

La bionda aveva alzato la mano sinistra per strofinare uno dei suoi ampi seni, mentre l'altro lo aveva sommerso tra le sue gambe, arruffando i corti peli sul suo monticello e poi premendo contro le sue labbra rosa.

Iniziò a muovere la mano in cerchi delicati, premendo leggermente tra le labbra e lasciando fuori alcuni piccoli sussulti di piacere.

Passarono alcuni istanti prima che si rendesse conto di quello che stava facendo, dato che non aveva mai visto una donna fare qualcosa del genere prima.

"Vorresti che fossi tu a farlo, giusto?" chiese, la sua voce bassa e roca, "mmm ... beh in questo momento non ho bisogno di nessun uomo, men che meno di te."

Il suo dito medio si immerse più in profondità e, per un momento, le sue labbra si aprirono, esponendo la loro profondità al suo sguardo sorpreso.

Potevo vedere che il suo viso era già arrossato e le sue dita erano bagnate dai segni della sua stessa emozione.

Alzò la mano e la luce balenò sulle macchie umide.

"Cosa ne pensi, Dwarf Master?" disse alzandosi di nuovo e facendo qualche passo verso di lui.

Lottò per scappare, ma lei si sporse in avanti, il suo corpo fuori portata, ma con il braccio destro teso.

"Questo è sbagliato!" implorò quando la sua mano si allungò.

Alla fine riuscì a rialzarsi, colpendo con le mani legate la parte inferiore del pesante tavolo.

Allungò una mano, spalmando il succo della sua sconveniente lussuria sul suo viso, asciugandoglielo dalla barba.

Questo era già troppo, e finalmente cominciò a sentire il suo bruciore placarsi.

E poi, mentre lei si allontanava per tornare al letto, si rese conto che gli anelli di corda attorno ai suoi polsi si erano impigliati in un chiodo che sporgeva dalla parte posteriore della gamba del tavolo, proprio nel punto in cui si congiungeva con la parte superiore.

La corda stava cominciando a strapparsi ...

Se poteva continuare a strapparlo più volte senza che lei lo vedesse, avrebbe avuto la possibilità di liberarsi!

Iris era tornata a letto, allargando di nuovo le gambe e tornando al proprio piacere.

I suoi occhi si chiusero mentre lo faceva.

Aveva solo una possibilità, ma doveva muoversi velocemente e in silenzio.

Strofinò la corda contro il chiodo più volte e alla fine il materiale si strappò.

Le lasciò le braccia, mentre pezzi della sua camicia cadevano a terra.

Allungò una mano e afferrò un coltello da falegname che era sul tavolo, quando sentì Iris urlare allarmata e scagliarsi contro di lui.

Abilmente, rotolò di lato, fuori portata, sulla schiena, sollevando le gambe in modo da poter tagliare i legami con il coltello.

L'umano le afferrò il polso, ma la scrollò di dosso.

Ha tagliato di nuovo le restrizioni e finalmente si è liberato.

Urlò quando lui si lanciò contro di lei con il coltello, salendo sul letto.

Saltò sul letto, cadendo su di lei mentre lei cercava di fermarsi con il suo braccio sinistro alla sua destra premendo il coltello contro la sua gola.

Iris era molto tranquilla, i suoi occhi azzurri spalancati per la paura, la sua passione precedente evidentemente svanita.

"Come osi trattarmi così!" sibilò: "Non sei solo un pervertito, sei pazzo! Di cosa si tratta? Sapevi che non avrei parlato, l'hai detto molte volte, quindi a cosa serviva? Solo per il tuo piacere? E non urlare di nuovo, o giuro che ti taglierò la gola. "

"Volevo punirti perché la tua gente aveva ignorato il mio," ringhiò, tornando alla sua vecchia battaglia, anche se ovviamente non osava muoversi o gridare.

"Non solo hanno ignorato la tua gente, ma anche te, su cosa ho ragione? Hai detto che le donne del tuo villaggio hanno cercato di offrirsi in cambio di segreti artigianali, qualcosa che nessun nano avrebbe accettato come pagamento. quelle donne, avevi ragione? È stato tutto a causa del tuo fallimento, su cosa ho ragione? "

Annuì lentamente, il coltello ancora premuto contro la carne della sua gola.

"Volevo sapere che il problema non ero io, che i fabbri nani non avevano detto niente solo perché non volevano che i loro compagni scoprissero la verità più tardi. E aveva ragione. Potevo sentire come lo volevi tu e sì, accidenti, ti ho punito per questo. ".

"Non era interessato!" disse con forza, cercando di ignorare il fatto che il suo pene, che era diventato floscio durante il combattimento, aveva ora la punta annidata nella leggera depressione dell'ombelico.

La sensazione confortante e calda della morbida fossetta nella sua carne lo spinse a gonfiarsi di nuovo, e cercò di persuadersi che non si sarebbe mosso dalla sua posizione perché così facendo avrebbe potuto dargli una possibilità di difendersi.

"Penso che entrambi sappiamo che è una bugia. Difficilmente avresti potuto dimostrarlo in modo più efficace."

"Non devi dirlo a nessuno. Ricorda, ora sono io che ho il coltello, posso ucciderti ogni volta che voglio."

Sperava che lei credesse a quella bugia.

Non importava cos'altro fosse, ma era una vittima del diavolo, controllata dalla mente per eseguire i suoi ordini, una vittima innocente che meritava di vivere ... finché poteva persuaderla a rimanere in silenzio.

"Non vuoi sapere dove sono la tua armatura e le tue armi? Posso condurti da loro, posso mostrarti la via d'uscita. Posso dirti che mi hai costretto ... e questo è abbastanza vicino alla verità."

"Fallo e ti lascerò vivere", disse, "ma non incrociarmi di nuovo o sarà il tuo destino".

"A una condizione," rispose Iris, con un tocco d'acciaio che tornava nella sua voce.

"Non credo che tu sia nella posizione di negoziare. Mantenerti la vita dovrebbe essere abbastanza per te."

"Ma non vuoi uccidermi, posso vederlo nei tuoi occhi. Oh sì, sei arrabbiato, ma non abbastanza da uccidermi. Inoltre, ti è piaciuto il mio piccolo spettacolo, quindi ti ho già dato qualcosa Dovrei ringraziarti per. "

"Per cosa ti ringrazio?" chiese incredulo "sei davvero pazzo".

"Ti lascerò uscire di qui a una condizione," ripeté, "voglio sapere. Voglio sapere cosa sarebbe dovuto accadere in città".

"Sai cosa?" chiese, a bocca asciutta, quasi non credendo che lei volesse condizionarlo, chi pensava che fosse?

"Mi hai preso. Quei nani mi hanno rifiutato, ma tu sei sdraiato sopra di me, con un grosso cazzo duro e sodo premuto contro la mia pelle, e non è come se non l'avessi fatto prima. Mostrami cosa avrebbe potuto avere è successo a me ... oa te. Non uscirai mai di qui. "

Si appoggiò un po 'indietro, sollevando il corpo da quello di lei, scuotendo la testa senza dire nulla.

Questa situazione era di nuovo come quella di Adriana.

E le donne umane?

"E non è che tu non voglia."

Alla fine si arrese.

"Pensi di essere così irresistibile?" gridò con rabbia lanciando il coltello, "è questo quello che vuoi?"

La spinse di nuovo sul letto e le afferrò una gamba, sollevandola in modo che la parte posteriore del ginocchio poggiasse sulla sua spalla.

I suoi capelli biondi e la figa allettante erano a pochi centimetri dal suo cazzo, che stava già rapidamente crescendo a grandezza naturale.

"È questo che vuoi?" le chiese di nuovo, spingendosi dentro di lei.

Grugnì di piacere mentre le sue labbra morbide lo avvolgevano, e si aggrappò alla sua coscia sollevata, le sue dita carnose afferrarono la carne tenera.

"È questo quello che stavi aspettando da tutti questi anni?"

Cominciò a pompare dentro e fuori, punteggiando le sue parole con impulsi ripetuti.

"Vuoi ... il ... duro ... e ... virile ... cazzo ... di ... un ... nano ... nella ... tua ... fica ... di ... umano ...?"

Iris gemette, un suono di profonda soddisfazione, ansimando e ansimando mentre lui continuava a scoparla.

Riusciva a sopportare solo occasionali urla di consenso o di incoraggiamento, esortandolo a continuare.

Il sentimento per lui, in qualche modo, era anche migliore che con Adriana.

La sua fica scivolosa cedeva a ogni movimento.

I suoi occhi erano ipnotizzati dall'ascesa e dalla caduta dei suoi grandi seni, tremanti più di quanto farebbe un nano, e dal movimento del suo ventre non troppo sodo.

Si sedette leggermente, sdraiato sopra di lei ora, la sua testa appena sotto il mento e il seno premuto contro la sua spalla.

Rallentò i suoi movimenti dentro di lei, volendo godersi l'esperienza, impiegando più tempo di quanto avesse fatto con Adriana.

Con una mano pesante afferrò un seno, impastando mentre le sue stesse mani gli afferravano le spalle e il culo.

La sensazione del tumulo contro le sue dita indagatrici era strana, molto morbida e piacevole, e assaporò la sensazione mentre continuava ad accarezzare la carne flessuosa, qualcosa che non aveva fatto durante il suo precedente incontro con un umano.

Si liberò, il suo cazzo bagnato colpì l'interno della coscia di Iris mentre lei emetteva un gemito deluso.

In risposta, lui avvolse entrambe le mani attorno a uno dei suoi seni, premendolo contro il suo viso, aprendo la bocca per prendere il capezzolo rosa e gonfio all'interno.

Lo succhiò, il naso affondato nella sua carne morbida, leccandolo con la lingua mentre cedeva al desiderio di lei.

"Aveva ragione ..." disse Iris senza fiato, "la tua barba mi solletica."

Si appoggiò allo schienale, aggrottando la fronte per il possibile insulto, e le afferrò ciascuna delle gambe, costringendole ad aprirle.

Poi si mise a sedere e le tirò le natiche in grembo, impalandola ancora una volta.

La testa di Iris scattò all'indietro, il suo viso arrossì profondamente, ansimando più velocemente questa volta mentre riprendeva le sue vigorose spinte.

Le sue cosce erano contro il suo petto, le sue ginocchia su entrambi i lati della sua testa, e usò una mano per mantenersi mentre allungava l'altra per afferrare un petto che sobbalzava.

"Ammettilo ..." riuscì a boccheggiare, tra gemiti di piacere.

Non si preoccupò di chiedere cosa intendesse.

"Sei troppo alto," disse, "sei allampanato e morbido, la tua vita è troppo stretta, le tue spalle sono troppo fragili, la tua pelle è troppo glabra ... eh ... eh ... e con i nomi di tutti dèi nani ... mi piace ... questo mi piace molto ... "

Non poteva credere che quelle parole fossero uscite dalla sua bocca, ma ora non poteva mai tirarsi indietro.

Non c'era afrodisiaco, niente lo obbligava, nessuna scusa possibile che potesse inventare per crederci.

Era umana, eppure la trovava incredibilmente eccitante sessualmente, in un modo che non avrebbe mai immaginato possibile.

Energizzato dalla realizzazione, aumentò il ritmo delle sue spinte, colpendola più e più volte mentre i suoi gemiti aumentavano, senza parole ora che era persa nel rilascio della propria lussuria.

Hanno raggiunto il culmine insieme.

Lanciò un grido di puro piacere mentre riempiva la sua debole fica umana di spruzzi dopo spruzzi di caldo sperma nano.

Rimase così per un momento, assicurandosi che l'ultimo seme rimanesse dentro di lei.

I suoi fianchi continuarono a fare piccoli movimenti fino a quando finalmente si ritirò, ansimando mentre si sdraiava accanto a lui.

Poi seppe che non voleva che fosse l'ultima volta.

CAPITOLO XXXVI
YASIMINA

"Andiamo ..." disse Yasimina, proprio mentre il corridoio sprofondava nell'oscurità, "... esci!"

Le sue parole svanirono nel vuoto quando si sentì voltare, perdendo ogni senso dell'orientamento.

Le trottole si fermarono, ma la luce non tornò.

Trattenne il respiro, la spada ancora in guardia davanti a lei.

Ma come l'avrebbe usato se non avesse potuto vedere niente di fronte a lui.

"Sono tutti qui? Luce!" lei ha urlato.

Non ci fu risposta, e il modo in cui la sua voce riecheggiò sui muri le disse che il corridoio adesso era vuoto.

Se era anche lo stesso corridore, di cui ora dubitava.

Qualsiasi magia che avesse spento le luci avrebbe potuto anche condurli in diverse parti del complesso, separandoli e rendendo difficile ritrovare la via del ritorno, almeno senza rivelare la loro posizione ai nemici.

Il demone stesso, ne era certa, non sarebbe stato ostacolato da qualcosa di così banale come l'assenza di luce.

Tuttavia, i membri dell'harem dovrebbero essere ciechi quanto lei ... presumendo, ovviamente, che Amazarac non avesse pensato di equipaggiarli con qualche tipo di oggetto magico.

Gli avventurieri erano in grande svantaggio, intrappolati in un labirinto di corridoi che non conoscevano e non potevano nemmeno vedere.

Ma quanto può essere grande quel labirinto?

Ci sarebbe un limite ovvio, ma sicuramente la magia potrebbe nasconderlo un po '.

Allungò una mano e toccò il muro.

Allora era ancora in una specie di corridoio.

Tutto quello che poteva fare era andare avanti e forse avrebbe trovato un posto dove ci fosse luce.

Oppure il demone l'avrebbe trovata, il che le avrebbe almeno dato la possibilità di fare qualcosa.

Fece un passo avanti, facendo passi misurati, trascinando la mano sinistra lungo il muro, tenendo la spada davanti a sé, come se minacciando l'oscurità nera davanti a lei.

Le sue orecchie colsero il suono di una rissa.

Una delle sue compagne, probabilmente Snagg, aveva trovato qualcosa, ma lei non era lì per aiutarlo.

Accelerò il passo, sperando di trovare qualche svolta nel corridoio che portava nella giusta direzione.

La sua mano trovò la superficie di legno di una porta.

Era un po 'troppo regolare per il vero legno, anche lei poteva dirlo, ma stava guidando nella direzione dei suoni.

Anche se non litigava più, ma parole soffocate che non poteva afferrare completamente.

Non era un buon segno.

Spalancò la porta, ma dall'altra parte c'era solo più oscurità.

Entrò e agitò la spada, ma non trovò nulla.

Facendo alcuni passi in avanti, la punta della spada colpì qualcosa di morbido.

Tuttavia, non c'era alcun suono, nessun accenno di movimento.

Allungò la mano libera e trovò quello che sembrava essere un fagotto di stoffa che gli bloccava il cammino.

Presto si rese conto di non aver trovato niente di più eccitante di un piccolo magazzino, senza altri sbocchi.

Represse una maledizione di frustrazione e uscì nel corridoio.

Potrebbero esserci dozzine di stanze qui, e ci sarebbe voluto del tempo prezioso per non doverle perquisire.

Anche se potessi vedere

Molto di più in queste condizioni.

Il silenzio era tornato ancora una volta.

Snagg era stato vittorioso?

Se avesse affrontato il demone da solo, sarebbe sembrato dubbio, anche se non era certo che l'avrebbe fatto.

Oltre ad Amazarac, dovrebbero esserci quattro donne qui.

Uno di loro era un guerriero, un'alta bruna vestita di pellicce barbare, ma gli altri tre sembravano abbastanza innocui, semplici prigionieri che aveva portato per strada, scelti per il loro aspetto, non per la loro abilità.

Dopotutto, un harem non era pensato per l'autodifesa, specialmente da qualcosa che probabilmente era ritenuto in primo luogo invulnerabile.

Ha trovato un'altra porta; nient'altro che oscurità silenziosa oltre ancora una volta.

Non aveva senso esplorarlo, allora.

Sarebbe meglio restare con il broker.

Se Amazarac e il barbaro fossero in cerca di intrusi, sarebbero lì.

Nella migliore delle ipotesi, avrebbe potuto trovare una delle altre donne rannicchiata in una stanza, e non poteva vedere come sarebbe stato di qualche utilità per lui.

Ciò avrebbe semplicemente rivelato la loro posizione e non aveva modo di liberarli dalla loro schiavitù.

Ha continuato a camminare.

Poi, proprio mentre girava un angolo, il suo piede colpì qualcosa di morbido.

Si inginocchiò, tastando con la mano.

Una donna, incosciente.

Doveva essere la rossa, ancora sotto l'incantesimo di Conan.

Almeno adesso sapeva di essere vicino all'ingresso.

Ci fu un suono sommesso dietro di lei, e si voltò, ancora accucciata, con la spada puntata mentre qualcosa ronzava nell'aria verso di lei.

La colpì, facendola cadere a terra, ma non con grande forza.

Troppo tardi, si rese conto che la cosa era una rete, con delle corde avvolte magicamente intorno.

Qualcosa si è rotto, poteva sentire il suono, ma non poteva dire cosa fosse.

Ha cercato di alzarsi, ha cercato di lanciare la rete, ma era come combattere una creatura con una dozzina di tentacoli.

Mentre si muoveva, i lacci della rete si strinsero, costringendole le gambe a inginocchiarsi, le cosce premute contro i suoi polpacci.

Le tirò il braccio sinistro lungo il fianco e lei sentì che solo la sua gorgiera impediva alla rete di strangolarla.

Poteva ancora muovere il braccio della spada ...

Il suono spezzato che aveva sentito doveva essere stato una delle corde che si laceravano, tagliandosi via con la lama affilata.

Il che significava che aveva la possibilità di liberarsi.

Se solo potessi farlo in tempo.

Grugnì per lo sforzo mentre le corde si stringevano, costringendola a una posizione scomoda.

Anche con la parte superiore del braccio con cui teneva la spada fissata al petto, libera solo dal gomito in giù.

Ha cercato di tirare le corde sul petto, sperando di liberare l'altro braccio, o forse anche entrambi.

"Oh, non credo," disse una voce, mascolina e liscia come la seta.

La sua spada fu strappata dalla sua presa e gettata di lato in modo che cadesse a terra.

Si scagliò con il pugno, perché almeno aveva ancora un mezzo braccio libero, ma afferrò il suo aggressore solo con un colpo molto leggero.

Rise crudelmente.

"Anche questo ti farà ben poco. Sei mio prigioniero, accettalo. Hai fallito."

Prima che lei potesse raggiungere il suo pugnale, anche lui l'aveva lasciato cadere.

Evidentemente poteva vedere perfettamente al buio, proprio come lei sospettava.

Ha cercato di alzarsi con il braccio libero e ha afferrato le corde intorno al suo corpo.

Tirarli non ha avuto alcun effetto positivo, li ha solo fatti stringere di più.

Non c'era niente che potesse fare adesso, si rese conto, ma doveva aspettare e conservare le sue forze.

Forse avrebbe avuto più possibilità in seguito.

Dopotutto, i suoi compagni erano ancora lì, o almeno così sperava.

Udì il suono di un incantesimo sussurrato, vide un lampo di luce bluastra che in qualche modo non poteva illuminare nulla intorno a lui, e poi sentì una donna gemere.

Ovviamente Amazarac aveva svegliato la rossa.

"Quanti di loro sono lì?" chiese con voce calma ma urgente.

"Quattro ... credo ... di aver visto solo di sfuggita. Potrebbero essercene di più."

"Ah!" Amazarac sbuffò con un suono di soddisfazione, "e ne ho catturati quattro. Vedi, donna guerriera," Yasimina poteva sentire che ora si era rivolto a lei, "hai fallito. Totalmente, come tutti quelli che mi sfidano."

Quattro, pensò il paladino.

La donna ne aveva visti solo quattro.

Uno era andato perso, molto probabilmente Zula, con la sua piccola taglia.

Quindi almeno uno di loro era libero nel complesso.

Anche se solo uno fosse stato lasciato libero, forse lui o lei avrebbe potuto salvare gli altri.

Era un pensiero che valeva la pena mantenere.

Non tutto era ancora perduto, qualunque cosa credesse Amazarac.

"Non posso esserne sicura," disse la voce della donna, "è stato solo un momento."

"Allora portiamo questo prigioniero nella sala del trono e assicuriamoci."

Amazarac afferrò il braccio libero di Yasimina e iniziò a trascinarla sul terreno.

Era chiaramente forte, doveva darglielo, ma cosa ci si poteva aspettare di meno da un demone?

"Ma non riesco a vedere!" gemette la rossa.

"È una protezione magica, parte delle stanze di questo posto. Segui il suono, Freya, non hai bisogno di aiuto."

Yasimina si sentì trascinata senza tante cerimonie lungo una serie di corridoi tortuosi, che conducevano ulteriormente nel labirinto.

Strinse i denti e sopportò l'umiliazione: non c'era molto da ottenere lamentandosi.

In effetti, non passò molto tempo prima che sentisse alcune porte aprirsi, e poi la luce si riversò sul suo viso.

L'hanno trascinata in una stanza ben illuminata e poi l'hanno lanciata a metà gettandola contro una serie di cuscini sparsi.

La stanza era sontuosamente decorata e dalla sua posizione sul pavimento poteva vedere diverse sedie e tavoli bassi, con una delle sedie alta e dorata, che corrispondeva effettivamente alla descrizione di un trono.

Qui c'erano anche statue di demoni con molte braccia, gatti predoni e ballerini quasi nudi.

Dal suo punto di vista, riusciva a distinguere piatti, brocche e ciotole sui tavoli, alcuni dei quali carichi di cibi ricchi.

Amazarac le voltò le spalle, guardando il suo premio.

Sembrava completamente umano, anche se di estrazione esotica.

La loro pelle era scura, di un ricco colore marrone, simile a quella di molti zamorios, sebbene i loro tratti del viso fossero più simili a quelli dei nativi di Tarantia.

Aveva lunghi capelli neri che gli cadevano in una criniera intorno alle spalle, una barba corta e appuntita e occhi neri come la notte che brillavano di crudele disprezzo.

Era avvolto in una veste fatta di quella che sembrava essere seta viola, rifinita d'oro.

A differenza delle vesti dei maghi di Tarantia, arrivava appena sotto le ginocchia e poteva vedere che indossava pantaloni di seta abbinati e pantofole bianche decorate con fili d'argento.

Un'ampia cintura dorata le cingeva la vita, stringendo la vestaglia per mostrare il potere delle sue spalle e del petto muscoloso sotto la seta.

"Hai portato la spada?" chiese, evidentemente parlando a Freya, che era appena entrata nella stanza, sbattendo le palpebre nella luce improvvisa. "Non importa. Mettilo sul tavolo, non ti servirà a niente. Adesso chiudi la porta, c'è qualcosa che devo fare."

La rossa ha agito obbediente, mentre Amazarac si è mosso per sedersi sul suo trono.

C'era una sfera posta sul bracciolo destro, una sfera nera lucida su cui il demone muoveva la mano.

"In questo modo," disse un attimo dopo, "ora non saremo interrotti".

"Vedi," disse, alzandosi e camminando verso il paladino prigioniero, "nel caso ci siano più di voi, ho protetto questa stanza con un incantesimo di disorientamento. Anche se qualcuno potesse trovarlo al buio, perderà tutto senso dell'orientamento e si allontanerà dalla porta. Solo le mie seguaci di sesso femminile sono al sicuro dall'effetto. Penso di aver catturato tutte le tue compagne, ma anche se non l'ho fatto, nessuno verrà a salvarti. "

Ha cercato di non mostrare la delusione.

C'era sempre una possibilità, fintanto che sarebbe rimasta in vita, non importa quanto piccola potesse essere.

"Ma fammi vedere. Apri la mia mente, donna mortale, e dimmi quello che sai."

Si chinò più vicino, i suoi occhi scuri spalancati, uno sguardo ipnotico che poteva sentire perseguitare la sua anima.

Inviò una frettolosa e silenziosa preghiera a Ymir e poi chiuse la sua mente da ogni pensiero.

Faceva parte dell'addestramento spirituale del suo ordine, una parte della disciplina mentale richiesta ai paladini.

Chiuse gli occhi sul demone, immaginando un muro solido nella sua mente.

Gli altri suoi pensieri li spinsero in fondo alla sua mente, fuori dalla portata delle dita mentali del demone.

Poteva sentire quelle dita, sondare il muro immaginario, pungolare e cercare un modo per entrare, una sensazione molto spiacevole nella sua testa, eppure si rifiutava fermamente di lasciarsi sopraffare da quella sensazione.

Amazarac grugnì e si appoggiò allo schienale, scoprì i denti e batté su un tavolo per la frustrazione.

"Ha avuto un allenamento per resistere a questo ... un metodo che mi tiene lontano! Posso sentire i suoi pensieri, ma non leggerli. Accidenti a te, umano, ma non pensare che questo mi fermerà."

Si calmò visibilmente, accarezzandosi la vestaglia, anche se non era davvero trasandata.

Si voltò verso Freya, in piedi obbediente al lato della stanza.

"Hai detto che erano in quattro. Che aspetto avevano?"

"Un nano, un uomo e una donna, e lei ovviamente," affermò Yasimina, "l'uomo aveva i capelli scuri, questo era tutto quello che avevo tempo di vedere. Oh, e non indossava un'armatura come lei."

"Il nano che ho catturato io stesso," disse Amazarac con orgoglio, "Iris lo tiene prigioniero. Odia i nani, come già sai," e aggiunse in tono di conversazione rivolgendosi al paladino, "Ora che so che non ne ho bisogno, Immagino. Lascerò che lo uccida, se lo desidera. Eloise ha l'uomo, mi ha mandato un messaggio "Yasimina si chiese come avesse fatto a farlo; forse faceva parte del controllo magico che aveva su di loro, "quindi non dobbiamo preoccuparci neanche per lui".

Si fermò, inclinando la testa di lato, come se stesse ascoltando.

"La donna ... sì, qualcuno è entrato nello studio di Amora, dev'esserci lei. Beh, se non può catturarla, possiamo comunque neutralizzarla."

Fece un passo indietro verso il trono e posò di nuovo la mano sul globo.

"La porta dello studio è ora chiusa. Solo io e Amora possiamo aprirla. Quindi se quello sconosciuto sconfigge mia moglie, lei sarà intrappolata all'interno. Ma, se Amora la sconfigge ... allora, non abbiamo problemi."

"Tutti sconfitti", ha aggiunto con un sorriso, allontanandosi dal trono. "Ora non resta che scoprire come sono entrati e colmare il divario. E scoprire che fine ha fatto Kaminari". Si voltò verso Yasimina, guardando la sua forma aggrovigliata. "L'hai uccisa? Non risponde alle mie spedizioni e non è tornata. Quindi è morta o è prigioniera da qualche parte che non posso raggiungere. Quale opzione è?"

Il paladino naturalmente non disse nulla.

"No, pensavo che avresti avuto bisogno di più persuasione per dirmi qualcosa. Certo, ho potuto leggere nel pensiero di alcuni tuoi colleghi; non tutti possono essere protetti come te. Ma c'è un'altra possibilità."

"Ti senti, guerriero, come una donna d'onore e di principi", sputò fuori le parole, come se fossero una maledizione, "il tipo che sente il bisogno di aiutare gli altri. Forse vorresti 'salvare' i miei seguaci, senza dare Renditi conto che godono della mia compagnia e servono la mia Alta Maestà come dovrebbero fare tutti i mortali. Ma, sì, proteggi i deboli e tutta quella spazzatura, non puoi mai permettere agli innocenti di soffrire inutilmente. "

"Beh, a che altro servono gli innocenti? Sono inutili, giusto? Allora ti dirò cosa farò. I due uomini interessano poco, e so che sono prigionieri, ma l'altra donna Ah ora, potrebbe essere intrappolata, ma Amora non è troppo forte, quindi come faccio a sapere cosa è successo? Andrò lì e mi assicurerò che venga catturata, se non è già. la rete, poiché sembra essere impegnata con te in questo momento, ma non è che non abbia altri poteri. In ogni caso, lo catturerò e lo porterò qui. "

"Quindi, la torturerò e la stuprerò mentre guardi. Ogni volta che rispondi onestamente a una mia domanda, le risparmierò un po 'di dolore. Come ti sembra?"

Il paladino la fulminò, lottando per non permettere che l'odio e la rabbia mostrassero le sue emozioni.

Se fosse riuscito in qualche modo a portare a termine la sua minaccia, sarebbe potuto diventare impossibile, ma per ora era in grado di controllare la sua rabbia.

Questa creatura era davvero un mostro.

Amazarac sorrise, con un lampo divertito.

"Bene, vedremo, no?" chiese, la sua voce quasi allegra.

"È questo il genere di cose che ti piacciono?" disse, mantenendo la voce ferma.

Non voleva mordere il gancio, ma più a lungo poteva farlo continuare a parlare, più possibilità avrebbero avuto gli altri.

"Pensi di essere giustificato in quello che fai? Ti importa così poco dei sentimenti degli altri? La tua filosofia, se posso chiamarla così, è vuota e sterile."

"Oh, penso di no", rispose il demone, "se i deboli non desiderano essere dominati, non dovrebbero essere deboli. Sì, sono più potente di qualsiasi semplice mortale, ma è perché ho un potere soprannaturale nel mio vene, e sarebbe un insulto per me non usarlo. È mio diritto e mio destino governare sugli esseri umani ".

"Ed è piacevole, permettetemi di assicurarvi, il dominio forte sui deboli, perché questa è la via dell'universo. Senza di essa, saremmo tutti trascinati nel canale dai miagolii patetici dell'umanità. le loro vite inutili, senza niente. Ci sarebbe solo anarchia e anarchia del tipo più degradato ".

"Pensi che dovremmo aiutare le persone? Cosa dovremmo proteggere gli innocenti? Lascia che si proteggano da soli, se possono! Non è così che sprechiamo le nostre energie facendo il loro lavoro per loro. I deboli mi disgustano, gli innocenti mi disgustano. fanno schifo, perché non hanno il coraggio di fare ciò che dovrebbero. E quelli a cui non piaccio ... sono fortunati se li lascio vivere. Sono potere e maestà, e un intelletto superiore che fa impallidire i comuni mortali di fronte a io. Non farò mai altro che abbassarmi alla sua stupida stupidità. "

"Le tue convinzioni sono una debolezza e te lo dimostrerò. Ti mostrerò quando violerò il tuo amico di fronte a te, e sai che non sei in grado di fermarlo. O mi dirai quello che voglio sapere, quindi dimostrando la tua inferiorità, o tradirai le tue ridicole regole d'onore. In ogni caso, avrò dimostrato che ho ragione e che tu avrai dimostrato che hai torto nelle tue convinzioni ".

"E tutto il tempo, mentre tormento la tua amica, tremerai di paura, perché sai che una volta che avrò finito con lei, sarà il tuo corpo a contaminare il prossimo. Pensaci, umano!"

Si diresse verso la porta, chiaramente disinteressato a qualsiasi altra conversazione, ma questa fu aperta ancor prima che arrivasse.

Una donna è entrata nella stanza.

Yasimina la riconobbe immediatamente come una delle harem, quella dalla pelle scura che sembrava essere una segretaria di qualche tipo.

"Ah, Amora," disse Amazarac, "vedo che devi avere ..."

"Bastardo!" gridò la donna, lanciando un pugnale in direzione del demone.

Era così scioccato che non cercò nemmeno di schivarla, restando lì con la bocca aperta mentre il coltello gli colpiva il petto.

Lo guardò con aria assente, e poi Amora.

"Non capisco ..." disse, tirando fuori il coltello con noncuranza.

Anche da dove era sdraiata, Yasimina poteva vedere che la ferita si chiudeva quasi istantaneamente, senza lasciare traccia attraverso il taglio della veste di Amazarac.

Dall'oscurità attraverso la porta proveniva un flusso di fulmini bianchi luminosi, e questa volta il demone si mosse, anche se non poteva evitarli tutti, ed esplose un'esplosione di luce che lo fece urlare di rabbia e dolore apparenti, mentre il suo le mani si mossero in un movimento per lanciare i propri incantesimi.

Mentre lo faceva, la pelle di Amazarac si increspò, il suo corpo si deformò e si trasformò mentre prendeva la sua vera forma.

Una pelliccia arancione e nera gli germogliava sulla testa e sulle mani, e una pelliccia più bianca sulle parti esposte del petto, dove la veste era stata tagliata e parzialmente spaccata.

La sua forma cambiava poco, tranne che per lo sviluppo di un fisico muscoloso ancora più potente, ma il suo viso era esteso in un muso simile ad un animale.

Ci volle solo un breve momento, e poi la vera forma di Amazarac fu rivelata.

Un umanoide alto, atletico, peloso con una testa a strisce che, a parte la colorazione, sembrava abbastanza simile a quella di un leone, anche se senza la criniera.

Denti forti e aguzzi brillavano mentre ringhiava, un ringhio disumano nel profondo della sua gola.

Yasimina non fu sorpresa di vedere Valeria precipitarsi nella stanza, uno scudo magico alzato di fronte a lei, e già preparandosi a lanciare un altro incantesimo.

Ma dov'era Conan?

Amazarac aveva insinuato che fosse stato catturato e, fino ad ora, non c'erano segni che Valeria fosse stata in grado di liberarlo.

L'elfa maga sarebbe stata in grado di sconfiggere il demone da sola?

La donna dai capelli rossi, Freya, attraversò di corsa la stanza, cercando quella che sembrava essere una bacchetta posta su uno dei tavoli.

Non era chiaro se intendesse usarlo lei stessa o passarlo ad Amazarac, sebbene la sua intenzione di proteggere il suo padrone fosse indiscutibile.

Ma non è mai arrivata al tavolo, poiché Amora la prese con un salto, facendola cadere a terra, dove i due iniziarono a litigare violentemente.

Yasimina stava iniziando a disperare per la sua impotenza quando lampi di energia magica iniziarono a volare attraverso la stanza.

Amazarac aveva sollevato uno scudo che deviava gli incantesimi, ma non aveva ancora colpito direttamente il suo aggressore.

Finora la battaglia era uniforme, ma non c'era nulla che il paladino potesse fare per aiutare.

Poi vide, con un'ondata di sollievo, Zula precipitarsi nella stanza, riparandosi dietro Valeria e poi dirigersi dritta verso la sua posizione.

La sua spada corta fu estratta e la usò per recidere i lacci della ragnatela magica.

Sfortunatamente, i fili sembravano essere molto resistenti ai tagli della sua spada.

Ma ovviamente non era stato così prima ...

"La mia spada è sul tavolo," mormorò al goblin, indicando con il braccio libero, "se la avvicini a me, posso lasciarla andare."

Zula annuì, afferrando la spada più grande e passandola in giro.

La spada era molto più affilata della spada corta del ladro, un'arma magica che si fece strada tra i suoi legami con facilità.

E mentre si alzava in piedi, vide Amazarac lanciare un altro incantesimo su Valeria, un malaticcio lampo di luce verde che fece cadere l'elfa a terra, la sua protezione sfrigolare e scomparire sotto l'attacco.

"Oh, odio il combattimento fisico," ringhiò il demone, la sua voce una fusa sorprendentemente morbida dato il suo aspetto bestiale, "ma in realtà oggi dovrò fare un'eccezione."

"Prova questo!" Gridò Yasimina, in piedi dietro di lui, con la spada alzata.

Il demone si voltò, con gli artigli aperti e i denti scoperti, solo per fargli affondare la lama nel petto, recitando alcune parole di preghiera sulle sue labbra.

Ha infuso l'arma con il suo potere divino, invocando l'ira degli dei sull'essere davanti a lei.

Una luce bianca e dorata correva lungo il bordo metallico come un fulmine, esplodendo dal torso peloso del demone.

Amazarac urlò, un ululato, un grido disumano, mentre il sangue nero sgorgava intorno alla spada.

Forse nessuna arma normale avrebbe potuto ferirlo, ma questa era una spada magica e, inoltre, era infusa con il potere sacro del paladino.

Tirò la spada verso l'alto, fendendogli la gabbia toracica mentre le sue mani artigliate rastrellavano debolmente l'aria.

Poi il demone cadde, scivolando via dalla lama, mentre altro sangue colava dal suo petto in frantumi, per diffondersi sul tappeto sotto il suo corpo.

La sua bocca si mosse una volta, ma non ne uscì alcun suono, poi si afflosciò, la sua lingua penzoloni, i suoi occhi scuri vitrei.

"Tutti stanno bene?" chiese, ansimando mentre stava in piedi sul cadavere, osservandolo attentamente per assicurarsi che non stesse facendo alcun trucco.

"Avrò bisogno di ... guarigione," ansimò Valeria, "e il tuo attacco è arrivato giusto in tempo. Quell'ultimo suo incantesimo ... non è stato affatto buono."

Si guardò intorno per vedere Amora che cullava Freya tra le sue braccia.

La rossa ora singhiozzava, le lacrime le rigavano il viso, aggrappandosi all'altra donna per il suo conforto.

L'incantesimo era finito e il controllo di Amazarac sulle donne era svanito per sempre.

"Eravamo in ritardo?" Conan era entrato nella stanza, accompagnato dalla donna barbara, che sembrava più composta di Freya.

Forse era più stoica, o forse il guerriero era riuscito a lanciare l'incantesimo per liberarla solo poco tempo prima, e da allora si era ripreso.

Come apparentemente sembrava Amora, immaginò Yasimina.

"È morto. È finita," disse semplicemente il paladino alle parole di Conan.

La donna barbara corse verso gli altri due componenti dell'harem, avvolgendoli con le braccia.

Sembravano aver bisogno del conforto l'uno dell'altro in quel momento, e Yasimina di certo non avrebbe negato loro questo.

"Bene," disse Conan, "era un mostro in ogni modo."

"Se lo meritava", ha detto Yasimina.

Non era qualcosa che diceva spesso, ma non aveva dubbi che fosse così anche oggi.

"Uh ..." disse Zula, guardandosi intorno, "e qualcuno sa dov'è Snagg?"

CAPITOLO XXXVII
ERICE

Yakin si guardò intorno nella cella.

Non c'era molto qui, e quello che c'era era familiare.

I suoi datori di lavoro erano in missione per salvare alcune donne dalle grinfie di un demone.

O almeno questo era quello che aveva dedotto, da quello che aveva sentito mentre stavano progettando.

Spesso erano lontani, ovviamente, avventurarsi nelle catacombe sommerse negli angoli più remoti del deserto era essenzialmente il modo in cui si guadagnavano da vivere.

Normalmente, a quei tempi, si prendeva cura della villa per loro.

Ma questa volta era diverso.

Questa volta stavano facendo qualcosa in città e, cosa più importante, qualcuno aveva mandato un demone al villaggio.

Rabbrividì interiormente al ricordo di aver affrontato la cosa.

Capì immediatamente che la creatura era lontana dalla portata e che avrebbe potuto ucciderlo in un istante.

Gli aveva istintivamente urlato contro, prima che si voltasse e la sua natura completa diventasse evidente.

Non che fosse una specie di guerriero; Col senno di poi, era ovvio che non avrebbe mai dovuto affrontare la creatura, affatto.

Quegli occhi rosso vivo si erano fissati su di lui, e aveva conosciuto la paura straziante di colui che stava per morire.

Anche essere stato colpito con il coltello non era niente in confronto a quanto era stato terrificante quello sguardo.

Gli portò un rinnovato rispetto per ciò che i suoi datori di lavoro facevano tutto il tempo, e ancora non sapeva perché gli aveva salvato la vita.

Da quello che sa di queste cose, dovrebbe essere morto, ma non si era preso la briga di ucciderlo.

Forse era troppo insignificante per preoccuparsene.

Tuttavia, l'attacco aveva significato che mentre gli avventurieri erano assenti, questa volta avevano insistito perché rimanesse al sicuro, lontano dal villaggio.

I suoi genitori erano fuori città e c'erano pochi altri da cui sarebbe stato disposto ad andare.

Ma aveva una zia che, come sua madre, lavorava come guaritrice nel tempio di Igea.

Almeno lei era in città in quel momento ed era riuscita a fargli restare una o due notti al tempio.

Era seduto su un lettino nella cella di un novizio, qualcosa che conosceva dalla sua infanzia, anche se non aveva mai preso seriamente in considerazione che un giorno avrebbe potuto definirsi un guaritore.

Gli mancava la capacità di farlo, anche se forse avrebbe dovuto studiare di più.

Ma è stato fortunato ad aver trovato il lavoro che ha trovato, come maggiordomo per avventurieri.

Ma almeno crescere nel tempio lo aveva abituato a fare molte pulizie e lavori domestici.

Adesso era tornato qui, anche se solo per un paio di notti al massimo, a guardarsi intorno ai muri che erano praticamente spogli, salvo una sola icona religiosa.

E in una stanza che non conteneva altro che un letto, un tavolino e un baule vuoto.

I novizi avevano pochi beni; faceva parte della preparazione per l'ordinazione come guaritore.

Sospirò e si appoggiò al muro di pietra.

Avevo già esaurito ogni possibilità di cose da fare qui, e non era nemmeno che avessero bisogno di altri addetti alle pulizie.

Non restava altro da fare che pensare.

Naturalmente, i suoi pensieri si sono rivolti ai suoi datori di lavoro e al pericolo che stavano correndo.

Era sempre una preoccupazione per lui quando erano via; che, questa volta, non sarebbero tornati, o almeno non tutti.

Forse non era uno di loro, ma ora gli erano vicini quasi come se fossero la sua famiglia, o almeno così si sentiva.

Erano certamente buoni datori di lavoro e sapeva di avere il privilegio di lavorare per loro, sotto la loro protezione, anche se di recente non aveva funzionato così bene.

Ma quella non era l'unica ragione.

C'era anche Zula.

Valeria e Lady Yasimina erano indubbiamente donne attraenti, ma c'era qualcosa in Zula che trovava incredibilmente attraente.

I suoi lineamenti fini, il suo corpo snello, i suoi profondi occhi castani, tutto combinato per renderla la donna che ha nutrito i suoi desideri.

Era qualcosa per cui si sentiva profondamente in colpa.

Non ci sarebbe mai potuto essere niente con lei, soprattutto perché era la sua datrice di lavoro.

Si meritava di meglio di lui che ammirava segretamente la curva dei suoi seni, o cercava di vederla anche parzialmente nuda, qualcosa in cui fino a quel momento aveva fallito così male.

Ma non poteva farci niente.

La colpa e l'impossibilità di tutto questo erano aggravate dal fatto ovvio che era un goblin, non un umano.

Sebbene avesse tutte le curve e gli attributi di qualsiasi femmina umana adulta, e in effetti, sembrava cinque o sei anni più grande di lui, raggiungeva a malapena la sua vita.

Una visione di sensualità in miniatura che avrebbe sicuramente dovuto ignorare, ma che non poteva fare.

Quella piccola taglia aveva occasionalmente alimentato le fantasie di lei che gli faceva un pompino mentre erano entrambi in piedi.

Ma soprattutto, ciò che desiderava di più era che un incantesimo magico impossibile la trasformasse nella sua dimensione.

Nei sogni che le nutrivano le notti, è sempre stata così.

Tutto proprio come lui, meno umano, finché non si è svegliata con una macchia umida sulle lenzuola e si è ricordata che, se un simile incantesimo esisteva, non ne aveva mai sentito parlare.

"Yakin, ho sentito che eri qui."

Scattò dalle sue fantasticherie e dall'inevitabile inizio di un'erezione, notando la donna in piedi alla sua porta.

"Erice," disse, "è passato tanto tempo."

Erice era una delle novizie al tempio, una persona che aveva incontrato prima della sua vita con gli avventurieri.

Era stata la sua ragazza per un po ', ma non era durato, e questo prima che incontrasse la donna dei suoi sogni impossibili.

Non assomigliava nemmeno a Zula, anche lasciando da parte il fatto che era ovviamente umana.

I suoi capelli castano chiaro scendevano in riccioli intorno alle spalle, il suo corpo snello era vestito con le semplici vesti bianche di una novizia, con un profondo spacco che partiva dal collo per esporre il simbolo sacro situato sul panno bianco più sottile di quello che aveva sotto.

Una fascia stretta le avvolse la vita sottile e la gonna le cadde alla caviglia, facendogli vedere solo un piccolo scorcio delle pantofole ai suoi piedi.

Era, doveva ammetterlo, ancora una giovane donna molto attraente, con la pelle fresca ed elastica, i suoi occhi castano chiaro che lo fissavano con l'affetto così caratteristico delle curanderas.

"Come stai con ... eh ...?" Ha lottato per ricordare il nome.

"Ci siamo lasciati. È una lunga storia."

"Mi dispiace sentirlo."

"Ma tu?" chiese, facendo un passo avanti nella cella, la sua voce musicale indicava il suo desiderio di sentire di più. "Come stai da ... quanto tempo è passato da allora?"

"Io ... non lo so, da molto tempo," ammise, "ma sono stato abbastanza bravo, grazie. Impegnato con il lavoro, sai."

Non poteva parlare a nessuno del demone, Lady Yasimina lo aveva detto molto chiaramente.

E comunque non era qualcosa che volevo ricordare.

"Sì, è vero; eri con quegli avventurieri, vero? Ma non hai mai deciso di diventarlo, vero? Deve essere una vita difficile, anche se la ricompensa è buona per alcune persone. Molti non tornano mai."

"No," disse sorridendo, "non sono mai stato tentato di esserlo. Non sono un guerriero, e di certo non sono nemmeno un mago. Hai ragione, è un grande rischio prendere quella strada ... ed è non quella giusta per me, devo ammetterlo. "

"Bene," disse, suonando sollevata, "avresti dovuto diventare una guaritrice. Come me. Forse allora non ci saremmo lasciati."

"Be '..." disse, non volendo andare troppo oltre su quel lato delle cose, "nemmeno questo ha funzionato per me. C'è troppo apprendimento e dedizione religiosa ... Penso che sia fantastico che tu abbia trovato la tua chiamata, e sarai un grande guaritore una volta completato il noviziato. Ma non è nemmeno il mio modo. Sono felice per come sono. Questo funziona per me ".

"Perché sei qui allora? Ho l'impressione che sia successo qualcosa, ma nessuno sembra esserne sicuro. Gli avventurieri per cui lavori ... non sono fuori città, vero? E non è come se avessi qualcosa da fare fare da queste parti. Dopo tutto, non abbiamo pile di monete d'oro in città sorvegliate da draghi sputafuoco. "

Questo era ciò di cui non doveva parlare.

"È solo temporaneo. Niente di cui preoccuparsi."

Ovviamente era suonato molto meno che convincente di quanto mi aspettassi, perché fece un altro passo avanti nella stanza, aggrottando la fronte preoccupata.

"Se non hai niente da fare qui ... qualcosa ti ha seguito dalla tua ultima spedizione?"

"No ... voglio dire, uh ... no."

Un ricordo del volto del demone balenò davanti a lui, gli occhi rosso fuoco, le grandi corna scure e minacciose, gli speroni che deformavano il suo volto in qualcosa di meno che umano.

La mano di Erice balzò alla sua bocca aperta mentre i suoi occhi si spalancavano per lo shock.

"Oh mio Dio, l'ha fatto, non è vero? Qualcosa li ha seguiti! Stai bene? Ti ha fatto male?"

Barcollò, cercando di pensare a qualcosa da dire che potesse dissipare i suoi sospetti, ma non gli venne in mente nulla.

Non era davvero molto bravo in questo genere di cose.

"Oh mio Dio!" ansimò, correndo al suo fianco. "Sei stato ferito! Fammi vedere, sono un guaritore, o quasi, forse posso fare qualcosa."

"Ok, davvero, non è niente. Voglio dire, sono già stato guarito."

Fece una smorfia al ricordo del dolore, e lei deve aver colto lo sguardo, e forse un tic involontario alla spalla, perché i suoi occhi andarono immediatamente sul luogo della ferita, nascosto com'era sotto i vestiti.

"No, no, non si può mai essere così sicuri. Ci sono infezioni e ogni genere di cose. Devo dare un'occhiata. Cosa sanno gli avventurieri della guarigione?"

"Abbastanza?" chiese, ma lei stava già giocherellando con la sua camicia, il che era imbarazzante in più di un modo. "Senti, non preoccuparti, sto bene. Lady Yasimina è una paladina ...'"

"No, Yakin, esaminerò la tua ferita che ti piaccia o no." Un tono più duro si era insinuato nella sua voce, come suonavano i guaritori quando ovviamente non avrebbero tollerato nessuna sciocchezza.

"Chiudo la porta se ti fa sentire meglio, in questo modo non vedrà nessun altro. Ma darò un'occhiata, solo per essere sicuro."

"Oh, per l'amor di Dio ..." disse, sapendo di essere già stato sconfitto, "Sono stato magicamente guarito da una paladina che mi ha imposto le mani ... non c'è niente da vedere."

"Sarò io il giudice di questo," disse fermamente alzandosi per chiudere la porta.

Con riluttanza, Yakin iniziò a togliersi la camicia. "

"Vedi?" Disse alla fine.

"Lo chiami niente?" Era di nuovo accanto a lui sul letto e lo guardava preoccupata.

"Beh ... non molto."

C'era una cicatrice; anche la magia curativa non poteva impedire la comparsa delle cicatrici.

Ma tutto ciò che era rimasto era una striscia rosa pallido di tessuto leggermente rialzato che attraversava il muscolo della sua spalla, dove il coltello era penetrato in profondità nella sua carne.

Ma non poteva davvero sentire niente.

Oltre alla cicatrice, non c'erano segni che fosse stato ferito e gli era stato detto che anche la cicatrice sarebbe svanita nel tempo.

"Sembra una cosa seria!" ha detto, "deve essere stato molto profondo".

Ci passò sopra una mano, la pelle fresca delle sue dita premette contro il muscolo lì.

Ha lottato per ignorarlo; Erano stati vicini prima, ma ora lei era una guaritrice e stava solo facendo il suo lavoro.

"Muovi il braccio", ha detto, "e dimmi se senti dolore o fastidio."

A malincuore, lei torceva la spalla, flette il braccio, i muscoli che si muovevano sotto la pelle mentre la sua mano si allungava su di lui, accarezzandolo in un modo che stava iniziando a sembrare più che professionale.

"Niente", disse onestamente, "ci si sente bene, e ora ho la piena libertà di movimento. Vedi?"

"Forse," disse, un po 'riluttante.

La sua mano sinistra si allungò dietro la sua schiena, lungo la sua spina dorsale mentre la sua destra si muoveva sul suo petto, le sue dita fredde che gli sfioravano la pelle, il suo viso a pochi centimetri da lui, il suo respiro caldo contro la sua guancia.

"Ehm ...?" Egli ha detto.

Una frase piuttosto incoerente.

"Sto solo cercando altre ferite," disse, la sua voce morbida ora mentre la sua mano destra ruotava più in basso, muovendosi sul suo addome, accarezzandolo mentre la sua sinistra gli sfiorava delicatamente le costole. "Sì, è tutto come lo ricordo." Lo baciò sul lato del collo, un breve bacio esplorativo con le labbra. "È così che lo ricordi?"

"Dovremmo farlo?"

"Perché no?" sussurrò: "Non c'è nessun altro, giusto?"

"Beh, no, no ... uh, no, non c'è." Il che era vero, in realtà, indipendentemente dai pensieri che poteva avere nella privacy della sua mente.

"Va bene." Lei premette il naso contro il suo collo, le sue labbra gli baciavano l'angolo dell'altra spalla, la sua lingua sporgeva per assaporare la sua pelle. "Mmm ... lo sai bene."

"Voglio dire, è solo che siamo nel tempio e tu sei un novizio ..."

"Non sono una suora. Non siamo celibi." La sua mano destra si mosse più in basso e aveva raggiunto l'orlo dei pantaloni, sfiorandogli la parte superiore dei fianchi, con il tocco calmo e confortante di un guaritore.

"Beh, no, ma ..." Spostò gli occhi in modo significativo verso l'icona sacra sul muro, ma se lei se ne accorse, non diede segno.

"Bene," disse di nuovo con una leggera risatina quando la sua mano finalmente scivolò nei suoi pantaloni.

Suo malgrado, stava già iniziando a diventare duro, e quando la sua mano le arruffò i peli pubici e scivolò alla base del suo cazzo, scoprì che stava iniziando a diventare irresistibile.

Le sue dita morbide scivolarono lungo la sua lunghezza, poi tornarono indietro, tirando delicatamente indietro il suo prepuzio.

"Ehm, Erice, ne sei proprio sicura?" disse alla fine.

In risposta a ciò, ha tolto la mano sinistra dalla base della schiena e l'ha spostata in avanti, dove ha iniziato a sciogliere il nodo in cima ai pantaloni e tirare le mutande.

Il suo cazzo si liberò mentre l'altra mano continuava ad accarezzarla delicatamente e si mosse verso l'alto per far scorrere il pollice sulla sua testa scintillante.

Si avvicinò e lo baciò dolcemente sulle labbra.

"Non credi che sembri al sicuro?" disse quasi scherzando.

Non aveva risposta per questo, e quando lei lo baciò di nuovo, alla fine rispose, muovendo le mani sui suoi fianchi, per sollevarla leggermente sul bordo del lettino.

Non era molto più grande di una culla, ma avrebbe dovuto funzionare.

Non avrebbe mai fatto sesso con Zula, era un sogno impossibile.

Inoltre, era troppo umano per resistere a ciò che le sue mani gli stavano facendo.

La sua mano destra ha continuato a massaggiare il suo cazzo gonfio mentre la sua sinistra si è mossa per accarezzargli di nuovo il petto, e si baciarono avidamente.

La punta della sua erezione sfiorò il tessuto della sua vestaglia mentre lei cambiava posizione, muovendo una gamba tra le sue cosce, piegandosi parzialmente su di lui mentre entrambi si sedevano sul bordo del letto.

Erice lo lasciò andare, inginocchiandosi leggermente in modo che potesse slacciargli la cintura e gettarlo a terra.

Si sollevò la veste, se la mise sopra la testa e poi scosse i capelli quando la veste fu attaccata alla cintura.

Poteva vedere i suoi capezzoli gonfiarsi sotto la sottile stoffa della camicia da notte, il simbolo sacro che brillava contro il bianco.

Sorridendo, abbassò la testa, i suoi lunghi capelli che gli sfioravano il petto mentre lo baciava di nuovo.

Le sue mani scivolarono sui suoi fianchi, sentendo la sua leggera curva, e sopra le sue cosce.

Le sue gambe erano magre e ben fatte, proprio come quelle di Zula, ma il calore e la morbidezza della sua pelle erano molto reali, e non fantasiosi, sotto le sue dita curiose.

Si arrese alla sensazione, baciando appassionatamente la guaritrice quando finalmente lei abbassò le tette abbastanza da poterle osservare.

Mentre le sue mani le accarezzavano le cosce, allungò la mano sotto l'orlo della sua camicia da notte, sentendo la morbidezza della sua schiena nuda mentre la passava sui fianchi.

Il suo cazzo premette contro la sua pancia, pulsando di desiderio mentre lei si allungava per prendergli delicatamente e accarezzare le palle.

"Oh sì ..." sospirò.

Avevo dimenticato quanto fosse bello.

Erice si spostò in modo che ora gli si mettesse a cavalcioni, le gambe su entrambi i lati di lui.

La sua dolce carezza sollevò il suo cazzo ancora più in alto, andando su e sotto la camicia da notte, premendo contro la carne del suo ventre fino a quando la punta si annidò contro il suo ombelico.

Lo baciò ancora una volta, poi si appoggiò allo schienale per sollevare la camicia da notte con la mano libera.

I suoi seni erano cresciuti un po 'dall'ultima volta che l'aveva tenuta in braccio, ma sembravano dolci e invitanti come sempre, i capezzoli castano chiaro erano ovviamente duri quando li premette contro di lui e gli diede un altro bacio prolungato.

Yakin la spinse via leggermente e le accarezzò una ciocca dei suoi lunghi capelli ondulati, premendola contro la sua pelle.

Fece scorrere le mani su ogni palloncino, sentendo la consistenza della loro pelle contro la punta delle dita, facendo cerchi sempre più stretti verso il centro, suscitando un gemito appena represso mentre finalmente le accarezzava i capezzoli gonfi.

Chinandosi, premette le sue labbra su una, assaggiandolo, succhiando lentamente.

Alla fine lei sussultò rumorosamente e lui iniziò di nuovo a chiedersi se fosse una buona idea.

La porta della cella poteva essere chiusa, ma non era chiusa a chiave, e potrebbero esserci guaritori che camminano lungo il corridoio fuori.

Non voleva essere scoperto e, presumibilmente, nemmeno lei.

Ovviamente ha avuto la stessa idea, perché borbottò:

"Zitto, zitto ... dobbiamo stare zitti."

Il che sembrava un po 'ingiusto, dal momento che, fino ad ora, lo era stato in gran parte.

Gli liberò la testa dalle delizie dei suoi seni morbidi e lo baciò sulle labbra, i suoi lunghi capelli sul viso e sulle spalle.

Con la mano destra dietro la testa, accarezzandosi i capelli, si sforzò di togliersi le mutandine con l'altra, finché lui non l'aiutò, facendole scivolare sulle sue lunghe cosce.

Il suo cazzo premette contro i capelli morbidi e radi del suo tumulo mentre il giovane guaritore si allungò per accarezzarlo di nuovo.

Si stavano ancora baciando, morbidi gemiti di desiderio tutto ciò che gli sfuggiva dalle labbra.

Con una mano le strinse il globo rotondo delle natiche, attirandola più vicino a sé.

"Oh sì ..." sussurrò, con gli occhi spalancati per il desiderio. È stata lei a spingerlo dentro, spingendolo centimetro dopo centimetro tra le pieghe desiderose della sua figa.

I suoi occhi non lasciavano mai il suo viso mentre lo premeva lentamente, mordendosi il labbro per non piangere.

I suoi fianchi iniziarono a piegarsi involontariamente e subito lei rispose in risposta, chinandosi su di lui, le ginocchia premute contro il letto, la vita stretta che scivolava tra le sue mani per accoglierlo.

Spinse dentro e fuori, prendendo tempo, muovendosi lentamente, assaporando la sensazione mentre i suoi capezzoli duri gli sfioravano il petto al ritmo del movimento.

Lei sussultò rumorosamente, si morse il labbro, poi gridò con un gemito mentre lui rientrava dentro di lei.

"Non funziona," mormorò all'improvviso.

Non era?

Sicuramente sembrava che funzionasse!

Ma non c'era niente che potesse fare quando lei si allontanò e si voltò per sdraiarsi sul letto.

Deve aver registrato lo stupore e la perplessità sul suo volto, perché sorrise e disse:

"Non è quello, stupido! Vieni qui ..."

Si spostò su di lei, ancora confuso, il suo cazzo ora premuto ancora una volta contro il suo ventre.

"Fai l'amore con me in questo modo," sussurrò.

Non perse tempo ad esaudire il suo desiderio, spostando una delle sue gambe per rientrare.

"Oh sì ..." sussurrò di nuovo, la testa appoggiata in un alone di riccioli marroni contro il tessuto pallido del cuscino.

Cominciò a muoversi di nuovo, scivolando dentro e fuori, premendo i suoi seni contro il suo petto.

Le sue mani esplorarono i corpi dell'altro, vagando sulla carne
scivolosa mentre la velocità dei suoi movimenti iniziava ad
aumentare.

Alla fine si rese conto di cosa intendeva dire che non aveva
funzionato prima quando afferrò l'angolo del cuscino e se lo ficcò in
bocca, soffocando un gemito di passione.

Annuì brevemente, le sue urla ora erano soffocate per quanto
ragionevolmente potevano essere.

Yakin chiuse gli occhi e, con suo imbarazzo successivo,
immaginò Zula sotto di lui.

A grandezza umana, ovviamente, ma era il suo viso che riempiva
davvero i suoi pensieri mentre immaginava che fosse lei con cui stava
facendo l'amore.

Le sue spinte aumentarono di forza e urgenza, così come il tono
delle grida di gioia di Erice.

Incrociò le gambe dietro la schiena, dandogli più spazio per
premerla, e una mano le afferrò le natiche ansimanti.

Riaprì gli occhi appena prima di venire, lanciando un grido
ansimante che fece una specie di presa in giro dei tentativi di silenzio
del guaritore.

Era di nuovo il viso di Erice davanti a lui.

Gli occhi di Erice spalancati per la passione, le labbra pallide
di Erice che premevano forte contro il cuscino mentre il suo corpo
rabbrividiva all'orgasmo.

"Oh mia dea ..." disse, diteggiando il simbolo sacro intorno al
collo, "oh mia buona dea ..."

Si girò, non volendo guardarla in faccia.

Perché non era lei quella che lui avrebbe inseguito nei suoi sogni.

CAPITOLO XXXVIII
ANTITE

"... e con questo", disse Agra, "il tempio di Ymir sarà paralizzato finché non sarà troppo tardi per interferire con i nostri piani. Quando qualcuno di loro potrà guardarsi intorno, la cerimonia sarà finita e il La presenza regnerà suprema ".

Il magro negromante fece un passo indietro, nel cerchio dei cospiratori incappucciati, i discepoli scelti della Presenza e i futuri governanti di Tarantia.

Antistia trovò il suo suggerimento piuttosto sgradevole, poiché coinvolgeva, come lui, un'orda di non morti, ma era tutto un mezzo per un fine.

La fine più importante di tutte, la Presenza stava sussurrando nella sua mente, valeva qualunque cosa fosse necessaria.

La Presenza non le parlava direttamente, non a parole, come apparentemente faceva a Lady Gedren, ma poteva sentire i suoi impulsi, espressi in emozioni e concetti, sempre in fondo alla sua mente, spingendola avanti.

In questo momento, le stava dicendo che tutto era assicurato, che il suo trionfo e il suo erano a portata di mano.

Antistia si voltò a guardare l'elfo scuro, in piedi non lontano da lei intorno al cerchio, il suo viso nero corvino e gli acuti occhi color ambra che spuntavano dal cappuccio del suo lungo mantello.

Come sempre a questi raduni, indossava la stessa tunica nera con cappuccio sopra i suoi vestiti normali come tutti gli altri cospiratori, anche se ha aggiunto una catena d'argento intorno alle spalle.

E in qualche modo, la sua veste sembrava sempre modellare la sua figura più di chiunque altro.

"Grazie Agra," disse Lady Gedren. "Ora che sei al tuo posto, siamo completamente preparati. Tra due giorni, il mio agente libererà l'incensiere dalla sua custodia, e Neochoro," annuì in direzione del sacerdote, "consegnerà il sacrificio. Il giorno dopo domani ci incontreremo tutti nel luogo concordato, tranne Agra, ovviamente, che guiderà l'attacco ".

"Non è un problema?" Era Sertorio a parlare, capitano della guardia cittadina: "Non dobbiamo essere tutti lì per celebrare la cerimonia? Voglio dire, so che possiamo tutti partecipare al sacrificio vero e proprio attraverso il collegamento mentale ... ma prima ancora , Non dobbiamo essere tutti ...? "Lasciò le parole in sospeso, con un significato ovvio.

"Per stuprare in gruppo la dolce piccola suora novizia?" chiese Gedren, un lampo di denti bianchi contro le sue labbra nere, "Non credo che tu capisca quella parte della cerimonia. La cerimonia esige che il sacrificio sia vittima di un terribile tradimento. Possa Neochorus, il suo prete e mentore, un rispettato seguace del suo dio la deflorerà e poi la consegnerà al resto di noi come un giocattolo. È così che soddisfiamo la condizione del tradimento, ma non di più. Il tradimento non deve essere di natura sessuale, ho solo scelto quel metodo perché sarà divertente. Non c'è bisogno che tutti noi siamo coinvolti. Avere un tutore fidato e un modello che le permette di essere torturata sessualmente da undici persone oltre a lui non è certo un tradimento minore che se ci fosse dodici ".

Agitò la mano in modo sprezzante.

"Agra serve altrove, e basta. La cerimonia funziona altrettanto bene se non sei fisicamente presente con il resto di noi. Posso fidarmi che non ci siano più domande stupide?"

Ci fu silenzio dai cospiratori riuniti.

"Tutti sanno cosa fare?"

Tutti annuirono.

"Allora," disse l'elfo scuro, sorridendo di nuovo, "siamo tutti d'accordo. Questo sarà il nostro ultimo incontro prima della cerimonia. Tra sole tre albe, governeremo Tarantia in nome della Presenza. I demoni cammineranno per le strade sotto noi. comando, e il pieno potere della Presenza sarà scatenato. Saremo signori e signore di un potere incomparabile, e ci vendicheremo di tutti coloro che ci hanno offeso. Tutti i desideri dei nostri cuori saranno liberati. Lode al Presenza! "

"Tutti lodano la Presenza!" Risuonarono dodici voci, tra cui quella di Antistia.

"Esci ora e preparati."

L'incontro era terminato ei cospiratori riuniti iniziarono a emergere dalla camera sotterranea nascosta.

Antistia rimase immobile per un momento, il cuore che batteva per l'eccitazione.

Erano così vicini!

La sua famiglia, che l'aveva ingiustamente separata dalla sua eredità, l'aveva tenuta emarginata e fuori dal potere, avrebbe presto subito una terribile disgrazia per il suo tradimento.

Lei, Antistia, avrebbe governato la nuova corte, e loro non sarebbero stati niente, solo i suoi prigionieri per giocare come voleva lei.

La maggior parte di loro sarebbe dovuta morire, naturalmente, implorando pietà che non sarebbe mai arrivata, ma lei vorrebbe tenerne in vita un po ', come giocattoli per il suo divertimento.

Si rese conto che Gedren si era avvicinato a lei mentre pensava.

Neochorus era con lei, una presenza alta e imponente, i lunghi capelli scuri pettinati all'indietro sotto il cappuccio.

"Antistia," disse l'elfa oscura, con la voce che faceva le fusa, "ti piacerebbe unirti a noi a casa mia per un drink e un po 'di intrattenimento serale? Abbiamo ancora un paio di giorni a

disposizione, e non c'è motivo per non farlo. Possiamo gioire un po
'. E mi rendo conto che tu ed io non abbiamo avuto il piacere ...
"fece una pausa, in modo suggestivo, prima di concludere," ... dalla
reciproca compagnia. Come un nobile all'altro, penso che sia ora che
rettifichiamo questo diritto ?

La donna umana esitò.

Lady Gedren era un'elfa oscura, che in effetti equivaleva a essere
un elfo, e in precedenza aveva chiarito che non faceva distinzione tra
uomini e donne quando si trattava di divertirsi a letto.

Tuttavia, la stessa Antistia non poteva vedere alcuna attrazione
nell'avere un'altra donna come partner ... che sembrava essere ciò che
stava suggerendo il leader della cospirazione.

Era umana; non importa cosa pensasse l'elfo oscuro come
dovrebbero essere le cose, semplicemente non trovava altre donne
sessualmente attraenti.

Ecco perché aveva cercato di insistere sul fatto che il sacrificio
doveva essere un uomo, anche se inutilmente.

"Sono sicuro che anche Neochorus qui sarà una compagnia
esilarante," disse Gedren, apparentemente vedendo la fonte della sua
riservatezza.

Questo ha cambiato le cose.

Neochoro era un bell'uomo, solo pochi anni più vecchio di lei,
con un petto ampio e spalle forti.

Non ci avevo mai pensato particolarmente prima, ma se voleva
essere coinvolto ... beh, quella era una questione completamente
diversa.

"Accetto, naturalmente," disse gentilmente, "come uno nobile
all'altro, come dici tu."

Guardò Neochorus e lo guardò bene.

Oh sì, potrebbe essere davvero carino.

* * *

Antistia fu un po 'delusa nello scoprire che lei e Neochorus non erano gli unici che sua signoria aveva invitato a casa sua.

L'assistenza di Sertorio non lo preoccupò più di tanto; Come membro della guardia, era atletico e in forma, un giovane che si sentiva come se fosse stato ignorato per un'ulteriore promozione. Era piuttosto bello, con un taglio di capelli corto e un portamento eretto che lei trovava piuttosto attraente.

Se, per caso, Gedren avesse scelto Neochoro come suo partner per la notte, Sertorius sarebbe stato un premio di consolazione accettabile.

L'altro ospite era una cosa diversa.

Yamcha era qualcuno al vertice della Gilda dei Ladri, un'istituzione costituita interamente dall'avere i tipi più bassi di persone al suo interno.

Aveva i capelli lisci e un po 'calvo in cima, ma la cosa peggiore era che non aveva la barba lunga, indossava un vestito da quattro soldi e aveva il tipo di dizione orribile e l'ignoranza della buona grammatica che sembrava così comune tra le classi inferiori.

Capiva che i suoi legami e persino le sue capacità erano utili alla cospirazione, ma questo non significava che volesse socializzare con quel ragazzino cattivo.

Ma eccoli lì, loro cinque, seduti su sedie ricoperte di velluto peluche in una sala riunioni decorata con un arazzo molto ... indecente.

Alcuni degli atti eseguiti in esso erano piuttosto scioccanti, anche se pensava che avrebbe potuto anche abituarsi all'idea, considerando a cosa avrebbe partecipato in pochi giorni.

In effetti, rifletté, avrebbero anche potuto dargli alcune idee su cosa avrebbe potuto fare ad alcuni dei suoi parenti più sconsiderati quando li avesse alla sua mercé.

La sorella minore, ad esempio, era sempre stata la preferita di suo padre, sempre carica di doni, nonostante la sua personalità sorridente e piuttosto blanda.

Ad Antistia potrebbe piacere guardare ... no, meglio ancora, le sarebbe piaciuto far guardare suo padre mentre la sua dolce e venerata figlia veniva spogliata nuda e poi scopata da un demone ben dotato di fronte a una folla beffarda.

L'idea, doveva ammetterlo, la eccitava un po'.

Finora la conversazione si era concentrata principalmente sul vino, il che era certamente positivo.

Supponeva che quella qualità sarebbe stata ancora disponibile dopo che avrebbero trasformato Tarantia in una città infestata, piena di demoni, con se stessi come governanti.

Dopotutto, sicuramente potrebbero preoccuparsi di ciò che vogliono per vivere le loro vite di lusso, giusto?

La Presenza avrebbe ricompensato i suoi servitori più leali, ecco di cosa si trattava.

Avevano gettato via i mantelli incappucciati, e sia Neochorus che Sertorius risultarono ben vestiti sotto i loro, con il prete che indossava le vesti informali ma di classe della loro corporazione e la giacca scura della guardia con le insegne del suo rango e del suo corpo.

Meno si parlava di Yamcha, meglio era, ma Gedren ... beh, indossava abiti piuttosto sfacciati.

La gonna dell'elfo scuro, se così si può chiamare, consisteva in due lunghe strisce di stoffa indaco che pendevano da una cintura, una stretta fascia di tessuto nero, l'unico tessuto sui fianchi arrotondati, e che era quasi invisibile contro il colore. simile alla tua pelle.

Il suo capo di abbigliamento saliva dalla cintura come due strisce di morbido tessuto viola, che le correvano sul seno, dove due ali triangolari erano unite sulla scollatura da uno zaffiro e una fibbia d'oro, per coprirle le spalle e incontrarsi da qualche parte dietro la sua nuca. collo.

A parte questo, e una serie di braccialetti d'argento e un paio di stivali di pelle nera alti fino al ginocchio, l'elfo scuro non indossava proprio niente.

L'abbigliamento, sebbene non adatto per la maggior parte delle occasioni, si adattava senza dubbio allo scopo attuale dell'elfo scuro, mostrando il suo corpo sinuoso, la pancia piatta e le braccia snelle.

La gonna, che decorava più di quanto nascondesse, permetteva a Gedren di mostrare le sue cosce, ei gioielli compensavano perfettamente il resto dei suoi vestiti.

Antistia immaginava che nemmeno lei avrebbe dovuto preoccuparsi di essere troppo convenzionale una volta che la Presenza avesse trionfato.

Ma anche così, quei vestiti non sarebbero molto adatti a lei.

Almeno, preferiva attrarre gli uomini da ciò che nascondeva, piuttosto che da ciò che mostrava.

I capelli dell'elfa scura erano sciolti quella sera, cadendo in onde bianche candide sulle sue spalle, completando e migliorando il nero profondo della sua pelle.

Quella pelle era più scura di qualsiasi zamorio o di qualsiasi altro essere umano di cui avessi mai sentito parlare.

Anche lo zamorio più scuro aveva un accenno di marrone sulla pelle, ma qui non c'era traccia, come se Gedren fosse dipinto con inchiostro nero puro.

"Trovo strano", disse l'elfo oscuro in quel momento, all'improvviso, "che gli umani siano così limitati nei loro desideri. Anche i miei parenti elfi della luce non agiscono in questo modo, come se la procreazione fosse l'unico scopo della sessualità. Come strano deve essere guardare un'altra persona dello stesso sesso, capire intellettualmente che è attraente, ma non avere alcun desiderio personale per lei ". Guardò deliberatamente Antistia mentre parlava, e l'umano si sentì arrossire leggermente.

"Non tutti gli umani sono così," fece notare Sertorio, "ne conosco anche qualcuno nella guardia. Stanno zitti."

"Oh, è vero, ma anche così, non sembra essere la norma tra la tua gente. Perché immagino che il nostro piccolo sacrificio sarà doppiamente sorpreso di scoprire che le donne prenderanno parte al suo tormento?"

Neochorus annuì.

"Il novizio che ho scelto è, credo, innocente e ingenuo. Dubito che lei possa mai concepire una cosa del genere nella sua mente. Dei", ha aggiunto con un sorriso, "Mi divertirò davvero a separare quei dolci cosce da lei. ".

"Hmm ..." disse Gedren pensieroso, bevendo un sorso di vino e passandole la lingua rosa intorno alle labbra. "Tuttavia, sono curioso di sapere cosa intendi fargli esattamente, Antistia. Sappiamo tutti che avresti preferito un uomo."

"Be ', avrei preferito che fosse", disse, cercando di mantenere il risentimento fuori dalla sua voce, e fallì, "anche se oso dire che ci sarà un sacco di tempo per queste cose più tardi."

"Poi?" l'elfa oscura suggerì, la sua voce più curiosa di ogni altra cosa, "Nel mio caso ho una cinghia particolarmente grande che non ho ancora avuto la possibilità di testare, ma tu? Devi avere qualcosa in mente."

Antistia si spostò leggermente sulla sedia, la conversazione la fece sentire un po 'a disagio.

"Beh sì, certo che ho un'idea," interruppe, guardando gli uomini.

Neochorus e Sertorius sembravano incuriositi, mentre Yamcha guardava solo con disprezzo.

Sotto la silenziosa sollecitazione di Gedren, continuò:

"Se vuoi saperlo, ho un attrezzo di dimensioni adeguate scolpito in avorio e inciso con un'immagine del Dio Sole. La farò fornicare con una rappresentazione della sua stessa divinità."

Sia Neochorus che Gedren ne risero.

"Vedi," disse l'elfo scuro, "te l'avevo detto che era inventiva! Che idea deliziosa. Ma ora," disse, prendendo l'ultimo drink e posando il bicchiere, "Penso che sia tempo di divertirsi. Antistia , mia cara, come visitatore per la prima volta qui, perché non inizi? "

La nobildonna inarcò un sopracciglio, guardando gli altri quattro, che sorridevano tutti in attesa.

"Va bene," disse, "ma cosa ... beh, come funziona?"

"Oh, penso che potresti iniziare, mia cara," disse Gedren, "con uno spogliarello. Sono sicuro che ci divertiremo tutti a guardarlo? Tutti?"

Si guardò intorno, come in cerca di conferme.

I tre uomini annuirono con entusiasmo, cosa che Antistia pensò non fosse una sorpresa per loro.

La nobildonna aprì la bocca e poi la richiuse, incapace di pensare a niente da dire.

Le chiedevano di spogliarsi davanti agli altri, come una specie di ballerina?

Non aveva mai fatto niente del genere in vita sua, e certamente non con un pubblico.

Forse non gli sarebbe dispiaciuto farlo per Neochorus, o anche per Sertorius, ma ovviamente aveva pensato che la notte di passione che lo aveva portato ad aspettare avrebbe coinvolto una stanza privata.

Ricordandolo, avrebbe dovuto rendersi conto che era improbabile.

Avevano tutti in programma di partecipare a un'orgia di massa entro pochi giorni; qualcosa che Gedren aveva ammesso di recente era semplicemente la sua idea di divertimento.

Non appena ha scoperto che l'elfo oscuro aveva invitato tre uomini oltre a se stessa, avrebbe dovuto sapere che una versione su scala ridotta dello stesso evento, anche se senza una vittima involontaria, era ciò che aveva in mente.

Potrebbe anche voler passare una notte con Neochoro, per esempio, ma in soli due giorni lei sarebbe rimasta lì a guardarlo mentre scopa un'altra donna.

Difficilmente potresti definirlo romantico.

Tuttavia, fu sorpresa di scoprire che stava iniziando a scoprire che, nonostante la sua reazione iniziale, l'idea di mettersi a nudo di fronte agli altri quattro era un po 'eccitante.

Forse era la Presenza, in fondo alla sua mente, a spingerla ad andare avanti, a scavalcare le sue inibizioni naturali.

Ma lei aveva già accettato di fare qualcosa di molto peggio, quindi cosa importava?

O era anche la Presenza a parlare?

Non importava.

Non aveva intenzione di fare marcia indietro adesso.

Antistia si alzò e cominciò a slacciarsi la cintura.

"Mettici un po 'di movimento", era di Yamcha, "vediamo come balli, tesoro."

Gli lanciò uno sguardo gelido.

Non sarebbe stata comandata da persone come lui!

Lui sussultò leggermente in risposta, anche se il suo sorriso beffardo vacillò solo leggermente.

Antistia scosse i capelli e gli voltò le spalle, e gli altri tre spostarono leggermente le sedie per vederla meglio.

Be ', almeno gli altri tre erano interessati e più educati del trasandato ruffiano che ora era seduto dietro di lei, e apparentemente troppo imbarazzato per cambiare posizione ora.

O forse al ladro piaceva guardare i pantaloni delle donne.

Se così fosse, non erano affari suoi, almeno non avrebbe dovuto guardarlo concedersi con gli occhi fissi su di lei, anche se era ben consapevole che probabilmente era quello che stava facendo.

L'ovvio interesse di Lady Gedren era un po 'inquietante, certo, ma poteva ancora concentrare la sua attenzione sugli altri due uomini.

Si passò le mani lungo i fianchi, lisciando il vestito, non più raccolto dalla cintura.

Era costoso, ovviamente, anche se non era affatto il più prezioso che possedeva.

Era ancora ragionevolmente magra, anche se non giovane come prima, e lo entusiasmò vedere quanto fossero concentrati su Sertorius e Neochorus.

Poteva continuare a far sì che gli uomini la desiderassero, e questo era positivo.

Alzò la mano alla collana di perle, ma Gedren scosse la testa.

"Oh no, baby, lascialo acceso. È così tu."

Sorrise leggermente, a quello che considerava un complimento, e posò i gioielli.

Invece, si chinò per togliersi le scarpe.

Era un po 'imbarazzante farlo stare lì, e dubitavo ci fosse qualcosa di molto sessuale nei suoi movimenti.

Ma allora cosa stavano aspettando?

Era la figlia di una nobile casata molto influente, non una ballerina ordinaria che era stata addestrata a fare queste cose.

Tuttavia, sollevò lentamente l'orlo della gonna, muovendo leggermente i fianchi mentre lo faceva; poteva almeno provarci, dopotutto.

Neochorus si leccò le labbra, anche se non poté fare a meno di notare che era Lady Gedren la più grata.

Non sapeva come sarebbe andata a finire e invece di pensarci continuò a tirare su il vestito, tirandolo sopra la testa con un po 'di difficoltà, vista la collana che indossava ancora.

Lasciò cadere l'indumento sul pavimento, in piedi di fronte a loro tre, le braccia nude avvolte intorno a lei, le cosce unite ei polpacci leggermente divaricati.

Come era di moda tra i ricchi, indossava un corsetto sopra la camicia da notte, che era decorata con pizzo bianco piuttosto costoso.

Ad una ad una, cominciò a tirare i lacci del corsetto, che erano sul davanti, cosa fortunata, e cercò di ignorare il fatto che Sertorio le aveva portato le mani davanti ai pantaloni.

Lui, Gedren e Neochorus sembravano incantati mentre continuava a rimuovere l'oggetto pesante.

Alla fine se lo tolse e lo mise vicino al vestito.

"Allora, cosa ne pensate?" disse, alzando le braccia sopra la testa e muovendosi in quella che sperava fosse una mossa sensuale.

La Presenza continuava a sussurrarle nella sua mente, tentandola di andare oltre, e stava già cominciando a sentire un'ondata di calore nello stomaco, l'ardente attesa di quello che era, per lei, un comportamento piuttosto audace.

"Sei adorabile, tesoro. Hai un gran bel culo."

Era la voce di Yamcha, improvvisamente in piedi proprio dietro di lei, che le rovinava l'umore.

Prima che potesse dire qualcosa, l'aveva tenuta stretta, afferrandole e stringendole i seni attraverso il tessuto sottile della sua camicia da notte.

"Tette e tutto il resto", ha aggiunto il ladro.

Rimase a bocca aperta per lo shock e si staccò da lui, voltandosi a guardare il cattivo ruffiano.

L'indecenza del suo comportamento era, semmai, ancora più irritante di prima.

"Devo chiederti di tenere le mani sotto controllo, mio brav'uomo!" disse, nel suo tono più imperioso.

"Le mie mani sono perfettamente sotto il mio controllo", ha detto con un sorriso, "e non è nemmeno l'ultimo posto dove andranno".

"Be ', sul serio! Penso che dovresti imparare alcune buone maniere, signor Yamcha."

"Dai, sai cosa faremo."

"Non pensare che sarai così fortunato. Non sei l'unico uomo qui, sai, e di certo non sei il primo della mia lista."

"Avrò le tue urla. Dirai il mio nome con passione prima che finiamo, tesoro."

" Veramente io non la penso cosi! "

"È una scommessa?"

"Scusate?"

"Oh sì," disse Gedren, sporgendosi in avanti, "Mi piace come suona. Scommetto dieci monete d'oro che il signor Yamcha qui ha ragione."

"Certamente non lo è!"

"Allora accettiamo la scommessa" disse l'elfo oscuro.

"Che cosa?" La mente di Antistia stava girando ... aveva davvero accettato qualcosa? "No, non ce l'ho fatta ..."

"Mister Yamcha scommetterà lo stesso importo, ovviamente, da quando ha iniziato la scommessa. Tu e lui intratterremo il resto di noi, e se non puoi farlo urlare e appassionarsi, come ha detto, allora sia lui che Perdo. La scommessa ".

"No, aspetta ..." disse Antistia, guardando pietosamente in direzione di Neochoro, "non era quello che io ..."

"Vuoi più di una scommessa finanziaria? Immagino sia abbastanza ragionevole. Ti dico una cosa: se vinci, beh, puoi scegliere uno qualsiasi di questi bravi uomini per fare quello che vuoi. D'altra parte, se io e lui vinciamo, allora il signor Yamcha ormai si sarà divertito, ma io ... "Fece una pausa, riflettendo, prima di schioccare le dita. "Certo, com'è ovvio! Se vinco, allora nonostante questa tua cosa chiamata 'eterosessualità', potrò anche fotterti. Come ti suona?"

La nobildonna fissò Gedren scioccata, con la mente che girava mentre cercava di capire la svolta degli eventi.

Yamcha non era certamente il suo partner preferito, ma un'altra donna era ancora più in basso nella lista, e almeno se avesse vinto in questo, si sarebbe assicurata un sesso molto più piacevole con Neochorus in seguito.

Ma la Presenza la stava pungolando, distorcendo i suoi pensieri e offuscando il suo giudizio, così si ritrovò a dire:

"Sono d'accordo", senza aver consapevolmente deciso di dirlo ad alta voce.

Beh, almeno non dovrebbe essere difficile vincere la scommessa.

"Tutto bene allora!" Disse Yamcha, slacciandosi la cintura, quando si voltò per vedere che si era già tolto la camicia.

Era un uomo ragionevolmente muscoloso, anche se con alcune piccole cicatrici sul torso peloso e un paio di tatuaggi che, a suo parere, lo facevano solo sembrare più comune.

"Ti farò urlare, tesoro. La scommessa più facile che abbia mai vinto. Con il più fottuto divertimento, e tutto!"

"Vedremo questo," lo informò, anche se questo servì solo a incoraggiarlo a continuare e ad essere più vanaglorioso.

"In ginocchio, tesoro," disse, e lei senza pensarci seguì le sue istruzioni.

Si è trovato faccia a faccia con i suoi boxer, che erano fatti di un tessuto molto economico e, oh che schifo, erano un po 'macchiati.

Tuttavia, il grosso dietro di loro era inconfondibile.

Lanciò un'occhiata agli altri tre e vide Neochorus e Sertorius in piedi, che cominciavano a spogliarsi mentre Gedren si appoggiava allo schienale della sedia, i suoi occhi che si muovevano costantemente tra gli altri.

Yamcha si tolse l'indumento disgustoso, per rivelare la sua erezione gonfia.

"Scommetto che non l'hai mai fatto a nessuno come me prima", disse, in modo abbastanza preciso, "con tutte le tue lenzuola di seta e i ragazzi viziati della tua classe, eh? Scoprirai com'è stare con un vero uomo stasera, tesoro. Scommetto che i ragazzi ricchi e di classe non hanno un grosso cazzo. Non credo che tu abbia visto niente di simile prima, vero?

Gli accarezzò il cazzo, sollevandolo da un nido di peli arruffati e, con sua sorpresa, lo colpì due volte contro il suo viso.

"Massiccia, eh? Ora avvolgi le tue labbra allettanti intorno a lei, dolcezza, e succhia."

"Le chiederei di non parlarmi con quel tono di voce, signor Yamcha," disse, il suo tono appassito. "I termini della scommessa non ti danno il diritto di insultarmi, maleducato e maleducato."

Francamente, nemmeno lei capiva bene di cosa si stesse vantando.

Non sembrava esserci nulla di eccezionale nel suo cazzo, oltre al fatto che al momento era quasi spinto contro la sua faccia.

Si girò per guardare Neochoro, appena in tempo per vederlo tirarsi i boxer, esponendo la sua erezione che si stava rapidamente indurendo.

Quasi sospirò di rammarico; era molto più grande del magro membro di Yamcha, eppure era Gedren che ora lo stava accarezzando con la mano.

Ma l'unico modo per farlo entrare dentro di lei stanotte era continuare con quello che stava già facendo.

"Sì, parlami di nuovo così, tesoro," disse il ladro, con voce roca, "no, a pensarci bene, non farlo, perché sto ancora aspettando che tu prenda il mio cazzo in bocca."

Agitò di nuovo il cazzo verso la sua bocca.

Non era qualcosa che aveva fatto prima, considerandolo al di sotto della sua dignità di persona distinta.

Tuttavia, ora avrebbe dovuto farlo e anche con un pubblico che lo guardava.

Guardandosi intorno, però, si rese conto che nessuno degli altri uomini stava già guardando nella sua direzione.

Ora stavano ammirando l'elfo scuro mentre accarezzava le loro membra.

Sfortunatamente per Antistia, gli occhi color ambra di Gedren mostravano che era più interessata allo spettacolo di fronte a lei che agli uomini ai suoi lati.

Con cautela, afferrò il cazzo di Yamcha con una mano e se lo portò alla bocca.

Il ladro emise un sospiro soddisfatto mentre lei cominciava a leccargli il cazzo.

Aveva un sapore piuttosto sudato e non aiutava il fatto che il suo inguine fosse quasi premuto contro il naso.

Probabilmente aveva bisogno di lavarsi più spesso, anche se supponeva che avrebbe potuto andare peggio.

"Oh sì tesoro ... succhia ..." gemette il suo partner, i suoi fianchi iniziarono a muoversi involontariamente, mentre guardava in basso per vedere come scivolava dentro e fuori dalla sua bocca. "Oh cazzo, va bene ..."

L'afferrò per i capelli, tirandola verso di sé in modo che la punta del suo cazzo premesse contro la parte posteriore della sua gola, facendola sbuffare mentre cercava di respirare.

Yamcha pompò i suoi fianchi più forte contro il suo viso, le sue palle colpirono il mento finché lei non si ritrasse, sputando e asciugandosi il bordo della bocca.

"Non hai ancora finito," le disse, e lei se lo portò alla bocca, succhiando più forte questa volta, per il suo evidente godimento.

Non era sicura di come voleva che finisse.

Non voleva finire con la bocca piena di ... beh, quello ... ma d'altra parte, almeno questo avrebbe significato che aveva vinto la scommessa.

Tuttavia, è stato lui a prendere la decisione per lei, forse avendo lo stesso pensiero di lei, togliendole il cazzo scivoloso dalla bocca.

Fece un respiro profondo per ritrovare la calma, poi si inginocchiò accanto a lei, raggiungendo l'orlo della sua camicia da notte.

Allontanò le mani, preoccupata che potesse danneggiare il tessuto, e lo sollevò lei stessa.

Si agganciava alla sua collana quando se lo tirava sopra la testa, e lei lottò per un momento, cercando di liberarlo.

Mentre lo faceva, sentì le mani callose di Yamcha afferrare ciascuno dei suoi seni esposti, impastandoli con entusiasmo.

"WOW", ha detto, "i tuoi battenti sono buoni come pensavo. Una coppia adorabile."

Riuscì a liberarsi, gettando irritato la camicia da notte e lanciandole un'altra occhiata avvizzita.

Sfortunatamente, non se ne accorse, poiché il suo sguardo non era vicino al suo viso.

Dopo un po 'si voltò a guardare gli altri, per scoprire che erano avanzati dall'ultima volta che aveva potuto vedere molto di più dell'inguine di Yamcha.

Entrambi gli uomini erano completamente nudi ora, e dannazione, il cazzo di Neochorus era impressionante, anche se quello di Sertorius lo era meno.

Gedren era in topless, la stoffa viola del suo capo di abbigliamento giaceva ammucchiata sulle ginocchia.

I suoi seni erano straordinariamente sodi, mentre Antistia sapeva che i suoi si piegavano un po ', indipendentemente dall'impressione che Yamcha aveva di loro.

I capezzoli dell'elfo scuro erano duri, gli aureole invisibili a causa dell'assoluta oscurità della sua pelle, che aveva esattamente lo stesso tono in tutte le parti del suo corpo fino a quel momento visibili.

Il prete stava massaggiando uno di quegli imponenti cumuli mentre la mano dell'elfo scuro si muoveva lungo la dura lunghezza del suo cazzo.

Tuttavia, l'attenzione di Gedren era attualmente concentrata su Sertorius, che gli succhiava le palle e poi si spostava verso l'alto per far scivolare la sua erezione nella sua bocca, con molta più grazia ed esperienza di quanto Antistia pensasse di poter ottenere.

Tuttavia, un attimo dopo, lo tirò fuori di nuovo, girando la testa per guardare la nobildonna, gli occhi spalancati per l'eccitazione.

Yamcha torse uno dei capezzoli di Antistia, facendola urlare e fissarlo di nuovo, e guadagnandosi un sorriso di approvazione dall'elfo scuro.

Quindi, strizzando l'occhio, Gedren si rivolse a Neochorous, aprendo la bocca per prendere l'intera circonferenza del suo membro ora all'interno, quindi toccò a Sertorius occuparsi solo dei ministri della sua mano.

"Eh, lo sapevo tesoro!" Yamcha disse con un tono trionfante nella sua voce, "Stai diventando caldo come l'inferno, vero?"

"Non so cosa intendi", ha risposto.

Eppure sentì un calore nell'intestino che non poteva essere negato, una stretta sensazione di attesa nello stomaco mentre la Presenza urlava nella parte posteriore della sua mente, spingendola oltre.

"Le tue mutandine sono inzuppate!"

Abbassò lo sguardo e si rese conto con vergogna che era vero.

C'era una macchia bagnata molto visibile sul cavallo della sua biancheria intima di pizzo.

"Guarda questa gente!" Disse Yamcha, "Te l'avevo detto che avrei vinto quella scommessa. La ricca puttana si sta arrapando per questo!"

Tutti gli altri si voltarono a guardare, facendo arrossire Antistia per la prima volta.

Lady Gedren sibilò in segno di riconoscimento quando la donna umana non poteva impedire a Yamcha di tirare giù il suo ultimo capo di abbigliamento e allargare le gambe, in modo che tutti potessero vedere il suo stato di gonfiore.

"Cazzo sì!" disse il ladro accarezzandogli il cazzo e sporgendosi in avanti su di esso.

"Apetta un minuto!" disse con calma, riuscendo per una volta a respingere la Presenza e prendere il comando dei propri pensieri.

"Signor Yamcha, l'ho 'succhiato', un'azione che sottolineo e che non eseguo alla leggera." Il suo tono era imponente, tutto il comportamento aristocratico che poteva sopportare lo spinse a dire queste parole. "Ti farò sapere che, in cambio, mi sarei aspettato un certo grado di quid pro quo."

"A cosa di cosa?" chiese il ladro, apparentemente davvero perplesso.

"Be ', sembra giusto," disse Gedren, la sua voce più vellutata che mai, "per una volta, devo essere d'accordo con il nostro amico."

"Sì, ma cosa diavolo significa?"

Antistia alzò gli occhi al cielo, ma Lady Gedren rispose prima che potesse.

"Vuole la tua lingua nella sua figa. Penso davvero che dovresti accontentarla."

"Non lo farò alla troia. Non è la mia lingua quella che dovrebbe essere laggiù, come diavolo dovrei godermela?"

"E il tuo pene nella mia bocca è diverso, com'è?" Chiese Antistia, ardentemente.

"Fallo", disse Gedren, con una voce che non ammetteva disaccordo.

Yamcha fece un'espressione così risentita che Antistia quasi rise, anche se si fermò appena in tempo.

Inclinò la testa verso l'inguine del nobile.

Cercò incerto, baciandole le labbra della fica e poi facendo una pausa, come se non fosse sicuro di cosa fare dopo.

"Ficcami la lingua, amico!" lei disse: "E fallo bene".

Ringhiando irritato, il ladro tirò fuori la lingua e iniziò a leccarla, sondando tra le sue pieghe bagnate.

Quasi immediatamente, gettò indietro la testa.

"Il tuo gusto è ..." iniziò.

"Chiaramente, non ho chiesto un commento," lo informò, prima di pronunciare con cura le parole successive: "Ora ... leccami ... la mia ... dannata ... fica, ruffiano arruffato, o quello che ho" non farò altro che afferrarti le palle e stringerle finché non urli. È chiaro? "

Yamcha si accovacciò, spaventato per una volta, affondando la lingua più a fondo ora, scivolando dentro di lei.

Antistia si lasciò sfuggire un piccolo grugnito di soddisfazione, massaggiandosi un seno, più delicatamente di lui, e inclinando la testa all'indietro mentre emetteva piccoli gemiti di soddisfazione.

Non era poi così male, ora che stava almeno cercando di farlo bene, anche se la sua mancanza di esperienza era ancora piuttosto evidente.

"Succhiami il clitoride ..." gemette, i suoi fianchi iniziando a premere contro il pavimento, le sue gambe divaricate per farlo entrare.

Yamcha si ritirò, aggrottando la fronte e sputando un capello dalla sua bocca:

"Non so cosa ti fa pensare che io sappia di cosa si tratta. Dov'è? Ha chiesto, suonando davvero infastidito.

"Oh, per l'amor di Dio!" sbottò, affondando la propria mano tra le gambe, "È che non sai niente qui?"

"Sì, okay, non c'è bisogno di urlare. Non che un uomo normale possa sapere qualcosa di tutta questa merda femminile."

Con un po 'più di difficoltà, finalmente trovò quello che lei stava cercando di mostrargli, e Antistia effettivamente emise il suo primo gemito di piacere, anche se attenta che nessuno potesse interpretarlo come un "urlo".

Il gemito sembrò stimolarlo, forse pensando che stesse per vincere la sua scommessa, ma lasciò che le sensazioni prendessero il sopravvento, iniziando finalmente a godersi davvero l'esperienza.

Tuttavia, fu troppo breve, poiché presto si rimise in ginocchio.

La sua espressione indicava che la performance non era qualcosa che voleva ripetere e, francamente, doveva accettare che le cose fossero migliorate.

Entrambi guardarono avanti mentre la gonna di Lady Gedren cadeva a terra accanto a loro, presa a calci da una delle sue lunghe gambe.

Ora indossava solo gli stivali e un paio di mutandine viola scuro, oltre ai braccialetti sulle braccia.

Con una mossa abile, l'elfo scuro si tolse la biancheria intima e la spostò per seguire la sua gonna.

La sua chioma era bianca come il resto dei suoi capelli, un triangolo accuratamente rifinito che brillava chiaramente contro l'oscurità della sua pelle.

"Neochoro," sussurrò, "forse potresti mostrare al nostro amico Mr. Yamcha come dovrebbe essere fatto?"

Il prete sorrise e si avvicinò alla sedia mentre Gedren allargava le gambe e le appoggiava sulle braccia mentre si chinava verso il suo premio.

Per un momento, Antistia vide un lampo rosa tra il nero puro delle labbra bagnate dell'elfo scuro, ma poi il lampo fu oscurato dalla testa di Neochorus.

Mentre Gedren inarcava la schiena, spingendo in avanti i suoi ampi seni e lanciando un profondo gemito di piacere.

L'elfa oscura continuò ad ansimare e ansimare di piacere mentre Neochorus si occupava dei suoi bisogni, le sue gambe che si dimenavano contro le sue braccia e la sua schiena mentre lo faceva.

Un attimo dopo, si rivolse a Sertorio, portandosi il cazzo alla bocca e succhiando la guardia mentre la lingua del prete gli affondava in profondità tra le gambe.

"Giusto," disse Yamcha, allontanandosi dal guardare il leader della cospirazione che si diverte con due dei suoi compagni, per guardare di nuovo il corpo nudo di Antistia, "è ora di smetterla con le prese in giro."

L'afferrò per la vita, la fece girare rudemente sulla fronte e le sollevò i fianchi.

"Non più quella merda da ragazzo carino e compiacente," le disse, "Ti darò un bel cazzo duro come non ti è mai stato dato prima. Preparati per il cazzo di un uomo adatto tra le tue cosce, tesoro, e urla di piacere prima che corra!

Prima che potesse dire qualcosa, l'aveva spinta da dietro, martellando il suo cazzo dentro.

Adesso che lui era dentro di lei, non si sentiva più così piccola, anche se Antistia sapeva di averne di più grandi dentro.

Tuttavia, ciò che fece davvero la differenza fu il vigore con cui iniziò a prenderla, pompando forte, la carne che sbatteva contro la sua ancora e ancora.

Malgrado se stessa, emise un gemito profondo che lo stimolò ulteriormente.

Ha cercato di soffocare le sue urla, ma inutilmente, ansimando ripetutamente mentre lui continuava a picchiarla.

Forse era la Presenza nella sua mente, ma se così fosse, francamente non gli importava.

Non importa come fosse stato prima, Antistia stava davvero iniziando a godersi le cose, impastando un seno con una mano, mentre con l'altra cercava di rimanere a pecorina.

Yamcha ringhiava, di tanto in tanto esalando il fiato o mormorando parolacce.

Indipendentemente da ciò, la nobile donna è riuscita a evitare qualsiasi urla autentica.

Non importa quanto le piacesse, non importa quanto fosse eccitata solo scopando un uomo così scortese, non avrebbe perso la scommessa, né le avrebbe dato la soddisfazione di aver avuto ragione.

"Oh sì ..." stavo dicendo, "Sei una ricca puttana, come ti senti per la sensazione del mio cazzo nella tua figa? Lo ami vero?" Afferrò una delle sue natiche, le sue dita affondarono nella sua carne mentre teneva il ritmo, "Ricca fottuta puttana, ti farò venire come mai prima d'ora. Ti farò urlare come un fottuto demone!"

Antistia si arrese alla sensazione, dimenticando per il momento anche che gli altri tre li stavano senza dubbio guardando.

Il suo braccio era debole, le sue gambe tremavano e lei è parzialmente crollata sul pavimento, solo i fianchi in aria mentre lui li stava afferrando.

Disperatamente, si ficcò il pugno in bocca, usandolo per attutire le sue urla mentre le potenti spinte del ladro la portarono finalmente sull'orlo del baratro.

Ritirò il pugno, lottando per ritrovare la calma mentre ansimava, scendendo dalle vertiginose altezze dell'estasi che non avrebbe mai, mai detto a Yamcha di aver appena sperimentato.

Ma il ladro non si era fermato, continuando a premere dentro di lei, più a fondo che mai.

"Grida il mio fottuto nome, fottuta puttana!" il ladro sibilò: "Fallo così posso uscire e sparare il mio carico su tutta la tua fottuta faccia da puttana ricca e arrogante!"

"Mister Yamcha", lo informò, riuscendo a rimettere nella sua voce il solito tono gelido e super serio, "Non farò assolutamente niente, ignorante, scortese, insopportabile ..."

"Oh cazzo!" gridò il ladro, eiaculando dentro di lei prima che potesse finire di parlare, poi lasciandola cadere a terra, ansimando e sudando.

"Mi piace quando parli così."

"È così che dovrebbe essere", ha risposto, "ma devo ricordarti che hai appena perso la scommessa."

"Eh? Oh diavolo!" colpì il suolo con il pugno, poi si appoggiò allo schienale, esausto e apparentemente indifferente.

Quindi, pensò Antistia, posso anche mettere alla prova Neochoro.

Sospettava che sarebbe stato ancora più divertente, soprattutto perché l'uomo più bello era meglio equipaggiato del ladro.

Probabilmente aveva anche un odore migliore.

Certo, avrebbe dovuto aspettare un po ', poiché il suo tempo con Lady Gedren lo avrebbe probabilmente stancato più di un po'.

Si mise a sedere e si legò indietro alcuni capelli mentre si sistemava per guardare gli altri tre che si divertivano.

L'elfa scura aveva finalmente lasciato il suo posto ed era accovacciata a quattro zampe sul pavimento, le gambe divaricate.

Usò una delle sue mani per separare le labbra dalla fica e Antistia vide, come aveva sospettato in precedenza, che il nero corvino raggiungeva solo le sue labbra.

Dentro, Lady Gedren era rosa come qualsiasi femmina umana, il colore era un contrasto quasi scioccante con la sua pelle.

Non era l'unica a guardare la fica offerta dall'elfa oscura.

Neochoro era inginocchiato dietro di lei, allungandosi per accarezzarle le natiche, e Antistia notò un movimento più amorevole di quello di Yamcha.

Il cazzo dell'uomo alto, che stimò essere di circa otto pollici, notevolmente più grande della media nella circonferenza, pulsava quando lo premette per la prima volta contro una coscia color jet, poi lo spinse lentamente all'interno.

Iniziò a muoversi lentamente, di nuovo, per niente come Yamcha, massimizzando il divertimento della sua partner, le sue mani che le correvano lungo i fianchi, giù per il suo ventre teso e poi, mentre si chinava in avanti sulla sua schiena, fino ai suoi seni cadenti.

Lady Gedren gemette, le palpebre svolazzanti mentre il prete continuava i suoi movimenti ritmici dentro di lei.

Fece cenno a Sertorio, che si stava accarezzando il cazzo e che si era unito ad Antistia per guardarli entrambi.

La guardia sorrise, mettendosi in ginocchio davanti al corpo di Gedren.

La prossima volta che l'elfo scuro emise un gemito particolarmente forte, lei spinse il suo cazzo nella sua bocca aperta, attutendo il suono.

Le sue natiche iniziarono a muoversi, in tandem con quelle di Neochoro, mentre Gedren cominciava a succhiarlo, tenendo i due uomini uno a ciascuna estremità.

Antistia guardò l'arazzo, osservando un atto simile che veniva compiuto lì, anche se, in quel caso, su una donna umana apparentemente riluttante.

Stava cominciando ad apprezzare la profondità dell'appetito sessuale dell'elfo oscuro, e in realtà trovava il pensiero un po 'eccitante.

Vedendo Neochoro e Sertorius in azione, Antistia stava già anticipando il suo turno.

Voleva Neochoro, ovviamente, ma poteva essere abbastanza coraggioso da prenderli entrambi?

Ciò mostrerebbe qualcosa all'elfo oscuro, se non qualcos'altro.

Si allungò tra le sue cosce, accarezzandosi leggermente mentre considerava l'opzione, fermandosi quando un dito era macchiato dello sperma di Yamcha, che aveva dimenticato era ancora lì.

Sertorius si ritirò, guadagnandosi un cipiglio da Gedren mentre lo faceva.

Per un momento, Antistia pensò che stesse camminando verso di lei, ma in realtà si fece semplicemente da parte dagli altri due, facendo scorrere una mano lungo la schiena liscia e sudata dell'elfo scuro.

Lo spostò lentamente, abbassandosi, scivolando sulle sue natiche, a pochi centimetri dal martello che Antistia desiderava nel profondo di lei, e non sulla donna elfa scura.

Sertorius, tuttavia, non si è fermato qui.

Invece, mosse la mano verso l'alto e verso il ventre di Neochorus, ora umido di sudore come quello del suo compagno, e da lì all'ampio petto del prete.

L'altro lo guardò con un'espressione di quella che Antistia poteva solo descrivere come irritazione perplessa, e rapidamente la ritrasse.

Poi la guardia si è mossa dietro la coppia arrapata, il suo cazzo ancora saldamente eretto.

La nobildonna sussultò per lo shock quando Sertorius spinse delicatamente ma con fermezza la sua erezione tra le natiche muscolose di Neochorus, spingendo in profondità nell'ano del prete.

Tuttavia, se era rimasta scioccata dalla svolta degli eventi, non era niente in confronto al grido di sorpresa dell'altro uomo per il suo stupro alle spalle.

Per alcuni istanti, tuttavia, continuarono, le tre paia di anche si muovevano all'unisono mentre Sertorius trafiggeva Neochoro e quest'ultimo rimaneva all'interno di Gedren.

Ma è stato solo per pochi istanti.

Ben presto, il prete sembrò riprendere la sua intelligenza e si liberò dai suoi due compagni.

"Qual'è il significato di questo?" balbettò "che tipo di uomo credi che io sia?"

"Gedren avrebbe scopato Antistia se avesse perso la scommessa", ha detto la guardia, "ma l'ha vinta, quindi ho pensato che si potesse provare qualcos'altro. La vedremmo scopare tra due donne, se avesse perso, allora com'è questo qui? È diverso? Forse vuole uno spettacolo di due uomini che lo fanno ora che ha vinto?"

"Non è lo stesso!"

"Non essere ridicolo," sibilò Gedren, "è esattamente lo stesso. Come potrebbe non essere lo stesso? Ma è anche del tutto irrilevante."

I due uomini la guardarono, apparentemente rimproverati, ma incerti su cosa intendesse.

"È irrilevante", continuò, "perché io sono Lady Taramis Gedren, detentrice due volte del Calice d'Argento e primo oratore della Presenza. Il che significa che tu sei qui per accontentare me e non l'un l'altro. lamentarsi e sdraiarsi per terra, non abbiamo ancora finito".

Il prete obbedì, anche se con uno sguardo risentito a Sertorio che diceva che le cose non erano finite così facilmente tra loro.

Lady Gedren si mise a cavalcioni su di lui, usando le mani per convincere il suo cazzo flaccido a tornare in vita, prima di posizionarsi sopra di lei.

"Non preoccuparti," disse ad Antistia, voltandosi a guardarla per la prima volta da molto tempo, "mantengo le mie promesse. Non ti toccherò e potrai averlo una volta che avrò finito."

"Vorrei che fossero entrambe le cose", ha detto, "allo stesso tempo."

Le parole uscirono in fretta e lei non si rese nemmeno conto di aver preso la decisione finché le parole non furono fuori dalla sua bocca.

"Questo è un tipo di pensiero che approvo", disse sua signoria, con un ampio sorriso. "E spero davvero che un giorno rinuncerai a questa cosa dell'eterosessualità. Ma, per ora ..." e cadde sull'erezione di Neochoro, la sua circonferenza allargò visibilmente le labbra mentre emetteva un sospiro soddisfatto.

La donna elfa scura si mosse su e giù sul grosso cazzo del prete mentre le sue mani cominciavano a vagare per il suo corpo, salendo al suo petto e stringendole i seni ampi e saltellanti.

Gedren si sporse in avanti, dandole un ingresso migliore, i suoi fianchi ancora appoggiati sui suoi, i lunghi capelli bianchi che gli cadevano sul viso.

Sertorius era in piedi sopra di loro, guardandoli muoversi entrambi, la sua erezione ancora non diminuiva.

Guardò Antistia, poi scosse la testa e sorrise.

"Più tardi," disse, "lo prometto".

Quindi si inginocchiò, posizionandosi tra le gambe dell'altro paio, e accarezzò le natiche che si muovevano ritmicamente.

Con un grugnito di piacere, costrinse il suo cazzo tra le curve nere, prendendo Gedren con fermezza dall'ingresso posteriore, finché le sue palle non sbatterono nella sua carne.

"Oh dolce dea delle tenebre, sì!" gridò l'elfa oscura, la sua voce esultante, i suoi occhi color ambra spalancati.

Antistia guardò con stupore stupito mentre due paia di cazzi duri picchiavano Lady Gedren all'unisono, uno nella sua figa e l'altro nel suo culo.

In realtà sembrava piuttosto doloroso, ma l'elfo scuro chiaramente si godeva ogni secondo al massimo, la sua espressione era la donna umana più felice che avesse mai visto.

Sembrava che l'elfa oscura stesse cercando di dare qualche tipo di istruzione ai suoi amanti, ma le parole venivano soffocate dai suoi gemiti sempre più lunghi di piacere.

I due uomini iniziarono a muoversi più velocemente, prendendola sempre più forte mentre si avvicinavano al loro climax.

Poi fu tutto finito, Gedren urlò di gioia con un abbandono selvaggio quando i due uomini entrarono in lei simultaneamente.

Antistia si avvicinò a loro mentre si separavano, i tre evidentemente esausti, il petto ansante mentre riprendevano fiato.

"Dovrai aspettare ..." disse Neochoro senza fiato, spingendola via, "soprattutto dopo."

"No, a meno che anche la tua lingua non sia stanca," la informò, accovacciandosi sul viso, "anche se credimi, dopo andremo avanti."

Questo sembrava a posto.

Molto bene.

CAPITOLO XXXIX
FREYA E AMORE

L'incursione nella tana di Amazarac era stata un'avventura molto più breve di qualsiasi delle sue grandi spedizioni nel deserto, saccheggiando antiche tombe o labirinti dimenticati.

Eppure era altrettanto soddisfacente, producendo lo stesso brivido di sfuggire a una morte prossima in una catacomba sotterranea.

O almeno così pensava Conan, e aveva l'impressione che lo facessero anche gli altri.

È vero che, nel suo caso, la fuga era stata poco ortodossa, sebbene tutt'altro che spiacevole.

Presumibilmente, per gli altri, l'esperienza era stata un po 'più convenzionale, ma ciò che contava davvero era che avevano salvato cinque donne da un terribile destino per mano di un demone malvagio.

Era chiaro, ora che erano liberi dalla sua influenza mentale, come si pentivano di ciò che avevano fatto per suo conto e, almeno per alcuni, sospettava che le cicatrici emotive avrebbero impiegato molto tempo per guarire.

Il che significava che al momento si sentiva come se stesse camminando sui gusci d'uovo quando era intorno a loro.

Gli ex membri dell'harem erano attualmente riuniti nella sala principale della villa dell'avventuriero.

Valeria era partita per portare la buona notizia a Salomone, e Snagg era svanito, inspiegabilmente timido, forse sopraffatto dall'eccitazione dell'evento, poiché i nani erano noti per la loro taciturnità.

Ciò ha lasciato Conan con Yasimina e Zula, a parlare con le donne salvate.

Eloise era in piedi in fondo alla stanza, sembrava stoica, anche se poteva dire che anche lei era stata profondamente colpita dal salvataggio, e forse imbarazzata dal modo in cui il demone l'aveva presa.

Le altre quattro donne erano rannicchiate attorno a un divano, chiaramente felici di essere libere e insieme: Kaminari aveva ricevuto un saluto entusiastico quando gli altri l'avevano trovata sana e salva.

"Grazie ancora," disse Amora, "non riesco a iniziare a ... beh, sto ancora realizzando come è andata questa giornata. È come se il mio mondo fosse capovolto ..." Fece una pausa, spostando gli occhi. posto a terra, "in più di un modo ..." si riprese, lasciando Conan a chiedersi quale fosse la sua improvvisa riluttanza, "ma in senso positivo. Sotto tutti gli aspetti ... in senso positivo. Non solo ci hanno salvati, ci hanno aperto gli occhi ".

"Cosa faranno adesso?" Ha chiesto Zula.

"Non lo so ... troveremo qualcosa. Forse resteremo uniti ... almeno la nostra esperienza ci ha dato un'intesa comune. Ma a lungo termine, non lo so; lo faremo devo solo vedere che mondo ci aspetta. Abbiamo visto molto sul lato negativo di questo mondo, forse ora avremo l'opportunità di vedere un po 'di buono ".

"Abbiamo una domanda per te, se non ti dispiace," disse Yasimina, come sempre educata, "qualcosa che potresti aver imparato mentre eri con il tuo rapitore."

"Per favore, chiedi qualsiasi cosa!"

Gli altri annuirono d'accordo.

"C'è qualcosa di terribile in questa città," disse il paladino, "pensiamo che Amazarac possa averci qualcosa a che fare. Ma se non lo avesse fatto, beh, forse sapeva qualcosa. Hai sentito qualcosa su un altro demone su Tarantia ? Forse? "

Freya annuì:

"In un certo senso, ma non possiamo dirti molto. Il nostro rapitore è venuto qui per un motivo. Ha detto che c'era qualcosa di potente qui, qualcosa di cui poteva far parte. A quel tempo, non aveva molto senso noi, perché credevamo tutti che fosse ... beh, sai cosa pensavamo di lui ... ma, sì, è venuto qui in cerca di qualcosa ".

"Aveva un piano per realizzarlo? Ne sai qualcos'altro?"

La donna dai capelli rossi scosse la testa.

"No, non ha mai conosciuto lui, né i suoi schiavi, se ne aveva. Se aveva un piano, non lo condivideva con noi. Forse sperava di incontrarlo?"

"Aspetta," disse Conan, "come faceva a saperlo? Ha sentito qualcosa?"

"Non sono sicura ..." la interruppe Amora, "disse che c'era una leggenda. Questo è quello che mi disse, una volta quando eravamo soli. Una leggenda su come qualcosa fosse arrivato in questa città, e come sarebbe stato per rialzarsi. Sembrava pensare che sarebbe potuto succedere presto, anche se non so perché. "

"Qual era la leggenda?", Chiese Yasimina, "ti ricordi?"

"No, temo che non mi abbia detto molto. Non sono nemmeno sicuro di dove l'abbia sentito. Ma c'era qualcosa ... un nome che ha usato, qualcosa o qualcuno legato alla storia." Si accigliò, sforzandosi di ricordare, e poi i suoi occhi si illuminarono. "Kahudreth," disse, "questo era il nome: la leggenda di Kahudreth. Sai cosa significa?"

Yasimina si guardò intorno, ma sia Conan che Zula scossero la testa.

"No, non ho mai sentito quel nome prima," disse riluttante, "e non sai nemmeno se è una persona o un luogo?"

"No, mi dispiace. Vorrei poterti aiutare."

"Probabilmente è una persona," disse Zula, "o un'entità di qualche tipo. Il posto dovrebbe essere qui, giusto? Voglio dire, se la leggenda parla di qualcosa che è arrivato in città."

"Forse," concordò Yasimina, "ma almeno è una specie di indizio. Anche se temo che abbiamo poco tempo per inseguirlo. Almeno sappiamo dove dobbiamo andare, perché ci siamo già stati una volta."

Conan annuì.

Con l'aiuto della pozione del druido, dovrebbero essere in grado di superare le piante mortali, anche se chissà cosa c'è oltre?

Questa particolare avventura era tutt'altro che finita.

"Potreste e Valeria dare un'altra occhiata alla biblioteca del college?" suggerì il paladino.

"Non abbiamo trovato niente di simile l'ultima volta", disse riluttante, "non credo che troveremo nient'altro, almeno non con una rapida ricerca. Potremmo forse ... no, aspetta, Ho un'idea migliore ", disse, all'improvviso," Questa è una leggenda, giusto? Forse qualcosa di orale? "

"Ne ha parlato per la prima volta quando eravamo nella giungla orientale", concordò Amora, "quindi suppongo che fosse una tradizione orale di qualche tipo".

"Beh, conosco una barda, una donna di nome Joansa, e conosce molte leggende su Tarantia e le sue terre. Se qualcuno ne sapesse qualcosa, potrebbe esserlo. Non è che mi ci sia voluto molto per chiederglielo, e non c'è motivo a Quella Valeria non può visitare contemporaneamente il Collegio dei Maghi. Penso che valga la pena provare, almeno. "

"È una buona idea," disse Yasimina, "Si sta facendo tardi adesso, ma domani puoi trovare questa Joansa e vedere se sa cosa significa la parola o il nome 'Kahudreth'. Se non lo fa, o te lo dice qualcosa che possa aiutarci, torna qui. Presto, preferibilmente ", ha aggiunto, con uno sguardo consapevole.

"Sì, naturalmente."

* * *

Era stata una giornata lunga, e Conan fu contento quando ebbe finalmente la possibilità di scivolare tra le lenzuola e cercare di dormire un po '.

Tuttavia, non appena si è toccato la testa con il cuscino, hanno bussato alla porta della sua camera da letto.

"Aspetta un attimo," mormorò, afferrando una vestaglia di seta e avvolgendola prima di aprire la porta.

Guardandola, vide Freya in piedi fuori nel corridoio.

"Cosa succede?" chiese soffocando uno sbadiglio.

"Posso entrare?"

"Sì ... certo," disse, stringendosi la vestaglia e chiedendosi di cosa si trattasse.

"Grazie," disse, entrando e chiudendosi la porta dietro di sé. "Volevo farti una domanda. Sulla magia."

"Farò quello che posso. Si tratta di ... lui, non è vero?"

Aveva notato che alcune delle donne erano riluttanti a menzionare il nome di Amazarac.

Annuì, confermando i suoi sospetti.

Tuttavia, cos'altro avrebbe potuto essere?

"Ci sono incantesimi per farti dimenticare?" gli chiese guardandolo dritto in faccia, con gli occhi verdi spalancati.

"No," rispose improvvisamente a disagio nel suo sguardo, "temo di no, almeno non per la durata del ricordo di cui parli ... qualche minuto, forse, ma certo non anni. Anche se ci era un incantesimo del genere, penso che sarebbe molto dannoso. Cercare di cancellare così tanto dalla tua memoria ... anche se potesse essere fatto, distruggerebbe chi sei. È troppo difficile. Scusa. "

La rossa si lasciò cadere sul letto, fissando il pavimento,

"Non pensavo fosse così difficile", ha detto, sembrando abbattuta, "ma ho dovuto chiedere".

Si sedette accanto a lei, notando per la prima volta come era vestita.

Lei, ovviamente, ha avuto l'opportunità di salvare i suoi averi dalla dimora magica, e sembrava che ciò avesse incluso una camicia da notte.

Si rese conto che era una cosa del sud, perché lì le notti erano molto più fredde; le persone su Tarantia potevano indossare una camicia da notte leggera di notte, ma molti, come lo stesso Conan, dormivano nudi.

La camicia da notte di Freya, tuttavia, era più sostanziosa di qualsiasi altra cosa locale.

Era di stoffa bianca, con maniche lunghe e una gonna che le scendeva fino alle caviglie, fissata intorno alla vita con una lunga cintura simile alla veste che indossava ora.

Nella luce proiettata dalle due lune, entrambe piene quella sera, poteva persino vedere piccoli fiori ricamati intorno al collo e bifoderati sul davanti, e polsini di pizzo fine all'estremità delle maniche.

Sembrava abbattuta, i capelli rossi che le cadevano parzialmente sul viso, le mani tenute svogliate in grembo.

Era, ovviamente, una donna attraente, come lo era stato l'intero harem, nelle sue diverse sembianze, ma la tristezza sul suo viso non aveva avuto la meglio in quel momento.

Il che probabilmente era altrettanto buono, considerando la situazione.

Considerando quello che aveva vissuto, l'ultima cosa che voleva fare era approfittarsi di lei, e resistette all'impulso di accarezzarle anche la spalla, preoccupato che potesse prendere il gesto nel modo sbagliato.

Fu la prima a rompere il silenzio imbarazzante.

"Ci ha costretti a fare cose così terribili. Seppellire i corpi di coloro che aveva ucciso, tendere trappole, distruggere ..." si interruppe, prese un respiro profondo per riprendersi, la sua voce suonava sempre più miserabile, "come ha fatto facciamo tutto questo? Come ha potuto farci pensare che fosse corretto? Perché non lo mettiamo in discussione? "

"È un incantesimo malvagio, quello che ha usato su di te. La maggior parte degli incantesimi di quel tipo non sono così potenti, possono distorcere le menti per far credere a qualcuno di essere tuoi amici, renderli desiderosi di aiutare, ma non di agire contro i suoi natura. Ma questa è una versione più forte. È illegale nella maggior parte dei posti, un incantesimo proibito, come la negromanzia, ma, beh, questo non lo avrebbe preoccupato. "

"Era una sensazione che fosse indiscutibile", ha detto, "è così che ci si sente. Non credo che abbia cambiato idea, la nostra natura, tranne quando si è trattato di lui. Se ci ha detto di fare qualcosa, noi l'ho appena fatto, e ne siamo stati felici, sapendo che anche se non avessimo mai fatto qualcosa del genere, avremmo dovuto fare un'eccezione per lui. È difficile da spiegare, ma ripensandoci, niente di tutto ciò è stato piacevole, sebbene non era quello che sembrava in quel momento ".

"Mi dispiace, mi dispiace davvero. Almeno adesso è finita."

Osò allungare una mano e stringerle la spalla, solo brevemente, e lei non sussultò, ma tirò comunque via la mano.

"La prima volta, quando mi ha catturato ... avevo paura, pensavo che mi avrebbe ucciso. Sapevo cosa fosse, anche se era in forma umana, quindi ... sì, anche a me non piaceva, e io pensava che potesse mangiarmi o qualcosa del genere. Ma poi ... era ... è difficile da descrivere, come se in qualche modo il mondo fosse cambiato, e io lo vedevo come quella magnifica figura. Era così improvviso ... un male incantesimo. Ora me ne rendo conto, naturalmente, ma per qualche motivo non sembrava così quando l'ha rilasciato ". Lei sussultò, "questo è uno dei ricordi che vorrei non avere".

"Altre volte," continuò dopo un po ', "ero stata disgustata e terrorizzata, e poi ... voglio dire, non avevo molta esperienza al riguardo. Un po', ma mai molto brava, ad csscrc onesti . E poi, stavamo ... mentre tutti gli altri guardavano ... lui urlava, mi prendeva i capelli, mi schiaffeggiava, rendendomi così forte che faceva male ... e mi piaceva. Perché era lui. Dei, io lo ringraziò davvero! E poi ... poi è tornato alla sua forma naturale, e mi ha fatto ... mi ha fatto ... "la sua voce si incrinò.

"Okay, lo so," disse Conan dolcemente, "me l'ha detto Valeria."

Si appoggiò a lui, cullando la testa sulla sua spalla, mentre le lacrime cominciavano a formarsi nei suoi occhi.

"Guardando indietro, è stato così orribile ... e così ... spesso ..."

Questa volta la cinse con un braccio in modo appropriato, accarezzandole i lunghi capelli rossi mentre lei piangeva, sfogando un po 'di angoscia.

"È finita", ha detto, "non dovrai mai più farlo."

"Stringimi," sussurrò, "stringimi e basta."

* * *

Eloise era premuta contro di lui nei suoi sogni, nuda e calda, il suo corpo che si muoveva lentamente contro il suo, svegliandolo mentre gli faceva piovere baci sul collo e sulle spalle.

La sua voce era morbida, bisbigliante, diversa da com'era stata all'inizio della giornata.

Ma era un sogno, e lui non pensava a quelle cose, le permetteva solo di accarezzarlo mentre i suoi vestiti cadevano.

"Sei già sveglio?" chiese la barbara, la sua voce meno aspra di prima.

Sembrava una domanda strana, ma la considerò lo stesso.

Sperimentando, aprì gli occhi e si rese conto che la risposta era "sì".

Perché non era il viso di Eloise di fronte a lui, ma quello di Freya, i lunghi capelli rossi che cadevano sul cuscino mentre si chinava su di lui, ancora vestita con la sua camicia da notte.

Tuttavia, la sua stessa vestaglia era aperta, a torso nudo, e mentre lottava per raggiungere la piena coscienza, sorrise e si spostò lungo il suo corpo, accarezzandogli i capelli sul petto, le sue labbra che sfioravano i suoi capezzoli.

"Uhhhh ..." disse, ancora intontito dal sonno.

Era reale?

Lo pensava.

"Zitto," disse Freya, premendo un dito sulle labbra, "Kaminari mi ha detto cosa hai fatto per lei."

Ma non Eloise, presumibilmente, pensò il guerriero.

Ma poi, sembrava un tipo silenzioso, e lui a malapena poteva descriverla come "banale".

All'inizio, seguì l'esempio di Freya, godendosi la sensazione delle sue carezze, trovandosi sempre più duro mentre lei apriva maggiormente la vestaglia.

Tuttavia, quando si è trasferita per baciarlo dolcemente sulle labbra, ha finalmente trovato la sua voce.

"Sei sicuro di questo?" chiese, contento che almeno non avesse fatto la prima mossa.

Lei annuì, appoggiandosi all'indietro, le gambe su entrambi i lati di quelle di lui, lanciando una lunga frangia su una spalla.

Le lune erano ancora visibili, dandogli una visione di lei migliore di quanto avrebbe potuto aspettarsi nel cuore della notte.

Ovviamente non dormiva da molto tempo.

"Te l'ho detto, non ho mai avuto l'opportunità di godermelo prima. Voglio scoprire com'è veramente, come dovrebbe essere. Ricorda che c'è qualcosa di buono in due persone che si condividono, che non è tutto sordido e doloroso. Se non ti dispiace ... voglio dire, dopo Kaminari, ho pensato ... "

"No, non mi interessa. Pensavo non avresti voluto ..."

"Se non lo faccio ora, potrei non avere più il coraggio", ha detto, "ho bisogno di vedere che può essere buono, come dicono gli altri. Puoi farlo per me?"

Allungò una mano per accarezzarle i fianchi attraverso la camicia da notte, sentendo il morbido cotone mentre la faceva scivolare su un fianco, il suo corpo caldo sotto.

La portò lentamente alla fronte, accarezzandole la pancia attraverso il tessuto e lei sorrise, apertamente, per la prima volta da quando l'avevano incontrata.

Freya si sciolse il nodo alla vita e poi lentamente fece scivolare la camicia da notte su e sopra la testa, scuotendo i capelli mentre li lasciava cadere sul lato del letto.

La luce della luna scintillava sui suoi seni pallidi e prominenti, sui grandi capezzoli rossastri leggermente appuntiti e sulle ciocche rosse mentre cadeva sulle spalle lentigginose.

La sua pelle era pallida e rosea, del tutto intoccata dal tocco del sole cocente di Tarantia, e rabbrividì leggermente mentre lui la accarezzava, facendo scorrere la punta delle dita su per il suo corpo per avvolgerle i seni.

I suoi capezzoli erano già duri, ma sembravano gonfiarsi ancora di più sotto il suo tocco, mentre si chinava per baciarlo sulle labbra.

Lui rispose con entusiasmo, muovendo le mani intorno alla sua schiena mentre i loro morbidi tumuli premevano contro il suo petto.

Lingua e labbra si mescolarono lentamente mentre si assaporavano la bocca dell'altro e lei emetteva piccoli rumori di respiro.

Si rotolò su un fianco, le sue mani scivolarono sulle sue cosce pallide, ancora si baciavano mentre le sue dita morbide le scorrevano tra i capelli.

Conan interruppe il bacio, ma solo per premere le sue labbra contro l'angolo della sua mascella e poi giù sulla pelle della sua gola mentre inarcava la testa all'indietro per accoglierlo.

Lentamente, si spostò più in basso, la sua lingua che si muoveva dolcemente tra le labbra increspate per assaporare ogni centimetro della sua pelle rosa.

Le spostò la parte superiore del torace, una mano accarezzò un seno, l'altra si spostò su una coscia, e lei rotolò sulla schiena per dargli più libertà, la luce argentea che ancora delineava il suo corpo contro le lenzuola.

Assaporò i suoi seni, ma non avidamente, prendendosi il suo tempo, stuzzicando ciascuno dei suoi grandi capezzoli a turno con morbidi pennelli della sua lingua prima di premerli tra le sue labbra.

Sospirò, una mano che ancora le accarezzava i capelli e l'altra appoggiata sulla sua spalla.

"Mmm ..." sussurrò, "questo va bene ..."

Lasciò i lussureggianti tumuli per muovere i suoi baci più in basso, attraverso il suo ventre, mentre le sue mani vagavano per il resto del suo corpo.

Le fece scorrere la lingua in circolo intorno all'ombelico, immergendola dentro, premendo il naso contro la sua carne tonda prima di muoversi ancora più in basso, il suo corpo tremava in attesa mentre lo faceva.

Vide che indossava ancora le mutandine, piccole cose di un materiale di pizzo che si intonava alla camicia da notte.

Li ignorò per un momento, premendo le sue labbra sulle sue cosce, facendo scorrere le mani sugli stinchi sottili, solleticandole le dita dei piedi prima che i loro baci si muovessero verso l'interno e verso l'alto.

Lei sussultò, con un suono silenzioso e senza fiato, mentre lui premeva il naso contro il pizzo, e la sua mano cadde dalla sua testa per afferrare le lenzuola mentre iniziava a far scorrere l'indumento.

Soffiò sul morbido triangolo di capelli rossi, lo arruffò prima di dividere le gambe per vedere le sue labbra rosee.

Soffiò anche contro di loro, il suo respiro gelido contro l'umidità lì, e lei gemette mentre le sue labbra premevano contro il suo tumulo.

Fece scorrere la lingua lungo la sua fessura, dapprima con il minimo tocco, poi spinse più a fondo, assaporando i suoi succhi mentre i suoi fianchi si muovevano leggermente, le natiche arrotondate che accartocciavano le lenzuola.

Incoraggiato lui andò oltre, e lei gli afferrò di nuovo la testa, l'altra mano contratta contro le lenzuola mentre emetteva un gemito di piacere.

Iniziò a leccarla con movimenti lenti, sondando tra le labbra gonfie della sua figa, sentendo ogni movimento mentre il suo corpo rispondeva al suo tocco.

Lei sussultò quando lui raggiunse il suo clitoride, inarcandole la schiena contro il letto, spingendole i seni in aria, muovendo la testa contro il cuscino.

Si appoggiò sapientemente ai suoi bisogni, spostando le sue cosce per riposare sulle sue spalle mentre le tirava i fianchi verso la bocca.

Quando si allontanò per un momento, lei lo pregò di continuare, e lui tornò felicemente al compito.

I suoi sussulti stavano diventando più frequenti, anche se ancora silenziosi, piccoli sussulti di piacere mentre lui succhiava e leccava ogni centimetro della sua fica desiderosa.

Poteva sentirla avvicinarsi al culmine, e ha accelerato il ritmo dei propri movimenti, stuzzicando il suo clitoride palpitante con grande dedizione.

Lei venne all'improvviso, i fianchi premuti contro il suo viso, inarcando il corpo mentre emetteva un lungo, basso gemito di pura beatitudine, convulsamente contro di lui, finché lui affondò, ansimando, ancora una volta nelle lenzuola.

* * *

Amora si scosse e si rigirò nella sua cuccetta mentre cercava, ancora una volta, di dormire un po'.

Iris non sembrava avere alcuna difficoltà, rifletté guardando la donna bionda.

La villa non aveva abbastanza stanze per tutti e dovevano condividerla, ma sarebbe stato solo temporaneo e, in ogni caso, ho sentito un certo sollievo essere vicino a qualcuno che aveva vissuto le stesse esperienze.

Anche se nessuno di loro da tanto tempo quanto lei.

C'erano anche altri che morirono lungo la strada.

La vita di un Dumuzi non era priva di rischi e, sebbene fosse stata la prima conquista di Amazarac, Kaminari non era stata la seconda.

Se n'erano andati da tempo, vittime che non erano sopravvissute per vedere il loro padrone sconfitto, ed era triste pensare che non avevano mai più conosciuto la vera libertà.

Tuttavia, in quel momento, ovviamente, le sue emozioni si erano offuscate, come quelle di tutti gli altri.

Essere ridotti in schiavitù, e nemmeno saperlo ... sarebbe difficile da immaginare, se non l'avesse sperimentato.

La sua antipatia per Amazarac non conosceva limiti ora che era libero dalla sua magia malvagia.

Il suo appetito non conosceva limiti, che fosse per gola, dissolutezza o semplice malizia.

Tuttavia, nonostante tutti i pensieri della giornata che le passavano per la testa, non era sicura che fosse quella battaglia finale, quella sensazione di liberazione nel vedere il demone morire, a impedirle di dormire maggiormente.

Altrimenti, piuttosto quello che era successo prima, come era stata rilasciata.

Il sesso per lei era diventato nient'altro che qualcosa con cui compiacere il suo padrone.

Era persino preoccupata per il modo in cui si era concentrato di più sui nuovi membri dell'harem, piuttosto che su lei, che lo aveva servito più a lungo.

Ora, ne era felice, ma non lo era stata in quel momento.

Anche se l'aveva visto scopare selvaggiamente Freya, umiliare Iris, o prendere Kaminari per il culo perché sapeva che la faceva urlare, aveva desiderato che fosse lei.

Adesso si odiava per questo.

Eppure ... ricordava la mano di Valeria sulla sua coscia e la stretta della mano di una donna sul suo petto attraverso il tessuto dei suoi vestiti.

Non sembravano affatto spiacevoli, nonostante la situazione in quel momento, che non era affatto romantica.

Era stata confusa, incerta su come rispondere, lottando con sentimenti che aveva represso per tutta la vita, anche prima di Amazarac.

Ricordava l'eccitazione quando l'elfo aveva sollevato la parte superiore dei suoi vestiti e aveva visto l'altra donna che le guardava i seni nudi.

La sua mente, allora fedele al suo schiavo padrone, gli aveva detto una cosa, ma il suo corpo e il suo cuore gli avevano detto diversamente.

Aveva voluto essere violentata, protestando continuamente per il contrario.

Aveva voluto che andasse oltre.

Al punto che la controincantesimo di Valeria l'aveva messa di fronte alla verità sulla sua vita, che aveva messo da parte tutte le altre considerazioni, con il suo orrore assoluto.

E ora, nonostante tutto quello che stava cercando di dimenticare di Amazarac, costringendolo a scomparire da una parte oscura della sua vita a cui non voleva più pensare, era difficile tenere Valeria fuori dalla sua mente.

Si era perfino trovata a fantasticare su quello che sarebbe potuto succedere dopo, se non avesse perso l'anello magico di protezione, se l'elfo non fosse stato più interessato alla sua libertà che al suo corpo.

Si mise a sedere sul letto, il cuore che gli batteva all'impazzata.

Doveva capirlo, toglierselo dalla mente, altrimenti non poteva riposare.

Rimase seduto lì, immobile, cercando di raccogliere il coraggio per quello che voleva fare.

È stato un passo drammatico, di certo non si torna indietro, ed è stata interamente una sua scelta.

Ma nessuna fatta da lei come tante altre che aveva realizzato negli anni.

Questa era la sua responsabilità adesso, e avrebbe dovuto sopportarne le conseguenze, qualunque cosa le avessero detto al riguardo.

Non è stata una decisione facile. Eppure, allo stesso tempo, sapeva che doveva provare.

Con un movimento improvviso, si alzò dal letto, avvolgendosi la sua vestaglia dorata, a piedi nudi sul pavimento di legno.

Guardò Iris.

Ancora addormentato; quello è buono.

In punta di piedi uscì dalla stanza, riuscendo a malapena a credere a quello che stava facendo, e chiuse la porta il più silenziosamente possibile.

Sperava quasi che qualcun altro si alzasse, che avesse una scusa per tornare a letto, per evitare l'azione impossibile.

Ma non c'era nessuno a fermarla e, raddrizzando le spalle, attraversò il corridoio e salì le scale fino a dove gli avventurieri avevano le loro stanze.

I suoi piedi poggiavano silenziosamente a terra, ma credeva che il suo respiro fosse abbastanza forte da svegliare chiunque si trovasse nelle vicinanze.

Ma ovviamente nessuno si mosse e lei continuò per la sua strada.

Sentendo un suono, si fermò improvvisamente, congelata sul posto, chiedendosi come avrebbe spiegato cosa avrebbe fatto se fosse stata scoperta.

Cercando di trovare il bagno, forse, anche se sapeva benissimo che era al piano di sotto?

Il suono, si rese conto, proveniva da una porta vicina.

Fece qualche passo verso di lui, guardandosi intorno, senza una buona ragione, poiché il corridoio era ovviamente vuoto e senza luce, prima di spostare l'orecchio verso la porta.

"Sì ... per favore ... ohhh ..."

Le parole erano inequivocabili, anche se molto silenziose.

La voce di Freya?

Si precipitò via, non volendo intromettersi, ma con un lieve sorriso sul volto.

Forse non è stata l'unica ad alzarsi dal letto stanotte ...

Sapeva qual era la stanza di Valeria.

Aveva visto l'elfo andare a letto, non sapendo perché in quel momento, ma felice di approfittare del fatto ora.

Tuttavia, ora che era fuori, sentiva una crisi di coscienza.

E se Valeria dicesse di no?

Aveva messo in chiaro abbastanza che le sue azioni nel corso della giornata erano state uno stratagemma, non una questione di vero desiderio.

Cosa le faceva pensare ora, che l'elfo lo avrebbe voluto?

Naturalmente, aveva visto il modo in cui gli occhi della donna erano rimasti sui suoi seni scoperti, l'aveva vista cercare di mascherare il desiderio con un'intenzione di salvataggio.

Potrebbe essere diverso ora, ovviamente.

Ma doveva provare, giusto?

Per scoprire in un modo o nell'altro la verità.

Le sue gambe tremavano, il suo cuore era in gola, mentre se ne stava lì con la mano a pochi centimetri dalla maniglia.

Potrei davvero andare fino in fondo con questo?

La ricompensa era così grande da valere il potenziale rifiuto o da essere scoperti?

Sì, lo pensava.

Amora aprì la porta ed entrò.

* * *

"È stato meraviglioso," sospirò Freya, mentre si rannicchiava nel suo fianco, "davvero. Nessuno l'aveva mai fatto per me prima." Lei accoccolò la testa nella curva della sua spalla, le sue braccia avvolte intorno a lui, i suoi seni premuti contro il suo petto, "Mi è piaciuto molto," rise, "beh, immagino tu l'abbia notato, vero?"

"Sono contento," disse, ricambiando l'abbraccio, anche se lei era dolorosamente consapevole di come la sua erezione rigida premesse contro una delle sue cosce tenere. "Dovrebbe essere divertente. Sempre."

Mormorò d'accordo, rannicchiandosi contro di lui, rilassandosi nel ricordo della sua esperienza.

Rimasero così per un po 'prima che lei si spostasse di nuovo, guardandolo con occhi spalancati.

"Immagino che dovrei pensare anche a te," disse, spostando la mano libera verso il basso per accarezzargli il fianco. "C'è qualcosa che vuoi fare? È stato piuttosto intenso, ma ..."

"Penso che stasera tocchi a te prendere tutte le decisioni", le disse, "se non ti senti come nient'altro, capirò."

"Sei dolce, ma non capisco perché la notte debba ancora finire. Sii gentile però ... come lo eri solo ora."

Lei rotolò via da lui, sulla sua schiena, il suo corpo proiettava un'ombra che significava che solo le punte dei suoi capezzoli prominenti brillavano alla luce della luna.

Si allungò per accarezzarle la pancia e la guardò negli occhi, "Perché non ti alzi? Allora puoi controllare il movimento."

Sorrise, un lampo di denti bianchi nell'oscurità, e si mosse per abbracciarlo di nuovo, le loro labbra si incontrarono mentre le loro dita passavano tra i suoi lunghi capelli.

Si rotolò sulla schiena, e lei era già sdraiata sopra di lui, ancora baciandogli le labbra, la sua erezione ancora contro la sua coscia, la sua mano libera che scorreva sulle sue morbide natiche.

Si allontanò, spezzando il bacio, lasciando che la sua mano scivolasse dai suoi capelli mentre sollevava le gambe per abbracciargli la vita, lasciando che il suo cazzo dondolasse.

Il suo corpo sembrava quasi risplendere alla luce della luna, i lunghi capelli rossi di un colore più scuro gli incorniciavano il viso.

Lei sorrise di nuovo, e lui rifletté che sembrava sinceramente felice, qualcosa che poteva non essere stato così, almeno non naturalmente, per molto tempo.

Ha attorcigliato una ciocca di capelli attorno a un dito, premendosela contro le labbra mentre lo guardava, distesa sotto di lei.

"Sei bello," disse infine, passandosi l'altra mano sulla guancia.

Invece di rispondere, la attirò a sé, il suo corpo cedette al suo tocco mentre lui si muoveva per portare i suoi seni sporgenti fino al viso.

Li baciò di nuovo, una mano accarezzandone una mentre le sue labbra sfioravano l'altra, sentendo ogni curva liscia.

Le premette il viso contro i tumuli, un capezzolo rosa in bocca, la lingua che scivolava sulla carne gonfia, succhiando delicatamente mentre lei ansimava di gioia.

La sentì allungarsi per accarezzargli il cazzo, correndo dalla punta alle palle.

Poi aggiustò la sua posizione, allontanando i seni dalla sua bocca curiosa, ma appoggiando il suo membro contro le labbra della sua fica.

Si appoggiò all'indietro mentre lei lo guidava lentamente verso l'interno, all'inizio solo la punta, poi centimetro dopo centimetro nel suo corpo accogliente e desideroso.

La bocca di Freya fece una "O" rotonda di piacere quando iniziò a dondolarsi avanti e indietro su di lui, appoggiandosi all'indietro contro di lui in modo che i suoi capezzoli sfiorassero il suo petto.

Prese una natica con la mano destra, le spazzolò indietro i lunghi capelli con la sinistra e le accarezzò la guancia mentre lei continuava i suoi movimenti lenti e graduali.

Dovette fermarsi consapevolmente, lasciandola fare tutto il lavoro, guardando il suo viso nella luce argentea mentre ansimava, il suono che veniva interrotto di tanto in tanto da piccoli rantoli acuti.

Andava avanti e avanti, come se non finisse mai, lei apparentemente instancabile, lo tirava continuamente più vicino al bordo e poi si rilassava di nuovo.

Non poteva dire quanto tempo era passato quando finalmente il suo ritmo cominciò a salire.

Si premette contro di lui, ansimando più forte ora mentre i baci gli piovevano sul viso, i suoi capelli cadevano su di lui come una tenda.

Sentì la propria urgenza aumentare in risposta mentre i suoi fianchi premevano contro i suoi, il suo cazzo apparentemente più profondo dentro di lei rispetto a prima, la sensazione quasi insopportabile.

Freya urlò, uno stridio acuto ed esitante, i suoi occhi spalancati mentre il suo corpo si inarcava sotto le sue mani, i suoi fianchi si contraevano mentre si allungava.

Con un ringhio acuto, fece lo stesso, riempiendola quando finalmente si rilassò contro di lui, riparata tra le sue braccia.

* * *

Valeria era seduta sul letto, le lenzuola arrotolate sotto le ascelle.

Non sembrava indossare niente sotto, un pensiero che fece seccare la bocca di Amora.

La donna elfa non sembrava nemmeno stanca, sembrava fresca come se fosse già mattina; non sapeva se gli elfi avessero bisogno di dormire relativamente poco o se semplicemente si riposassero velocemente.

Si leccò le labbra, cercando di inumidirle abbastanza da parlare:

"Oggi è più o meno. Come mi hai liberato. Quella distrazione era ... voglio dire, normalmente ...?"

"Di solito seduco donne strane? No, scusa se ti ha infastidito. Ho pensato che fosse la cosa migliore."

"Oh, lo era!" All'improvviso si fermò, imbarazzata dall'entusiasmo nella sua stessa voce. "Voglio dire, liberati. Ma è, voglio dire, quello che hai fatto ... non sono sicuro di come dirlo."

La lingua comune non era la sua lingua madre, ovviamente, ma nel corso degli anni, sebbene non avesse mai perso il suo accento, era diventato abbastanza fluente.

Il fatto che ora facesse fatica a trovare le parole non era affatto dovuto alla familiarità.

"Credo di aver capito cosa vuoi dire," disse Valeria con attenzione, "si tratta della tua reazione? Cosa hai detto dopo?"

La donna del nord annuì.

"Ho sentito ... credo che tu sappia ... voglio dire ... Dea, questo è difficile ... quello che voglio dire è: è naturale?"

"Sì, certo che lo fanno. Le culture umane sembrano avere un problema con queste cose, ma per noi, tutto fa parte del mondo, parte del nostro modo di essere. Perché limitarci in questo modo? Forse gli esseri umani sono diversi da noi in un certo livello. Alcuni umani, cioè, non tutti, per niente, come penso tu sappia ora ".

"Quindi l'hai già fatto. Sei andato oltre?"

"Sì."

"E tu pensi che io sia attraente? Oh Dea guarda, quello che sto dicendo è ..." e poi le parole uscirono in fretta, poiché si sentiva come se avesse dovuto dirle ora, o non l'avrebbe mai fatto. "Non volevo che andasse oltre, ma allo stesso tempo lo volevo davvero. E ora non sono più sotto il controllo magico, e non sono un prigioniero. E non sono stato in grado di pensare di qualsiasi altra cosa tutta la notte, ed è per questo che non sono riuscito a dormire. Nonostante tutto il resto oggi, mi sta consumando la mente, e non so come affrontarlo, e voglio davvero, davvero, sapere cosa avrebbe per venire dopo. Penso che sia sempre stato lì, una parte di me, ma non ho mai voluto ammetterlo, e ora devo affrontarlo, e penso che sono davvero io, che questo è quello che voglio. E, Dea , pensi che io sia attraente, giusto? Per favore dimmi che non è stata solo una performance,

"Sì, sei bellissima," disse l'elfo, e il cuore di Amora sussultò, "anche se probabilmente dovrei dirti che ho già una ragazza."

"Anche se è solo per questa volta. Non so se potrò mai avere di nuovo valore se non me ne occupo adesso. Per favore."

E con mani tremanti, si tolse la vestaglia dalle spalle, lasciandola raccogliersi sui fianchi, i suoi seni morbidi e ramati esposti allo sguardo di Valeria.

Si sentì un nodo allo stomaco.

Sicuramente non si poteva tornare indietro adesso?

"Per favore, fate l'amore con me."

Con sua gioia, Valeria allungò la mano e avvicinò delicatamente la testa.

Presto le loro labbra si incontrarono, prima timidamente, poi in un bacio più lungo e appassionato.

Quella sola sensazione era potentemente erotica, e Amora chiuse gli occhi, assaporando la sensazione delle morbide labbra di un'altra donna contro le sue, le lingue che scivolavano l'una sull'altra.

Sembrava così reale, così meraviglioso, qualcosa che non aveva nemmeno osato sognare fino a quel momento.

Si staccò dal bacio per riprendere fiato e guardò il lenzuolo cadere dalla parte superiore del corpo di Valeria, scivolando dove i suoi fianchi e le sue gambe erano ancora nascosti.

Gli occhi di Amora si abbassarono istintivamente sui seni dell'elfo.

Erano più piccoli dei suoi, come era già stato ovvio, ma sembravano levigati e arrotondati, la loro pelle pallida con piccoli capezzoli rosa.

Colpevole, girò lo sguardo sul viso di Valeria, riflettendo sulla sua bellezza.

I suoi lunghi capelli biondi brillavano alla luce della luna che entrava dalla finestra, gli occhi verdi si fissavano su di lei mentre un sorriso ironico sfiorava le sue morbide labbra.

Amora si chinò di nuovo per un altro bacio, questa volta stringendosi più vicino, accarezzandole le labbra e la lingua.

I loro seni si toccarono, i capezzoli di Valeria si indurirono contro i suoi stessi tumuli di rame.

Se solo volerlo era esilarante, la vera esperienza sopraffece la sua mente così che non poteva pensare ad altro che ad abbagliare questa bellissima donna elfica, per far andare avanti questa notte per sempre.

Le braccia dell'elfo la circondarono, tenendola, premendola contro la schiena mentre l'altra donna si girava nel letto per sdraiarsi su di lei, le lenzuola che le si attorcigliavano sui fianchi, un piede che le accarezzava lo stinco attraverso il tessuto.

Così com'erano, si baciarono.

Amora era persa nella sensazione mentre le mani di Valeria vagavano per la sua pancia, poi sui suoi seni, dita leggere prima le sfioravano i capezzoli, poi impastavano i punti duri.

Rendendosi conto che le sue stesse mani non avevano colto le proprie opportunità, Amora allungò la mano per sentire la carne morbida del suo amante, così diversa da quella di un uomo, così attraente.

Presto fece scorrere le mani lungo la schiena dell'elfo, sentendo i piccoli dossi sulla sua spina dorsale.

Continuarono a baciarsi, muovendo entrambi le mani sul corpo dell'altro.

Le morbide dita di Valeria accarezzarono il ventre dell'umano.

Amora scivolò verso il basso per toccare la leggera piega nella parte superiore delle natiche dell'elfo.

La donna del nord sussultò ad alta voce mentre la mano del suo partner si spostava ancora più in basso, separando la veste dorata sui fianchi, sfiorandole la parte superiore delle cosce e il cavallo esposto.

Le mani dell'elfo erano piccole, con dita delicate ...

Di nuovo, diverso da quello di un uomo e molto gentile.

Lei rabbrividì e gemette, i suoi fianchi dondolavano sotto il tocco delicato e allettante mentre le punte delle sue dita sfioravano il tumulo scuro dei suoi peli pubici.

Il viso di Valeria incombeva sui suoi, gli occhi verdi evidentemente assumevano ogni sottile espressione sul suo viso mentre le sue dita si muovevano un po 'più in basso a ogni movimento.

Alla fine si riposarono tra le sue gambe, un dito sottile che le accarezzava le pieghe umide e gonfie.

Amora gemette in attesa; Riusciva a malapena a immaginare come la sensazione potesse migliorare, ma sapendo che sicuramente sarebbe successo.

"Per favore ... per favore ... lo amo così tanto ..." sussurrò, poi urlò in estasi mentre il dito sondante affondava tra le labbra della sua figa, i suoi fianchi sussultavano mentre Valeria si muoveva in una posizione migliore, le lenzuola finalmente scivolavano lontano dalla parte inferiore del corpo mentre muoveva le gambe libere.

Il primo dito è stato seguito da un secondo, impastandola, massaggiandole il clitoride gonfio, portandola ad altezze che non avrebbe potuto immaginare.

Non poteva parlare, miagolava solo di piacere mentre il movimento continuava.

Guardò la donna elfica che giaceva parzialmente sopra di lei, appoggiata sull'altro braccio, i suoi seni pallidi e ricurvi che pendevano sul suo.

Teneramente, ne prese uno, sentendone la forma sotto le dita, sondando la pelle liscia e stuzzicando il capezzolo rosa di Valeria mentre la donna bionda sospirava dolcemente il suo respiro.

Si spostò sul letto, facendo scivolare le sue dita bagnate fuori dalla sua figa e scivolarle lungo il fianco.

Aveva bisogno di una pausa da quel meraviglioso tormento, o tutto sarebbe finito troppo presto.

Inoltre, ora voleva provare più di quei deliziosi seni, quelle curve femminili che le facevano riprendere fiato solo a pensarci.

Baciò la gola di Valeria, muovendosi avidamente verso il basso mentre l'elfo si muoveva per soddisfare il suo desiderio.

Amora mise baci morbidi su ciascuno dei pallidi tumuli dell'elfo, banchettando con loro, succhiandosi un capezzolo rosa duro nella sua bocca, assaggiandolo, il suo naso che premeva forte contro la carne arrotondata.

"Non l'hai mai fatto prima?" Valeria ha chiesto: "Dea mia, impari velocemente ... mmm ..."

Amora la lasciò andare e si baciarono, stavolta sulle labbra, strofinando i seni, intrecciando le gambe.

La mano dell'elfo tornò rapidamente al suo compito precedente e la donna umana sussultò di piacere, inclinò la testa all'indietro e chiuse gli occhi quando i suoi fianchi entrarono in collisione con quella abile mano femminile.

Trovò la sua stessa mano che stringeva forte le natiche di Valeria e si rese conto che, ancora una volta, si stava arrendendo così tanto alla sensazione che aveva dimenticato la sua parte sul posto.

Liberò la forma curva, abbassandosi sulle cosce della bionda, gettandosi in mezzo a loro per toccare, per la prima volta al suo interno, la zona più intima di un'altra donna.

Ciò che le sue dita trovarono mostrava senza dubbio che la donna elfica era eccitata quanto lei, un pensiero che in qualche modo la eccitava ancora di più.

Si appoggiò allo schienale, dandosi la possibilità di vedere il suo snello compagno delineato alla luce della luna.

La luce argentea si riversò sul suo corpo, i suoi seni gettarono ombre, e guardò dove la sua mano era appoggiata a una sottile ciocca di capelli biondi.

Le sue dita scomparvero tra le sue cosce pallide e strette.

Amora sospirò soddisfatta.

Cosa potrebbe esserci di meglio di questo?

Valeria sorrise, scostandosi una lunga ciocca di capelli e cambiando di nuovo posizione.

Il suo viso ora era vicino al ventre della donna più scura, dita pallide che sondavano le pieghe ramate della sua carne inzuppata.

I suoi fianchi si sollevarono in aria e Amora si voltò per una migliore visuale, muovendo una delle gambe dell'elfo per avere una prospettiva più comoda.

Adesso vedevo tutto.

La fica rosa di Valeria esposta alla sua vista, una ciocca di capelli dorati in pieghe la cui umidità brillava alla luce della luna.

Le sue dita ramate sondarono il pallido interno della coscia dell'elfo, poi le accarezzarono le labbra gonfie, ammirandole, assaporando la sensazione contro la sua stessa pelle.

Amora lanciò un altro grido mentre la lingua dell'elfo si univa alle sue dita curiose, mentre quelle labbra che aveva baciato cercavano e trovavano il nucleo del suo piacere.

Sapeva che non poteva durare a lungo ora, e alla fine premette due delle sue stesse dita nella fica di Valeria, allargando le labbra, scivolando contro le pieghe scivolose, premendo contro il clitoride dell'elfo.

Le dita dentro di lei iniziarono a muoversi più urgentemente, e lei fece lo stesso, mantenendo lo stesso ritmo.

Le sue labbra, la lingua e la punta delle dita si muovevano all'unisono, spingendole inesorabilmente, le sue urla si facevano più forti finché alla fine il suo corpo esplose tra le onde dell'orgasmo più lungo e migliore della sua vita.

Qualche istante dopo, i fianchi che spingevano indietro contro le dita del suo amante, Valeria la raggiunse con un grido musicale di liberazione, un corpo magro che tremava di gioia.

Amora si rese conto di essere stata doppiamente liberata quel giorno.

La sua vita d'ora in poi era sua e sapeva almeno una strada che avrebbe intrapreso.

CAPITOLO XXXX
CASSANDRA

Cassandra sedeva sul letto nel suo piccolo appartamento, le spesse tende tirate fuori dalla luce del mattino.

Aveva dato l'incensiere a Lady Gedren, o almeno al suo servitore, perché ora era riluttante a incontrare l'elfo scuro.

Era stata invitata, il che indicava che era attesa, ma aveva rifiutato l'offerta.

Aveva portato a termine la sua missione e ora si era liberata del manufatto infernale per cui era stata assunta.

In cambio, ha ricevuto un grosso pagamento di monete d'oro, sufficienti per mantenerla in relativo comfort per un po '.

Allora tutto dovrebbe essere finito.

Ecco fatto, missione compiuta, la sua parte nei piani di Lady Gedren completata.

Tranne, ovviamente, non lo era.

Guardò lo scettro che teneva tra le mani.

Era fatto di un metallo nero-bluastro, realizzato a mano con una sorta di pigmento incorporato, o forse fatto di una sostanza che non poteva identificare.

L'estremità aveva una serie di tre punte acuminate, arcuate attorno a un cristallo trasparente con una leggera sfumatura gialla.

Quei punti si erano rivelati mortali quando aveva usato la cosa come arma, contro il Celeste, trasformando lo scettro quasi in una lancia.

Anche se era un po 'ingombrante da usare come una vera arma da guerra.

L'albero era esagonale, inciso con una sceneggiatura in quello che poteva solo presumere fosse una sorta di scrittura infernale a lei sconosciuta.

Lo scettro aveva su di lei lo stesso effetto dell'incensiere, o forse l'effetto dell'incensiere non era svanito.

Ad ogni modo, anche se aveva la trasformazione sotto controllo, le ci volle uno sforzo di volontà per mantenere la sua forma normale, evitando di essere più evidente tra gli umani normali di quanto non fosse già.

In questo modo, sembrava ancora più demoniaca di suo padre, e il sangue contaminato era sgorgato nelle sue vene più forte del suo.

Non si sentiva a suo agio, in fondo preferiva sparire del tutto ... ma il problema era che lo scettro le parlava.

Non a parole, in quanto tali, erano semplicemente le impressioni della Presenza nella sua testa, che la spingevano nella direzione pianificata.

Lady Gedren era il suo principale servitore su Tarantia, Cassandra lo sapeva, e si chiedeva perché l'elfo scuro apparentemente non sapesse nulla dello scettro.

Forse lo sapeva e lo taceva, ma riteneva che fosse improbabile.

Forse i piani della Presenza erano più complicati di quanto i suoi stessi seguaci si fossero resi conto.

La Presenza voleva che lei ungesse lo scettro con il suo sangue.

Non sapeva perché, anche se chiaramente aveva qualcosa a che fare specificamente con lei, poiché il sangue del Celeste chiaramente non aveva avuto un effetto particolare, e lo scettro ne era stato coperto fino a quando non fu bruciato.

Ma Cassandra cominciava ad avere dubbi.

Aveva seguito le istruzioni della Presenza sopra, acquisendo lo scettro in primo luogo, ma questo l'aveva quasi uccisa, e solo la tempestiva distrazione di Zora le aveva salvato la vita.

Quindi dovrei farlo?

E se lo facesse, quale sarebbe il risultato?

Lei non sapeva.

Adesso era stanca e avrebbe dovuto pensarci di più la notte successiva, dopo una buona giornata di sonno.

Sarebbe stata, credeva, la sua ultima possibilità, perché la notte successiva sarebbe successo qualcosa.

C'è qualcosa di speciale in quella notte, anche se, ancora una volta, non sapeva cosa potesse essere.

Entrambe le lune sarebbero state piene allo stesso tempo, lo sapeva, ma ciò accadeva ogni anno, quindi doveva essere qualcosa di più significativo di quello.

Supponeva che, in ogni caso, in due notti, l'avrebbe scoperto.

Posò lo scettro, con cautela, sul vecchio tavolino da toeletta malconcio davanti al letto.

Potrebbe aspettare, almeno per ora.

Poi si spogliò e si infilò nel letto, avvolgendosi nelle lenzuola mentre si addormentava.

Sul comò, il cristallo all'estremità dello scettro lampeggiò brevemente, una luce verdastra opaca tremolò su di esso.

La Presenza non intendeva che il riposo di Cassandra non avesse sogni ...

* * *

Con otto anni ...

Cassandra sospirò mentre si chinava sulla scopa, fermandosi solo per un momento nei suoi sforzi per pulire il pavimento.

Era un lavoro estenuante, ma doveva tenere pulita la casa quando papà tornava a casa.

Sarebbe stato arrabbiato se non l'avesse fatto, ed è stato spaventoso quando papà si è arrabbiato.

Ma lui era tutto ciò che lei aveva, tutto ciò che aveva avuto, e inoltre, cos'altro poteva fare?

Non aveva mai parlato di sua madre e l'unica volta che glielo aveva chiesto lui le aveva urlato contro e aveva detto che non aveva importanza.

Non l'aveva chiesto di nuovo.

Supponeva che sua madre fosse un essere umano normale, come tutti quelli che vivevano nelle case vicine, perché altrimenti le sue stesse corna sarebbero state lunghe, come quelle di papà, e anche i suoi occhi sarebbero stati rossi come il sangue, non il suo vero colore marrone.

Sarebbe una buona cosa, si chiese?

Allora forse sarebbe spaventosa e gli altri ragazzi non la prenderebbero in giro.

O sarebbero peggiori, perché la loro eredità sarebbe molto più evidente?

Ma sicuramente nessuno aveva infastidito papà, giusto?

Ma qualunque cosa fosse, non aveva importanza per prendersi cura della casa, tenerla pulita, preparare il proprio cibo, come aveva fatto da quando era abbastanza grande per farlo.

Se rimanevi in casa, non dovevi affrontare gli altri ragazzi e non erano gentili con lei.

Soprattutto i più grandi, che a volte la prendevano a calci o le tiravano i capelli.

Ma anche quelli della sua età le urlavano contro, prendendosi gioco delle sue corna, della sua eredità demoniaca.

Anche i ragazzi grandi lo facevano, ovviamente, ma lei non capiva alcune delle parole che usavano, anche se sapeva che dovevano essere cattive.

Così è rimasta qui, lontana dalla gente, lontana dal mondo crudele che sembrava volesse solo farle del male.

Almeno, quando papà era via, poteva giocare nella sua mente, immaginare un mondo diverso, in cui era una principessa o una potente maga che nessuno osava disturbare.

Finì il suo lavoro e tirò fuori un po 'di pane da un armadio, se lo ficcò in bocca avidamente.

Non avevo mangiato tutto il giorno e papà si era dimenticato di fare di nuovo la spesa, quindi non c'era nient'altro da mangiare.

L'aveva messo via fino a quando non aveva finito il suo lavoro, anche se adesso era un po 'stantio.

Dopotutto, doveva mangiare.

La porta si spalancò e papà entrò barcollando nella stanza dalla strada buia al di là.

Era di nuovo ubriaco, con gli occhi rossi e acquosi, instabile sui piedi.

Le lanciò un'occhiataccia.

"Ragazza pigra," scattò, "semplicemente seduta lì, riempiendoti la bocca! Non so perché ti ho avuta."

Si alzò da tavola e riuscì a ficcarsi in bocca l'ultima pagnotta.

Sapeva di non essere serio, e sarebbe stato diverso la mattina quando fosse stato sobrio.

Allora andrebbe bene.

"Tu fottuto piccolo inutile ... dov'è il mio cibo? Cosa mi hai fatto, eh?"

Non gli aveva fatto niente, ovviamente.

Non c'era niente, e con ogni probabilità aveva tutto quello che poteva mangiare all'osteria, prima di iniziare a bere.

Ma ora aveva di nuovo fame ed era arrabbiato con lei.

Il che non è mai stato un bene.

Si è fatta da parte quando lui l'ha schiaffeggiata, ma per fortuna era troppo ubriaco per colpire nel segno.

"Sei un fottuto spreco, ecco cosa sei!"

Grugnì, poi sembrò rinunciare a cercare di prenderla,

"Oh non importa. Domani prenderò qualcosa, come devo sempre. Perché sei così fottutamente pigro, e io sono l'unico a fare qualcosa, a lavorare qui. Vai a letto. Fuori dalla mia vista , ragazza smarrita. per sapere da dove vieni! "

Si ritrovò ad andare in camera sua, anche se in realtà era solo una soffitta: la casa, francamente, non era abbastanza grande per molto altro.

Chiudendo la porta, Cassandra si tuffò nel suo letto, già troppo piccolo per lei, e si tirò le coperte sopra la testa, cercando di soffocare il rumore di colpi e imprecazioni provenienti dalla stanza accanto.

Forse le cose sarebbero andate meglio domani.

* * *

A quattordici anni ...

Cassandra entrò nel vicolo buio, guardandosi intorno per assicurarsi che non la stessero guardando.

La luna più piccola era quasi piena e proiettava la sua luce, più fioca e leggermente più dorata di quella della luna più grande, ora sotto l'orizzonte.

Dall'altra parte della strada, c'era una macchia scura in cui due edifici si incontravano molto in profondità nell'ombra.

Nessuna finestra si affacciava su questa parte del vicolo, quindi anche se non era l'ideale, l'avrei fatto lì.

Dopotutto, doveva dormire da qualche parte.

Aveva abbandonato suo padre solo pochi giorni prima, finalmente incapace di sopportare i suoi abusi.

Forse avrebbe dovuto farlo anni prima, ma era ancora troppo giovane, e anche adesso si stava rivelando più difficile di quanto avesse immaginato.

Aveva una fame disperata, con un grosso buco nello stomaco, ed era riuscita a stento a prendere un sorso di acqua piovana da una cisterna quella mattina.

Non era niente, non era nessuno, un'adolescente smarrita che vagava per le strade senza mezzi di sostegno e senza un tetto sopra la testa, che non possedeva altro che i vestiti che indossava e un coltello da cucina che aveva preso per proteggersi.

Pregò di non doverlo usare.

Si accovacciò nella macchia di oscurità sotto il muro e si avvolse nella coperta che era riuscita a rubare da uno stendibiancheria il giorno prima.

Nonostante tutto il caldo che c'era a Tarantia durante il giorno, di notte poteva fare molto freddo e il caldo svaniva rapidamente nel cielo limpido e stellato.

Si raggomitolò, i suoi lunghi capelli arruffati le cadevano sul viso e cercò di dormire.

Il suo sonno stordito fu interrotto dal rumore di passi e istintivamente cercò di spingersi ulteriormente contro il muro, sperando di non essere vista.

Tuttavia, era troppo tardi, perché i passi si erano fermati davanti a lei e la sagoma di un uomo stava oscurando la luce della luna.

"Stai bene, figlia mia?"

Lei non ha risposto e ha tenuto la testa bassa in modo che non potesse vederla in faccia.

"Non hai un posto dove andare? C'è un orfanotrofio non lontano da qui. È un posto dove puoi procurarti del cibo. Non è molto, ma deve essere meglio che essere qui. Ci saranno altre persone come te lì."

Ancora non ha detto niente.

Non si fidava di lui, non si fidava di nessuno.

Perché avrebbe dovuto offrire il suo aiuto, quando nessun altro lo aveva fatto?

"Hai paura, capisco. Ma lascia che ti aiuti. Sarai con gli altri, al sicuro e al caldo, almeno. Puoi sempre andartene se cambi idea. Perché non provarci, solo per una notte?"

Lo guardò.

Poi, con gli occhi marroni spalancati, i capelli che le cadevano leggermente all'indietro dal viso, voleva provare a spiegarle che le altre persone della sua età non sarebbero mai state a proprio agio con lei al suo fianco.

Ma non aveva bisogno di preoccuparsi, perché lui ha fatto le sue argomentazioni per lei.

Rimase senza fiato quando la vide.

"Che cosa?" disse, una nota d'acciaio che si insinuava nella sua voce, "Fammi vedere!"

La raggiunse e lei vide il sacro simbolo del Dio Sole su una catena intorno al suo collo.

Le afferrò la spalla e le tirò la frangia di lato, esponendole la fronte e le due piccole corna che spuntavano lì.

Devono essere diventati visibili quando lei lo guardò.

"Lo immaginavo! Demonspawn! Demigod!" La schiaffeggiò forte sul viso, facendola quasi cadere a terra. "Quali oscene concupiscenze ha generato la tua creazione, miserabile mostro?"

"Io ..." iniziò, ma lui non la lasciò continuare.

"Pensi di potermi ingannare? Pensi di potermi ingannare fingendo di essere perso e vulnerabile? Vuoi entrare nell'orfanotrofio, giusto? Allora potresti corrompere gli innocenti con la tua bile demoniaca. Ci credevi? Mostro generato dall'inferno!

Sollevò un bastone, che lei non aveva notato fino a quel momento, e lo abbassò sulle spalle, colpendola ancora e ancora.

Ha fatto del suo meglio per non urlare, ha cercato di rannicchiarsi in una palla fetale, ma le lacrime le sono sgorgate dagli occhi nonostante le sue migliori intenzioni.

Alla fine, non ce la faceva più.

"Per!" gridò, voltandosi verso di lui, cercando di afferrare il bastone agitato, lacrime di dolore e angoscia le scendevano lungo le guance.

"Lasciami andare, tu ... cosa!"

Combatterono per il controllo del bastone, ma lui lo strappò via dalla sua presa e lo sollevò ancora una volta sopra la testa.

In preda alla disperazione, si scagliò con il coltello da cucina nascosto sotto le sue gonne, tagliando per evitare il colpo, senza nemmeno guardare per vedere dove colpiva.

Il coltello ha colpito qualcosa che ha ceduto e un liquido caldo gli ha spruzzato la mano.

Cassandra lo tirò indietro, soffocando un grido, e guardò con le lacrime agli occhi mentre l'uomo cadeva in ginocchio, poi cadeva all'indietro.

Strisciò verso di lui, il suo corpo ancora dolorante per i suoi colpi, e vide il sangue sgorgare dal suo collo.

La sua bocca stava lavorando, cercando di formare parole, ma non riusciva a emettere un suono.

I suoi arti sussultavano, uno spasmo casuale mentre il suo viso si riempiva di un'espressione di terribile terrore.

Dopo un po 'smise di muoversi e la sua testa si inclinò.

Ma i suoi occhi erano ancora fissi su di lei, anche se non poteva più vedere.

Cassandra vomitò, o provò, poiché nient'altro che acido doloroso uscì bruciandole la bocca.

Poi si asciugò la bocca accanto al cadavere agghiacciante.

L'enormità di ciò che aveva fatto iniziò ad affondarla e il suo corpo tremò di orrore.

Ma doveva sopravvivere, doveva scappare prima che lo trovassero.

Nessuno la proteggerebbe se non proteggesse se stessa.

Una volta che il suo stomaco si fu sistemato, si asciugò una manica sporca sugli occhi, asciugandosi le lacrime come meglio poteva.

Afferrò il coltello e lo tenne per sé anche se il sangue caldo le offuscava ancora la lama.

E poi è corsa, da sola, nella notte.

* * *

A diciannove anni ...

La stavano guidando attraverso un tunnel, di questo era sicura.

Aveva persino una vaga idea di dove fossero, anche se non aveva intenzione di dirglielo.

Ma, con la borsa nera sopra la testa, non poteva vedere nulla e ha permesso loro di portarla avanti.

Le sue mani erano fissate davanti a lei con una cinghia di cuoio, anche se non era abbastanza stretta da essere dolorosa.

Si chiese se quello fosse per intimidirla, per fermare il suo assalto, o semplicemente per impedirle di tirare la borsa in modo che potesse vedere dove stavano andando.

Riflettendo, si disse che probabilmente erano tutti e tre contemporaneamente.

Alla fine, uno di loro ha rotto il silenzio.

"Non sta così male con una borsa sopra la testa."

"Zitto", disse l'altro, "abbiamo un lavoro da fare."

"No, ma sii onesto. Un po 'fibroso, ma non così male."

"Dammi una pausa. Stai andando fuori di testa per i demimmoni o qualcosa del genere? E poi, ci siamo quasi."

"Sto solo dicendo ..." mormorò il primo oratore, e poi tacquero di nuovo.

Fecero qualche gradino, lei riuscì a fare mirabilmente bene, visto che non poteva vederli.

Poi entrarono in quella che, al suono degli echi, era una specie di stanza rivestita di pietra.

La borsa è stata rimossa senza ulteriori cerimonie dalla sua testa.

Un uomo sedeva di fronte a lei, dietro un tavolino con una lanterna incappucciata posizionata in modo che brillasse nella sua direzione, ma non nella sua.

Supponeva che fosse intimidatorio, ma, con la sua innaturale visione notturna, era probabilmente meno efficace di quanto l'uomo si aspettasse.

C'erano altri quattro nella stanza con loro; i due che l'avevano fatta entrare, e altri due in piedi dietro l'uomo di fronte a lei, uno grosso e muscoloso, l'altro un folletto.

L'uomo stesso aveva abiti ricchi sotto un mantello liscio e i suoi capelli radi gli cadevano sulla testa.

Era pesante, ma soprattutto era grasso più che muscoloso.

Per molto tempo non parlò, si limitò a guardarla, come se stesse valutando.

"Sai chi sono?" disse, dopo un po'.

"Sì", ha risposto, "tu sei Yu ..."

"Non il mio nome!" sbottò, "la mia posizione!"

"Sei il capo della Gilda dei Ladri."

"Esatto. Come diavolo fai a sapere il mio nome, comunque? Le persone dietro di te non conoscono il mio dannato nome!"

"Rimango informato."

"Rimane informata", ha detto, a nessuno in particolare. "È una fottuta adolescente e rimane informata. Bene, signorina Cassandra, lei è stata certamente informata su cosa significa, cosa è la Corporazione. E lei, signorina Cassandra, ha calpestato il nostro territorio."

"Prendo ciò di cui ho bisogno per sopravvivere."

"Sembra che non me ne frega un cazzo quali sono le tue ragioni? Ma guarda, sono un uomo generoso e inoltre, abbiamo sempre bisogno di reclute. Quindi hai una scelta, che penso che sarai d'accordo è straordinariamente bella di me, visto quanto hai fatto. sono stato "informato" su di me. "

"Puoi lavorare per noi", ha continuato, "oppure no. Il 'no' tende a coinvolgerti morto in un vicolo da qualche parte se continui a farlo e

se non lasci la città. Quindi ti consiglio il primo, ma è una tua scelta
".

Non c'era molto a cui pensare, davvero.

"Mi unisco allora."

"Bene! Guarda, è stato facile. Vedo del potenziale per te, se giochi bene le tue carte. Hai abilità, in giovane età, e ammettiamolo, ti distingui dalla massa. Possiamo sempre usare quell'abilità. Guadagnerai soldi veri, non solo per sopravvivere mano nella bocca come sempre. Ma ricordati di darci sempre una fetta, o sarà peggio per te ".

"E vieni quando ti chiamiamo, fai quello che ti chiediamo, quando te lo chiediamo, e non discuti quando ciò accade. Non ci possono essere persone indipendenti in questa città. Tu sei nostro ora, per sempre."

* * *

Recentemente ...

Dopotutto, la stanza non era così male.

È vero, c'erano un paio di cadaveri trascinati verso di lui, guardie del corpo che hanno dovuto rimuovere dopo che lei li aveva aiutati a entrare.

Hanno superato, va detto, una serie di trappole piuttosto impressionante.

Ma per il resto i ricchi arredi e le opere d'arte decorative erano stati appena toccati.

Si rese conto che il capo della Gilda dei ladri viveva in grande stile.

Lui, ovviamente, adesso era inginocchiato al centro della stanza, con delle corde avvolte attorno al suo busto sporgente e un grosso bavaglio sulla bocca.

Fissava, riflesso, più arrabbiato che spaventato, occhi scuri che fissavano le persone intorno a lui, provocando il loro tradimento.

La moglie e il figlio adolescente, legati accanto a lui, sembravano molto più preoccupati.

Potrebbero anche esserlo.

Un nuovo arrivato entrò nella stanza, abbassando la testa sotto la porta a causa della sua altezza.

"Buonanotte, Yulgem," disse Kasser.

Yulgem lo guardò disgustato.

"Nessuna ultima parola? Non importa. Alla fine saresti sempre arrivato alla tua fine. Lo sapevi, vero? Nessuno dura per sempre nella tua posizione. Anche se francamente, ora che è mio, lo metterò al mio miglior uso. "

Nessun altro ha detto niente, lasciando parlare Kasser.

Adesso era il capo della gilda dei ladri, non Yulgem.

Ci sarebbero stati degli aggiustamenti dopo il colpo, ma almeno erano dalla parte giusta.

La stessa Cassandra era solo l'assistente, una del gruppo che li aveva aiutati a entrare, anche se si aspettava in cambio alcune considerazioni.

Ma molti degli altri sarebbero stati ricompensati con posizioni elevate nel nuovo ordine, perché i luogotenenti più fedeli di Yulgem, ora mentre parlavano, venivano eliminati altrove.

"Devo ammettere che finora non hai fatto così male", ha continuato Kasser, agitando la mano verso alcune delle opere d'arte. "È un bel posto. Ma ora che sono te, per così dire, c'è la piccola domanda su cosa fare con te. Anche se immagino che tu abbia già indovinato il piano generale."

Yulgem guardò il traditore, la sua compostezza non era ancora spezzata.

Ma poi, quando uno dei futuri luogotenenti della Gilda mise in piedi sua moglie, finalmente un'espressione più timorosa cominciò a attraversargli il viso.

La donna emise un gemito terrorizzato e il figlio sussultò, troppo spaventato anche solo per guardare nella direzione di sua madre.

"Cosa stai facendo, Yamcha?" Ha chiesto Kasser.

"Portala di sopra; non voglio che tutti gli altri mi guardino mentre la scopo, capisci? Il resto di voi può mettersi in fila fuori dalla stanza, se lo desidera."

La donna lanciò un piccolo grido dietro il bavaglio, e le sue gambe tremarono, così sarebbe caduta se Yamcha non l'avesse presa.

Cassandra strinse i pugni impotente.

Aveva immaginato che potesse accadere, ma anche se era arrivata pronta ad uccidere, anche farlo sembrava ... in qualche modo inappropriato.

"Non abbiamo tempo", ha detto Kasser.

"Non ci vorrà molto."

Qualcuno sbuffò e Yamcha si guardò intorno irritato.

"Ho detto: non abbiamo tempo." La voce di Kasser era ferma, ma piena di minacce, e Yamcha con riluttanza spinse la donna a terra. "Qualcun altro vuole ignorare quello che dico loro?"

"Oh bene. Perché ora sono il capo di questa organizzazione. Ti ho portato qui e ricompenserò chi mi ha aiutato, ma guai a chi pensa di potermi disobbedire! L'uomo di fronte a te ha cercato di sfidarmi, e era in una posizione molto più forte di tutti voi. Non commettere errori, ora comando io. "

"Se pensi che questo cambiamento significhi che puoi fare quello che vuoi, ripensaci. Possiedo tutti voi." Sorrise all'improvviso, un sorriso selvaggio che non raggiunse i suoi occhi, "ma domani quando questi tre saranno fuori dai piedi, festeggeremo".

* * *

Qualche futuro prossimo?

Cassandra si appoggiò allo schienale dei cuscini, godendosi la sensazione del loro morbido raso, e bevve un sorso di buon vino da un calice dorato.

Indossava un top aderente senza maniche che le lasciava la pancia scoperta, stivali alti e una gonna che le scendeva a metà coscia.

Aveva preso la sua forma preferita, rendendo chiara a tutti la sua eredità, ma non nella misura in cui aveva fatto nel suo primo incontro con l'incensiere, prima di imparare a controllarlo a suo piacimento.

Le sue corna erano prominenti, punte ricurve lunghe due pollici, non le piccole protuberanze che erano state nella sua vita precedente, e aveva una coda sottile con una punta ricurva contro i cuscini.

I suoi occhi erano marrone, non rosso puro; Li aveva provati con un marrone simile a quello umano, ma alla fine ha deciso che le piaceva il loro colore naturale.

Gli ricordava chi fosse.

"Ah, Gedren," disse, agitando una mano mentre l'elfo scuro entrava nella stanza, "come va con l'ambasciatore zamorio?"

"Ha riacquistato la sua sanità mentale, come la Presenza sapeva che avrebbe fatto. La minaccia delle nostre forze demoniache lo ha sconcertato e ci ha portato dei doni. Perle, legni rari, opere d'arte esotiche e ..." Tese la mano . "Questa collana d'ambra, per te."

"Oh mi piace!" Disse Cassandra, alzandosi e avvicinandosi alla donna elfa scura per esaminare più da vicino la collana. "Sì, va bene. Molto bene."

Lo indossò, ammirando il modo in cui brillava alla luce della grande colonna di fuoco che brillava oltre l'arco.

"Allora," disse, "va tutto bene? Gli zamoriani commerceranno con noi e la città sarà ricca?"

"Potremmo spingere di più", ha detto Gedren, "per ottenere lo status di scambio preferito. Non ci temono ancora quanto dovrebbero, e forse potremmo persuaderli schiacciando i loro paladini ... o qualunque cosa il loro equivalente. I nostri demoni sono forti e vogliono combattere. Ti dico di dargliene uno, per mostrare agli zamorios il vero prezzo di non inchinarsi in tempo alla nostra volontà. "

"E io dico di no", disse Cassandra, "di certo non ancora. Siamo la grande città dei demoni, ma questo non significa che dovremmo inimicarci inutilmente i nostri vicini. E i demoni faranno quello che dico loro, ecco perché sono la volontà della presenza ".

"Oh, e non sembrare così compiaciuto, Gedren. So che quando hai condotto la cerimonia, hai pensato che saresti stato il sovrano di Tarantia, che saresti stato il principale accolito della Presenza in questo mondo. Ma non lo sei ... io adesso. Sempre. Sono stato io, sin dall'inizio, quello era il mio destino, il motivo per cui sono stato creato. Il mio sangue demoniaco mi lega alla Presenza come nessun altro, e ora che sono il suo condotto vivente. Quindi, se tu ha anche pensato di tradirmi ... beh, sai cosa ti farei. "

"Ma non preoccuparti, sei la mia Gran Sacerdotessa, il mio vice. Certamente un grado più alto di Yamcha, Rufus e tutto il resto. Voglio dire, davvero, perché abbiamo bisogno di una Gilda dei Ladri in questi giorni? Kasser ha preso il sopravvento, ma e allora? E, in una città di demoni, una sacerdotessa avrà sempre più influenza di un mago ".

"Sei importante, Gedren," disse, chinandosi per accarezzare la guancia della donna, "certo che lo sei. Ma nessun essere mortale avrà più autorità su di me. La gente di questa città mi adora come avatar della Presenza. ., e anche i demoni seguono i miei ordini. Ho tutto quello che potrei desiderare, anche questa bellissima collana! "

Rise dell'espressione di Gedren, un misto di orgoglio ferito e shock offeso.

"Oh, perché non posso essere frivolo una volta ogni tanto? Posso essere quello che voglio, quando voglio. Non ho mai avuto la possibilità di farlo prima! Oh, e parlando di divertimento ..."

Si voltò e puntò un dito ben curato contro una delle guardie umane ai margini della stanza.

"Tu! Devi unirti a me nella mia stanza stasera." Scodinzolò, "Delizie infernali ti aspettano e credimi, sono sempre le migliori."

"Grazie, Altezza!" ansimò la guardia, un sorriso esultante si diffuse sul suo viso.

Cassandra gli fece l'occhiolino, poi si voltò verso Gedren, il suo viso di nuovo serio.

"Torniamo agli affari. Come va il mio ultimo decreto?"

* * *

Cassandra si svegliò all'improvviso, fissando il soffitto sopra di lei.

Il sogno era stato molto vivido, mettendo a confronto la sua precedente vita di serva o vittima con quella di altri, con quella che avrebbe potuto essere la sua se solo avesse unto lo scettro.

E Gedren sarebbe stata l'ultima persona che avrebbe potuto tentare di manipolarla, poiché presto le cose sarebbero cambiate.

Potrebbe non essersi trasformata in quella donna dall'ultima parte del sogno, ma questo era il punto.

Poteva diventare qualunque cosa volesse essere.

Non più vivere così, in un piccolo loft, non più inchinarsi alla Gilda dei Ladri, o chiunque altro.

Potrebbe essere l'amante del proprio destino, il potente, temuto e amato sovrano di Tarantia.

Tutto sarebbe molto semplice, con solo un piccolo sacrificio.

Scivolò giù dal letto e fece scorrere la mano su una delle punte aguzze dello scettro finché una goccia di sangue cadde sul vetro.

Il sangue si trasformò in luce, un potente bagliore dorato che inondò la stanza.

Cassandra sarebbe diventata una principessa, dopotutto.

CAPITOLO XXXXI
BELIT

Non ci volle molto perché Conan la trovasse.

Chiedendo a coloro a cui piaceva il suo tipo di musica e che conoscevano artisti locali, era abbastanza conosciuta che ci sono voluti davvero pochi sforzi per sapere dove si esibiva stasera.

Era fortunato che fosse stata in città, ovviamente, perché andava spesso in altri posti, come facevano tutti i bardi, ma una volta che aveva saputo di essere in città, era stato abbastanza facile trovare la taverna adeguata.

La sentì ancor prima di entrare nella stanza, la sua voce chiara fluttuò per la strada.

I clienti tacevano, estasiati.

Non c'è stato alcun trambusto di conversazione mentre si esibiva.

Ed eccola lì, quando lui entrò per stare in fondo, vicino al bar.

Un lampo di riconoscimento, di sorpresa le attraversò il viso quando lo vide, ma fu momentaneo e la sua esibizione non si interruppe per un secondo.

Era improbabile che qualcun altro se ne fosse accorto, tale era la sua professionalità.

Non la vedeva da anni, con così tante cose che avevano in comune.

In un certo senso, forse, aveva più cose in comune con Belit che con chiunque altro in città, ma l'aveva evitata.

Non era sicuro di come avrebbe reagito a vederlo adesso, dopo tutto questo tempo, e il breve guizzo sul suo viso quando era entrato non era sufficiente a dargli un suggerimento.

Forse è stata lei a evitarlo.

Sperava di no, perché questo avrebbe messo le cose a disagio ... beh, più scomode di quanto sarebbero state comunque.

Avrei dovuto cercarla prima, davvero.

Invece, aveva seguito il corso ovvio, cercando documenti nella biblioteca del College, cercando di trovare una spiegazione per quello che era successo in un lontano passato e perché poteva accadere di nuovo ora.

Belit conosceva tutte le vecchie leggende.

Sarebbe stata un'ottima fonte.

Ma aveva spinto la possibilità nel profondo della sua mente, rimandando l'inevitabile incontro.

E alla fine, ovviamente, non aveva funzionato, perché eccolo lì.

Con una donna con la quale condivideva un legame unico, almeno per quanto riguardava la città di Tarantia.

Suonava il liuto mentre cantava, dita sottili che danzavano sulle corde, lo strumento completava la chiarezza quasi innaturale della sua voce, ancora fresca e bella dopo tutti questi anni.

Non sembrava un giorno più vecchio di quando l'aveva vista l'ultima volta ... ma poi, era passato molto tempo.

I suoi capelli scuri gli cadevano riccioli sul viso, i suoi occhi grigioazzurri brillavano alla luce della lampada.

Non lo guardava più, non da quel primo sguardo, ma tutti gli altri occhi nella taverna erano puntati su di lei, compreso il suo.

Indossava una camicetta bianca a maniche lunghe sotto un gilet blu senza maniche, rifinito in argento, e leggings scuri aderenti che enfatizzavano, piuttosto che nascosti, la forma delle sue lunghe gambe.

I suoi stivali neri erano alti, quasi fino al ginocchio, piegati in alto per rivelare una fodera più chiara; Avevano un aspetto decorativo, ma se guardavi da vicino, potevi vedere le suole dure che li rendevano molto pratici per tutta la vita da un posto all'altro.

Notò che indossava orecchini lunghi, ciascuno con una filigrana
d'oro a forma di ali di farfalla, con un piccolo zaffiro blu al centro.

Sollevò gli occhi verso i punti ricurvi delle orecchie, prominenti
contro i suoi riccioli scuri.

Per Belit era un guerriero semielfo.

Ce n'erano pochi in città.

I nani e i goblin erano abbastanza numerosi da avere le proprie
zone, poche strade dove potevano vivere da qualche parte lontano da
casa, circondati da altri della loro specie.

Ma i guerrieri non sono mai stati così abbondanti, non qui su
Tarantia.

Forse era l'atmosfera locale.

Il che non significava che non esistessero guerrieri, ovviamente.

Ce n'erano sempre alcuni, molti di passaggio e alcuni avevano
motivo di restare qui più a lungo.

Ma non ce ne sono mai stati molti, motivo per cui il loro stile di
vita sembrava così misterioso a molti degli umani qui.

Oltre a lui, Belit era l'unico guerriero semielfo che conosceva
e che era nato su Tarantia, e questo aveva sempre dato loro una
prospettiva condivisa.

Ne aveva incontrati altri, naturalmente, in rare occasioni,
passando per altri luoghi, ma su Tarantia stessa ... c'era solo lei.

In quel senso, la sua storia era molto simile alla sua: un uomo elfo,
per inciso, che aveva avuto un breve legame con una donna umana
prima di partire per chissà dove.

Probabilmente era ancora là fuori, come doveva avere il suo
antenato, forse vivendo una vita spensierata senza preoccuparsi di
quello che era successo a sua figlia.

A volte gli elfi possono essere volubili.

La canzone si è conclusa, con un applauso entusiasta, in cui,
ovviamente, Conan si è unito.

Stava decidendo il modo migliore per avvicinarla quando si rese conto che non era necessario.

Aveva agganciato il liuto sopra la spalla e si stava dirigendo direttamente verso di lui, ricevendo i saluti dalla folla mentre lo faceva.

Ordinò in fretta un bicchiere di vino al cameriere, che arrivò proprio mentre lei si metteva su uno sgabello accanto a lui.

Glielo passò e lei lo prese, a malincuore, a quanto pareva.

"Sono passati alcuni anni," disse Belit, lanciandogli uno sguardo, senza incontrare il suo sguardo diretto.

La sua voce, anche quando parlava normalmente, era ancora musicale, un dono della sua eredità elfica che non condivideva pienamente perché il suo antenato elfico è molto più distante di quello di lei.

"Sono stato fuori città, quindi ... immagino che non ci siamo conosciuti."

"Giusto ..." disse, in un tono che diceva che non ci credeva una parola, "Durante tutti questi anni ... sì, questo lo spiegherebbe molto bene."

"Siamo stati entrambi impegnati. Non è che non volessi ..."

"Per favore, perdonami," disse, continuando a guardarlo, "non sono così stupida."

"No non sei."

"Amala e lasciala", disse, "posso dire da quale parte della famiglia l'hai preso."

"Mi dispiace ... avrei dovuto ..." Non sapeva bene cosa dire.

Questo, dopotutto, era stato il motivo per cui l'aveva evitata.

Non aveva voluto questa conversazione.

"E non ti è mai venuto in mente," disse la barda, voltandosi all'improvviso per guardarlo correttamente, "che potrei essere proprio come te. Anche lui è metà della mia famiglia."

Questa volta era silenzioso, a disagio e sentiva che qualsiasi cosa avesse detto avrebbe potuto peggiorare le cose.

"Tuttavia," disse alla fine, "sei tornato adesso. Sono contento che tu abbia cambiato idea." Il suo viso, sull'orlo di un sorriso, si indurì improvvisamente quando vide la sua espressione.

Si voltò, deliberatamente senza guardarlo.

"Oh merda. Vuoi qualcosa, vero? È di questo che si tratta. Non volevi vedermi. Hai bisogno di un favore, così hai deciso di presentarti dal nulla dopo avermi evitato per alcuni anni. Hai le palle."

"Senti ... scusa, è davvero importante, e se potessi cercare altrove ..."

"Mi ignoreresti ancora," disse, voltandosi a guardarlo di nuovo, le sopracciglia delicate in un cipiglio "se non fossi importante per il tuo problema."

"Non è quello che intendevo."

"Suona come mi hai detto."

"Lo stai rendendo difficile."

"Questa è l'idea, sì."

Trattenne il respiro, stabilizzandosi invece di rispondere immediatamente.

Poi ha provato un'altra tattica.

"Senti, sei la migliore donna barda che conosca, voglio solo usare quell'abilità. Non è niente che non faresti comunque. Ti pagherò, se è davvero quello che vuoi."

In realtà rise a questo, un breve tintinnio come note musicali.

"Cosa ti fa pensare che io voglia i tuoi soldi?"

"Bene, qualunque cosa. Dimentica i soldi. Ho bisogno di una leggenda, e da chi è meglio andare? Recitare storie, fa parte di quello che fai. Forse posso darti qualcosa in cambio ... Sono un avventuriero, ho storie da raccontare. ".

Belit lo guardò con apprezzamento, le dita sottili della sua mano che battevano sulla sbarra accanto a lei.

"Questo è davvero importante per te, non è vero? Quale leggenda?"

Adesso sembrava curiosa.

"Tutto quello che ho è un nome, o forse una parola: Kahudreth. Sai cosa significa?"

"Wow ..." disse, espirando, "la leggenda di Kahudreth. Questa è una vecchia leggenda, ed è una che non la racconto da molto tempo. Cosa vuoi sapere a riguardo?"

"Ma te la ricordi?" disse, ignorando la domanda.

"Certo che me la ricordo," disse, sembrando un po 'offesa, "Sono una barda, ricordi? Ora perché vuoi ascoltarla?"

"Non posso dirtelo. Non ancora, comunque."

"Non ti fidare di me".

"No, non è quello, è ... è complicato."

Gli occhi grigioazzurri di Belit si spalancarono.

"È tornato, vero?

"Cosa è tornato?"

"Perché vorresti conoscere una leggenda così antica?"

"Posso raccontarti la storia più tardi. Quando avrò finito."

Lo guardò di nuovo, occhi pieni di interesse adesso, un sorriso sulle labbra.

"Molto bene. Sono d'accordo. Ti parlerò della leggenda di Kahudreth, e tu ... prima, non sarai via così a lungo la prossima volta. Verrai a trovarmi di tanto in tanto, okay? E quando hai fatto quello che hai fatto per salvarci tutti da quello che già sai, dammi tutti i dettagli. Potrebbe esserci un'altra leggenda lì dentro, eh? "

"Affare," disse sollevato, "lo prometto."

"Giusto," disse, raggiante, e si alzò, camminando in mezzo alla folla per un breve tratto prima di fermarsi e voltarsi a guardarlo. "Tu vieni?"

"Vieni dove? Pensavo volessi ..."

"Penso che questa sia una storia meglio raccontata in privato, giusto? Considerando che non mi dirai nemmeno perché vuoi ascoltarla. Posso indovinare però."

"Sì, naturalmente." Doveva ammettere che aveva senso. "Poi...?"

"Allora sali in camera mia. Te lo dico io. Andiamo!"

* * *

Belit mise con cura il suo liuto su una sedia imbottita accanto al letto, accarezzandola quasi con reverenza prima di togliersi il giubbotto e drappeggiarlo sullo schienale della sedia.

"Cosa fai?" Chiese Conan mentre la barda iniziava a togliersi la camicetta.

"Hai bisogno di chiedere?"

Si accigliò, perplesso.

Non era esattamente quello che si era aspettato.

"Tu io," disse, come se spiegasse l'ovvio, "in una stanza con un letto comodo. Come pensi che sarebbe andata a finire? Potremmo semplicemente lasciar perdere."

"Pensavo fossi arrabbiato con me," azzardò.

"E io sono!" Belit disse, mettendosi le mani sui fianchi: "Sei andata via e mi hai lasciato solo perché, eh? Perché abbiamo avuto una relazione e non volevi parlarne dopo? Se ovviamente sono arrabbiato con te, in quale altro modo? come? diavolo non sarebbe?"

"Allora, uh ..." le si avvicinò debolmente, la camicetta bianca che penzolava dal lato della sua fascia.

"Così stupido, hai anni per rimediare. Ti ho detto che sono come te. Forse fa parte di quello che siamo, non lo so. Ma se pensi che ti lascerò andare di nuovo via solo dicendo che ti dispiace, ti sbagli. ". Si liberò dall'altra parte della camicetta e si alzò su una gamba per rimuovere uno stivale. "Dovrai fare molto di più per farmi perdonare, credimi."

Sollevò una mano mentre lei iniziava a togliersi l'altro stivale.

"Scusa, ma forse più tardi. Per una volta, non ho proprio tempo."

"Non hai tempo?" Lasciò cadere lo stivale a terra e fece un passo avanti, con gli occhi abbaglianti.

"Ho promesso a qualcuno che l'avrei fatto velocemente", disse debolmente, "dimmi solo la leggenda e ..."

"Non hai tempo?" Ripeté Belit, allungandosi in avanti e afferrandolo per la veste. "Beh, è meglio che tu abbia tempo, perché ... perché ..." alzò un po 'le spalle, la sua voce divenne più calma, "perché mi mancavi. Non solo per questo, anche se la dea sa che era una delle cose migliori. L'ho mai avuto, ma perché sei tu. Capisci cosa abbiamo passato. Siamo guerrieri semi-elfici. Sai cos'è. Che le persone intorno a te invecchiano più velocemente di te. Non potremmo mai avere un'infanzia normale, niente amici da molto, perché ti superano, semplicemente distinguendosi da tutto perché siamo diversi ... tutto questo. Potrei parlarti e tu capiresti tutto quello che sento. "

"Ed è passato molto tempo senza tutto questo e, francamente, non sono stato con un uomo da un paio di mesi. Non ti sto chiedendo un impegno, non ti sto nemmeno chiedendo di riprendere da dove ci siamo interrotti, ma in questo momento ", si chinò vicino a lui, il suo respiro caldo sul viso, mentre abbassava la voce in un sussurro rauco," Sono così calda come non mi sentivo da molto tempo, e non mi interessa davvero per cosa hai bisogno di tempo. Quindi sì. Se vuoi ascoltare questa leggenda, devi prima fare pace con me. "

Le sue labbra sfiorarono le sue.

"Per favore?"

Lui ha risposto, baciandola dolcemente, per vedere come avrebbe reagito.

Si sciolse in lui, un sospiro musicale sulle sue labbra, premendo contro di lui, le sue braccia intorno alla sua vita, la sua lingua premuta nella sua bocca, il suo corpo caldo contro il suo.

Rimasero così per un lungo momento, solo baciandosi, le sue mani esplorarono la schiena attraverso la stoffa della camicetta, riprendendosi con le curve ricordate con affetto.

Poi si liberò, un ghigno selvaggio sul viso e fece qualche passo indietro prima di gettarsi sul letto, e si girò per guardarlo, i capelli ricci che le cadevano sulla fronte, le gambe leggermente divaricate, le dita nude che si muovevano.

Conan si sbottonò in fretta la vestaglia e la gettò via, seguito dalla camicia, mentre saliva sul letto accanto a lei.

Era una donna bellissima, una che conosceva da molto tempo, e anche se prima gli era piaciuto fare l'amore con lei, non aveva mai saputo come avrebbe reagito.

Certamente sembrava essere stata abbastanza felice in quel momento, ma lui non si era sentito a suo agio, non dopo il fatto.

Ha detto che non voleva scendere a compromessi, rifletté, mentre le sue mani cominciavano a vagare per il suo petto nudo, affondando le unghie nella sua carne quel tanto che bastava per essere notabili senza ferirla.

Forse era come lui.

Hanno condiviso molto, dopotutto.

Abilmente sciolse il cordoncino dei suoi leggings e li abbassò sui suoi fianchi.

Erano stretti, e lei si dimenò un po 'sul letto quando lui iniziò a spingerli indietro, rivelando le sue lunghe gambe centimetro dopo centimetro, finché non fu finalmente in grado di tirarli in piedi e lasciarli cadere sul pavimento alla fine del letto.

Doveva ammettere che le sue gambe erano una delle sue migliori caratteristiche.

Erano aggraziati e lisci, con polpacci perfetti e cosce arrotondate, un lungo tratto di pelle liscia e pallida.

Le portò un piede alla bocca, baciandole la caviglia.

Lei dimenò le dita dei piedi, sorridendo mentre lo faceva, e anche lui si mosse per baciarle, succhiandole dolcemente ciascuna, prima di far scorrere il naso lungo il lato del suo piede, piantandole un bacio sul punto molle del suo tallone.

Belit emise un sospiro controverso, in quel suo modo caratteristico, che la fece sembrare quasi come se stesse cantando a bassa voce.

Non aveva mai incontrato qualcuno così evidentemente destinato a diventare un bardo.

I suoi baci ora le risalirono il polpaccio, le sue mani accarezzavano la pelle liscia, la sua lingua sporgeva per assaggiarla.

Le sue dita le sfiorarono la parte posteriore del ginocchio mentre le sue labbra muovevano sempre il suo corpo, la distesa curva delle sue cosce lo chiamava.

Spostò la sua posizione, dovendo spostare la testa più vicino al letto ora, e fece scorrere la sua mano libera sull'altra gamba di lei mentre i suoi baci si muovevano molto lentamente verso l'alto.

La sua mano sinistra si mosse sul suo fianco mentre i suoi baci raggiungevano il tessuto bianco delle mutandine di Belit.

Poteva vedere una leggera macchia umida formarsi tra le sue gambe mentre trascinava la punta della lingua lungo l'interno delle sue cosce.

La sua mano destra accarezzò la carne morbida mentre lo faceva.

Si mosse finché non si inginocchiò tra le sue gambe e si alzò per baciare la distesa del suo ventre, spingendo delicatamente la camicetta per ammucchiarla sotto i suoi seni.

La mano del bardo le arruffò i capelli, allungandosi per far scorrere il dito indice su uno dei lobi delle orecchie.

Premette le sue labbra sulla sua pelle, scendendo di nuovo finché non sfiorarono l'orlo delle sue mutandine.

Abilmente, sollevò il bordo del tessuto con la bocca, tenendolo con i denti e poi tirandolo indietro, tirando verso il basso l'indumento mentre muoveva le natiche per liberarlo.

Presto, le mutandine di Belit erano intorno alle sue cosce, esponendo il suo sesso alla sua vista.

Rilasciandoli, baciò i capelli sul suo monticello, trascinando le sue labbra da lì al suo ombelico.

Delicatamente, spinse di nuovo la testa verso il basso, sussurrando "non ancora".

Era chiaro quello che voleva, e lui era più che felice di accontentarla.

Le baciò a turno l'interno di ciascuna delle sue cosce, muovendo le mani per sollevarle leggermente le natiche dal letto mentre lei allargava le gambe, e poi ne spostava una sopra la spalla.

Lei sussultò quando lui le baciò il sesso, facendo scorrere la lingua sulla fessura, tracciando le sue labbra gonfie con la bocca.

Poi infilò la lingua dentro, circondando la sua umidità piccola e discreta, stuzzicandola, accarezzandole le pieghe con la bocca e facendola piangere di piacere.

Poi si è mosso più in profondità, leccandola, facendo scorrere la lingua dentro di lei, muovendole prima il clitoride e poi succhiando mentre premeva contro il suo sesso.

Alzò lo sguardo e vide il suo corpo inarcarsi contro le lenzuola, la mano libera che stringeva il cuscino sopra la testa mentre l'altra le strisciava ancora tra i capelli.

Lei gridò, poi, mormorando qualcosa che lui non poteva sentire, si tirò la camicia sopra la testa e la lasciò cadere sul lato del letto.

La sua mano si spostò dalla sua testa ai suoi seni piccoli ma rotondi, accarezzandoli, carezzandole i capezzoli rosa, mentre rilasciava piccoli sospiri di incoraggiamento.

Conan non aveva bisogno di essere incoraggiato.

Il suo sapore era familiare contro la sua lingua, il suo odore familiare alle sue narici, riportandolo ai tempi prima che avessero fatto l'amore, molto tempo fa.

Sapeva esattamente cosa le piaceva, come farla dimenare, persino come farla supplicare, anche se ora non ci avrebbe provato.

Era la prima fica che avesse mai assaggiato, la prima volta che si era innamorato di una donna quando era giovane, e questa volta l'aveva portata all'orgasmo solo con la lingua.

Sentire le sue urla ora lo faceva sentire giovane, rinvigorito, riportandolo a un passato confortante, anche prima di diventare un avventuriero.

Alla fine cedette, mettendosi in ginocchio per guardare il suo corpo nudo disteso sotto di lui sul letto.

Lui si tolse le scarpe e iniziò a slacciargli la cintura, e lei si sedette sui gomiti per aiutarlo, tirando i pantaloni giù per le cosce per esporre la sua erezione fiorente.

Le sue mani correvano lungo di lui, e lui poteva sentire i leggeri calli sulla punta delle sue dita, i segni che stava suonando il liuto.

Belit le fece un rapido sorriso, spostando alcuni dei suoi riccioli sui lobi appuntiti delle orecchie, il viso arrossato e gli occhi spalancati.

Gli accarezzò le palle con colpi delicati e si sporse in avanti, stuzzicandogli il prepuzio e piantandogli un bacio sulla testa gonfia.

Il suo cazzo sobbalzò, premendo contro la sua morbida guancia, ma lei indietreggiò, sdraiandosi di nuovo sul letto, fissandolo, le gambe sui fianchi, una mano che separava le labbra della figa bagnata.

Conan si tolse gli ultimi vestiti e si spostò, accovacciandosi con le mani e le ginocchia su di lei, una gamba su entrambi i lati della testa.

Poi si abbassò, la sua stessa mano sostituendo la sua per sondare la sua figa mentre faceva scorrere la lingua lungo le sue cosce, finalmente immergendola ancora una volta nella sede del suo piacere.

La barda emise un altro affascinante gemito musicale e allungò una mano per accarezzargli le natiche prima di abbassarsi fino a quando il suo cazzo eretto si appoggiò al suo mento.

Con un movimento abile, se lo portò alla bocca, senza usare le mani.

Le sue labbra dapprima passarono sopra la sua testa e poi scivolarono più in alto mentre per fortuna si abbassava sul suo viso.

Conan succhiava alternativamente il clitoride del guerriero e muoveva la sua lingua attraverso le profondità della sua figa, stuzzicandola di tanto in tanto con la punta di un dito.

I suoi gemiti erano attutiti ora, il suo solito tono musicale attenuato mentre lentamente spostava il suo cazzo di nuovo nella sua bocca, la saliva la ricopriva, la sua lingua rosa quasi avvolgendolo intorno a lui.

La punta era quasi contro la parte posteriore della sua gola, appena prima che potesse farla vomitare.

Lo tirò fuori, ma solo per baciarla e mordicchiarle le palle prima di premerla di nuovo dentro.

Le sue mani si accarezzavano il corpo l'una dell'altra, sentendo ogni curva familiare.

Sembrava davvero che non fosse invecchiata, poiché le sue bocche divoravano avidamente il sesso del suo partner.

I seni di Belit premevano contro l'addome del guerriero, il suo petto si alzava e si abbassava mentre si arrendevano al piacere.

Alla fine, però, si è liberato, sdraiato accanto a lei sul letto mentre si riposavano per un po'.

Il sudore copriva entrambi i corpi, e Belit rise mentre soffiava contro la sua pancia, un flusso freddo contro la pelle umida.

Dopo un po', si rotolò sulla fronte, le gambe che scalciavano in aria, guardandolo con un sorriso represso, mostrando i suoi denti bianchi, i suoi lunghi capelli che cadevano sul cuscino.

Le fece scorrere una mano lungo la schiena, sentendone la forma, prima di strofinarla e accarezzarle le natiche.

"Pronto per di più?" chiese, dando un bacio sul suo sedere ben fatto.

"Mmm hmm" fu la sua unica risposta, ma non aveva bisogno di nient'altro.

Si mosse dietro di lei, accarezzandole le lunghe gambe mentre le allargava di nuovo.

Premette il suo cazzo contro la sua figa, strofinandole contro, giocando dolcemente mentre lei sollevava i fianchi verso di lui.

Non poteva più aspettare e alla fine si mise tra le sue labbra, suscitando un lieve gemito di soddisfazione.

Si ritirò, poi premette di nuovo, questa volta iniziando un ritmo lento e facendola sussultare di apprezzamento.

Belit si inginocchiò, Conan si stava ancora spingendo lentamente dentro e fuori dalla sua fica bagnata.

Premette una mano contro il muro per mantenersi in equilibrio, e fece scivolare l'altra lungo la pancia per strofinare la parte anteriore della sua fessura, toccandogli ea volte accarezzandogli il cazzo mentre lui continuava a scoparla da dietro.

La tenne con entrambe le mani mentre accelerava il passo, una mano che accarezzava un seno perfetto e faceva rotolare il capezzolo rosa tra le sue dita.

La donna bardica sussultò e pianse mentre lui continuava a spingerla.

Senza bisogno di parole, la magia nella sua voce lo spinse a continuare senza ulteriori esortazioni.

Si sporse in avanti, mordicchiando un orecchio appuntito, l'orecchino penzolante che le svolazzava contro il mento.

Le urla di Belit si fecero più forti, il suo corpo si contorceva tra le sue mani, la schiena morbida contro il suo petto, il seno che si sollevava in una mano, le gambe lunghe e sinuose che stringevano

le sue mentre premeva più forte i fianchi contro di lui, attirandolo
ancora più dentro.

Urlò il suo nome, e lui aumentò ancora una volta il movimento
delle sue spinte, la sua carne ora martellava mentre il letto
scricchiolava sotto di loro, picchiando ripetutamente la sua fica
desiderosa.

Belit stava emettendo un lungo urlo, il tono che cambiava nel
tempo con il suo movimento, e si meravigliò di quanto musicale
suonasse ancora la sua voce, anche adesso, nel profondo della sua
passione.

Raggiunsero l'orgasmo insieme, un'esplosione di gioia, e Belit
scivolò via da lui, cadendo sulle lenzuola, stringendosi il cuscino
contro il petto.

Un'ultima goccia del suo sperma cadde su una coscia prima che
rotolasse via per essere ansimante accanto a lei.

Si avvicinò, baciandolo, abbracciandolo a se stessa mentre
premeva il viso contro il suo petto.

"Oh, quello era un pagamento sufficiente," sussurrò, "sei
perdonato. Per ora, almeno."

"Grazie", ha detto, "anche se se questa è la punizione, penso che
forse dovrei deluderti più spesso."

Lo ha colpito con il cuscino.

"Non osare Conan!"

"Era uno scherzo!" protestò sorridendo.

Non disse altro, ma si mise a sedere sul letto accanto a lui,
guardando il suo corpo nudo, la sua espressione improvvisamente
seria mentre si scostava una ciocca di capelli dal viso sudato.

"Che cosa?" Egli ha detto.

"Ti ricordi perché sei qui?" disse dolcemente. "È ora che tu
ascolti la leggenda di Kahudreth ..."

CAPITOLO XXXXII
CYPHIA

Kahudreth alzò la mano per proteggersi gli occhi dal sole.

La terra che stava attraversando era secca e polverosa, e non vedeva una nuvola da giorni.

Di tanto in tanto un robusto arbusto o biancospino spezzava la monotonia, ma questo non era un buon posto in cui vivere.

Non che gli importasse, dato che Kahudreth era un barbaro, nato e cresciuto in terre non meno dure di questa, con abilità e riflessi affinati in un ambiente pericoloso, per diventare uno dei migliori guerrieri della sua tribù.

Quella tribù se n'era andata ora, uccisa dalla malvagia stregoneria, e Kahudreth vagò per il mondo da solo, un selvaggio e mercenario in cerca di bottino e ricchezze.

Era un uomo alto, un metro e ottanta, ma di corporatura possente, con spalle larghe e bicipiti sporgenti.

Come tutte le persone della sua antica tribù, si vestiva poco, soprattutto nel clima caldo di questa terra, con stivali di pelle, un'ampia cintura intorno alla vita, uno spesso perizoma di cuoio e nient'altro che una spada e una piccola borsa di provviste. sulla cintura.

Il sole cocente splendeva sul suo petto nudo, i suoi potenti muscoli ben definiti sotto la pelle leggermente abbronzata.

* * *

"Allora, di quando viene questo ragazzo, esattamente? Voglio dire, quando è successo?"

"Non interrompermi. Sarà tutto chiaro."

* * *

L'attenzione di Kahudreth aveva catturato una nuvola di fumo all'orizzonte.

Era di nuovo lì, intermittente, ma innegabilmente reale.

Facendosi ombra agli occhi, riuscì a distinguere un gruppo di edifici vicino alla fonte del fumo.

Alcuni di loro potrebbero anche essere edifici, anche se niente di eccezionale.

Ma chi vivrebbe qui e perché accendere un fuoco in pieno giorno?

Non c'era abbastanza fumo, rifletté, per provenire da segni di distruzione, forse una roulotte bruciata.

No, aveva incontrato un altro viaggiatore, o un nativo di quelle terre desolate.

Se fosse il secondo, potrebbe esserci almeno l'acqua.

Ma potevano anche esserci problemi, e Kahudreth si avviò cautamente verso il luogo misterioso, con occhi e orecchie attenti a qualsiasi segno di ostilità.

Avvicinandosi, vide che quelli che sembravano edifici erano solo rovine, semplici strutture in pietra che mostravano segni di recenti danni da incendio, alcuni blocchi di macerie nelle vicinanze.

Erano in cima a una cresta, oscurando il terreno oltre il loro attuale punto di osservazione.

Tuttavia, nonostante i danni causati dal fuoco, il fumo non poteva uscire da nessuna grande pira; in effetti, sembrava così pallido e leggero che ora dubitava che potesse provenire anche da un fuoco da campo.

In effetti ... era fumo o sbuffi intermittenti di vapore?

Kahudreth raggiunse la cima del crinale, guardando le rovine per assicurarsi che fossero vuote, e guardò la terra al di là.

C'era un'oasi, alberi e vegetazione più profondi di quanto avesse visto in molti giorni di viaggio e, sparsi tra loro, qualche edificio in rovina e laghetti d'acqua all'aperto.

Gli sbuffi di quello che era sicuro fossero vapore ora provenivano da crepe nelle rocce naturali sparse qua e là.

Raggiunse uno dei laghi rocciosi più piccoli.

L'acqua era calda, forse riscaldata da qualche misteriosa sorgente sotterranea.

Il che spiegherebbe il vapore, ma l'acqua sarebbe potabile?

Il fatto che qui c'erano alberi e vegetazione suggeriva che poteva non essere troppo velenoso, ma Kahudreth non era un albero.

Gli occhi acuti del barbaro videro un'impronta sul terreno polveroso e la sua mano allungò la mano verso la spada, improvvisamente diffidente.

Guardandosi intorno, poteva vedere altre impronte.

Alcuni erano realizzati con sandali grezzi, ma altri sembravano essere a piedi nudi, più grandi della maggior parte degli uomini, con dita estese che l'esperto tracker sapeva poteva significare solo una cosa.

Orchi!

Sentì un passo dietro di lui e si voltò, estraendo la spada dal fodero con un movimento rapido.

Un orco si stava avvicinando a lui, brandendo una scimitarra e vestito di cuoio logoro che avrebbe offerto una protezione minima.

Ringhiava, grandi zanne gialle che sporgevano dalle sue fauci per farlo sembrare spaventoso, ma non spaventoso per Kahudreth.

Aveva affrontato orchi molte volte prima e trionfava sempre.

Schiaffeggiò l'arma della creatura con la sua, tagliandogli il petto provocando una profonda lacrima che lo fece sibilare per il dolore.

Per un attimo la sua scimitarra si abbassò e il colpo successivo del barbaro gli colpì il braccio al gomito.

L'orco lanciò un urlo acuto e agonizzante mentre crollava a terra in uno spruzzo di sangue.

All'improvviso, altri due orchi apparvero, caricando verso il barbaro guerriero mentre preparava la sua spada insanguinata per affrontarli.

Schivò il colpo di un'altra scimitarra mentre attaccava l'altro assalitore, solo per parare il suo colpo.

Si chinò e si voltò per colpire il primo orco con la sua spada, ricevendo un soddisfacente grugnito di dolore mentre mordeva il fianco della creatura.

La scimitarra del secondo orco gli sfiorò una gamba, una ferita minore, ma che avrebbe potuto essere molto peggiore.

Voltandosi per affrontarlo, lanciò un forte grido di battaglia e lo costrinse indietro con una raffica di colpi che riuscì a malapena a bloccare.

Con tutta la sua concentrazione nel difendersi dagli attacchi di Kahudreth, l'orco inciampò su una roccia invisibile, dando all'umano tutte le possibilità di cui aveva bisogno per pugnalare la sua arma contro la pelle grigioverde indifesa sul suo ventre.

Voltandosi con grazia simile a una pantera, Kahudreth alzò la spada verso l'orco ferito che ora veniva dietro di lui, con la punta della spada che gli trafiggeva la gola e lo abbatteva.

Poteva già vedere altri orchi spuntare dal nulla e poteva solo immaginare che dovevano essere stati da qualche parte sottoterra quando arrivò.

Il suo sorriso mentre correva verso di loro era selvaggio, e presto l'acciaio entrò in collisione con l'acciaio mentre i selvaggi umanoidi cercavano di eliminare la forza furiosa della natura che avevano scatenato.

Gli orchi erano guerrieri abili, duri e resistenti, ma nonostante fossero in inferiorità numerica, non potevano competere con la ferocia e gli istinti omicidi di Kahudreth.

Presto, solo un orco rimase in piedi, con gli altri morti o morenti ai piedi di Kahudreth, ma mentre il barbaro era insanguinato, notava a malapena il dolore delle sue poche ferite.

L'ultimo orco, un esemplare più magro e più giovane di quelli che aveva già sconfitto, evidentemente aveva più buon senso e sparò.

Kahudreth lo inseguì, saltando sui corpi dei caduti, e lo vide svanire in un'apertura sul lato di uno degli edifici in rovina.

Senza soffermarsi a pensare, lo seguì dentro, i suoi occhi si abituarono rapidamente all'oscurità.

Vide che si trovava in cima a una scala di pietra che scendeva a profondità sconosciute.

Scese ai piedi delle scale, illuminato solo da un lampo di luce dall'alto.

All'inizio non riusciva a vedere l'orco, ma poi una faccia scontrosa apparve di fronte a lui, emergendo da una nicchia nascosta.

Lo spazio era troppo piccolo perché entrambi potessero combattere con le spade e la creatura si era lanciata contro di lui con un pugnale.

Afferrò il pugno prima che potesse colpirlo e sbatté l'orco contro la fredda pietra del corridoio.

Erano faccia a faccia, il respiro dell'orco che bruciava contro la sua pelle, i suoi occhi gialli che lo fissavano, le sue zanne che tagliavano a pochi centimetri la sua pelle quando incontrò il suo ringhio.

Lottarono per il controllo del coltello, le braccia bloccate in una battaglia di forza, le gambe che si prendevano a calci a vicenda con scarso effetto.

Kahudreth era il più forte e l'orco sibilò sorpreso quando il pugnale si aggrovigliò nel suo petto.

Cercò di far cadere l'arma dell'intreccio, ma il barbaro fu troppo veloce, afferrandola e pugnalandola tra le costole della creatura, zittendola per sempre con una sola pugnalata al cuore.

Liberò l'orco, che scivolò giù dal muro, già morto quando il sangue iniziò a raccogliersi intorno a lui.

Kahudreth si bloccò, riprendendo fiato, abbassandosi dalla furia animale che aveva corso attraverso il suo corpo durante il combattimento.

L'istinto aveva preso il sopravvento, permettendogli di lasciare dietro di sé una scia di carneficina senza le distrazioni di un pensiero più ragionato.

Ora aveva tempo per riflettere e chiedersi dove fosse.

Si trovava in un passaggio di pietra, costruito meglio di quanto ci si aspetterebbe dagli orchi, sebbene non fosse chiaro se fossero stati aiutati o semplicemente presi da un precedente proprietario, e potessero sempre continuare a usarlo.

I suoi occhi catturarono un lampo di luce da qualche parte al di là, e rifletté che anche gli orchi avevano bisogno di illuminazione per vedere, sebbene non tanto quanto gli umani.

Potrebbe essercene di più quaggiù, o almeno potresti ottenere bottino da ignari caravan mercantili o precedenti occupanti del sito.

In ogni caso, doveva esplorare il passaggio e vedere dove portava.

Dopo aver pulito la sua spada, Kahudreth avanzò lungo il corridoio buio, allerta per qualsiasi segno di altri orchi.

Presto arrivò a un bivio, ma la luce proveniva da una sola direzione, quindi quella fu quella che prese.

Diventò rapidamente più chiaro, finché non riuscì a vedere un arco davanti.

Il bagliore al di là era costante e dorato, forse il risultato di un incantesimo da stregone piuttosto che del vero fuoco.

Si avvicinò all'arco, non vedendo altro che un muro di pietra dall'altra parte della camera.

Ma ci fu un suono, come se qualcuno stesse uscendo dal suo campo visivo.

Sollevò la spada e balzò nella stanza, pronto ad attaccare.

Fu accolto, non da un grido di un orco, ma da uno stridio di paura femminile.

La camera era disseminata di quelli che dovevano essere sacchi e provviste per la lettiera degli orchi, ma il suo unico occupante era una donna umana, rannicchiata in un angolo.

"Per favore, non farmi del male!" gridò, coprendosi la testa con le mani e le ginocchia premute contro il petto.

"Sei un prigioniero degli orchi?"

Lei annuì, soffocando un singhiozzo.

"Stavano per uccidermi, ne sono sicuro! O ... o peggio. Per favore, non farmi del male!"

"Non temere, bella signora," la informò, "perché io sono Kahudreth il Potente e sono venuto a salvarti!"

* * *

"Cosa, parlava davvero così?"

"Supossely Sì."

* * *

"Oh, grazie! Grazie!" si alzò, con grande sollievo sul viso.

Kahudreth non poté fare a meno di notare che era una donna formosa, sebbene snella e debole come lo erano le donne civili.

Aveva lunghi capelli neri che contrastavano nettamente con la pelle straordinariamente pallida e gli occhi azzurri.

Considerando il suo calvario, i suoi vestiti erano in ottime condizioni, con una lunga gonna nera tagliata di lato per mostrare una gamba formosa, un corpetto aderente e un top senza maniche scollato, anche lui nero, che mostrava una scollatura.

Gli orchi non avevano nemmeno tolto la collana d'argento e di smeraldi che gli si allacciava al collo.

Forse non avevano ancora avuto tempo.

"Quanti orchi c'erano?"

"Otto, l'ho visto. Ma potrebbero avere compagni in altri posti, quindi dobbiamo andare in fretta!"

Kahudreth si rese conto che in realtà non aveva idea di quanti orchi avesse appena ucciso.

Non aveva contato esattamente, sebbene fosse abbastanza sicuro che ce ne fossero almeno sei.

Tuttavia, se avevano un tesoro, non era lì, quindi forse avrebbero dovuto andarsene adesso, e lui avrebbe potuto decidere cos'altro fare una volta che avesse imparato di più.

"Molto bene," disse, "stai vicino a me e ti tirerò fuori da questo posto."

Corse velocemente per unirsi a lui e guardò impaurita lungo il corridoio in cui era entrata.

Al momento non sembravano esserci orchi lì.

"Grazie, Kahudreth," disse, "sarò molto grata una volta che sarò libera. Molto grata davvero!" Gli mise una mano sul petto nudo e si avvicinò, come per baciarlo.

"Ci sarà tempo per quello ..." iniziò, proprio mentre lei gli lanciava una manciata di polvere bianca in faccia.

"Cosa stai ... ugh ..."

Kahudreth sentì le sue ginocchia indebolirsi e la sua testa iniziare a girare.

Guardò la donna confuso mentre il mondo gli girava intorno.

La sua spada echeggiò cadendo a terra sfuggendo all'improvviso dalle sue dita tremanti.

Pochi secondi dopo, cadde a terra privo di sensi.

* * *

Quando si riprese, Kahudreth si trovò incatenato a un muro.

La catena era pesante, stretta intorno al suo petto e fissata al muro, dandogli quasi nessuna possibilità di muoversi.

Le sue mani erano legate davanti a lui da una catena più piccola, quindi anche se non fosse stato disarmato, c'era poco che avrebbe potuto fare per combattere.

Si trovava in un'alta camera a volta, molto più grande di quella che aveva visto prima.

E non era solo.

La prima persona che notò fu, ovviamente, la donna, che gli sorrise mentre scuoteva la testa per spazzare via l'ultimo sequel della droga magica.

Si rese conto di essere stato sciocco per essere stato catturato così facilmente.

Dopotutto, era stata in uno stato di gran lunga migliore di qualsiasi vero prigioniero degli orchi.

I suoi occhi si spostarono da lei alla sua spada, che giaceva a solo un piede di distanza, anche se poteva anche essere a un miglio di distanza, e poi all'altro umano che era con loro.

Era un uomo alto, anche se non alto quanto Kahudreth stesso, e notevolmente magro e pallido.

Era vestito con lunghe vesti nere con finiture viola e decorato con simboli arcani che rendevano chiara la sua professione senza alcun dubbio.

"Vedo il nostro prigioniero sveglio", disse l'uomo, "buon lavoro, Cyphia, ci sarà di grande utilità stasera. In effetti, le forze infernali benedicono la nostra compagnia." Guardò Kahudreth: "Sappi, barbaro, che sei il prigioniero di Magrorn Cthare Modrun, lo stregone rinnegato e diacono di Drunna."

* * *

"Sul serio?"

"Oh, stai zitto. Ci sono delle grandi cose che stanno per accadere."

* * *

"Sappi quel mago, che sono obbligato ad ascoltarti, perché ti ucciderei dove sei se fossi libero."

"Eppure non sei libero! No, sei mio prigioniero, eppure hai più fortuna di quanto tu possa sapere. Perché, stasera, sarai testimone del mio trionfo finale! La cerimonia è preparata, come puoi vedere, e stasera, i segni nei cieli saranno giusti per il completamento, e l'arrivo di ... "fece una pausa, drammaticamente," La Presenza! "

"Che cos'è allora?"

"Oh, vedrai, Kahudreth il barbaro incatenato! Vedrai."

Kahudreth lanciò un'occhiataccia all'uomo, ma al momento c'era poco che potesse fare; le catene erano semplicemente troppo sicure.

Quello che poteva vedere di lui era senza dubbio un segno di una sorta di cerimonia malvagia.

C'era un altare al centro della stanza, con un coltello dall'aspetto malvagio e una ciotola del tipo che temeva potesse essere usato per raccogliere il sangue.

Accanto a loro c'era uno strano scettro di metallo, adornato di rune e spine aguzze.

Tutte queste cose erano già segni di cattive intenzioni, ma la camera conteneva anche altri tre orchi.

Erano diverse da quelle che aveva ucciso, soprattutto perché erano tutte donne.

Forse aveva ucciso tutti gli uomini e solo le sue donne erano rimaste.

Ma in ogni caso, erano legati strettamente come lui, le braccia e le gambe legate con funi pesanti e con bavagli di cuoio in bocca.

Tutti e tre sembravano feroci e arrabbiati come i loro uomini; Potrebbero anche esserlo, date le circostanze.

Notò che due indossavano abiti corti di pelle scura, decorati con rozzi segni tribali e con collane di denti di animali intorno al collo.

L'altra era, da quello che poteva vedere, la più giovane delle tre, anche se la sua pelle verdastra ei suoi selvaggi capelli neri sottolineavano chiaramente la sua natura non umana.

Era stata chiaramente vestita una volta come le altre, ma forse aveva lottato di più, perché i suoi vestiti erano strappati, la sua gonna mancava e il suo top le pendeva sciolto da un lato per esporre un petto verde flaccido.

Le sue gambe legate erano strette contro il suo corpo, nascondendo gran parte di lui alla vista.

Tuttavia, quando cambiò leggermente posizione, Kahudreth si rese conto con sua sorpresa che le sue natiche pelose erano nude e apparentemente non indossava un perizoma.

"Beh, chi può biasimarmi?" chiese il mago, vedendo la direzione del suo sguardo, "Una donna legata e indifesa, specialmente una orgogliosa e feroce come un orco? Non un'opportunità da perdere. Oh, devi aver visto l'espressione sul suo viso!"

Kahudreth colse lo sguardo di disgusto che la donna, Cyphia, lanciò al suo partner, ma il mago apparentemente non se ne accorse.

"Ma, mi è stato detto che hai ucciso tutti gli altri orchi a mia disposizione," continuò Magrorn, "il che è un fastidio, ma non così tanto come avrebbe potuto essere in un altro momento. Tuttavia, potrei aver bisogno di nuovi guerrieri, a Una volta che questo sarà finito. Suppongo che non prenderesti in considerazione la possibilità di unirti a me. So qualcosa della tua gente e so quali giuramenti dovresti fare per farti onorare ed essere obbligato a servirmi, quindi non pensare fingere. Ma giura fedeltà e sarai ricompensato oltre ogni immaginabile. Che ne dici?"

Kahudreth sputò.

"Credi che sia stupido, mago?"

"Be', l'idea mi era venuta in mente, sì."

"Non servirò mai qualcuno come te!"

Il mago si strinse nelle spalle.

"Ah beh, era solo un'idea. Non c'era niente di male nel provare."

"Il momento sta arrivando, mio signore," disse Cyphia, parlando per la prima volta da quando Kahudreth si era svegliato.

"È un dato di fatto" e il mago gridò: "Cominciamo!"

Alzò le braccia in aria e, con un gesto, la luce nella stanza cominciò a svanire.

Devono esserci fonti di luce incantate da qualche parte fuori dalla vista di Kahudreth.

Poi il soffitto a volta cominciò a incresparsi.

Il guerriero prigioniero guardò in alto con stupore mentre il soffitto sembrava svanire, offrendo una visuale libera di un cielo notturno senza luna.

Lo stregone si diresse verso l'altare e verso una delle donne orche più anziane legate.

"Prendi le sue gambe," disse a Cyphia, e insieme misero l'orca sull'altare.

La donna dalla pelle verde si agitava, cercando di calciare le gambe e gettarsi giù dall'altare, suoni soffocati che avrebbero potuto essere maledizioni rabbiose che provenivano da dietro il bavaglio, ma non c'era niente che potesse fare.

Il mago afferrò il coltello e lo sollevò sopra la sua testa prima di abbassarlo con forza producendo un getto di sangue scuro.

Le altre due orche urlavano indignate, per quanto potevano dietro le mascelle.

Ben presto la vittima cessò i suoi movimenti e Magrorn iniziò felicemente a scolpire segni sul suo corpo prima di tirare fuori dall'altare il cadavere insanguinato e mutilato.

Le urla della seconda vittima erano, semmai, più forti e più lunghe della prima.

Perfino Kahudreth, che non aveva mai pensato agli orchi come a qualcosa di diverso dai mostri, chiuse gli occhi per bloccare la vista dell'orribile spettacolo.

Anche Cyphia sembrava un po 'turbato, pensò, sebbene chiaramente determinato a compiere l'atto.

Ma Magrorn Cthare rise di gioia mentre lavorava, godendosi la carneficina che stava causando.

E non c'era niente che Kahudreth potesse fare per fermarlo.

Aprì di nuovo gli occhi quando una luce arancione iniziò a brillare su di loro e sentì calore contro la sua pelle.

Un disco di luce ardente apparve dietro l'altare, delineando la coppia umana malvagia contro il suo bagliore.

Crebbe fino a un piede di larghezza, battendo lentamente, e il barbaro pensò di poter sentire il battito di un cuore lontano.

"La Presenza sta arrivando!" gridò lo stregone, "il portale comincia ad aprirsi!"

Fece rotolare il secondo cadavere dall'altare.

"Portiamo il terzo sacrificio!"

La coppia ha afferrato la balena assassina rimasta, che sembrava tremare, recitando qualcosa più e più volte sotto il bavaglio, gli occhi gialli spalancati per la paura, ma non urlando come gli altri.

Kahudreth poteva vedere ora che era, come sospettava, nuda dalla vita in giù, la luce arancione gli permetteva di vedere segni visibili di graffi intorno ai suoi fianchi e al seno.

"Oh, vorrei che avessimo più tempo," le disse il mago mentre la posavano sull'altare.

Apparentemente era già rassegnata al suo destino, ma vide che il suo volto bestiale era pieno di odio indescrivibile.

"Chi avrebbe mai pensato che la fica di un'orca potesse essere così calda?"

Rise beffardo, alzò il coltello e lo abbassò.

Il disco di luce crebbe, crescendo notevolmente di dimensioni, fino a raggiungere una larghezza di diversi piedi.

Al di là non c'erano altro che fiamme, anche se una forma si muoveva all'interno, troppo oscurata, o forse troppo fugace, per distinguere qualsiasi dettaglio.

Il suono del battito cardiaco ora era più chiaro, riempiendo la stanza con il suo ritmo regolare.

"Mi hai servito bene," disse Magrorn al suo compagno, "per la promessa di un potere oltre l'immaginazione. Presto, la Presenza sarà qui, stabilendo un regno di potere demoniaco nel mondo materiale che durerà per tutta l'eternità. I demoni lo faranno cammina tra le macerie apertamente, e io sarò il loro sommo sacerdote, il loro servitore principale, il mortale più potente e temuto ovunque sulla superficie del mondo! E a te, ricordo quello che ti ho promesso in cambio della tua lealtà. illimitato " .

Fece una pausa e sorrise, come se ricordasse qualcosa.

"Oh sì, un altro piccolo requisito prima che la Presenza entri fisicamente nel mondo. Me ne sono quasi dimenticato, con tutta l'eccitazione. Sì, un piccolo dettaglio ... ho bisogno di un po ..." alzò le mani con lo scettro dentro e un'esplosione di fulmini blu e bianchi gli schizzò fuori, colpendo Cyphia e scagliandola attraverso la stanza con tutte le sue forze. "... tradimento!"

Ridendo maniacalmente, lo stregone afferrò lo scettro ormai insanguinato dall'altare e lo sollevò sopra la sua testa.

Kahudreth si irrigidì contro le catene, ma erano salde come prima.

Lanciò un'occhiata attraverso la stanza e vide Cyphia, sdraiata dove era caduta, scuotendo la testa nella sua direzione.

Non era morta, ma come poteva aiutarlo?

La risposta arrivò un secondo dopo, quando la donna dai capelli scuri lanciò un incantesimo, le dita puntate nella sua direzione mentre formavano rapidamente un gesto complesso.

Con un clic silenzioso, i dardi lo tenevano allentato e Kahudreth era libero, raggiungendo rapidamente la sua spada.

"Sta arrivando! Sta arrivando!" Magrorn Cthare gridò trionfante, fissando il portale e non vedendo cosa stava succedendo dietro di lui, "Niente può fermarmi adesso! Niente!"

Kahudreth conficcò la sua spada nel petto del mago da dietro con tutte le sue forze.

"Oh, per l'amor di Dio ..." ringhiò il mago, prima di cadere a terra morto.

"Lancia lo scettro attraverso il portale!"

"Che cosa?" Chiese Kahudreth, confuso.

"Gettalo nel fuoco!" Cyphia ripeté: "Finché è qui, la Presenza può ancora passare. Dobbiamo mandarla da dove è venuta, o siamo tutti condannati".

"Ma tu sei dalla sua parte ... ehm, vero?"

"Non più! Ora lascia perdere quella dannata cosa, idiota!"

Kahudreth considerò le sue opzioni per un secondo.

Quello che aveva detto aveva senso, e certamente non sembrava che Magrorn avesse intenzione di gettare lo scettro da nessuna parte, quindi non era come se lo stesse inducendo a completare la cerimonia per suo conto.

Scommettendo che il tradimento del mago aveva davvero fatto cambiare idea a Cyphia, Kahudreth fece come gli era stato detto, raccogliendo lo scettro e gettandolo nel portale infuocato.

Ci fu uno schiocco e un lampo di luce quando il portale scomparve.

Lo scettro, stranamente, continuò il suo volo nell'aria, scontrandosi con la pietra che si apriva oltre il portale mentre la stanza sprofondava nell'oscurità quasi totale.

"Troppo tardi!" gemette la donna, prima di ricomporsi: "Beh, almeno non può cavarsela senza un'altra cerimonia. È intrappolato a metà strada tra il suo mondo e il nostro ora, e quello scettro è la chiave per liberarlo. Dovremo prenderlo con noi."

"È una cosa malvagia!"

"Allora dallo a me. Puoi distruggerlo più tardi se vuoi, ma non possiamo lasciarlo qui."

"Riesci a camminare? Mi stupisce che qualcuno possa sopravvivere alla magia che ti ha lanciato."

"Questo corpetto è incantato dalla magia difensiva. Non lo sapeva. Idiota. Avrebbe dovuto sapere che non mi sarei mai fidato di lui. Ora andiamo! L'illusione del cielo aperto", indicò, "non lo farà. durano molto più a lungo, e poi non avremo nemmeno la luce delle stelle ".

Il suo avvertimento era ben giustificato.

Aveva appena avuto il tempo di sollevare lo scettro prima che il soffitto svanisse e la stanza si oscurasse.

Così com'era, inciamparono diverse volte prima di trovare la porta.

Da quel momento in poi, Cyphia dovette guidarlo, ricordando il suo percorso attraverso i passaggi sotterranei come meglio poteva: qualunque magia conoscesse, apparentemente non includeva alcun incantesimo di luce.

Tuttavia, la sua memoria non era delle migliori ed evidentemente trovava difficile orientarsi.

Pensò di aver sentito il vento una volta, e si voltò da questa parte, sperando che andasse verso l'uscita, ma lei lo avvertì fermamente di allontanarsi, insistendo sul fatto che c'era solo una trappola in quella direzione.

"È così, seguimi."

"Non riesco a vederti".

"Segui la mia voce, allora. Se ricordo bene, è solo un ..." Emise un grido acuto mentre cadeva su qualcosa con un forte tonfo.

Dopo molti schizzi, Kahudreth fu in grado di afferrare una delle sue braccia e tirarla fuori dall'acqua.

"Io lasciai cadere!" gemette, "Ho lasciato cadere quel maledetto scettro! Dobbiamo trovarlo."

"Lascia perdere," le disse con fermezza, continuando a tenerle il braccio, "è completamente buio, ed è altrettanto sicuro nascondersi in quella piscina o qualsiasi altra cosa, come lo sarà ovunque. Suggerisco di lasciare questo dannato posto."

"Ma se qualcuno lo trova ..."

"È improbabile anche se sanno cosa farne. Adesso andiamo!" le tirò il braccio e la spinse via. "Da che parte è? Dimmi!"

* * *

Cyphia rabbrividì nell'aria fredda della notte, avvolgendo le braccia nude intorno alle gambe.

"Beh, siamo liberi da quel posto", disse, "ma cosa facciamo adesso?"

"La mattina partiamo," lo informò Kahudreth, "posso facilmente trovare la mia strada tra questi resti."

"Devo camminare fino in fondo con questo vestito?"

"Credo di sì."

Ha esitato.

"Sento che ci sarà una lunga strada da percorrere. Non avresti potuto portare un cavallo, o qualcosa del genere?"

"E non potresti?" Non ha detto niente. "Sei sicuro che non ci siano più orchi in giro?"

"No, sono decisamente tutti morti. Hai ucciso la maggior parte di loro tu stesso."

"Bene. Allora non ci sarà nessuno a disturbarci," disse alzandosi.

"Uh, no, immagino di no. Perché, cosa hai in mente?"

"Hai detto che saresti stato grato se ti avessi salvato. Ho fatto quello che mi hai chiesto."

"Lo dicevo per avere la possibilità di tradirti. E non è che io sia ingrato. Saremmo morti entrambi, senza l'aiuto reciproco."

"Allora celebreremo la tua decisione di abbandonare il male!" Disse Kahudreth, slacciandosi la cintura e gettandola da parte.

"Perché io, Kahudreth il Potente, sono ben dotato nelle arti dell'amore oltre che in quelle della battaglia. Che ne dici, signora oscura?"

"Che cosa?" disse, realizzando improvvisamente la sua intenzione, "è questo il tuo modo normale di corteggiare le donne?"

"Trovo che abbia successo tra le tribù", ha risposto, un po 'perplesso dalla sua reazione, "Le persone civili sono molto diverse?"

"Sono generalmente meno forti."

"Oh. Beh, non sono come il tuo mago morto; non mi piace prendere qualcuno che non vuole. Quindi forse puoi cambiare idea?"

Ha alzato gli occhi al cielo.

"Forse almeno una volta che ti conosco?"

Kahudreth considerò questa possibilità, ma trovò che fosse un modo piuttosto futile di rimandare l'inevitabile, il tipo di cosa ridicola che le persone civili erano solite fare.

Lo stile di vita barbaro era sempre molto più semplice.

"C'è solo una cosa che dovresti sapere, dark lady Cyphia," la informò, scartando il perizoma e mostrando il suo sguardo. "Guarda", disse, "il potere di Kahudreth!"

"Oh, per l'amor di Dio! Devi essere così ...?" Fece una pausa, prima di aggiungere, un po 'a malincuore, "anche se, in tutta franchezza, devo ammettere che vale la pena vantarsene".

Lei sedeva lì, appollaiata sulle sue cosce, la schiena contro un muro di pietra in rovina, gli occhi fissi sul suo cazzo duro.

Aveva ancora poca esperienza con le donne civili, ma dubitava che fossero mansuete ed educate seminude come quando erano completamente vestite.

Speravo di mettere alla prova la teoria.

"Oh che diamine ... faremo a modo tuo," disse infine, sporgendosi in avanti per afferrare la sua erezione.

Gli premette il viso contro, leccandogli le palle con la lingua, poi ...

* * *

"QUESTO fa parte della leggenda?"

"Sono una donna barda, quindi sto esagerando un po '. La leggenda narra che abbiano fatto l'amore al chiaro di luna e, francamente, conosco il mio pubblico e approfondisco le parti che so che gli piacciono. Dai, anche se non lo faccio. Racconto spesso questo tipo di storia ".

"Mi dispiace, continua come desideri. Continuo ad ascoltare."

* * *

Tenendo ancora il suo cazzo, Cyphia succhiò le palle pesanti di Kahudreth, spingendole ciascuna nella sua bocca, facendo scorrere delicatamente la sua lingua sulla sua pelle.

Il barbaro sospirò e chiuse gli occhi, lasciandola continuare.

Ora si stava leccando la lunghezza del suo cazzo, premendo le labbra e la lingua contro la punta esposta mentre ringhiava di piacere.

I suoi occhi si spalancarono mentre lei si alzava, gettandole i lunghi capelli neri oltre la spalla.

Anche lui si alzò e la spinse con forza contro il muro, premendo le sue labbra contro le sue, soffocandola con baci appassionati mentre lei rispondeva gentilmente, le sue mani ora le stringevano la schiena muscolosa.

Voleva strapparle il vestito dal corpo, lasciandola tremante e nuda nell'aria fresca della notte mentre la scopa ... ma si rese conto col tempo che sembrava non avesse nient'altro da indossare a meno che non tornassero all'oscurità del la grotta sotto per cercare qualcosa.

Cyphia stava lottando con la parte superiore del suo vestito, tirando le braccia intorno alle spalle mentre la mano di Kahudreth le accarezzava il sedere e le cosce e le faceva piovere baci dall'alto sul viso.

Pensava che dovesse alzarsi in punta di piedi per raggiungerlo visto che era molto più alto di lei.

Non appena le sue braccia furono libere, il barbaro ne approfittò per abbassare la parte superiore del vestito, arrotolandolo sul corpetto mentre i suoi seni pesanti venivano liberati dalla prigionia.

La sua mano balzò dalle sue gambe ai tumuli esposti, splendendo di bianco nella doppia luce lunare, la loro pelle molto più pallida della sua.

Le impastò, le strinse, sentendo ogni centimetro della loro consistenza liscia sotto le sue dita ruvide, il suo sguardo a volte si sollevava per incontrare il suo viso mentre la maga oscura sussultava in attesa.

La sua mossa successiva fu cercare di toglierle il corpetto, e lottò per trovare i nastri che lo tenevano prima che lei gli afferrasse la mano più forte che poteva e la tirasse via.

"No," disse, "questa è la mia protezione, ricordi? Rimane attiva. Anche adesso."

Scrollò le spalle, trovandolo strano, ma non eccessivamente preoccupato di mettere in discussione la sua decisione.

"Ma la tua gonna non va bene?"

L'afferrò, cercando di liberarla dai fianchi, e questa volta lei lo aiutò, sciogliendo la fibbia nascosta.

"No, la gonna non è un problema", ha confermato, senza fiato.

Fu il turno di Kahudreth di inginocchiarsi davanti a lei, e lo fece, afferrandole le cosce pallide tra le mani, spostando gli occhi sulle sue mutandine, che erano nere come il resto dei suoi vestiti.

Le massaggiò la parte posteriore delle ginocchia, notando come le tremavano le gambe, e lei si appoggiò più forte contro il muro mentre lo faceva, allargando le cosce per dargli un accesso più chiaro.

Doveva rimetterle insieme quando lui le fece scivolare le mutandine intorno alle ginocchia, ma poi riuscì a liberare una

gamba, lasciando che l'indumento sottile le scivolasse intorno
all'altra caviglia.

Indossava ancora stivali neri al ginocchio, che sembravano anche
essere allacciati ai lati.

Non sapeva se dovessero essere considerati allo stesso modo del
suo corpetto, ma decise che non facevano davvero alcuna differenza
e li lasciò.

Kahudreth si coprì l'inguine con una mano, strofinando un
pollice attraverso il triangolo di capelli neri che spiccava in modo così
prominente contro la sua pelle pallida e illuminata dalla luna.

Le sue dita scivolarono tra le sue gambe, sfregandosi, giocando
con lei finché non iniziò a sentire l'umidità formarsi contro la sua
pelle.

Si alzò e si premette contro di lei, contro il muro, una mano
stringendo un seno e l'altra facendo scorrere un dito tra le sue pieghe
mentre la punta del suo cazzo sfregava contro la stoffa rigida del suo
corpetto.

Cyphia rimase senza fiato e lanciò piccole grida di piacere mentre
continuava a giocare, battendo il dito dentro e fuori dalla sua figa
bagnata.

Le sue piccole mani gli afferrarono le natiche, scavando nella
carne muscolosa con le unghie mentre si dimenava contro di lui,
sollevando una gamba e avvolgendola attorno a una delle sue,
permettendole di spingere le dita per avere un maggiore accesso.

Rimasero così per un breve periodo, Kahudreth si accontentò
ascoltando i gemiti di gioia della donna civilizzata mentre le sue mani
continuavano a giocare con lei.

Sapeva che non avrebbe mai potuto resistere alle sue avances,
perché aveva fatto finta il contrario?

Con fermezza, ma non bruscamente, tirò via la gamba sollevata
dalla coscia e la spinse verso il suolo.

Poi si allontanò dal muro e la trascinò verso di sé.

Si aggrappò a lui saldamente, il viso premuto contro la curva della sua spalla, una mano che gli accarezzava i pettorali sporgenti mentre l'altra stringeva ancora una natica soda.

Sollevò il mento e la guardò negli occhi scuri.

"Adesso è davvero quando iniziamo", le disse.

"Sì, dea ..."

"Dimmi quello che vuoi".

"Cosa ne pensi?"

"Be ', donne civili ..." alzò di nuovo le spalle, un po' a disagio, considerando quanto forte lo stava abbracciando, "senti storie ..."

"Allora non trattarmi come un civile."

Sorrise.

"Non lo farò!"

La trascinò a terra, chinandosi su di lei in modo che il suo ampio petto bloccasse la luce delle lune gemelle.

Cyphia lo fissò, i suoi capelli scuri in disordine, un ampio petto che si sollevava per l'attesa, le gambe divaricate.

All'improvviso, si girò e si distese sulla fronte, i seni nudi che sfioravano il terreno sabbioso e le natiche pallide si sollevarono in aria.

Si è appoggiato all'indietro per avere una buona visuale della figa che aveva accarezzato di recente, poi l'ha afferrata con entrambe le mani intorno alla vita e ha trovato l'accesso contro il tessuto del suo corpetto.

La maga oscura lanciò un grido acuto mentre, senza ulteriori cerimonie, spingeva forte il suo cazzo tra le sue gambe in attesa.

Kahudreth si ritrovò a echeggiare il proprio gemito di profondo piacere mentre il suo corpo lo avvolgeva.

La sua pelle era più morbida di quella di qualsiasi donna barbara, eppure la sua figa era stretta e lo stringeva meglio di chiunque avesse incontrato in precedenza.

Con rinnovata eccitazione, iniziò a muoversi lentamente, scivolando verso l'esterno, guardando le sue natiche pallide muoversi alla luce della luna, tremando a tempo con le sue ripetute spinte.

Cyphia gemeva mentre continuava i suoi sforzi, a volte senza fiato o mormorando parole con il fiato silenzioso, ma per lo più persa nell'estasi.

Barcollante, lei si sollevò sulle sue braccia, lasciando che i suoi seni ondeggiassero liberamente, e lui ne afferrò uno, stuzzicando il capezzolo mentre il pallido tumulo oscillava con il movimento delle sue articolazioni, i fianchi della maga che spingevano con urgenza contro di lei.

Sul terreno polveroso accanto all'edificio in rovina, sotto il cielo aperto e la luce argentea delle lune, il barbaro e il suo nuovo amante si unirono con entusiasmo, le loro due urla svanirono nell'aria tranquilla della notte.

Ogni volta che si avvicinava a un picco, Kahudreth rallentava i suoi movimenti, lasciandola riposare, solo un po ', prima di continuare il suo sforzo.

Adesso era piegato su di lei, il viso quasi tra i suoi capelli, che le premeva più a fondo tra le gambe che mai.

"Basta ..." gemette alla fine, e lui dovette accettare.

Questa volta, invece di rallentare, accelerò il passo, i muscoli potenti lo spingevano in quella figa morbida ma stretta con tutta la forza che poteva raccogliere.

I gemiti di Cyphia crescevano sempre più veloci, prendendo un ritmo feroce mentre la martellava, cosce e glutei pallidi che martellavano contro il corpo sodo del barbaro.

Raggiunsero il culmine insieme, il gemito di piacere di Kahudreth quasi soffocò quello del suo partner.

La tenne così per un momento, lasciando che il suo corpo tremante affondasse dentro, assaporando la sensazione della fresca brezza notturna contro la sua pelle.

Poi la lasciò andare, ed entrambi rotolarono sulla schiena, fissando il cielo notturno.

Innumerevoli stelle luminose si stendono davanti a loro nell'oscura oscurità, con entrambe le lune piene e già cadenti verso l'orizzonte.

* * *

"Posso parlare adesso?"

"Certo. Questa era la leggenda."

"Uh, beh, mi sento come se dovessi sottolineare che hai fatto un errore."

"No, non l'ho fatto! Il ricordo di una donna barda è perfetto, anche quando è passato così tanto tempo."

"Hai appena detto che le lune erano piene. In effetti, l'hai detto diverse volte."

"Poi?"

"Ma prima, quando stavano eseguendo la cerimonia, hai detto che era una notte senza luna. Non poteva essere così, non se le lune stavano tramontando solo poche ore dopo."

"Bah guerrieri! Chi avrebbe mai pensato che ti interessasse proprio quella parte! Guarda, c'è una ragione perfettamente buona, non pensavo che valesse la pena menzionarla."

"Seguire."

"Ecco perché hanno dovuto fare la cerimonia quella notte in particolare. Era la notte di una doppia eclissi lunare, quindi ovviamente, quando la stavano effettivamente eseguendo, le lune erano invisibili, e più tardi ... cosa sei? Cosa sei? tu ... perché ti vesti così in fretta? Pensavo potessimo, sai ... guarda, cosa c'è che non va in te?

"Non vedi? Non presti attenzione all'astronomia?"

"Non proprio, no. Non sono una maga, ricordi?"

"C'è una doppia eclissi lunare stasera. Sono incredibilmente rari, quindi è questo il momento in cui lo faranno!"

"Fare?"

"Stanno riportando la Presenza! Stanotte! Abbiamo solo poche ore."

CAPITOLO XXXXIII
YASIMINA E VALERIA

Lady Yasimina trattenne le parole arrabbiate che aveva pianificato nella sua mente quando vide lo sguardo disperato sul viso di Conan.

Gli aveva espressamente detto di essere veloce quando era andato a parlare con la barda donna, Belit, eppure era stato qualche ora a lasciarla sola nella villa ad aspettarlo.

Poteva indovinare cosa stesse facendo; non era così ingenua.

Tuttavia, sembrava che qualcosa lo avesse davvero preoccupato e le sue recriminazioni potevano aspettare.

Indipendentemente dai suoi peccatucci, era un avventuriero esperto e non avrebbe avuto tanta fretta senza una buona ragione.

"Che succede?" Chiese seccamente, piuttosto che pronunciare il suo rimprovero.

"È stanotte!" disse il guerriero, un po 'senza fiato, "e il sole sta quasi tramontando! Stanotte è quando lo eseguiranno!"

"Spiega," scattò, "cosa hai imparato?"

Si calmò visibilmente, arrossendo chiaramente per aver corso quasi tutto il tragitto da ... beh, attraverso quasi metà della città, presumibilmente.

"C'è una cerimonia che qualcuno deve eseguire per evocare questa cosa chiamata 'Presenza' ... Non sono ancora sicuro di cosa si tratti, ma è qualcosa di molto potente e demoniaco. È qui da prima che la città esistesse ., e stasera, qualcuno ha in programma di evocarlo. Darà loro potere sui demoni, o qualcosa del genere ... L'inferno sulla Terra, letteralmente, o qualcosa di molto simile. "

"Dove sarà questa cerimonia? Chi c'è dietro?"

"Non lo so," ammise, "ma penso che, se possiamo tornare in quei tunnel, possiamo fermarla da lì. È lì che si è svolta l'ultima volta. Se non sono davvero giù lì, e questa volta, da quello che abbiamo visto, non c'è un modo semplice per entrare, c'è almeno qualcosa di cui hanno bisogno per stabilire la connessione. Se riusciamo a romperlo, possiamo fermarli, non importa chi siano. almeno lo spero ... dove sono gli altri? "

Con questo, lo ha criticato:

"Come ti ci è voluto così tanto tempo per tornare indietro, li ho mandati a seguire una pista trovata da Zula. Stanno cercando di scoprire cosa possono su qualcuno di nome Gedren. Sembra che ci sia lui dietro, o almeno coinvolto in qualche modo. Sono rimasto ad aspettarti ... e ora mi dici ... abbiamo tempo solo fino al tramonto?

"Un po 'di più, in realtà. Non so se segui il tempo dei fenomeni astronomici ..."

"Non particolarmente, no. Non sembrava una priorità assoluta."

"Beh, stasera c'è un'eclissi lunare. Una doppia, ed è quello che ti serve per fare la cerimonia. È un po 'dopo il tramonto ... è qualcos'altro ma non è ancora molto."

"Allora dobbiamo prepararci. Presto! Dobbiamo trovare gli altri."

Corse su per le scale, saltando su e giù.

Conan la seguì, prima di dirigersi verso le loro stanze separate.

Non si aspettava che avessero così poco tempo, e ora rimpiangeva di non aver pensato di aver già indossato la sua armatura.

Così com'è stato, il paladine ha dovuto togliersi il vestito e non si è nemmeno preoccupata di cambiare la biancheria intima costosa che indossava per qualcosa di più pratico prima di iniziare a indossare la sua pesante armatura.

Sembrava che ci volesse un'eternità per indossare tutte le cinghie correttamente, cosa che normalmente non notava, ma doveva controllare tutto correttamente, o l'armatura sarebbe stata peggio che inutile.

Finalmente fu fatto, e aggiustò la spada prima di frugare nell'armadio alla ricerca di acqua santa e qualsiasi altra cosa potesse essere utile.

Maledì Conan sottovoce, sapendo che se non fosse stato distratto dall'ovvio, avrebbero potuto ricevere quell'avvertimento molto prima.

E gli altri avrebbero potuto essere ancora qui.

Alla fine finì, e tornò nell'atrio della villa per trovare Conan che la stava già aspettando.

Be ', non indossava un'armatura, quindi difficilmente gli ci sarebbe voluto così tanto tempo per prepararsi.

"Stai portando quelle fiale che hai preso dal druido?" Gli chiese.

"Pronto per partire", ha confermato, "guarda, scusa per ..."

"Questo può aspettare fino a dopo", ha detto, "in questo momento, dobbiamo interrompere questa cerimonia, e questo significa dover trovare gli altri. Andiamo."

Yasimina ha dovuto rallentare deliberatamente una volta lasciata la villa.

Non era possibile correre con l'armatura completa, e anche camminare a passo svelto l'avrebbe stancata, e sapeva che presto avrebbe avuto bisogno di tutte le sue riserve.

Ha intenzionalmente calmato la sua mente dalla sua frustrazione, soprattutto quando ha visto che il sole stava ora tramontando sotto l'orizzonte, ed entrambe le lune stavano sorgendo, quasi direttamente opposte.

Un bordo della luna minore toccò il disco della luna maggiore, e immaginò che presto sarebbe scivolato dietro l'altro.

Da quel poco che capiva delle eclissi, presumibilmente era così; un'ombra sarebbe caduta sulla luna più grande mentre quella più piccola era dietro di essa, e quindi, più o meno, nella stessa posizione.

Non poteva dire quando sarebbe successo, ma se Conan avesse detto che sarebbe stato stasera, non avrebbe avuto problemi a crederci.

Il problema era che non sapeva esattamente dove fossero gli altri.

Erano andati a vedere cosa potevano scoprire su questa Lady Gedren, la negromante o un demonologo di qualche tipo il cui nome era emerso nelle indagini di Zula.

Il suo volto pubblico era quello di un commerciante, quindi erano andati prima al mercato, ma non sapeva cosa avessero fatto dopo.

Dipende da cosa hanno scoperto.

Con tutta l'incertezza e la crescente urgenza della situazione, il volto del paladino si trasformò in un cupo aspetto di determinazione.

Ha usato le sue discipline mentali, affinate nel corso degli anni, prima come scudiera, poi come avventuriera, per schiarirsi la mente, ignorando le preoccupazioni che non poteva fare nulla per cambiare. per concentrarsi su ciò che contava davvero.

Qualcuno ha gridato.

Una donna, lì vicino, un autentico grido di puro terrore.

Yasimina si voltò, Conan immediatamente dietro di lei, per vedere qualcuno che correva da un vicolo, gli occhi spalancati e inorriditi.

Il vicolo stesso era in ombra, anche se il cielo aveva ancora un po 'di brillantezza, ed era ovvio che qualcun altro era lì, barcollando ... no, tremante ... nell'oscurità.

La figura entrò nella migliore illuminazione della strada e il paladino estrasse istintivamente la spada dal fodero.

L'uomo prima di lei era morto.

O, più precisamente, era non morto.

La sua pelle era giallastra e grigia, occhi sporchi, mascella sciolta, un odore di decomposizione sul corpo, vestiti logori e sporchi.

Gemette debolmente e continuò ad avanzare, girando la testa per guardare i due avventurieri, sentendosi una preda più vicina della donna in fuga.

La spada del paladino trafisse la gamba della creatura, facendola cadere a terra prima che il secondo colpo frantumasse la sua gabbia toracica, distruggendo la sua capacità di muoversi.

C'era un fetore, familiare all'avventuriero, quando la forza animatrice abbandonò la cosa e smise di tremare.

Non c'era sangue, ovviamente; non c'era mai stato, perché nulla scorreva nelle vene di tali non morti.

"Da dove diavolo veniva?" Conan chiese, come lei, esperta nel vedere cose del genere, ma non qui.

"Non può essere una coincidenza", ha detto, "mi chiedo ... ce n'è un'altra!"

Ha ricevuto un solo colpo che gli ha strappato la testa dalle spalle.

Secondo gli standard di queste cose, gli zombi non erano particolarmente difficili da uccidere, soprattutto perché si muovevano lentamente ei loro tendini non li tenevano più saldamente insieme come avevano fatto nella vita.

Ma quale tomba era stata aperta per rimuovere queste cose e da chi?

"Hanno detto che Gedren potrebbe essere un negromante," disse, "evidentemente lo è, o almeno lo sa. Ma quanti altri ne ha evocati?"

"Ma perché rilasciarli in città?" Chiese Conan, guardando le lune, ancora piene, "la cerimonia non è ancora iniziata o sta per iniziare."

"Proteggere qualcosa? Una distrazione? Forse non vogliono essere interrotti, o forse sta solo aprendo la strada a quello che verrà?"

"Abbiamo davvero bisogno di trovare gli altri."

Lei annuì e si diressero, il più velocemente possibile, in direzione del mercato.

Un uomo corse verso di loro lungo la strada, il viso arrossato, evidentemente spaventato.

C'erano altri due dietro di lui, entrambi provenienti dalla piazza.

"Mostri!" gridò: "Non morti!"

Non avevano bisogno dell'avvertimento.

Ovviamente ci sarebbe stato di più in questo.

Erano dappertutto o solo in centro?

Lady Yasimina sapeva di essere tutt'altro che l'unico paladino di Tarantia e sperava che i guerrieri e i chierici di Ymir fossero già stati allertati.

Dovrebbero essere in grado di affrontare un'infestazione di non morti, se chiunque potesse.

Sebbene dipenderebbe piuttosto da quanti erano-

Onestamente, sì, c'erano altri paladini, ma pochi con la sua esperienza.

Tuttavia, quando hanno raggiunto il mercato, era evidente che non erano gli unici esseri viventi lì.

Un gruppo di non morti, altri due zombi e una cosa curva dalla pelle grigia che riconobbe come un ghoul, circondarono qualcuno che li stava attaccando con una spada.

Un altro era già disteso, steso a terra ai suoi piedi.

Poteva usare il potere del suo Dio per scacciarli, irradiando un'aura sacra a cui i non morti non potevano resistere, ma a cosa sarebbe servito?

Sarebbero semplicemente fuggiti dalla città e avrebbero devastato gli innocenti.

Saltò nella mischia, con la spada che fendeva la carne morta.

Tra i due, non passò molto tempo prima che i tre non morti si sparpagliassero sul terreno.

Alzò lo sguardo e solo allora riconobbe chi aveva appena aiutato.

Il viso di Yasimina sorrise.

"Arthur!"

"Mia signora Yasimina," disse l'altro paladino, evidentemente sollevato, "grazie agli dei che siete qui. Queste cose sono venute fuori dal nulla. Se non fossi stato qui, ci sarebbero state molte morti. Anche allora, temo , con tre contro uno ... "

Arthur aveva più o meno la stessa età, forse un po 'più giovane, un Cavaliere del Perdono, ma senza la sua esperienza di avventuriera.

Sapeva che era un abile spadaccino, anche se, oggi, era senza la sua armatura.

Evidentemente aveva appena finito un po 'di shopping o qualche altra faccenda banale.

I suoi occhi caddero su di lui, valutando che non sembrava ferito, anche lei vide, con una fitta di colpa, che era carino con le sue spalle larghe e i fianchi snelli.

Ma tali pensieri erano inappropriati per un paladino, e ora lo erano doppiamente.

"Ce ne sono di più", ha detto, "ne abbiamo visti solo due e non credo che possano essere soli".

"Ma come? Da dove vengono?"

"Non lo so," disse, "non esattamente. Ma so come fermarli. Avremmo dovuto dirtelo qualche giorno fa ... ma sei con noi?"

"Certo! Sempre," disse, e lei pensò di vedere qualcosa di più del cameratismo, dell'affetto nei suoi occhi.

Sfortunatamente, non era il momento di pensare a cosa significasse.

"Andiamo sottoterra. Alle fogne, alle catacombe sotto la città. Conan, hai la mappa dei nani?"

"Si ma ..."

"Dov'è l'ingresso più vicino?"

"E gli altri? Valeria, Snagg e Zula sono da qualche parte ..."

"Lo so, ma non sono qui, e con tutti quelli che hanno lasciato il mercato, non possiamo chiedere a nessuno e non abbiamo alcuna possibilità di scoprire dove potrebbero essere. Non c'è tempo e possono badare a se stessi. dobbiamo essere noi., e deve essere adesso. Si spera che avranno la stessa idea e si uniranno a noi ... in caso contrario, dovremo finirlo da soli. Non ci sono altre possibilità, non ora! "

Annuì, sapendo che aveva ragione.

Arthur sembrava solo perplesso.

* * *

"Non credo ci sia nient'altro che possiamo fare qui", ha detto Valeria, "sappiamo che sono entrati e sappiamo chi sono alcuni di loro, ma non saremo ancora in grado di scoprire nulla che stai discutendo. "

Si trovavano in un vicolo riparato che si affacciava sulla piazza di mattoni rossi che circondava la Rotonda.

Dopo aver scoperto dove abitava Gedren al mercato, sono stati fortunati a trovarla partire proprio quando sono arrivati a casa sua, e l'hanno seguita lì.

Era un grande edificio circolare, spesso utilizzato per riunioni pubbliche, il che significava che doveva avere notevoli collegamenti con le autorità per poterlo utilizzare di notte.

Evidentemente avevano fatto bene a tacere sulle loro indagini su qualunque cosa fosse sotto la città.

Gedren aveva incontrato altre persone prima di entrare.

Valeria aveva riconosciuto Rufus dal Collegio dei Maghi e Zula aveva identificato qualcuno di nome Yamcha, ma gli altri erano un mistero.

Tuttavia, Yamcha a parte, sembravano tutti ricchi e potevano benissimo essere ricchi mercanti, leader di gilde, nobili minori o simili con influenze.

Probabilmente Lady Yasimina ne avrebbe riconosciuti diversi, dal momento che era l'unica degli avventurieri che camminava nei circoli corretti.

Alcuni di loro, inclusa la stessa Gedren, avevano portato con sé dei pacchi.

Un baule che stavano portando era così grande che due degli uomini dovettero scaricarlo da un carrello e trascinarlo giù per le scale, ma non c'era modo di sapere cosa potesse esserci dentro.

Ma ora che il gruppo era all'interno dell'edificio, non era ovvio cos'altro potessero fare lei e gli altri.

Certamente sembrava sospetto, in particolare con quello che Zula sapeva già di Yamcha e quello che stava cominciando a sospettare di Rufus, ma tredici persone riunite nella Rotonda non erano qualcosa che potesse chiamare polizia cittadina.

Anche se una cosa era strana; il tredicesimo ospite era entrato nella Rotonda da uno dei suoi numerosi ingressi laterali, senza salutare gli altri, apparentemente aspettando che tutti fossero entrati.

Quella figura era stata coperta e incappucciata, e le ombre del sole al tramonto erano abbastanza lunghe da nasconderne i lineamenti, così che Valeria non poteva nemmeno dire se fossero maschi o femmine.

Qualcuno chiaramente non aveva voluto essere visto.

La folla in strada si stava già diradando mentre il sole tramontava sotto l'orizzonte.

Si stava facendo tardi.

Forse era ora di tornare al villaggio e vedere se Conan fosse tornato a casa o no.

Valeria aveva un'idea abbastanza chiara di quello che aveva combinato, e sospettava che Yasimina ne sarebbe stata piuttosto turbata, ma al momento non li aveva influenzati.

Snagg annuì in risposta alla sua dichiarazione.

"Hai ragione," disse, "torniamo indietro".

Non appena furono in strada, ci fu un urlo.

Non dalla Rotonda, ma da una delle vie principali che portavano alla piazza.

Potevo vedere persone che correvano attraverso di essa, verso di loro.

Snagg stava già alzando la sua ascia e le sue stesse dita si mossero mentre si chiedeva quale incantesimo lanciare.

"No," disse Zula, "torniamo al vicolo. Non può essere una coincidenza, e non vogliamo essere visti."

Valeria guardò indietro verso la Rotonda e schivò un mercante che le stava correndo accanto con gli occhi spalancati.

"Scappa!" le urlò contro, prima di precipitarsi in strada.

Esitò un attimo, poi decise di seguire il consiglio di Zula, tornando nell'ombra, sperando che nessuno la stesse guardando dalla Rotonda, perché se l'avessero visto l'avrebbero già vista.

Era contenta di averlo fatto, perché la cosa successiva che vide fu un'orda di non morti che seguiva i cittadini in fuga.

Dovevano essercene dozzine, una varietà di tipi diversi, zombi, scheletri, demoni, alcuni una volta umani, alcuni ex orchi e persino poche altre razze nel mix.

"In questo momento, abbiamo davvero bisogno di un paladino," ringhiò Snagg, "non possiamo affrontare tutti da soli. Non ne ho mai visti così tanti!"

"Se Gedren è davvero un negromante, è molto potente," concordò Valeria, "con una scorta incredibile da qualche parte."

"Ma cosa stanno facendo?" Zula ha chiesto: "Non stanno davvero inseguendo nessuno in particolare".

"Alla velocità con cui si muovono, che differenza fa?" Snagg ha chiesto: "Inoltre, con quel numero, potrebbe non essere necessario".

"No, Zula ha ragione", disse la maga, "almeno i ghoul potrebbero scappare se volessero, e di solito i ghoul sono affamati. Chiunque abbia evocato queste cose ha in mente un piano specifico. Dobbiamo scoprire di cosa si tratta. è. Voglio dire, possiamo. So che avremmo bisogno di Yasimina qui, ma ha anche bisogno di sapere cosa sta facendo questo dannato Gedren. "

"Siamo arrivati troppo tardi, vero?" Zula imprecò: "Saremmo dovuti andare alle fogne, distruggere tutto al di là di quella pianta. Avremmo potuto farlo giorni fa, se avessimo voluto!"

"Non senza abbandonare quelle donne al Dumuzi", gli ricordò Valeria, "e non sapevamo che sarebbe successo stasera". Un pensiero la colpì e guardò le lune, insieme nel cielo. "Anche se, ovviamente, questa non è una notte normale ..."

"Cosa intendi?"

"Non importa che ora ... guarda, i non morti, stanno formando un anello attorno alla Rotonda."

"Per impedire a qualcuno di cercare rifugio lì", suggerì Snagg, "o solo per proteggerla. Di certo non la stanno attaccando ... le dannate cose stanno guardando fuori."

"Non tutti ... alcuni scendono per la strada. Questa è la strada per il quartiere del tempio, giusto?"

"Vuoi dire che si stanno dirigendo verso i paladini? Non ha senso."

"Se vogliono tenerli occupati, tenerli lontani da qui. O semplicemente eliminarli il prima possibile. Se hanno qualcosa di diverso da un normale supporto magico, forse potrebbero resistere al potere divino lì?"

"Yakin!" gridò Zula, inorridita.

"Scusate?" Valeria era momentaneamente confusa. Cosa c'entrava il suo servitore con tutto questo?

"È nel tempio di Igea! Se queste cose vanno al quartiere del tempio, dobbiamo proteggerlo."

"Il modo migliore per farlo è entrare nella Rotonda. Se stanno controllando questo, forse possiamo fermarli."

"No! Dobbiamo salvarlo!" Zula stava già correndo lungo il vicolo, alla ricerca di una strada laterale che potesse condurla nella giusta direzione, evitando le linee massicce dei non morti.

"Non essere stupido! Torna qui! Cosa dirà Yasimina?"

"Non mi importa!" Il goblin aveva già voltato l'angolo, fuori dalla loro vista.

"La seguiamo?" Chiese Snagg.

Valeria imprecò sottovoce.

Cosa aveva preso il ladro?

Anche lei era preoccupata, preoccupata che Onna potesse essere in pericolo, da qualche altra parte su Tarantia, ma non poteva lasciarsi influenzare da questo ora.

Yakin era un suo caro amico e tutti avevano provato uno shock quando è stato aggredito pochi giorni prima, ma il suo dovere era lì.

Perché Zula non poteva vederlo?

"No," disse riluttante, scuotendo la testa. "Dobbiamo fermare tutto questo, anche se dobbiamo farlo da soli. Siamo gli unici a sapere che Gedren e gli altri sono qui, e che devono sicuramente esserci dietro".

"Allora cosa facciamo? Non possiamo razziare tanti non morti, e alcune delle persone all'interno non andranno giù facilmente. E se fossero tutti demonologi? Beh, non tutti, ma almeno uno sembrava un guerriero competente, una guardia o qualcosa del genere. Non che siano tutti mercanti deboli. "

"Aspettare!"

"A cosa?"

"Per me."

Avvolse le braccia attorno a Snagg, ricevendo un grugnito sorpreso in risposta.

Poi, con un incantesimo di velocità, volarono in aria.

Il nano si tenne stretto una volta capito cosa stava succedendo.

Volò più veloce che poteva, verso una delle finestre superiori della Rotonda, in alto sopra le teste dei non morti.

Fortunatamente, non sembravano alzare lo sguardo e le finestre superiori della Rotonda non erano né di vetro né chiuse.

Qualche istante dopo erano dentro e il nano si stava già liberando dalla loro presa.

"Non farlo di nuovo!" sibilo.

"Zitto," si premette le dita sulle labbra, "vediamo cosa stanno facendo."

Si trovavano in un corridoio circolare che correva lungo la circonferenza del piano superiore, con finestre aperte che davano sulla strada al di là.

Scese rapidamente, sentendosi nervosa e priva di protezione.

Non si aspettavano niente del genere, e lei aveva i suoi incantesimi, ma nessuno dei due aveva l'intera gamma di equipaggiamento magico che avrebbero portato se l'avessero saputo.

Il che significava che dovevano stare molto attenti, soprattutto perché le preoccupazioni di Snagg su con chi avrebbero potuto avere a che fare erano del tutto legittime.

Presto trovò una porta che conduceva all'interno, in un breve corridoio che terminava in un balcone che si affacciava sullo spazio centrale della Rotonda.

Accovacciato a terra, il nano seguì l'esempio e strisciò sulla pancia finché non riuscì a guardare oltre la ringhiera.

C'erano dodici persone lì, raccolte in cerchio, tutte vestite di abiti neri, una di loro con una catena d'argento.

Erano difficili da distinguere, ma pensava di poter riconoscere il grosso rigonfiamento di Rufus, quasi l'opposto di lei, all'altra estremità della stanza.

Si chiese dove fosse la tredicesima persona. Sotto di loro, forse?

Le figure vestite cantavano e al centro della stanza c'era l'incensiere che era stato rubato dalla villa, ora pieno di incenso che inviava un vile fumo profumato di rosso fino al soffitto a volta molto al di sopra.

C'erano anche altri oggetti, come coltelli e ciotole, insegne di divinità oscure e un altare improvvisato formato dall'unione di due tavolini.

Tuttavia, ha notato che nulla potrebbe spiegare il tronco più grande.

"Cosa facciamo?" Sussurrò Snagg, dietro di lei.

"Non ne sono sicura," disse, onestamente, una terribile incertezza iniziò a sorgere nel suo petto.

Avrebbe voluto che Yasimina e gli altri fossero lì.

* * *

Il ghoul svolazzò nell'aria, con gli artigli a pochi centimetri dal viso, poi cadde dallo squarcio della spada, schizzando nell'acqua calda del condotto.

Si mosse lì per alcuni istanti, poi rimase immobile, il suo potere di animazione svanì, lasciando solo una sottile melma sulla spada invece del sangue.

"E c'è dell'altro!" gridò Sir Arthur, con la spada già alzata, mentre guardava di nuovo nel corridoio sotterraneo.

C'erano altri tre di loro, tutti zombi questa volta.

Dopotutto, non sembrava esserci molta roba quaggiù, forse perché erano lassù, ma le fogne erano tutt'altro che vuote.

Questa volta, ha sollevato il simbolo di Ymir che portava al collo e ha gridato:

"Lunghezza!"

Sentì l'energia sacra fluire attraverso di lei, verso le creature non morte.

Resistettero, rannicchiandosi alla fine del passaggio, dove rimasero immobili.

Poi si voltarono, incespicando, incapaci di sopportare la presenza del potere divino.

Conan lanciò un incantesimo nella loro direzione, facendo cadere uno di loro per sdraiarsi in un mucchio accartocciato contro il muro, ma gli altri due erano già fuori dalla vista dietro l'angolo.

"Potremmo aver bisogno di quell'incantesimo più tardi," lo rimproverò.

"Lo so, ma se se ne vanno di qui, ci sono persone innocenti al piano di sopra."

Lei sospirò.

"Non ti sto incolpando. Probabilmente avrei fatto lo stesso."

"Cosa sta succedendo qui?" Arthur chiese: "Non l'hai ancora detto".

"Questa è una domanda giusta", ha ammesso. "Abbiamo trovato qualcosa, qualcosa di demoniaco intrappolato qui. Hai detto che aveva un nome, Conan?"

"Non è un vero nome, no. La leggenda lo chiama semplicemente" Presenza ".

"Be ', qualunque cosa sia, è qui da secoli, e ora si sta svegliando, perché qualcuno lo sta chiamando."

"Come lo sapevi?"

"Abbiamo trovato un vecchio documento. Abbiamo pensato di controllarlo, perché ovviamente è un pericolo per la città".

"E adesso è quando riaffiora? Dopo tutti questi secoli? È una coincidenza?"

Non ci aveva pensato, ma era un buon punto.

"A quanto pare," disse, dopo una pausa pensierosa. "Forse possiamo pensarci più tardi però. In questo momento stiamo cercando ... in realtà, cosa hai imparato, Conan?"

"Quaggiù, presumibilmente dall'altra parte della barriera che abbiamo trovato, ci sono i resti di un antico ... tempio, suppongo si possa chiamare. La camera in cui qualcuno una volta ha cercato di evocare la Presenza in questo mondo. Bloccato lì , tra il suo mondo e il nostro. Quando viene rilasciato, può ... beh, è un po 'vago, ma ho l'impressione che possa portare i demoni in questo mondo a suo piacimento, e chiunque lo evoca abbia una sorta di controllo su di loro. . La città verrebbe distrutta, o trasformata in un covo di demoni, se non la fermiamo ".

"Ma se riusciamo a fermarlo da qui, allora l'evocazione non funzionerà, e chiunque controlli tutto, forse questa persona Gedren, non sarà in grado di completare la sua cerimonia. Il che, temo, comporta un sacrificio ragionevole. L'ultimo evocatore ha usato gli orchi., Ma immagino che quello attuale abbia maggiori probabilità di sacrificare gli umani. "

"Quindi dobbiamo fermarlo," spiegò Yasimina ad Arthur, "stasera, a causa di ... un'eclissi, giusto?"

"È allora che devono farlo, sì."

"Non devi persuadermi", concordò l'altro paladino, "ma è bello sapere in cosa mi trovo. Che succede con questa barriera?"

"È proprio qui," disse, e li guidò verso di lei per il resto della strada.

Ben presto apparve davanti a loro, uno spesso e impenetrabile muro di piante grigie malate, orribili e soprannaturali, viticci e spine che si spezzavano per una fame malevola.

Arthur fece una smorfia.

"Come lo superiamo?" Chiedo.

"Abbiamo qualcosa che non avevamo l'ultima volta che siamo stati qui. E poi ... beh, non siamo sicuri di cosa ci sia esattamente al di là. Ma si spera, è quel vecchio tempio. Pronto, Conan?"

Il guerriero annuì e prese una fiala di vetro dalla sua borsa, splendente nella luce magica che teneva nell'altra mano.

Lo sollevò il più vicino possibile alla vegetazione e rimosse il tappo.

Ci fu un lampo di luce brillante, molto più forte di quello del suo stesso incantesimo.

Raggi brillanti divampavano in tutte le direzioni e, dove toccavano le orribili piante, appassivano, come se bruciassero all'istante, cadendo come carbone morto sulla pietra e sull'acqua sottostante.

Ed è lì che tutto ha cominciato ad andare storto.

* * *

Cassandra si trovava in uno dei brevi corridoi laterali sotto il balcone, fuori dalla sala principale della Rotonda.

La luce dei bracieri che i cospiratori avevano dato alle fiamme si estendeva a malapena lì, tenendola nell'ombra, ma sospettava che anche la Presenza stesse annebbiando le loro menti, scoraggiandoli dal guardare nella sua direzione.

Aveva le sue ragioni per questo, come ci si poteva aspettare che presto diventasse chiaro.

Le figure incappucciate cantavano, in un cerchio attorno all'oggetto che aveva rubato, altri accessori infernali con lui, anche se era la magia oscura del turibolo che aiutava davvero a dare loro potere.

Quello che non avevano era lo scettro, che teneva in mano.

Gedren e gli altri non avevano il pieno controllo degli eventi come pensavano, ma questo era tutto il progetto della Presenza e sarebbero stati ricompensati per la loro parte negli eventi.

Il canto si interruppe e la voce di Gedren gridò:

"Farlo uscire!"

Cassandra guardò due dei cospiratori allontanarsi dal cerchio ed entrare in un'altra camera da letto, dove attendeva un grande baule.

L'hanno aperto e hanno trascinato una donna imbavagliata e legata dall'interno.

Questo, pensò, doveva essere il sacrificio.

Sebbene l'eclissi non fosse ancora avvenuta ... dovevano avere intenzione di fare qualcos'altro prima della cerimonia.

La donna, vide, era vestita con la pudica veste grigia e bianca di una suora del Dio Sole, e alcune ciocche di capelli scuri le sfuggivano dalla ciocca sbilenca.

Sembrava terrorizzata, anche se le figure vestite le tagliavano i legami e le toglievano il bavaglio, prima di trascinarla al centro del ring dei cospiratori.

Uno degli altri cospiratori si fece avanti, un uomo alto e potente, e, con sorpresa di Cassandra, abbassò il cappuccio per guardare in faccia la suora spaventata.

"Mi riconosci?" Chiedo.

"P ... Padre Neochorus ...", disse, "ma ... ma ..."

"Non aver paura, ragazza. Tutto questo per il bene comune. Ti fidi di me, vero?"

"Io ... io ..."

"Ti sei fidato di me, ma ora sei un po 'confuso. Comprensibile, immagino. E ciò che conta è la vecchia fiducia." La giovane suora gemette, chiaramente non capendo cosa stesse dicendo l'uomo. "Ho un regalo per te, figlia mia. Forse chiarirà tutto. Vuoi vederlo?"

Non disse ancora nulla, ma Neochorus si tolse comunque il mantello, rivelando la veste di un Sacerdote del Sole al di sotto, però, osservò Cassandra, senza il simbolo sacro che indossavano normalmente.

Il chierico allungò la mano sotto la cintura, come per tirare fuori qualcosa dalla tasca.

"Questo è il mio regalo per te," disse, con un sorriso, mentre tirava fuori il suo pene eretto per incontrare lo sguardo inorridito della suora. "Non credo che ne abbiate visto uno prima, ma state per familiarizzare con questo."

"No no no no!" La donna urlò, con le lacrime agli occhi mentre lottava inutilmente contro i due uomini in tunica che ancora la tenevano stretta. "Per favore no! Perché mi fai questo?"

"Chi vuole vederla nuda?" Gridò Neochoro a un coro di assenso
degli altri. "Chi vuole guardare la sua dolce figa vergine prima che io
la scopi completamente?" Un'altra travolgente ovazione lo salutò e si
voltò verso i due uomini che tenevano il prigioniero. "Spogliala!"

Cassandra si fece avanti, i suoi occhi diventarono rosso sangue, le
corna spuntarono mentre il sangue di demone le ribolliva nelle vene.

Contemporaneamente, quattro brillanti fasci di luce bianca
uscirono dal balcone sopra la sua testa.

Neochorus fu colpito al petto e alla gola, e barcollò all'indietro,
un'espressione di orrore e stupore sul viso mentre gli incantesimi gli
penetravano il corpo.

Con un rantolo, è crollato a terra, gli occhi che roteavano nel suo
sguardo e il suo grosso cazzo cedette.

Un attimo dopo ci fu un'esplosione, una brillante esplosione di
fuoco arancione che fece cadere pezzi di muratura nella stanza,
facendo cadere il braciere.

Molti dei cospiratori gridarono e la suora, improvvisamente
rilasciata, cadde a terra, rannicchiata per il terrore.

Da dove si trovava Cassandra, momentaneamente congelata per
la sorpresa, vide che almeno quattro dei cospiratori erano stati
catturati nella misteriosa esplosione e alcuni di loro non si
muovevano.

Qualcosa rotolò sul pavimento, lanciato dal balcone soprastante.

Il fumo scuro uscì gonfiandosi rapidamente per riempire la
stanza, oscurando la vista di tutti.

Alcune delle figure incappucciate erano in preda al panico,
correvano confuse, anche se ne vide una che correva su per una scala
che portava verso l'alto, con la spada in mano.

La Presenza si sollevò dentro di lei, dicendole cosa fare.

Cassandra colse l'occasione, lanciandosi attraverso il fumo denso
che sembrava confondere così tanto gli altri, verso il punto in cui la
Presenza le aveva detto che si trovava Gedren.

Afferrò l'elfo scuro sorpreso, che la guardò confuso e insensibile.

"Seguimi!" ha rotto il semidemone, "questo non ci fermerà. C'è un altro modo per raggiungere il nostro obiettivo", ha agitato lo scettro in faccia all'elfo oscuro, "e, se mi segui, possiamo ancora vincere, ma solo se tu fallo ora e lascia che gli altri combattano chiunque sia ".

* * *

Lady Yasimina non aveva pensato molto a come Conan avesse acquisito il fascino druidico.

Sembrava che ci fossero poche ragioni per farlo, dopotutto.

La magia druidica poteva essere un po 'fuori dalla sua esperienza, ma non si aspettava che fosse così diversa dai poteri del sacerdozio.

Forse, la maggior parte delle volte, era così.

Ma fidati di Conan per trovare un altro modo.

L'energia luminosa della fiala stava facendo di più che bruciare il mostruoso fogliame.

Quando i raggi di luce raggiunsero i tre che erano in piedi di fronte a loro, i loro corpi furono infusi di un antico potere della natura, uno che lei non si aspettava, ed era uno di cui il suo corpo non aveva esperienza pratica.

Molti pensieri gli attraversarono la mente mentre il calore gli saliva nello stomaco.

A volte faceva sogni, sogni che, come verginale paladino, non poteva ammettere.

Erano senza forma, hanno coinvolto Arthur, almeno di recente, ma mancavano di dettagli.

In parte, senza dubbio, a causa della sua mancanza di esperienza genuina, ma in parte perché è riuscito a distrarre quella parte della sua mente durante le sue ore di veglia.

Aveva dei bisogni, come ogni donna, ma poteva controllarli, dedicandosi alla sua missione divina prima della mera soddisfazione carnale.

Tuttavia, anche se non avrebbe mai potuto dirlo a nessuno, le sensazioni che ora la inondavano non erano così insolite come avrebbero dovuto essere.

Ci sono stati momenti ... non molti, ma ci sono stati alcuni ... momenti in cui si è svegliato da un sogno insoddisfatto.

Mezza addormentata, aveva trovato la sua mano a scivolare sotto la camicia da notte, alleviando il piacere dal suo corpo.

Spesso aveva la presenza dello spirito di indietreggiare quando completamente risvegliata, negando a se stessa di essere liberata.

Ma a volte, a volte si era arreso, afferrando il morbido cuscino con l'altra mano, premendo le labbra per attutire l'eventuale suono del suo urlo.

Poi arrivò l'inevitabile imbarazzo, l'auto-avvertimento che non avrebbe mai più fatto una cosa del genere.

Le sue ginocchia si indebolirono e si piegarono sotto di lei mentre la sua spada le cadeva dalle mani.

Si rese conto vagamente che Arthur aveva fatto lo stesso, evidentemente sopraffatto quanto lei.

I capezzoli di Yasimina erano duri sotto i suoi vestiti, le sue cosce bagnate mentre il desiderio ardente cresceva dentro di loro.

Poi la sensazione svanì, lasciandola fortunatamente al sicuro dall'umiliazione del vero climax pubblico.

Tuttavia, il suo corpo era debole e tremava mentre cercava di riprendere i sensi.

Alzò lo sguardo, vide il corridoio libero di fronte a loro, l'ultima vita vegetale che cadeva.

E in quel corridoio, qualcosa stava correndo, con intenzioni mortali, dritto verso di loro.

Entrambi i paladini erano disarmati, quasi indifesi, e le mani di Conan erano troppo piene di fiale per lanciare un incantesimo o usare la spada.

Non ha nemmeno avuto il tempo di gridare un avvertimento prima che qualcosa la colpisse.

CAPITOLO XXXXIV
VALERIA, ZULA E YASIMINA

La palla di fuoco aveva avuto l'effetto desiderato, seminando confusione tra le figure incappucciate che conducevano la cerimonia.

Valeria, almeno per il momento, aveva salvato la vittima designata dal suo destino, ma questo non significava che il pericolo fosse passato.

Come aveva detto a Snagg pochi istanti prima, erano troppi ed era probabile che almeno alcuni fossero in grado di difendersi.

Rufus certamente lo sarebbe stato, ed era improbabile che sarebbe stato solo.

Non aveva avuto altra scelta che attaccare quando lo aveva fatto, ma lei e Snagg erano enormemente in inferiorità numerica.

Doveva solo sperare che l'improvvisa esplosione e l'assalto magico avessero livellato un po 'le probabilità.

"Cercherò di proteggerla," disse al nano.

Dopotutto, i cospiratori erano sicuramente ancora alla disperata ricerca di completare il loro rituale, e questo avrebbe significato riprendersi il loro sacrificio.

La donna era una suora, indifesa nel migliore dei casi contro di loro.

Anche se avesse cercato di scappare, l'edificio era circondato da un anello di non morti, e non sarebbe andata a finire bene.

Quindi Valeria doveva fare qualcosa.

Snagg grugnì d'accordo, già in piedi e alzando l'ascia.

Se qualcuno avesse la mentalità di rendersi conto da dove proveniva l'attacco, si dirigerebbe verso il balcone.

Valeria sperava di poterli affrontare quando erano emersi dalla foschia magica che aveva creato e che ora inondava la metà inferiore della stanza.

Lanciando un incantesimo di levitazione, balzò sulla balaustra attorno al balcone e fluttuò dolcemente attraverso la nebbia fino a terra diversi metri più in basso.

Era grigio e disorientante quaggiù come si era aspettato, ma aveva già ricordato la direzione verso il centro della stanza, dove sarebbero stati ancora il sacrificio e il suo aguzzino.

Era veloce in quel posto, incapace di vedere nessun altro attraverso l'oscurità, per quanto disabile com'erano.

Sperava che almeno significasse che non tutti possono provare a prenderla allo stesso tempo, il che avrebbe reso le cose un po 'più equilibrate.

La suora era rannicchiata a terra, con gli occhi spalancati per il terrore cieco, emettendo un piccolo grido e raggomitolandosi in una palla difensiva mentre Valeria si avvicinava.

"Stai bene?" chiese l'elfo. Nessuna risposta. "Sono io che ti salva," disse, il più silenziosamente possibile, non volendo rivelare la sua posizione a nessun altro ancora nella stanza. "Stai vicino a me e potresti essere al sicuro. Non provare a correre, o non sarò in grado di proteggerti."

Si avvicinò alla figura distesa sul pavimento vicino; l'uomo con le vesti clericali che aveva colpito con il primo incantesimo.

I suoi occhi erano aperti e fissavano il soffitto con aria assente.

Era morto; l'incantesimo lo aveva ucciso con un solo colpo.

È stato un bel colpo.

Si guardò intorno e vide una figura voluminosa che spuntava dalla nebbia.

"Il tuo!" una voce profonda e familiare gridò: "Dannati avventurieri! Semplicemente non sanno cosa è bene per te!" Era Rufus, i suoi capelli disordinati, il sangue che colava da una ferita sulla fronte, il suo mantello nero e le sue ricche vesti macchiate di polvere dai detriti. "Torna alle segrete del pozzo nero a cui appartieni!"

Alzò le mani e un brillante raggio di luce bianco-rossastro si proiettò verso di lei.

Le sue stesse mani erano già in una posizione difensiva, il controincantesimo parzialmente completato, ma non abbastanza.

Il calore bruciante le avvolse il corpo, facendola piangere di dolore mentre cadeva sul pavimento di marmo.

Rufus potrebbe non avere la sua esperienza di combattimento, ma sapeva di essere un mago capace.

Forse il suo unico vantaggio era che apparentemente non voleva usare la sua magia più potente, per paura di uccidere accidentalmente la suora accanto a lei ... era qualcuno di cui presumibilmente avevano ancora bisogno viva.

"Lascia che ti mostri il tuo dannato posto!" gridò, la faccia piena di rabbia mentre alzava le mani una seconda volta, verso il corpo disteso di Valeria.

Rufus potrebbe essere preoccupato di non usare la sua magia più letale per paura di colpire gli altri.

Ma lei stava guardando dall'altra parte e non aveva simili scrupoli.

Digrignando i denti per il dolore delle ustioni che lui le aveva inferto, gli lanciò contro una scarica di fulmini biancoazzurri.

Lo gettò in piedi, catapultandolo di nuovo nella nebbia e fuori dalla vista.

Ascoltò attentamente, guardandosi intorno per vedere se stava arrivando qualcun altro.

Ci fu un suono sbattente dalla direzione di Rufus, un grugnito di rabbioso dolore, e poi dei passi che barcollarono via.

L'incantesimo non l'aveva ucciso ... non lo voleva necessariamente morto, ma di certo non lo voleva cosciente.

D'altra parte, non c'erano segni di qualcun altro che si avvicinava.

Forse gli altri erano fuggiti?

Ha imprecato dentro.

Non poteva lasciarlo scappare e usare la sua indubbia influenza per far sembrare che fosse lui la vittima.

"Proteggila!" Ha urlato a Snagg "Devo fermarlo", ha aggiunto, alla suora rannicchiata, ma non ha ricevuto risposta.

Si alzò, trasalendo.

Adesso però stava iniziando a svanire e non si sentiva così male come aveva inizialmente temuto.

Ma di certo non era scomparso, e poteva solo sperare che Rufus fosse in condizioni peggiori di lei.

Corse nella nebbia, sperando di trovarlo.

* * *

I non morti sciamarono nel Tempio del Perdono.

Se avevano colto di sorpresa i paladini, i sacri guerrieri si stavano ora raggruppando, combattendo l'orda di demoni, zombi e chissà cos'altro assediava il loro luogo sacro.

All'inizio sembrerebbe incongruo.

Perché attaccare il posto più preparato per combattere i non morti?

Ma, mentre Zula guardava, si rese conto che c'era una sorta di logica in tutto ciò.

Attaccandoli per primi, significava che i paladini non avevano alcuna possibilità di organizzarsi in difesa del resto della città.

Non erano inoltre in grado di usare la loro normale capacità di scacciare creature innaturali con il potere delle loro icone sacre, poiché ciò li costringerebbe solo a disperdersi per la città, dando loro un regno libero per attaccare gli innocenti.

Invece, i paladini dovettero abbatterli uno per uno, ed erano chiaramente in inferiorità numerica e impreparati.

In effetti, non c'erano, stava diventando chiaro, che molti paladini in città.

In fondo era solo una vocazione comune.

Molti di coloro che difendevano il tempio erano sacerdoti, per la maggior parte armati con leggerezza, anche se alcuni avevano la magia.

La lotta non era certamente sulla strada giusta, anche se guardavo, un chierico scompariva sotto un branco di demoni, trascinato giù mentre esauriva i suoi incantesimi.

Se avessero saputo che l'assalto stava arrivando, avrebbero potuto prepararsi meglio ... ma quella, sicuramente, era l'idea.

Zula stava cominciando a dubitare della sua scelta di agire, chiedendosi se sarebbe dovuta restare con gli altri, interrompendo la cerimonia alla fonte.

Il negromante controllava in qualche modo tutto questo nella Rotonda?

Presumibilmente, e affrontarla avrebbe potuto essere la scelta migliore, dopotutto, proprio come aveva detto Valeria.

Ma ormai era troppo tardi per tornare indietro.

Era venuto per proteggere Yakin, ed era quello che avrebbe fatto.

Non gli ci volle molto per entrare nel Tempio di Igea, la dea della guarigione.

I mostri non stavano ancora attaccando questo e, in ogni caso, il tempio non aveva guardie, non lo aveva mai fatto, perché non si sarebbe adattato al suo spirito.

Tuttavia, estrasse la sua spada corta, tenendola pronta mentre correva attraverso i corridoi, alla ricerca del sentiero per la dimora dove Yakin avrebbe dovuto rifugiarsi.

Sfortunatamente, non conosceva veramente il design del tempio, non ne aveva mai avuto un vero bisogno.

Quando aveva bisogno di guarigione, Lady Yasimina era sempre presente e, in ogni caso, la forza di Igea era più nel curare le malattie della gente comune che le ferite degli avventurieri.

Forse dovrebbe dirigersi verso il centro dell'edificio; almeno potrebbe esserci qualcuno a cui chiedere.

Pochi passaggi dopo, e si trovò in un grande spazio aperto, pieno di letti e barelle.

Sacerdoti e sacerdotesse si agitarono, in uno stato di frenetica disperazione, cercando evidentemente di salvare alcune delle persone più gravemente ammalate.

Sembrava che molti di loro fossero già partiti, ma quelli che sono rimasti hanno avuto le situazioni più difficili.

Ciò che presumibilmente non era chiaro per loro era che se il loro tempio era minacciato, lo sarebbe stata anche l'intera città.

Potrebbe non esserci un posto più sicuro per trasferire i pazienti.

Cercava qualcuno con cui parlare, ma tutte le figure vestite di bianco la ignoravano, determinate a compiere i propri doveri.

Poi lo vide e il suo cuore perse un battito.

Ero al sicuro!

"Yakin!" gridò, correndo verso di lui mentre lui lottava per sollevare un'estremità di una barella improvvisata.

"Zula! Cosa ci fai qui?"

"Sono venuto a cercarti. Dai, dobbiamo uscire. La periferia della città potrebbe essere sicura."

"Va bene ..." disse, con paura e confusione sul viso, "ma dobbiamo mettere tutti al sicuro".

"Cosa? No ... dobbiamo andare adesso!"

"Non vuoi dire che lasceremo queste persone così?" lui sembrava sorpreso dal suggerimento e lei si vergognò di rendersi conto che non gli era veramente venuto in mente.

"Io ... io ..." balbettò, senza parole, guardando le persone intorno a lui.

Sacerdoti e sacerdotesse, tutti indifesi, hanno rischiato per salvare le persone.

Era chiaro che non avrebbero abbandonato nessuno, indipendentemente da ciò che significava per loro.

E i pazienti sembravano disperati, indifesi, alcuni di loro deboli o paralizzati, incapaci di scappare da soli, in attesa che la magia di guarigione a ritmo lento facesse il suo lavoro, non l'imposizione di guarigione più istantanea che avesse sperimentato.

Le ferite di battaglia, a quanto pareva, erano più facili da curare delle malattie; non aveva mai pensato neanche a quello.

Yakin la stava guardando con occhi disperati, e ora, per lei, tutto stava diventando più chiaro.

Un prete teneva l'altra estremità della barella.

Volevano il suo aiuto e lei si rese conto, con una sensazione di depressione, che doveva fornirlo.

Inoltre, non aveva pensato, solo un attimo prima, che potesse non esserci un posto più sicuro di questo?

"Sì ... sì, certo", ha detto, "ma abbiamo bisogno di un luogo sicuro. Non possiamo semplicemente evacuare il tempio, le cose sono ovunque. Dobbiamo trovare un rifugio sicuro, qui, dove possiamo aspettare questo per finire. altri stanno cercando di porre fine al problema ... penso. Quale sarebbe il posto migliore? "

"C'è una camera senza finestre in fondo alla strada", disse il prete, indicando una porta dall'altra parte della stanza, "l'abbiamo usata per meditare. Ha luce dal soffitto, ma solo un ingresso".

"Su quella strada, allora, tutti!" Gridò, ma nessun altro sembrava prestargli molta attenzione. "Oh ... organizza tu", disse al prete, "ti ascolteranno. Controllerò che il sentiero sia sicuro."

Corse alla porta e attraverso di essa per guardare in fondo al corridoio.

Udì un ululato agghiacciante e qualcosa le corse incontro.

Veniva da quella che sospettava fosse la direzione opposta rispetto alla telecamera che stava cercando, ma non importava.

Il ghoul fendeva l'aria con i suoi artigli, ma lei era già fuori dalla sua traiettoria, schivando di lato, e la lama fendeva l'aria verso qualunque cosa stesse venendo verso di lei.

La spada colpì il fianco della creatura, che ringhiò, rastrellando gli artigli sopra la sua testa mentre si chinava sotto di essa.

Zula ha colpito un secondo colpo, tagliando un muscolo della coscia in un modo che, in qualsiasi essere vivente, avrebbe portato a una perdita di sangue fatale.

Il ghoul non aveva quel problema, ma rallentò, e pochi colpi dopo fece cadere la cosa a terra, tagliandogli il collo finché lo spirito allegro non se ne andò.

Ha cercato.

C'erano altri non morti che scendevano dal corridoio da cui era emerso il ghoul.

Tornò di corsa in infermeria sbattendosi la porta alle spalle, correndo eccitata dall'improvvisa esplosione di energia provocata dalla presenza del pericolo.

"È troppo tardi!" urlava a chiunque volesse ascoltarla. "Stanno arrivando! Chiudi le porte! Bloccale più forte che puoi. Presto!"

Si voltò verso la porta, la spada ancora alzata.

Era l'unica persona qui che poteva combattere, ed era orribilmente, orribilmente, in inferiorità numerica.

* * *

Gli effetti collaterali della fiala di Arwen non erano quelli che Conan aveva previsto, anche se col senno di poi forse avrebbe dovuto.

Quando il bagliore lo coprì, una visione del loro incontro balenò nella sua mente, sorprendentemente vivida.

Il volto del druido davanti a lui, gli occhi scuri spalancati, i lussureggianti capelli neri che le ricadevano sulla fronte, i capezzoli duri che gli sfioravano il petto mentre le sue natiche strette premevano contro le sue cosce, il suo corpo avvolgeva il suo.

Fu momentaneo, però, e riprese rapidamente il controllo del suo corpo, le gambe tremanti, il cazzo duro con il potere inaspettato della memoria.

Poi scomparve, il piacere diminuì mentre si costringeva a tornare al presente.

La fiala vuota era ancora tenuta in una mano e la brillante luce magica era ancora trattenuta nell'altra.

Si voltò per vedere che i due paladini che lo accompagnavano erano andati peggio.

Arthur era mezzo accucciato contro il muro, sopraffatto da ciò che Conan pensava non fosse semplicemente inaspettato, ma forse anche sconosciuto.

Lady Yasimina era crollata, la spada le era caduta dalle dita sulla pietra che si apriva vicino al corso d'acqua, il viso rosso cremisi e gli occhi azzurri spalancati per la sorpresa.

Conan soppresse un sorriso; la sensazione poteva anche tornare utile e si sarebbero ripresi presto, anche se ci fosse voluto un po 'più di tempo di lui.

Poi colse l'espressione di Yasimina e vide che i suoi occhi erano concentrati su qualcosa dietro di lui, e ogni pensiero di divertimento svanì quando si voltò per vedere cosa stava guardando.

Si muoveva rapidamente, lungo il tunnel verso di loro, con dozzine di gambe che scivolavano contro le pareti e il pavimento, una grande creatura segmentata illuminata da un bagliore rosso opaco proveniente dall'aldilà.

Per un secondo pensò che fosse una specie di millepiedi gigante, ma i suoi occhi erano troppo grandi, la sua testa aveva la forma sbagliata e c'erano denti aguzzi all'interno della sua bocca aperta.

Lasciò cadere la fiala, acutamente consapevole che nessuno dei paladini era ancora in grado di agire e che aveva bisogno di almeno una mano libera per lanciare un incantesimo o usare la spada.

Era troppo tardi; il suo momento di esitazione, rivolto ai compagni, gli era costato caro.

Il corpo della cosa andò a sbattere contro di lui, i lati duri quasi quanto il metallo che sbattevano contro di lui mentre si contorceva sotto le sue zampe artigliate.

Sollevò una mano per coprirsi il viso, uno degli artigli lo squarciò, ma evitò che fossero i suoi occhi.

Udì un grido di dolore, da parte di un uomo, e poi la cosa si staccò da lui, continuando a correre lungo il corridoio.

Alzò lo sguardo per vedere che aveva afferrato Arthur tra le fauci, sollevandolo in alto, sul punto di scomparire nell'oscurità in fondo al corridoio.

Sapeva che il paladino maschio non era completamente corazzato, non era stato preparato all'azione come loro, e quei denti aguzzi gli stavano chiaramente mordendo la carne ferocemente.

Lanciò un incantesimo alle sue spalle, esplosioni di luce bianca che si abbatterono sulla cosa, e si contorse il corpo per affrontarlo, Arthur ancora penzoloni nella sua stretta feroce.

Non aveva osato usare un incantesimo più mortale, non quando aveva una vittima così vicina, ma almeno lo aveva fatto arrabbiare, attirando la sua attenzione.

La cosa spostò la testa di lato, sbattendo il corpo sanguinante di Arthur contro il muro in fondo al corridoio, e poi lo gettò nell'acqua calda con un potente tonfo.

Poi si precipitò lungo il corridoio verso gli altri.

La spada di Yasimina era vicina, ma erano strisciati su per la sporgenza di pietra, quasi cadendo nell'acqua stessa quando la creatura l'aveva investita.

Si voltò a guardarlo alla disperazione nei suoi occhi, chiaramente ancora una volta in controllo del suo corpo.

Afferrò la spada e la lanciò nella sua direzione.

Glielo lanciò e lei lo prese a mezz'aria con facilità, proprio mentre la cosa la raggiungeva.

L'aveva ignorata, cercando di investirla di nuovo nella sua apparente impazienza di raggiungere il guerriero.

Ha tagliato la sua spada verso l'alto, frantumando le piastre corazzate e facendo schizzare uno strano sangue blu su di lei.

Ma lui la superava ancora.

Conan lanciò un incantesimo scudo, rotolando verso il suolo mentre si precipitava verso di lui.

I suoi artigli andarono a sbattere contro l'inaspettata barriera invisibile.

Sentì un'esplosione di calore contro il suo viso e si rese conto che il bagliore rosso proveniva dalla schiena della creatura, in realtà incandescente di una sorta di strana energia interna.

La creatura torreggiava direttamente sopra di lui, le fauci spalancate, i denti gocciolanti del sangue appena versato di Arthur mentre lo scudo invisibile cedeva.

Conan lanciò disperatamente un altro incantesimo verso l'alto, direttamente sul viso della creatura.

Un'esplosione di brillante energia bianca lo avvolse, accompagnata da un freddo paralizzante e paralizzante che inondò l'intera area.

Per un momento, la cosa si librò sopra di lui, la sua faccia da insetto ricoperta da uno spesso strato di brina improvvisa.

Poi è crollata, atterrando in parte su di lui, le sue gambe tremavano debolmente, i suoi denti digrignano come ghiaccioli, i suoi occhi permanentemente accecati.

Era vagamente consapevole di Yasimina che lo finiva e lo gettava nel canale dell'acqua.

Il liquido bollente gli schizzò addosso mentre lo faceva, e poi in qualche modo fu in grado di alzarsi in piedi.

Yasimina lo guardò appena e si voltò per correre lungo il corridoio mentre lui barcollava per seguirla.

Stava immergendo le mani nell'acqua calda, urlando qualcosa di appena coerente fino a quando una delle mani debolmente agitate di Arthur trovò la sua.

Conan l'aiutò a sollevare il suo compagno paladino fuori dall'acqua, grato ora che l'uomo non era stato completamente armato.

Era gravemente ferito, i suoi vestiti erano strappati e insanguinati, una ferita aperta sul petto, a malapena vivo e in grado di muoversi a malapena.

Yasimina si chinò su di lui, e Conan pensò di vedere le lacrime nei suoi occhi mentre metteva le mani sulla ferita sul petto, premendo mentre mormorava una preghiera più e più volte.

Arthur ebbe uno spasmo, sputò acqua, la ferita guarì visibilmente sotto il tocco magico della donna.

Sarebbe vissuto, ma, pensò Conan, difficilmente sarebbe stato in grado di andare avanti.

Evidentemente lo stesso pensiero era passato al paladino.

"Continua senza di me," ansimò, concentrando gli occhi su Yasimina.

"Non possiamo lasciarti qui!" Conan colse la cruda emozione nella sua voce, si chiese per un secondo cosa avesse visto quando aveva aperto la fiala, e poi liquidò il pensiero come indegno.

"Devono. Devi fermare tutto questo. Lasciami la mia spada. Qualunque cosa provenga da oltre quel luogo, possono fermarla prima che mi raggiunga. Starò bene. Ora vai!"

Annuì, anche se il guerriero poteva vedere la riluttanza sul suo viso.

Ma non avevano altra scelta.

* * *

"Chi è questa persona?" Chiese Antistia, con un accenno di isteria
nella sua voce. "Chiedo di sapere cosa sta succedendo!"

Si erano incontrati in una specie di camera sotterranea.

Una cantina, supponeva, sotto la Rotonda.

Inizialmente buio, ora era illuminato da un bagliore arancione
proveniente da una sorta di sfera magica che uno dei suoi compagni
cospiratori aveva prodotto sotto la sua veste.

C'erano solo sei di loro nella stanza, anche se sapeva che altri
erano sopravvissuti.

Sertorio e Yamcha le erano stati vicini quando era avvenuta
l'esplosione, e li aveva visti entrambi in piedi una volta che le nebbie
si erano diradate.

Tuttavia, nessuno di loro era nel piccolo gruppo ora.

E da qualche parte c'era Agra, ovviamente, il negromante
protetto le cui orde avrebbero dovuto distruggere i paladini all'inizio
della cerimonia.

Potevano essercene anche altri, sebbene fosse sicura che alcuni
fossero stati catturati dalla misteriosa esplosione.

Come poteva essere andato tutto così all'improvviso,
orribilmente, storto?

"Sembra una domanda giusta!" spezzò una delle altre figure
incappucciate, un mercante che non conosceva particolarmente
bene.

"È questo? Siamo tutti condannati?" chiese un secondo uomo
nervosamente finché Gedren non lo fermò con uno sguardo di
disgusto.

"No, certo che no," scattò l'elfo scuro, "qualcuno ha scoperto di
noi, ha cercato di fermare la cerimonia, ma c'è ancora tempo. C'è un
altro modo", si voltò per guardare lo sconosciuto, "non lo è. vero?"

"C'è", disse la donna misteriosa, "la Presenza non è così facile da sconfiggere".

"E tu chi diavolo sei, comunque?" scattò il cospiratore rimasto, la donna che aveva prodotto la luce magica.

Antistia pensava di essere una specie di piccola strega.

"E tu cosa sei?"

"È un'altra agente della Presenza", disse Gedren, "la cui natura interiore si è risvegliata. È stata lei a procurarci l'incensiere".

Antistia notò che l'elfo oscuro non aveva effettivamente risposto alla seconda parte della domanda.

Alla donna misteriosa, non sembrava umana, ma piuttosto un misto di mortale e demone.

Aveva le corna affilate che gli sporgevano dalla fronte, gli occhi rosso sangue e la pelle il cui colore ... beh, non riusciva a distinguerlo alla luce di quella luce, ma non sembrava normale.

Un semidemone, forse, ma la cui macchia demoniaca era molto più forte di qualsiasi altra di cui abbia mai sentito parlare.

Forse era più un demone.

Non che fosse un'esperta, in queste cose, naturalmente.

"Cassandra", disse lo sconosciuto, "il mio nome è Cassandra."

Antistia notò che aveva in mano una specie di scettro con un cristallo leggermente scintillante sulla punta.

Persino Gedren, non poteva fare a meno di notare, lo fissava costantemente, come se non fosse sicura di cosa fosse.

"Oh questo?" Cassandra ha detto, apparentemente notando il suo sguardo, "è così che lo faremo senza la sua cerimonia originale." Sorrise, senza traccia di calore, ma non disse altro.

Il silenzio imbarazzante si trascinò, finché Gedren decise finalmente di romperlo, sembrando impacciato come l'aveva vista Antistia.

"Come?" chiese l'elfo scuro, chiaramente a disagio nel dover chiedere consiglio.

"Chiedi alla Presenza," disse Cassandra, "e saprai come. Penso che tu sia l'unico che può parlarle direttamente."

"Lo sono," disse Gedren, con un tono altezzoso che ritornava nella sua voce ora che evidentemente si rendeva conto che poteva ancora avere il sopravvento.

Rimase in silenzio per un momento, come se sentisse una voce interiore, poi improvvisamente alzò la testa, la sua espressione illeggibile.

"Capisco," disse, con una voce sorprendentemente morta. "Così sia."

L'elfo scuro infilò la mano nella borsa nera che aveva portato al suo fianco tutta la notte, e tirò fuori una bacchetta viola incisa, un po 'come una bacchetta, sollevandola in aria con un gesto svolazzante.

Con esso indicò il mercante e pronunciò una sola parola di comando.

Un'esplosione di luce verdastra uscì dall'estremità della bacchetta, colpendolo al petto.

Il mercante gridò.

Cadde in ginocchio, continuando a urlare, mentre Antistia e gli altri due cospiratori lo guardavano con orrore.

Solo Cassandra e Gedren sembravano calmi mentre filamenti di fumo cominciavano a fuoriuscire da sotto la tunica dell'uomo e colpivano il suolo.

Poi le fiamme iniziarono a esplodere dalla sua bocca e pochi secondi dopo aveva smesso di muoversi.

Gedren guardò gli altri nella stanza.

"Avevamo ancora bisogno di un sacrificio. E di un tradimento", ha detto, come se fosse la cosa più naturale del mondo.

"Certo," commentò tristemente Cassandra, "senza che la cerimonia sia completata ..." Lasciò che le parole rimanessero sospese nell'aria.

"Giusto," disse Gedren. "Uno non è più abbastanza."

E ha sparato al secondo uomo.

L'altro cospiratore, la maga, capì cosa significava un attimo prima che lo facesse Antistia, e corse verso la porta anche se il secondo uomo crollò urlando a terra.

Cassandra aveva lanciato un fulmine con lo scettro verso la porta, e la maga, con dita tremanti, non fece nemmeno in tempo a finire di tirarlo.

Prima di allora stava lanciando un urlo acuto di straziante agonia.

Antistia si lanciò verso la porta, ma Cassandra era di fronte a lei, lo scettro malvagio puntato nella sua direzione.

La nobildonna si inginocchiò, coprendosi inutilmente la testa con le braccia, singhiozzando di improvviso terrore.

Non era questa l'idea!

Ora doveva essere sull'orlo di un potere e una ricchezza inimmaginabili e ora sarebbe stata assassinata dai suoi stessi colleghi?

L'avevano tradita tutti.

Era sempre stata tradita per tutta la sua vita, ed era sempre, sempre colpa di qualcun altro!

Cosa aveva mai fatto di sbagliato?

Cosa aveva fatto per meritare questo destino?

La sensazione la rodeva profondamente, anche se sapeva che l'emozione era esattamente ciò che la Presenza voleva.

Quello che voleva Gedren.

Ma si rese conto che era ancora viva.

Lentamente, aprì le braccia e guardò le altre due donne con gli occhi pieni di lacrime.

Le altre tre figure incappucciate erano mutanti carbonizzati a terra.

"Tre dovrebbero essere sufficienti", ha detto Gedren.

Cassandra annuì e Antistia prese un respiro tremante, stupita della sua fortuna.

"Per curiosità", chiese la donna demone, "perché non lei?"

"È fortunata," disse Gedren, casualmente. "Ma soprattutto perché ho un dildo strap-on eccezionalmente grande che avrei usato stasera", ha accarezzato la borsa nera, "e non ho intenzione di lasciarlo andare sprecato." Si rivolse al nobile tremante: "Domani sarai al mio fianco come sovrano, forse l'unico rimasto. Otterrai tutto ciò che hai sempre desiderato. Ma stasera, una volta che avrò finito con questa faccenda, ti fotterò come mai prima d'ora. Sei stato fregato. E, "dritto", "ha sputato la parola, come una maledizione," o no, non mi fermerò finché non sarò sicuro che tu abbia raggiunto l'orgasmo almeno una volta."

"Bene," disse l'elfa oscura, la sua voce improvvisamente più chiara, "ci divertiremo più tardi. Ma torniamo agli affari!"

* * *

Valeria sprecò preziosa energia magica costringendo ad aprire la porta che Rufus aveva sigillato con un suo incantesimo.

Il mago umano aveva scalato una scala a chiocciola all'interno della Rotonda, chiudendo la porta in cima prima che potesse raggiungerla.

Nessuno dei due si muoveva molto velocemente, lei era ancora dolorante per le ferite e probabilmente era fuori forma anche prima di essere ferito, ma non c'era nessun altro lì a interromperli.

Se qualcun altro della congrega incappucciata fosse sopravvissuto, si sperava che Snagg avesse a che fare con loro in quel momento.

Aprì la porta, ci saltò dentro e rotolò di lato.

Come previsto, un incantesimo gli volò sopra la testa mentre lo faceva.

Era bello vedere che avere più esperienza di combattimento di lui le dava qualche vantaggio.

Continuando il movimento senza interruzioni, Valeria si alzò con le mani in alto.

Non aveva la forza rimasta per molti dei suoi incantesimi più potenti, ma poteva ancora usare quello che aveva sconfitto l'aspirante stupratore sacerdotale.

Sfortunatamente, anche Rufus ci aveva pensato, e le scintille di luce svanirono nel nulla davanti a lui, una barriera protettiva che evidentemente era già al suo posto.

Erano sul tetto, ora vedeva, sotto il cielo illuminato dalla luna, la grande cupola della Rotonda da un lato, e una grande discesa non lontana, attraverso un breve spazio piatto che non aveva neppure una ringhiera.

Rufus stava già gesticolando con le mani e il fumo nero turbinava intorno a lui, sollevandosi in viticci ardenti che colpivano il suo corpo.

"Vediamo che impari l'umiltà, stronza elfica!" Gridò Rufus, come un viticcio avvolto intorno alla sua gamba, tirandola a terra, strappandole la gonna e costringendola a distogliere la mira dall'altro mago.

L'umano si levò in aria, un incantesimo volante che lo trasportava in aria, ridendo crudelmente mentre si allontanava dal bordo del tetto, lasciandola alle prese con i viticci che aveva evocato.

Valeria lo vide muovere le mani in una mossa per un altro incantesimo, uno che l'avrebbe sicuramente colpita mentre lottava per rimuovere i viticci.

Aveva evitato di usare i suoi incantesimi più letali prima, ma non c'era motivo per questo ora, e si era già protetto dalla maggior parte di ciò che era rimasto del suo arsenale.

"Non sei niente contro di me? Mi senti?" Gridò Rufus, uno sguardo folle nei suoi occhi, una frazione di secondo prima che lei lasciasse la mano e gli lanciasse un ultimo incantesimo.

Non era un incantesimo di combattimento, quindi non produceva nulla di fisico da cui il suo scudo potesse proteggerlo.

Invece, Valeria ha annullato il suo incantesimo di volo.

Rufus lanciò un urlo acuto di puro terrore mentre cadeva come una pietra, interrotto solo quando il suo corpo andò a sbattere contro i ciottoli sottostanti.

I tentacoli intorno a lui svanirono, scomparendo nell'aria fresca della notte.

Valeria scivolò sul bordo del tetto.

Poteva vedere Rufus sdraiato sulla strada illuminata dalla luna, una pozza di sangue che gli colava intorno.

Non si muoveva.

E poi i demoni si lanciarono contro di lui, una massa ribollente che rastrellava con artigli e denti mentre cominciavano a divorare il suo corpo.

* * *

"Da questa parte", disse Conan, esaminando la vecchia mappa, "da questa parte si arriva a un pozzo, e al di là di una sorta di trappola. Ma da questa parte ... Da questa parte è la telecamera che stiamo cercando, credo. Il cuore da tutto questo ".

Adesso si erano lasciati alle spalle i canali d'acqua del vecchio sistema di drenaggio e stavano percorrendo alcuni corridoi di pietra dall'aspetto molto antico, forse una volta parte di un complesso di templi.

Erano sicuramente le rovine in cui Kahudreth si era imbattuto, molto prima che Tarantia esistesse.

Ogni tanto sentivano suoni di scivolare nell'oscurità oltre la luce, rumori minacciosi o ringhi improvvisi.

Ma tutto là fuori non sembrava avvicinarsi a loro, almeno non ancora.

Erano chiaramente da qualche parte che toccavano in qualche modo i piani infernali, contaminati dalla Presenza.

Forse c'era un portale da qualche parte attraverso il quale il mostro che avevano trovato era strisciato, quando le barriere erano state abbattute e la Presenza si stava avvicinando al momento della sua liberazione.

Il corridoio terminava, dove diceva la mappa, e Conan e Yasimina entrarono in una grande stanza con un alto soffitto a volta.

Cinque lampadari antichi e corrosi si trovavano ai vertici di un pentagono scavato nel terreno.

Segni, sospettava, del tentativo degli antichi avventurieri di imprigionare ciò che avevano trovato.

Al suo interno, vicino al centro della stanza, c'era un altare di pietra, con macchie scure che ne coprivano la superficie.

Intorno all'altare giacevano quattro scheletri, tre di orchi e uno di umani, le loro ossa asciutte come polvere.

Questa, era chiaro, era la camera da cui il temibile magrorn Cthare aveva cercato per la prima volta di portare la Presenza in questo mondo.

Ora le sue ossa giacevano con quelle delle sue vittime sacrificali, una chiara testimonianza del suo fallimento.

"E adesso cosa?" Ha chiesto Yasimina.

"Non lo so," ammise Conan, attraversando la stanza, fuori dal pentagramma.

L'oscurità era illuminata solo dalla sua luce magica, cercando di vedere se c'era qualche indizio su cosa si potesse fare.

Non poteva vedere nessuno.

"Dobbiamo fare qualcosa", ha detto il campione, "per questo siamo venuti fin qui".

"Lo so," concordò, "ma speravo che ci fossero altri indizi."

"Potremmo distruggerlo?"

"Forse, ma potrebbe non essere così facile. Tra noi, forse possiamo pensare a qualcosa. Cosa sappiamo dei demoni, da dove vengono?"

Prima che potesse rispondere, la stanza fu inondata da una brillante luce bianca, e Conan fece un passo indietro, proteggendosi gli occhi dall'improvviso bagliore.

"Che cos'è?" Ha chiesto Yasimina.

Guardò, ora che i suoi occhi si stavano abituando, e vide un raggio di luce che si proiettava dall'apice della cupola verso l'altare.

Fiamme arancioni, che bruciavano senza carburante, si levavano attraverso la pietra nel punto in cui si toccavano, formando un disco, balzando incredibilmente in alto nell'aria, come se salissero attraverso il raggio di luce.

"Devono farlo adesso!" disse: "Deve essere l'eclissi. Stanno completando la cerimonia".

"Non abbiamo più tempo per pensarci!" Gridò Yasimina e lui dovette accettare. "Deve essere distrutto!"

Non sapevo se avrebbe funzionato, ma quale altra opzione avevano?

Non c'era nient'altro qui, nessuna idea di cosa la Presenza potesse fermare.

Ma forse, solo forse, aveva bisogno dell'altare.

Conan lanciò il suo incantesimo più potente contro il tavolo di pietra, fulminandolo con un colpo, fracassando la roccia, aprendola in due mentre il fuoco innaturale gocciolava e sputava, disorientato, sparando a caso.

"Corre!" urlò a Yasimina, scagliando una palla di fuoco nella stanza mentre la seguiva fuori dall'arco e di nuovo nel corridoio.

Nello spazio chiuso, l'esplosione è stata ancora più forte del previsto, scuotendo tutto ciò che era sopra di loro.

Vide una lastra del soffitto a volta schiantarsi oltre l'arco, aumentando il frastuono, vomitando polvere e detriti dietro di loro.

Anche il corridoio tremava, si sgretolava.

Non avevano voluto usare così tanta magia per farsi strada tra le piante mortali per paura che il corridoio crollasse, e ora quella paura profetica si stava dimostrando vera.

Correvano, mentre le pietre cadevano dal soffitto, a volte saltando su rocce cadute,

Yasimina ansimava pesantemente nella sua armatura, soffocata dalla polvere che riempiva l'aria, rendendo la luce magica quasi inutile.

Diventò disorientato, le sue mani tese per trovare un accenno di muro, finché qualcosa non lo colpì duramente alla testa e cadde a terra, svenuto, privo di sensi.

Sembrava che solo un attimo dopo si fosse svegliato, con il suono del rombo che svaniva nelle sue orecchie.

Tutto era completamente buio, e aveva qualcosa sulle gambe, il dolore era intenso.

"Yasimina!" grido.

"Sono qui!" Sospirò alla voce familiare. "Sto bene, resta fermo mentre ti porto fuori. Penso che le scosse siano cessate. Questa parte del passaggio è stabile. Eravamo appena arrivati alla fine della parte pericolosa quando le pietre ti hanno buttato a terra."

"Grazie agli dei per questo ..." sospirò, quando la sentì iniziare a ripulire i detriti che lo avevano parzialmente seppellito.

"Puoi camminare?"

"Sì, credo. Riesci a vedere?"

"No, puoi generare un'altra luce?"

Lui scosse la testa, ma ovviamente lei non poteva vederlo.

"Scusa," disse, "non ancora. La mia testa è ... sono rimasto sbalordito per un momento." Cercò di alzarsi, trasalendo mentre lo faceva. "Va bene, camminare potrebbe non essere così facile come pensavo."

"Appoggiati a me. Ti porto fuori di qui."

"Lo so", ha detto, "lo so".

* * *

I colpi alle porte erano cessati.

Sacerdoti e pazienti si rannicchiavano al centro della stanza, mentre Zula se ne stava lì, incerta, con la spada in mano.

C'era silenzio dall'esterno dell'infermeria.

"Sono andati via?" Chiese Yakin, suonando come se non ci credesse del tutto.

Nemmeno Zula.

"Non lo so", ha detto, "non riesco a vedere perché lo avrebbero fatto. E non è che possiamo aprire le porte per verificarlo."

Guardò le finestre, in alto.

Non c'era altro che l'oscurità notturna.

"Aspetteremo", ha deciso, "finché non saremo sicuri di ciò che sta accadendo".

E così fecero, finché i chierici sopravvissuti di Ymir non arrivarono per dire loro che la strada era libera.

Tutti gli zombi erano caduti all'improvviso, in un colpo solo, e giacevano, in decomposizione, per le strade.

I demoni, e peggio ancora, erano fuggiti, scomparendo nella notte, e nessuno poteva dire dove fossero andati.

Il disastro, inspiegabile a chiunque altro che a Zula, era avvenuto all'improvviso come era iniziato.

* * *

"Molti?" Chiese Valeria, mentre Snagg distoglieva lo sguardo dall'ampio strappo nella sua gonna.

Non pensava davvero che fosse ora di essere pudico, ma supponeva che una vita di abitudini nane fosse una cosa difficile da rompere.

"Ne hai presi tre con la tua prima palla di fuoco", disse, "è laggiù", indicò al prete, "e ne ho abbattuto un altro. La guardia, credo. Era l'unico con sufficiente presenza per alzati e vieni a combattermi. Il tuo mago? "

"Morto. I demoni hanno iniziato a mangiarlo, e poi sono svaniti."

"Qualcuno ha fatto qualcosa, allora."

"Conan e Yasimina; dev'essere. Come se la cava?" Fece un cenno alla suora.

"Incoerente, davvero. Ha avuto un brutto shock. Ma è viva, l'abbiamo salvata."

"Sì, con l'aiuto di altri."

"Cinque morti qui, il tuo mago ne guadagna sei. C'erano tredici persone che sono entrate in questo edificio. Dove sono gli altri sette?"

"Bella domanda. I non morti se ne sono andati, quindi sarà abbastanza al sicuro qui. Quindi troveremo gli altri sette. Pronti?"

"Come sempre."

* * *

Gedren era in piedi davanti al grande disco di fuoco che era apparso nella stanza, le braccia tese.

Era un portale per un altro posto; Questo è stato capito da Antistia.

Questo era ciò che stavano cercando di evocare, e ora il momento era quasi su di loro.

Strizzò gli occhi e credette di vedere qualcosa muoversi all'interno dei vorticosi schemi di fiamme, ma non riuscì a distinguere alcun dettaglio.

Si era unita al canto, come le era stato detto, ma ora il suo ruolo sembrava passato e non era sicura di cosa sarebbe successo dopo.

Erano sull'orlo del successo, no?

Tra pochi istanti sarebbe stato ... beh, non era sicura di cosa, ora che ci pensava.

Ma la vittoria, la vittoria finale e assoluta sui suoi parenti traditori, sull'intera società che le aveva fatto un torto, era finalmente alla sua portata.

Tuttavia, non poteva fare a meno di fissare la borsa che Gedren aveva portato con sé, ricordando ciò che l'elfo scuro aveva detto che sarebbe successo prima del mattino.

Eccezionalmente grande, aveva detto. Quanto sarebbe grande? Il pensiero la turbava, eppure, allo stesso tempo, stranamente la eccitava.

Non sapeva nemmeno come sarebbe andata a finire.

"Arriva!" gridò Gedren, la sua voce esultante: "La Presenza sta arrivando! Tutti salutano la Presenza!"

Qualcosa si stava decisamente muovendo all'interno della fiamma ora, diventando più grande davanti agli occhi attoniti di Antistia.

Poi le fiamme iniziarono a danzare, muovendosi in modo irregolare, il portale stesso cambiando forma, increspandosi in uno schema irregolare.

"No ..." ansimò Gedren, e Antistia riconobbe la paura.

C'era qualcos'altro che non andava.

Ci fu un brillante lampo di luce bianca, che travolse ogni cosa, e un fragoroso ruggito che riempì la stanza.

Antistia inciampò contro il muro, momentaneamente accecata.

"Quello che è successo?" gemette pietosamente, mentre i suoi occhi si sforzavano di vedere di nuovo.

"Io ... io non ..." era Gedren, preoccupato, incerto.

"Abbiamo vinto."

Si voltò a guardare Cassandra.

La sua voce era più profonda di prima, sebbene fosse ancora quasi femminile.

La combattente, o mezzo demone, o qualunque cosa fosse, era lì in piedi, con un sorriso sul viso.

"Ce l'abbiamo fatta?"

"Sì."

Quando i suoi occhi finalmente si ripresero, Antistia si rese conto che Cassandra era ancora meno umana di prima.

Le sue corna ora erano enormi, simili a montoni, la sua pelle, illuminata dal bagliore bianco brillante che ora si riversava dallo scettro che portava, era rosso rosato, le unghie nere ea forma di artiglio.

Vortici di foschia scura gli uscirono dalle mani e i suoi occhi rosso sangue scintillavano letteralmente, come con un certo fervore demoniaco.

Aveva anche una lunga coda appuntita, che ondeggiava dietro di essa, anche se almeno non c'erano segni di ali.

"Hanno distrutto l'altare", ha detto, "pensano di aver finito con questo".

"Scusate?"

"Ha importanza? Era troppo tardi. La Presenza è già arrivata. Adesso è in me. Abbiamo vinto."

"Non riesco a sentire la tua voce ..." Gedren sembrava confuso.

"Puoi sentirmi. Sarà abbastanza. Posso evocare demoni ogni volta che voglio. Posso creare un esercito con un clic delle mie dita. La città è nostra; solo che ancora non lo sanno."

"Ma io sono la sacerdotessa. Il potere dovrebbe essere mio!"

Cassandra sbuffò.

"Chi di noi ha sangue di demone? La Presenza aveva bisogno di te per organizzare la cerimonia. Non ha bisogno di te adesso. Adesso sono io il sovrano. Sono la tua principessa, la tua insegnante."

"No! Avrei dovuto essere io!" L'elfa oscura strillò, alzando le mani verso la figura demoniaca di fronte a lei. "Dovrei essere io".

"E questo," disse Cassandra, "è il motivo per cui non posso mai fidarmi di te."

La fiamma gli sputò dalla punta delle dita, facendo esplodere Lady Gedren contro il muro, dove non era stato molto tempo prima il disco di fiamma; Antistia si era appena accorta di essere scomparsa.

L'elfo scuro urlò, un grido di frustrazione e indignazione piuttosto che di dolore, mentre il fuoco ardente la consumava.

Cassandra si voltò a guardare Antistia.

"Per favore non uccidermi!" implorò, cadendo in ginocchio, "Farò quello che vuoi! Qualunque cosa! Non sono come lei. Puoi fidarti di me come tua serva. Per favore, non uccidermi!"

Prima che Cassandra potesse rispondere in qualche modo, si udì un suono raschiante dietro di lei, e si voltò per vedere Gedren che si alzava in piedi.

La donna demone sembrava davvero sorpresa.

"Non sono impotente contro il potere demoniaco, stronza generata dall'inferno!" sputò l'elfo oscuro. "Pensi di potermi distruggere così facilmente? Ripensaci!"

Lanciò un incantesimo a Cassandra, ma l'altra donna si limitò a catturare la luce intensa nella sua mano come se fosse stata una palla.

Si accese e svanì.

Occhi rosso vivo esaminarono la sua mano ora vuota con curiosità, poi si spostarono sull'elfo scuro.

"Non funzionerà davvero," disse con voce calma.

Gedren strillò e balzò in avanti, le mani tese e le dita che si grattavano.

"Avrei dovuto essere io!" Urlò, combattendo la donna con le corna dagli occhi selvaggi, persa in una furia furiosa.

All'improvviso, c'era un coltello nella mano di Gedren.

Un piccolo, sottile foglio di metallo scuro, sottile e decorativo, ma poco più di un utensile da cucina.

Lo ha pugnalato nella pancia di Cassandra, ma è stata facilmente messa da parte.

Antistia ne approfittò per precipitarsi alla porta, combattendo la serratura, come aveva fatto la maga prima di lei.

Sentì uno stridio femminile di dolore e orrore e, suo malgrado, si voltò per vedere cosa stava succedendo dietro di lei.

In qualche modo, Cassandra era riuscita a invertire il coltello, che ora sporgeva tra gli ampi seni di Gedren, perforando il tessuto della sua veste.

Non sembrava fosse stato particolarmente grave, e c'era poco sangue, ma l'elfa scura barcollò all'indietro, con gli occhi spalancati per la sorpresa.

Gedren gettò indietro la testa e Antistia vide una schiuma bluastra apparire sulle sue labbra.

Qualche istante dopo, era caduta a terra, in preda alle convulsioni e colpendosi con lui.

Il coltello era stato avvelenato, e non solo un normale veleno, ma qualcosa di magicamente mortale, forse proveniente dalla terra sotterranea dell'elfo oscuro.

Qualche istante dopo, i suoi attacchi si erano placati e la testa di Lady Gedren si inclinò di lato, i suoi occhi macchiati di rosso fissarono senza espressione nell'oscurità.

Antistia rinnovò i suoi sforzi alla porta, tirando da parte il chiavistello e cercando di aprirlo, combattendo più duramente di quanto avrebbe dovuto a causa del suo stesso panico.

Cassandra si spostò al suo fianco e la richiuse.

Antistia urlò e scivolò a terra, con le spalle alla porta, le mani sollevate ancora una volta sopra la testa.

Tuttavia, l'altra donna ha semplicemente portato la sua mano al mento del nobile, sollevandola per guardarla negli occhi.

Antistia gemette, le sue ginocchia tremavano letteralmente per il terrore, vergognandosi di quanto la paura la stesse consumando.

Non voleva morire.

"Silenzioso."

Le tremavano le gambe, cercando di trattenere le lacrime, ci provò.

"Per favore ..." sussurrò di nuovo, la bocca secca.

Cassandra si fece avanti, avvolgendo il braccio intorno alla spalla della donna umana, un gesto quasi confortante.

Poi ha rotto il collo di Antistia.

* * *

Quando Valeria e Snagg hanno trovato la camera, c'erano cinque cadaveri.

Ma non c'era segno di nessun altro.

CAPITOLO XXXXV
DIANA

Diana sedeva sul bordo della fontana, dondolando pigramente le gambe mentre guardava la folla che passava e chiacchierava con la sua migliore amica.

Ethelri aveva la sua stessa età, diciotto anni, ed erano cresciuti insieme, a poche strade di distanza.

Avevano molto in comune, entrambi avevano perso un padre; nel caso di Ethelri, un mercante del sud che semplicemente non è mai tornato a casa un giorno da un lungo viaggio all'estero.

Questo si vedeva nei suoi capelli biondi e negli occhi grigi, in contrasto con i toni scuri più tipici di Diana.

Avevano avuto molto di cui parlare, come sempre, del viavai del quartiere, della vita costante e frenetica della città che li circondava.

Il pomeriggio era passato veloce e ora il sole stava tramontando.

Il cielo stava iniziando a scurirsi, indicando che la giornata era finalmente finita.

"Si sta facendo tardi," disse Ethelri, sedendosi all'improvviso accanto a lui sulla sporgenza di pietra. "Forse possiamo continuare domani?"

"Non posso andare a casa," disse Diana, guardandosi i piedi, "non ancora."

L'altra ragazza aggrottò la fronte, uno sguardo beffardo sul suo viso.

"Perché no? Va tutto bene?"

"Sì, sì ... nessun problema." Il che non era esattamente vero. "Quello che voglio dire è che mia madre ha un ospite, e probabilmente non dovrebbe, uhm ..." Si interruppe, incerta su come sistemare le cose, soprattutto perché non era qualcosa a cui voleva davvero pensare.

Gli occhi grigi di Ethelri si spalancarono, evidentemente cogliendo comunque il significato.

"Tua madre ha un ragazzo?" chiese sorpresa, "perché non me l'hai detto prima?

Ha quasi detto "perché è un mezzorco, ed è davvero brutto, e li ho davvero sentiti fare sesso, il che è stato disgustoso, e non riesco a capire perché continua a tornare, e perché sembra così felice di vederlo. "

Tutto ciò sarebbe stato vero, ma era molto più di quanto volevo condividere.

Quindi, invece, ha semplicemente detto:

"Preferirei non parlarne," ed Ethelri colse la sua espressione, e evidentemente capì che non avrebbe dovuto insistere sulla questione.

"Ebbene, cosa vuoi fare? Penso che possiamo stare fuori, dopotutto siamo adulti."

"Resterai con me?"

"Sì, certo. A che altro servono gli amici?"

"Grazie, Ethel," disse raggiante, "lo apprezzo davvero."

L'altra ragazza balzò in piedi.

Capelli lunghi che le cadevano sulle spalle, in contrasto con il blu verdastro del suo vestito e completando la sciarpa ramata chiara al collo.

"Allora cosa facciamo? Decidi tu!"

"Beh ..." si fermò all'improvviso, la sua voce congelata mentre sentiva una strana sensazione di formicolio e un'esplosione di calore contro il suo petto.

Gli ci volle un momento per capire cosa significasse, e quando lo fece, l'allarme apparve chiaramente sul suo volto.

"Che cos'è?" Chiese Ethelri, la sua voce improvvisamente seria.

"Il mio amuleto!"

"Quale amuleto?"

"È ... è qualcosa che mia madre ha comprato per me", non avevo intenzione di spiegare come, soprattutto per quello che comportava, "è magico".

"Tu? Hai un amuleto magico? Wow ... fammelo vedere."

"Guarda," disse, alzandosi improvvisamente, "Guarda, vedi, l'incantesimo è che fa caldo quando arriva qualcuno pericoloso. Qualcuno che potrebbe farmi del male. Ed è quello che sta succedendo ora."

"Stai ...? Sì, certo che dici sul serio. Oh mio Dio ... cosa dovremmo fare?"

L'altra ragazza ora sembrava spaventata, raccogliendo la paura di Diana, guardando dall'altra parte della piazza, anche se sembrava che non stesse accadendo niente in particolare.

"Dobbiamo continuare a muoverci, finché non si raffredda. È quello che ha detto."

"Che cosa ha detto chi?"

"Non abbiamo tempo. Andiamo, Ethel!"

Istintivamente si voltò in direzione della strada che portava a casa sua, la loro in realtà, ma mentre lo faceva, sentì l'amuleto diventare ancora più caldo.

Ecco da dove veniva il pericolo!

Afferrò la mano di Ethelri e la tirò nella direzione opposta.

"Da questa parte, seguimi!"

Corsero per la strada, diretti al mercato, l'amuleto si raffreddava mentre lo faceva.

Fin qui tutto bene.

Ora era grata a sua madre, a prescindere dalle circostanze in cui era accaduto per ottenere l'amuleto.

L'amuleto stava funzionando e quella sera stava davvero dimostrando il suo valore.

All'improvviso si fermò, quando sentì un'altra vampata di calore proveniente dall'amuleto, ancora più forte di prima.

Teneva ancora la mano di Ethelri, facendo rimanere indietro l'altra ragazza,

Fu lei a far loro strada, guardando Ethelri che portava i suoi occhi grigi ora spalancati per la sorpresa, con una domanda senza parole sul viso.

"Il pericolo arriva anche da lassù!"

L'amuleto doveva diventare così caldo?

Era chiaramente scomodo.

Ma come può una minaccia provenire da due direzioni diverse contemporaneamente?

La stava tradendo in qualche modo?

Zora capì di essere una persona degna di fiducia, non importa cos'altro fosse successo quella notte ... qualcosa di cui non voleva davvero parlare, nemmeno con la sua migliore amica.

Un grido dal davanti ha risposto a quella preoccupazione.

Qualcuno stava correndo verso di loro, e nell'oscurità crescente, gli ci volle un secondo per rendersi conto che non era un aggressore, stava scappando da qualcosa!

Stava succedendo qualcosa di veramente terribile!

La città era sotto attacco?

"Mostri! Non morti! Cadaveri ambulanti!" gridò l'uomo, cercando di avvertire chiunque volesse ascoltare.

Il cuore di Diana ha quasi perso un battito.

Nessuna meraviglia che l'amuleto fosse così caldo!

E lei davvero, davvero, non voleva vedere un cadavere ambulante.

Ancor meno essere attaccati da uno.

"Cosa facciamo?" Ethelri gemette, la sua mano ora stringeva forte quella di Diana.

"Giù nel vicolo laterale," disse senza fiato, e trascinò la sua amica in quella direzione.

Normalmente, un vicolo buio non sarebbe il posto migliore per
evitare il pericolo, ma in quel momento non si sentiva come se avesse
molte opzioni.

Non era sicura di quanto tempo dopo aver finalmente smesso di
correre.

Non ero nemmeno sicuro di dove fossero.

Avevano preso diversi vicoli per arrivare qui.

Da qualche parte non lontano dalla periferia della città, era
chiaro, e probabilmente dall'altra parte di ciò che le era più familiare.

Qualsiasi evento improvviso che avesse resuscitato
inaspettatamente i non morti sembrava aver colpito principalmente
le aree centrali della città, e l'amuleto, fino a quel momento, gli aveva
impedito di incontrare qualcuno dei mostri.

Almeno, se non fossero stati in periferia, ciò avrebbe significato
che sua madre sarebbe stata al sicuro ... e qualunque cosa pensasse
di Drog, sapeva che era capace di proteggerla come chiunque altro
potesse pensare.

L'amuleto, almeno per il momento, era tornato al suo stato
normale, senza avvertirlo di ulteriori pericoli.

Si appoggiò al muro più vicino, riprendendo fiato mentre Ethelri
si sporgeva accanto a lui.

"Siamo al sicuro ... per il momento," ansimò.

La sua amica annuì, ansimando ancora troppo per parlare.

Alla fine si raddrizzò, i lunghi capelli in disordine e il sudore sulla
fronte.

"Dove siamo?"

"Non lo so." Guardò l'edificio al cui muro si trovavano accanto.
"Bella casa ... e quelle laggiù," fece cenno dall'altra parte della strada,
"non sono male neanche. Tuttavia, non sembra la casa di nessuno che
conosco."

"Cosa facciamo, Diana? Ci siamo persi, è buio e ci sono mostri
che uccidono tutti."

"Non lo sappiamo, Ethel."

"Ci sono state delle urla. E la tua ... magia ci ha avvertito che eravamo in pericolo. Voglio dire, dai, non morti? Cos'altro avrebbero fatto se non uccidere?"

Lei annuì.

Quello che stava accadendo era chiaramente molto, molto brutto.

"Forse ...", disse, "forse potremmo trovare un riparo? Un posto nascosto dove nasconderci fino all'alba? Allora potremo vedere cosa sta succedendo e tornare a casa."

In quel momento, voleva davvero essere a casa, rannicchiata nel suo letto, che Drog fosse nella stanza accanto o no.

Hanno trovato una costruzione su un lato dell'edificio, qualcosa per lo smaltimento delle acque reflue dalla pioggia, anche se, con il cielo notturno così limpido, quella sera non c'era da temere.

Si accovacciavano nell'ombra, persino il muro li schermava anche dalla luce delle doppie lune piene.

Nell'ombra più scura erano con i loro occhi che fissavano profondamente la strada al di là.

Diana sentì il braccio di Ethelri attorno alla sua spalla, l'altra ragazza strinse a lei nel piccolo spazio e cercò di evitare di pensare a quello che era successo la notte in cui aveva vinto l'amuleto.

Non che Ethel fosse così, ovviamente, ma era contenta che la sua amica non potesse vederla arrossire al ricordo.

Goffamente, mise il suo braccio intorno alla vita della sua amica, e si rannicchiarono insieme, condividendo il suo calore corporeo.

Non dovrebbe davvero pensare così, non in un momento come questo.

Ma il rifugio era buio, ed era stanca, ed Ethel era calda e morbida ...

Per tutto quello che è successo ha cercato di tenere gli occhi
aperti, si è ritrovato ad annuire e presto si è arreso a un sonno
irregolare pieno di razze e mostri invisibili ... e baci.

Non era sicura di come fossero iniziati i baci, il modo in cui le
cose che accadono nei sogni spesso non hanno niente a che fare l'una
con l'altra, ma è stato sicuramente carino.

Le cose sembravano migliorare, quando si svegliò all'improvviso,
trovando la mano di Ethelri sulla sua bocca.

C'erano voci nella strada e si rese conto, con orrore, che il suo
amuleto si stava riscaldando di nuovo.

Ma lei aveva dormito, ed era stata la sua amica che aveva notato il
pericolo davanti a lei.

Ora, non c'era nessun posto dove scappare, non se fuori c'era
qualcuno al chiaro di luna.

"Non hai bisogno di spaventarmi!" un uomo ha detto, "questo è
quello che ti sto dicendo!"

"Ma sono tutti morti, l'hai detto tu stesso!" Il secondo oratore era
una donna, con una voce stridula e nasale.

"Sì ... più o meno. Ma non tutti. Sì, tutto è impazzito, ma
abbiamo ancora una possibilità. Alcuni di loro sono vivi, e ho ancora
contatti nella Gilda. Ho ancora il potere . Non so cosa sia successo
a Gedren, e gli altri ne sono usciti a malapena tutti interi, ma so che
alcuni sono ancora lì e la cerimonia non è fallita. "

Fece una pausa e poi continuò, suonando perplesso.

"Non capisci niente di tutto questo? So che non parla a parole,
ma mi dispiace ancora. Vuole che torniamo indietro."

"Ho perso il controllo della mia orda," scattò la donna, "sono
tornata ai miei normali poteri. Il che significa che, qualunque cosa
pensi, abbiamo fallito e me ne vado!"

"Ma è nella mia testa! È come un prurito, non mi lascerà andare,
anche se volessi. E non vuole nemmeno che tu vada. Siamo tutti

insieme in questo, la Presenza è in te e in ogni cosa, Agra, come diavolo ti aspetti di andare con lei ovunque?

"Lo sento anch'io, Yamcha," disse la donna, "ma scelgo di ignorarlo. Pensi che, con le mie capacità e conoscenze, lascerei che mi controllasse? So come trattare i demoni, come evita i loro trucchi mentali. Non mi domina, e una volta che lascerò Tarantia, troverò un modo per togliermelo dalla mente. A differenza di te, non sono debole e non sono senza risorse. "

"Beh fanculo, perché io non sono ..."

"Siamo osservati."

Questo sembrava sorprenderlo.

"Hey?"

"Riesco a vedere nell'oscurità, ricordi? Ho sensi che non puoi nemmeno sognare."

"Gedren?"

"No, nessuno di noi due. Qualcuno di nuovo. Lasciami concentrare e te lo posso dire."

"Dimmi dove sono e li ucciderò. Non possiamo avere testimoni."

Diana udì il suono di una spada sguainata e l'amuleto contro il suo petto si sollevò con un calore quasi insopportabile che la fece gemere per un dolore improvviso.

"Ho sentito qualcosa! Esci, così posso seguirti e avere un bell'aspetto!"

Adesso poteva vederlo, entrare nel suo campo visivo, con la spada sguainata.

Un uomo brutto, dall'aspetto piuttosto brutale, in abiti spiegazzati.

"Sì..."

Ci fu un forte fragore, come un tuono, e un'onda brillante di luce bianca.

Un fulmine a forma di arco colpì l'uomo e per un secondo rimase lì, la bocca spalancata per lo shock mentre la luce brillava intorno a lui.

C'era un orribile odore di carne carbonizzata quando il vicolo tornò alla luce della luna.

L'uomo, Yamcha, ebbe convulsioni, poi crollò a terra, la sua spada colpì i ciottoli accanto a lui.

"Correrei, se fossi in te," disse una nuova voce femminile, e Diana sentì i suoni di qualcuno che faceva esattamente quello.

Poi ci fu silenzio.

"Puoi uscire adesso," disse la nuova voce, dopo un po'.

Diana allungò cautamente la mano sul davanti del vestito, tastando l'amuleto.

Aveva paura che il calore precedente gli avesse intorpidito il petto, ma no, non era quello: l'amuleto era di nuovo freddo.

Si alzò ed Ethelri gli afferrò improvvisamente le gambe in preda al panico.

"No, adesso siamo al sicuro. Penso che sia finita, almeno per ora."

"Oh grazie a tutti gli dei!"

Diana non poteva che essere d'accordo, e ha inviato una silenziosa preghiera di ringraziamento a chiunque potesse essere in ascolto.

"Ringraziamo il nostro benefattore."

Ethelri si alzò ed entrambi uscirono nel vicolo, con la mano di Diana che stringeva ancora l'amuleto attraverso il tessuto dei suoi vestiti, nel caso l'amuleto avesse cambiato idea.

Diana immaginava che la donna di fronte a loro quando uscì fosse relativamente giovane, anche se sicuramente di qualche anno più vecchia di lei.

Forse trenta o più, che era vecchia, ma non molto vecchia.

Per quanto poteva vedere alla luce della luna, era abbronzata, con capelli neri come il corvo e occhi scuri, e indossava una specie di abito bianco sotto una mantella blu con cappuccio.

Diana non l'aveva mai vista prima e, a giudicare dalla sua espressione, nemmeno Ethelri l'aveva vista.

"Ci hai visto?"

"Solo quando ho acceso il raggio."

Guardò il corpo annerito che giaceva per strada, poi si voltò disgustato.

"È lui...?" chiese, conoscendo già la risposta.

"Sì."

"E la donna?"

"Se n'è andata. Il che è altrettanto buono, dato che non potrò più lanciare qualcosa del genere per un po '. Penso che volesse andarsene e, beh, non vedevo alcun motivo per non lasciarla andare . Non voglio litigare di cui non ho bisogno. E sembrava che volesse lasciare la città e non tornare comunque. "

Diana annuì in silenzio.

La donna era sembrata pericolosa, ma quello che aveva detto quell'altro sconosciuto aveva senso, date le circostanze.

"Che ci fai qui, comunque?" chiese la donna: "Non ti riconosco da queste parti".

"Stavamo correndo. Penso che ci siamo persi."

"Sì, stasera c'è qualcosa che non va nella città. Non sarei sorpresa se quella strega che è appena scappata avesse qualcosa a che fare con questo", sorrise improvvisamente, "A proposito, io sono Xaltana. Sono una strega come potresti aver indovinato. "

Entrambi si sono presentati, sentendosi già più sicuri.

L'amuleto non era stato più riscaldato e sembrava che nulla stesse arrivando.

Nemmeno le guardie allertate dal lampo improvviso, o vicini ficcanaso.

Forse i primi erano occupati e i secondi si nascondevano.

Era quello che stavano facendo, dopotutto.

O almeno provando a farlo.

"Penso che possa essere pericoloso provare ad attraversare la città stasera", ha detto Xaltana, una volta che gli avevano detto dove vivevano. Poi sospirò: "Ma non posso nemmeno lasciarti qui. Entriamo e domani mattina scopriremo qualcosa. Forse possiamo vedere cosa è realmente accaduto per allora."

* * *

Xaltana aveva fatto qualcosa con il corpo.

Diana non era del tutto sicura di cosa, ma se n'era andata, e quando è tornata ha detto alle ragazze che se n'era andata.

Diana non voleva chiedere come, anche se era contenta che lui non fosse più lì comunque ...

Non voleva davvero pensare a un cadavere morto e ruffiano che giaceva per strada, a parte quello che la legge avrebbe potuto dire in merito.

Era stata offerta loro una stanza libera.

Ce n'era solo una, e sebbene una di loro avrebbe potuto prendere uno dei divani del soggiorno, nessuna delle ragazze voleva stare da sola quella sera.

"Tu resta il letto," disse Ethelri, "posso sdraiarmi sul divano qui. Sembra che ce ne siano molti!"

"No, tu stai a letto; non m'importa del divano. Davvero."

"Te lo sei guadagnato, dopo quello che hai fatto per noi. Qualunque cosa ci sia là fuori ... mi ha spaventato, e senza te e il tuo amuleto magico, potremmo essere entrambi ... ugh ... io no voglio. non pensarci nemmeno! "

"È stata solo fortuna. Non è stato proprio niente di quello che ho fatto. Dovresti ringraziare mia madre, se hai qualcuno da ringraziare. L'ha comprato."

"Comunque, io ..." Ethelri rabbrividì improvvisamente, abbracciandosi, "in realtà, perché noi due non prendiamo il letto? È abbastanza grande."

"Pensi?" Fece notare Diana.

Per un motivo che non poteva spiegare, si sentiva a disagio al suggerimento.

Le ragazze stavano lì a discutere in camicia da notte e vedere le gambe nude e snelle di Ethelri le stava dando i ricordi della notte in cui sua madre aveva acquistato l'amuleto, pensieri che non sembravano davvero rilevanti ora, ma comunque ... erano meno sgradevoli di quanto pensava avrebbero dovuto essere.

"Va bene, non russare."

"Come lo sai?"

"Perché ho sentito che russano solo i ragazzi!"

Hanno riso di questo, un improvviso rilascio di tensione, e questo è tutto.

Senza spogliarsi ulteriormente, poiché Diana, come la maggior parte dei tarantiani, normalmente dormiva nuda.

Ma al momento non sembrava una buona idea.

Salirono sul soffice letto e si coprirono con il lenzuolo.

Era abbastanza stretto e non c'era modo di restare separati.

Diana era contenta che l'oscurità nascondesse quasi il rossore sul suo viso mentre pensava ancora una volta a Zora.

Accidenti a quella donna!

Perché doveva essere così ... beh ... buono?

Si sentì ancora più a disagio quando Ethelri le mise un braccio intorno alla spalla e quasi l'abbracciò.

"Grazie", disse la bionda, "anche se pensi che non sia stato niente".

"Dormiamo un po'," suggerì Diana, e con ciò, appoggiò la testa contro il cuscino, consapevole del respiro caldo di Ethelri sul suo viso, i due a pochi centimetri di distanza.

Si addormentò quasi subito, abbandonandosi alla morbida sensazione delle lenzuola e al calore corporeo della sua amica.

Adesso si sentiva al sicuro, nonostante l'ambiente non familiare.

L'amuleto di certo non aveva dato alcun segno di ulteriori problemi, ma anche senza quella rassicurazione, si sentiva a suo agio e rilassata.

Era con la sua migliore amica e il mondo è tornato alla normalità.

C'erano di nuovo baci nei suoi sogni, ma questa volta c'erano anche abbracci, una sensazione calda e affascinante, come se fosse avvolta in un bozzolo di pacifico conforto, dove nulla poteva interromperla.

Il sogno stava iniziando a farsi davvero interessante, quando sentì qualcuno pizzicarle il braccio e si ritrovò di nuovo sveglia quasi immediatamente.

"Cosa stai facendo Diana?" Era la voce di Ethelri.

Ancora confusa dal sogno, si sforzò di pensare a una risposta, finché all'improvviso si rese conto che la sua gamba destra era avvolta intorno alla sinistra di Ethelri.

La camicia da notte dell'altra ragazza le si agganciava intorno alla vita, la sua pelle morbida e calda accarezzava quella di lei, e la sua mano libera si posava delicatamente sulle natiche arrotondate dell'amica.

Si allontanò, mormorando scuse inutili.

È stato imbarazzante!

"Devi aver fatto sogni interessanti," disse scherzando Ethelri.

"Uh, più o meno, Um sì. Penso."

"Non preoccuparti. È stata solo una sorpresa, tutto qui."

Rimasero in silenzio per un momento, ascoltando la casa e guardando nell'oscurità vicina, illuminata solo da un flusso di doppia luce lunare che filtrava tra due persiane leggermente socchiuse.

Diana non voleva alzarsi dal letto per chiuderli.

"Ethel?" disse, dopo un po ', la voce si trasformò in un sussurro.

"Che cosa?"

"Pensi molto ai ragazzi?"

Ethelri rise.

"Che ne dite di?"

"Voglio dire, a letto. Hai mai pensato a come sarebbe stato?"

"Immagino" Sembrava leggermente divertita e non preoccupata dalla domanda. "E tu?"

"Mm hmm."

Rimase in silenzio un po 'più a lungo, non del tutto sicura di cosa volesse chiedere.

"Tu ... fai qualcosa quando pensi ai ragazzi? Per ... aiutare con quello?"

Ci fu silenzio per un momento, e poi.

"Sì".

Stavano ancora sussurrando, le voci soffocate di due giovani donne che discutevano su un argomento proibito.

"Anch'io. E va bene."

Ethelri rise di nuovo, una risata più saggia, questa volta.

"O si."

"Ethel," disse, dopo un'altra pausa. "C'è qualcosa che voglio dirti. Qualcosa che avrei dovuto dire prima."

"Tu e un ragazzo! Oh mio Dio, lo sapevo!"

"No! E tieni bassa la voce, non vogliamo svegliare la nostra hostess."

"E allora cosa?" Chiese Ethelri, sussurrando ancora una volta.

"Qualcuno mi ha mostrato qualcosa. Di cosa stavamo parlando."

"A proposito di ...? Cosa potrebbe mostrarti qualcuno a riguardo? E ... come?"

"Lei, uhm ... mi ha mostrato che sta meglio quando hai aiuto."

"Aiuto come?" La voce di Ethelri era ancora più calma ora, ma chiaramente incuriosita.

"Da qualcun altro. Qualcuno che sa esattamente dove e come giocare. Ethel, è stato bello, è stato molto, molto buono. Il migliore di tutti."

"Come è successo?"

"Preferirei non parlare di quella parte adesso. Sul serio."

"Oh." Sembrava un po 'ferita.

"Ethel", il suo cuore batteva così forte che si sentiva come se la sua amica potesse sentirlo, "Voglio condividerlo con te."

Ci fu un altro lungo silenzio, i due si limitarono a guardarsi i volti cupi, come se cercassero di leggere i loro pensieri.

"Ethel?" ha chiesto, dopo un po '.

La sua amica borbottò qualcosa, troppo piano per sentire.

"Scusate?"

"Ho detto di sì."

Diana mise la mano sulla gamba di Ethelri, la camicia da notte ancora agganciata ai fianchi.

La pelle era liscia, più morbida di quella di Zora, e solo la sensazione di averla sulla punta delle dita le dava un delizioso brivido.

Lentamente, fece scivolare la mano verso l'alto, mescolando il cotone delle mutande, muovendosi sotto di lei per accarezzare la schiena e il fianco dell'amica.

Osservò attentamente il viso di Ethelri, anche se in realtà poteva solo vedere la luce della luna brillare nei suoi occhi e riflessi nei suoi capelli.

La maggior parte dei suoi lineamenti erano ancora oscurati dalle ombre della stanza buia.

Ethelri potrebbe non essere stata tonica come Zora, ma a Diana non importava.

Cercò di respingere i suoi ricordi di quella notte, qualcosa che ora stava iniziando a vedere come un risveglio straordinario, e si concentrò sulla ragazza di fronte a lei.

Avevano quasi la stessa età e questo rendeva le cose diverse, ma soprattutto era qualcuno che conosceva e con cui aveva parlato fin dall'infanzia, qualcuno a cui teneva davvero, qualcuno con cui aveva sempre condiviso, quando poteva condividere.

Quello che stavano condividendo adesso, e quello che sarebbe successo presto, sarebbe stato il migliore di tutti.

"Le tue mani sono più piccole di quelle di un ragazzo" sussurrò Ethelri, "credo."

"Ma anche più morbida," fece notare, accarezzando lentamente il ventre dell'altra ragazza, sentendo la carne cedere al suo tocco.

"Non ho detto che non era carino."

"Che dire di questo?" Diana spostò la mano più in alto, scuotendo la camicia da notte, sentendo il gonfiore dei seni dell'amica, facendo sussultare la bionda.

"Dovremmo essere ...?"

"Zitto, Ethel, andrà bene, te lo prometto."

Il seno di Zora era stato molto più grande, ma quello di Ethelri aveva una bella forma sotto le sue dita, mentre assaporava ogni piccola frazione delle sue curve.

Diana sentì un desiderio nelle sue viscere, un dolore disperato che le salì dentro, e si chiese se l'altra ragazza avrebbe provato lo stesso.

Quando i suoi polpastrelli sfiorarono i capezzoli di Ethelri, li sentì gonfiarsi e indurirsi sotto il suo tocco, e conosceva la risposta.

Si girò sul letto, rilasciando la mano sinistra, le gambe su entrambi i lati dei fianchi di Ethelri, e iniziò a tirare su e fuori la sua camicia da notte.

Con una risatina nervosa, l'altra ragazza l'aiutò e Diana si appoggiò allo schienale, facendo cadere il lenzuolo dalle spalle, per ammirare il corpo ora disteso sotto di lei.

Ethelri adesso era sdraiata sulla schiena, i capelli chiari che brillavano alla luce della luna e un sorriso imbarazzato sul viso.

Ma era il modo in cui il raggio di luce dalla finestra brillava sul tumulo dei suoi seni, sui capezzoli pallidi e arrotondati e sulla curva del suo ventre ad affascinare Diana.

Si appoggiò allo schienale, appoggiando i suoi seni su quelli di Ethelri, separati solo da uno strato di cotone, e baciò la gola e il mento della sua amica.

"Diana ..." sussurrò Ethelri, dolcemente e il suono del suo nome sussurrato nella bocca della sua amica non fece che accendere Diana ancora di più.

Abbassò la mano, separando le mutandine di Ethelri, facendo scorrere le dita tra i morbidi capelli corti.

Con cautela, spostando la propria gamba via, spinse via la coscia dell'altra ragazza, decidendo di sentire di più la forma di quelle gambe la prossima volta.

Se ci fosse stata una prossima volta, e ha aspettato per tutti gli dei che ce n'era uno.

Voleva possedere Ethelri, scoparla, farle urlare il suo nome, portare la loro lunga amicizia a un livello nuovo e più profondo che mai.

Ma per ora, si trattenne, non volendo andare troppo lontano troppo presto, e rovinare il momento.

I suoi stessi capezzoli erano come punti duri, le sue mutandine bagnate di passione repressa, mentre lui faceva scivolare un dito tra le cosce di Ethelri, sulle sue tenere labbra della fica, invisibili nell'oscurità, muovendosi solo al tatto.

"Dimmi come ti piace," sussurrò.

"Io ... mi muovo lentamente e ..."

"A) Sì?"

"Mmm ... sì ... sembra diverso però ..."

"Bene diverso?"

"Mm hmm ... e poi mi muovo in cerchio ... oh mio Dio ... è tutto ... sì ..."

Diana dimenò le dita come indicato, trovando la sua amica sempre più bagnata mentre giocava e sondava tra le pieghe, godendosi ogni piccolo sussulto o piagnucolio che induceva.

"Oh, Ethel ..." gemette, osando baciare l'altra ragazza sulle labbra per la prima volta.

Con sua grande gioia, Ethelri ha risposto con entusiasmo, senza alcuna precedente prenotazione.

Le sue mani, con le loro dita delicate, corsero tra i lunghi capelli scuri di Diana e lungo la sua schiena, afferrando anche una natica.

A malincuore, Diana ritirò la mano dal suo compito, ma solo per sollevare la camicia da notte.

Trovò l'altra ragazza che l'aiutava con entusiasmo, gettandolo a lato del letto.

Si appoggiò a lei, le loro labbra si incontrarono ancora una volta nella quasi oscurità.

Non c'era più materiale di stoffa che le separava i seni, i morbidi mucchietti premuti insieme mentre le mani di Ethelri iniziarono a esplorare il corpo di Diana con crescente entusiasmo.

Gemeva il suo stesso entusiasmo, persa nella passione, sentendo i polpastrelli morbidi che le scorrevano lungo i fianchi, la pancia, le cosce e le spalle.

I loro corpi si contorsero insieme, capezzoli duri che sporgevano dal seno dell'altro, seguendo uno schema senza nome mentre si muovevano.

Si alzò leggermente ed Ethelri colse il suggerimento, mani piccole e gentili che stringevano a coppa il seno della sua amica, sentendone la forma.

"Ti piace questo, Diana?" sussurrò, pizzicando leggermente un capezzolo.

Annuì, momentaneamente incapace di trovare le parole, il suo corpo che bruciava come mai prima d'ora, desiderando tutto.

Emettendo un gemito basso e senza parole, si sporse in avanti, piantando un bacio sulla parte superiore del petto pallido di Ethel, assaporando la sensazione del caldo tumulo contro le sue labbra.

Si è tuffata, succhiando un piccolo capezzolo in bocca, masturbandolo con la lingua, succhiando, assaggiando e assaggiando.

"Oh mio Dio! Diana!" Ethelri urlò di sorpresa, il suo corpo che sussultava contro le lenzuola, la schiena inarcata e il seno premuto ancora di più nella bocca succulenta di Diana.

Purtroppo, ha finalmente rilasciato il meraviglioso regalo dalla sua bocca.

Ethelri ansimava, ansimante, improvvisamente insicura su cosa fare dopo.

Quindi, cogliendo l'occasione, Diana infilò un dito indice in profondità nella figa della sua amica, più di quanto avesse osato fino a quel momento, facendo urlare di passione l'altra ragazza.

I gemiti di Ethelri erano affascinanti, la familiarità nella sua voce abbastanza familiare da aumentare la passione di Diana.

Non poteva sopportare molto di più, pensò, mentre iniziava a muovere il dito dentro e fuori, prima lentamente, poi più vigorosamente, i succhi umidi che scivolavano contro la sua pelle.

Mise a tacere le urla di Ethelri con i suoi baci, anche se i dettagli della sua situazione le erano sfuggiti di mente da tempo.

Poi l'altra ragazza si appoggiò allo schienale per un momento, tenendo la testa di Diana tra le mani, gli occhi fissi sui suoi, i capelli che si riversavano sul cuscino in un alone scuro.

"Oh Diana ..." gridò, "Non fermarti! Sto per venire. Diana, mi farai ... ohhhhh ... oh, oh, oh ..."

Il corpo di Ethelri si contorse mentre le sue mani stringevano le lenzuola mentre i suoi fianchi tremavano per la sua passione.

Diana non poteva trattenersi più a lungo.

Con le mutandine avvolte intorno alle ginocchia, premette la parte inferiore del corpo contro quella dell'amica.

Si separarono le cosce, premendo la sua figa bagnata contro la gamba di Ethelri.

Si mosse fino a quando le pieghe dell'altra ragazza premettero contro le sue, i suoi fianchi che si muovevano in tandem.

Con crescente eccitazione, continuò il movimento, le sue aree più sensibili premevano contro la sua amica, la passione e il desiderio senza parole che la prendevano, tutto si contraeva in quella sensazione.

Urlò il nome della sua amica quando arrivò, un'ondata di piacere che la avvolse oltre qualsiasi cosa avesse mai provato prima.

Poi rimasero lì, ansimanti, le braccia avvolte attorno al corpo snello e sudato dell'altro, i volti uniti.

"Diana," sussurrò Ethelri, "promettimi che non sarà l'ultima volta."

"Lo prometto. Lo prometto."

CAPITOLO XXXXVI
YASIMINA

"È di sopra," gli disse Alatáriel quando arrivò a casa, "puoi andare di sopra. Mi ha detto cos'è successo. O almeno una parte di questo. Suppongo che ti dobbiamo un debito di gratitudine. L'intera città lo deve. "

"Non ero solo io," disse Lady Yasimina allo scudiero elfo, "eravamo coinvolti in molti. Incluso Arthur."

"Grazie comunque. Ho visto molto di quello che è successo, e non riesco a immaginare come sarebbe stato se voi, tutti voi, non l'aveste finito. Io aiuterò a ripulire il tempio. Arthur è stato lì tutto il giorno, ma sono sicuro che sarà felice di vederti. "

"Grazie Alatáriel."

Stava visitando la casa di Arthur, un edificio ben arredato, anche se più piccolo della villa dell'avventuriero, e uno che, ovviamente, condivideva con il suo scudiero, almeno fino alla sua cerimonia cavalleresca, che avrebbe avuto luogo molto presto.

Non era stata lì spesso prima, e solo per brevi visite, ed è stata una piacevole sorpresa scoprire che avrebbero avuto un po 'di tempo da soli per una volta.

"Prima porta a destra in cima alle scale," disse l'elfo uscendo, "Ci vediamo più tardi, e puoi dirmi qual è stato il tuo coinvolgimento. Arrivederci!"

Una volta chiusa la porta d'ingresso, Yasimina si voltò verso le scale e si diresse verso l'alto.

Nelle poche occasioni in cui era stato lì prima, aveva visto solo il piano terra, che aveva un soggiorno arredato con gusto e un'armeria chiusa a chiave, oltre a un patio esterno per la pratica marziale.

Dopotutto, un paladino doveva sempre essere pronto per l'azione.

"Arthur!" gridò, avvicinandosi alla porta che Alatáriel aveva indicato: "Sono io. Posso entrare?"

La porta si aprì e l'alto cavaliere rimase lì, raggiante.

"Yasimina! Entra, naturalmente. È bello vederti ... dopo quello che è successo ieri."

Entrò e si rese conto di essere nella stanza del suo compagno paladino.

Era bello come le stanze sottostanti, con un grande letto a baldacchino e un soffice tappeto sul pavimento.

Per fortuna, nonostante il tempo, Arthur non sembrava si stesse preparando per andare a letto, sarebbe stato imbarazzante per entrambi.

"Come stai?" chiese, riflettendo che l'ultima volta che l'aveva visto soffriva ancora delle ferite inferte dal mostro sotterraneo.

"Molto meglio, grazie. Lavorare con così tanti sacerdoti esperti di guarigione è sicuramente un vantaggio dell'essere un paladino." Flette un braccio, dimostrando la sua flessibilità, i forti muscoli che si muovevano sotto il tessuto della sua veste. "Ma tu? Ovviamente sapevi molto di quello che stava succedendo. Cosa puoi dirmi a riguardo?"

"Sapevamo che sarebbe successo qualcosa del genere, sì", ha concordato, "anche se non i dettagli. Ma non avevamo idea che ci sarebbero stati non morti che camminavano per le strade, d'altra parte. Inoltre non sapevamo quando sarebbe successo per accadere. E siamo stati molto cauti con tutto ciò che sapevamo, almeno fino a poco tempo fa. Ovviamente abbiamo sottovalutato l'urgenza. In parte colpa mia ".

"Non avresti potuto saperlo", disse in tono rassicurante, "l'hai detto tu stesso. Inoltre, come ho detto ieri, è una coincidenza che l'hai scoperto in qualche antico documento con così poco tempo

prima di sapere che era solo supposto accadere ... beh, meno di una
volta in un secolo, per quanto ne so. "

"Sì ...", disse pensierosa, "Ricordo che l'hai detto. È una cosa
fortunata, ora che me lo dici. Ma è successo, ed è stata una fortuna
che sia successo. Chissà, forse Ymir è intervenuto guidandoci a la
verità."

Arthur sorrise.

"Forse l'ha fatto. Le leggende dicono che cose del genere sono
già successe. Tuttavia, che fine hanno fatto i tuoi colleghi? So che
normalmente combatti al loro fianco, ma devono essere rimasti
intrappolati per strada come tutti gli altri."

"Almeno su questo", ha detto, "eravamo ben preparati".

Spiegò cosa avevano fatto Valeria e gli altri e come avevano
sventato il piano dei cospiratori di convocare la Presenza.

"Quindi ce n'erano tredici nella Rotonda?" Chiedo. "Una
congrega completa?"

"Così sembra. I miei amici sono riusciti a sconfiggere la maggior
parte di loro, e gli altri apparentemente si sono combattuti ...
presumibilmente quando il loro piano è fallito. Fortunatamente, non
dovremo nemmeno rispondere a domande imbarazzanti, perché
tutti presumono che fosse tutto per sbarazzarsi dei non morti. "

"Ma alcuni di loro sono stati uccisi da una palla di fuoco. Non è
...?"

"Il College of Wizards sta dicendo che Rufus stava combattendo
coraggiosamente le orde e che ha accidentalmente catturato alcune
persone innocenti nell'esplosione. Perché, ovviamente, non può
essere ritenuto responsabile in ogni caso, perché ovviamente ha
ceduto agli stessi mostri. Proprio come una guardia, Sertorio, credo
si chiamasse, anche lui morto lì, combattendo le creature. O almeno
così credono le autorità ".

"Immagino che non abbia molto senso disilluderli di quella
versione adesso," concordò Arthur, "e tutti e tredici sono morti?"

"C'erano undici morti nella Rotonda," lo informò Yasimina, "quindi evidentemente due sono scappati. Suppongo che siano stati loro a rivoltarsi contro gli altri. Ma non dovremmo preoccuparci di loro, perché Valeria mi ha detto qualcosa stamattina che un Una sua amica al College of Wizards le ha raccontato di ieri sera. Apparentemente questa donna ha incontrato due persone, parlando di un demone possessore, evidentemente la Presenza, e che erano sfuggite a un disastro. Credeva che si riferissero ai non morti, ovviamente, ma da quello che Valeria è riuscita a ricostruire, devono essere i nostri due cospiratori rimasti".

"Sappiamo chi sono?"

"No, ma sappiamo che uno è morto e l'altro è fuggito dalla città, apparentemente dopo aver rimosso il controllo della Presenza dalla sua mente. Non abbiamo modo di seguirla o agire contro di lei ... ma lei è andato, e non ha modo di ripetere l'invocazione, anche se lo volesse. Quindi, anche se mi dispiace sempre di lasciare un torto senza risposta, in questo caso, non è così male come potrebbe essere. E o abbiamo un'altra opzione , di tutte le forme. "

"Allora è tutto finito?"

"Certamente sembra così."

Arthur sospirò di sollievo, come se stesse aspettando la conferma, e si sedette sul letto.

"Grazie agli dei," disse, "un esercito di non morti che imperversa nel cuore della città ... è molto da capire."

Si sedette accanto a lui, con l'intenzione di farlo semplicemente come gesto di cameratismo.

"Hai fatto la tua parte", ha detto, "abbiamo tutti contribuito a salvare la città".

"Mi dispiace di non aver fatto così tanto," disse, "siete stati tu e Conan che siete andati al santuario. Tutto quello che ho fatto è stato distrarlo ... cos'è quella cosa, comunque?"

"Ne ho sentito parlare", disse, "ma solo nell'estremo sud, al di fuori della mia patria. Abitano le terre fredde, non luoghi come questo. Deve essere passato attraverso una specie di portale, una debolezza nel tessuto del mondo. mondo causato dalla Presenza o dalla cerimonia che l'ha evocato per prima. Ma per favore non sottovalutarti. Sono stato felice di averti al mio fianco. "

"E io," disse, "combattere al tuo fianco era ..." sembrava combattere per le parole giuste, "una bella sensazione. E mi hai salvato la vita. Potresti non crederci, ma sei un paladino più grande di io, sinceramente. "

"Sei degno un seguace di Ymir come non ne ho mai incontrato un altro," disse, allungandosi inconsciamente per prendere il suo.

Sentendo la sua pelle calda contro la sua, si rese conto che il gesto poteva sembrare abbastanza intimo, e sperava che lui non l'avesse presa nel modo sbagliato.

O è stato il modo sbagliato?

Si era sempre sentita fortemente vicina a lui, ammirando sia la sua dedizione che la sua indubbia bellezza.

Tuttavia, i suoi desideri erano sempre stati respinti, in nome dell'onore e della purezza, la sua devozione alla causa superava ogni sentimento personale.

Ma doveva essere così?

Rimasero in silenzio per un po 'e lei notò che lui non muoveva la mano dalla sua.

"Me ..."

"Yasimina ..."

"Scusami ..."

"No prima tu".

"Avevo paura", ha ammesso, "quando sei stato attaccato. Per un momento ho pensato di averti perso. So che non abbiamo mai veramente litigato insieme prima, ma comunque significhi molto per me. Il pensiero di perderti feriscimi profondamente. "

"Quando te ne sei andata con Conan, verso l'ignoto, ho provato la stessa cosa," disse, "ero più preoccupato per te che per me stesso. Non potevo sopportare di stare senza di te, Yasimina."

Un attimo dopo, lei era tra le sue braccia, tenendolo stretto, il suo viso annidato nella curva della sua spalla.

Era così bello, così naturale, la sua forma muscolosa tenuta nel suo abbraccio, il calore della sua veste contro la sua guancia.

Le sussurrò di nuovo il nome, respirando il profumo dei suoi capelli.

"Ti ho ammirato per così tanto tempo", ha detto, "un grande guerriero, un cuore nobile, pieno di gentilezza e determinazione. Sei tutto ciò che un paladino dovrebbe essere, e anche di più."

"Come te, Arthur," gli disse, sentendosi un merito immeritato.

Era un'avventuriera, non un cavaliere al servizio diretto del suo dio.

Sapeva di poter fare del bene in quel modo, e molti mali erano caduti sul braccio che brandiva la sua spada, ma sicuramente la sua devozione era più grande della sua.

Si staccò un po 'dal suo abbraccio, alzando la testa per guardarlo negli occhi scuri, vedendo lì lo sguardo gentile e premuroso che aveva aspettato a lungo di vedere diretto verso di lei.

Non l'avevi mai notato prima, non importa quanto fossi stato determinato a rimanere professionale e così timoroso che si sarebbe pensato che non stavi rispettando i precetti del tuo ordine?

O le loro recenti imprese li avevano messi insieme come mai prima d'ora?

Le loro labbra si incontrarono, un breve tocco, ma che le fece volare il cuore nel petto.

"Dovremmo farlo?" Ha chiesto, timorosa di una risposta negativa, ma sentendo comunque il bisogno di porre la domanda.

"Penso che baciare sia permesso."

Premette di nuovo le labbra sulle sue, e questa volta non si
ritrasse.

Il suo respiro era caldo sul suo viso mentre le loro bocche si
esploravano a vicenda.

Le punte delle loro lingue si toccano attraverso le labbra
socchiuse.

Le sue spalle larghe e sode sulle braccia si abbracciarono, le sue
stesse mani contro la schiena, confortanti, sostenute.

Il bacio sembrò durare per sempre, finché finalmente si
separarono, ansimando leggermente per riprendere fiato.

"Ho voluto farlo da quando ci siamo incontrati", ha detto,
"perché stiamo aspettando così a lungo?"

"Ha importanza adesso?"

"Non adesso."

Si baciarono di nuovo, ancora più fervidamente, con le dita di
Arthur che scorrevano tra i suoi lunghi capelli, le sue mani che gli
scendevano lungo i fianchi, finché non furono per metà accasciati sul
letto.

Represse una risatina diretta all'altro paladino mentre si
separavano per sdraiarsi accanto a loro. l'un l'altro sulle lenzuola.

Yasimina si sollevò su un braccio per guardarlo mentre rotolava
sulla schiena.

Non si poteva negare il suo bell'aspetto, il suo fisico alto e ben
costruito, quello di un guerriero perfetto.

Appoggiò la mano libera sul petto, sentendo il cuore battere
sotto le dita, osservando i leggeri movimenti mentre respirava.

"Sì ... andiamo oltre con questo", ha detto, "come potremmo
sentirci? Voglio dire, ci distrarremmo l'uno con l'altro, passeremo
il nostro tempo a preoccuparci l'uno dell'altro. Questo potrebbe
intralciare i nostri obblighi ?

"Penso che sia troppo tardi per quello," disse, allungando una mano per accarezzarle gentilmente la guancia, "inoltre, vuoi che finisca qui, ora che ci siamo incontrati? Davvero?"

"No," sussurrò.

Non sarebbero mai potuti tornare al modo in cui tutto era stato tra loro, se, in effetti, ciò fosse stato effettivamente possibile.

"Non è che ci siamo appena conosciuti", le ricordò, "ti conosco da anni. Il nostro ordine proibisce gli appuntamenti casuali, ma non scoraggia il romanticismo."

"'Ymir è il fratello di Muriela'", ha citato, qualcosa che un vecchio prete gli aveva detto quando era stato recentemente nominato cavaliere.

"Esatto. Non credo che nessuno di noi potrebbe farla finita qui se lo volesse. Ci sono troppe cose tra di noi. Ma stasera non deve succedere nient'altro."

"No," disse, sorpresa dalla delusione che si insinuò nella sua voce involontariamente, "inoltre, Alatáriel tornerà subito."

"Non fino a domani mattina, in realtà."

"Beh, comunque ..."

"Sì, certo," disse frettolosamente. "Non siamo preparati. Abbiamo bisogno di tempo per abituarci a questo. Di nuovo nel tunnel, quando Conan ... sai ... ci ha indeboliti. Era meglio che non avesse lo stesso effetto su di lui." "

"No, non avrei potuto occuparmene," disse ironicamente.

"Quindi lui ..." incespicò nelle parole, "beh sì ... mentre io ... quello che sto cercando di dire è che non ho molta esperienza con questo."

"'Veramente?'"

"Niente affatto, davvero. Voglio dire, non ho ... prima."

Yasimina era sorpresa, anche se riflettendoci non riusciva a capire perché.

Aveva appena pensato che lui fosse più esperto di lei, che avrebbe avuto degli incontri romantici nel suo passato.

Ma perché dovrebbe essere così, se lui era devoto come lei?

Era commovente, in un certo senso, che fosse stata la prima.

"Non ho mai incontrato la donna giusta", ha detto, rompendo il silenzio, "fino ad ora".

Si chinò, guardandolo negli occhi, spostandogli la mano sul mento.

"Allora possiamo imparare insieme."

La sua bocca emise una "O" silenziosa.

Forse aveva pensato lo stesso di lei.

Si rese conto che i suoi tentativi di procrastinare avrebbero potuto essere semplicemente una paura di mostrare la sua inesperienza; solo nervi di fronte a qualcosa di sconosciuto.

Lei poteva capirlo.

Ma era una campionessa, un'avventuriera, una crociata per la legge e la giustizia.

Non dovrebbe davvero aver paura, pensò tra sé, nemmeno di questo.

Non era Conan, nemmeno Valeria; gli incontri casuali non lo interessavano.

Ma questo ... sicuramente questo era tutt'altro che un incontro casuale.

"Forse," disse, avvicinandosi ancora di più, i suoi occhi azzurri fissi su quelli più scuri, "potremmo imparare stasera?"

Questa volta Arthur non protestò.

Si baciarono, dolcemente, prima che lui si inginocchiasse, inginocchiandosi intorno a lei sul letto.

Dietro di lui, poteva vedere i raggi dorati del sole al tramonto attraverso la finestra, delineando la sua forma mentre si toglieva la vestaglia.

Lady Yasimina si allungò, accarezzando il ventre teso del suo compagno paladino, sentendo la sua pelle nuda.

Lo tirò più vicino, passandogli la mano sul petto.

I suoi pettorali erano ben definiti, sodi sotto le sue dita curiose, una leggera ciocca di capelli scuri lì.

Era caldo, confortante, e lei non poté fare a meno di chinarsi per premere le sue labbra contro il suo torso nudo, scuotendo la testa mentre si spostava in nuovi posti.

Arthur le fece scorrere le dita tra i capelli mentre lo faceva, stringendole leggermente mentre baciava uno dei suoi capezzoli, ed emise una leggera espirazione.

Lei lo guardò, ammirando l'espressione di felicità sui suoi lineamenti scolpiti.

Ma allora si staccò, voltandosi per tirare le tende intorno al letto a baldacchino, lasciando solo una fessura aperta per far passare la luce dorata del sole.

Yasimina ne approfittò per togliersi gli stivali alti e premette le dita nude contro le lenzuola.

Presto si baciarono di nuovo, i loro corpi premuti l'uno contro l'altro, le braccia avvolte attorno alle sue ampie spalle, sentendo i muscoli muoversi sotto la pelle.

Le sue mani erano sulla sua vita, staccando la base della sua veste dalla cintura.

Gli abiti che indossava erano più pratici della maggior parte dei nativi di Tarantia, o anche, per essere onesti, della maggior parte delle donne nella sua stessa patria.

Consisteva in una veste ampia e una gonna separata e, come stava scoprendo ora, se non l'aveva notato prima, nel corsetto di una nobildonna.

Lo aiutò a togliersi l'indumento e, sopra la sua testa, scuotendo i suoi lunghi capelli sciolti.

Spinse l'oggetto attraverso la tenda, atterrando con un tonfo calmo sulla spessa moquette al di là, e si chinò per baciarle il collo esposto.

Lei sussurrò il respiro mentre le sue mani le correvano lungo la schiena, sentendo ogni centimetro della sua carne.

A parte il corsetto, indossava un farsetto a maniche corte sotto la vestaglia, e Arthur lo stava tirando su per esporre una spalla pallida, piantandole i suoi baci sulla carne.

Le sue dita tremavano mentre si sforzava di slacciarle la cintura.

Emise un leggero sussulto di frustrazione, una nota musicale che ispirò il suo amante a far scorrere le sue labbra sull'angolo della sua mascella e premerle ansiosamente contro la sua stessa bocca ancora una volta.

Ma ora con la cintura libera, le tirò le cosce intorno ai fianchi, afferrando una natica soda attraverso i suoi boxer e stringendola brevemente.

Dovette quindi muoversi, spostando la sua posizione per sdraiarsi sul letto in modo che lei potesse infilare i suoi indumenti sulle gambe e togliersi gli stivali.

Le sue gambe erano lunghe, le sue cosce forti e invitanti sotto le dita.

Lo sguardo di Yasimina andò istintivamente ai boxer che adesso erano l'unico indumento che Arthur indossava.

C'era un inconfondibile rigonfiamento lì, allettante nelle sue possibilità, e la sua mano destra vacillò esitante nella sua direzione, desiderosa di scoprire di più.

Tuttavia, prima che potesse raggiungerlo, Arthur si mise a sedere sulle sue cosce e la sua mano si trovò premuta contro il suo ventre.

Si sporse in avanti, appoggiando la fronte contro quella di lei, i loro nasi quasi si toccavano, entrambi ansimavano.

Con movimenti sicuri che la imbarazzarono ricordando la sua frustrazione con la cintura, iniziò a slacciare i lacci del suo corsetto.

Fissò le sue mani, senza muoversi, guardandolo sciogliere ogni corda.

Una volta che l'ultima corda fu rilasciata, lo aiutò a rimuovere l'ingombrante indumento, facendolo cadere attraverso la tenda per atterrare con gli altri suoi vestiti.

Dopotutto, non volevano che questo li infastidisse.

Il suo compagno paladino si sdraiò di nuovo sul letto.

Mentre la guardava, i suoi occhi evidentemente bevevano ogni sua mossa.

Il suo sguardo vagò sulla pelle nuda delle sue braccia, non muscolosa come le sue, ma innegabilmente forte per gli standard della maggior parte delle donne.

Chiaramente, a lui non importava, e lei lasciò che il suo sguardo vagasse su ogni centimetro del suo corpo, ammirandolo come lui.

Si stese sotto di lei nella luce sempre più arancione del sole al tramonto che filtrava sul letto.

Gli accarezzò il petto e si mosse verso il basso mentre lui faceva scorrere le dita sulla pelle del suo avambraccio, spazzolando i capelli biondi lì.

La sua mano le raggiunse i fianchi, nel cordoncino dei suoi boxer, immergendo l'indice sotto il tessuto e sopra la curva interna dei suoi fianchi.

Il tempo sembrò fermarsi per un attimo, e gli occhi di lei caddero sui suoi, vedendo lì un misto di desiderio e incertezza.

Yasimina tirò giù i boxer di Arthur sulle sue forti cosce, lasciandolo nudo davanti a lei.

Non aveva mai visto il pene di un uomo adulto prima, figuriamoci uno così impazientemente eretto come il suo ora.

Normalmente erano così lunghi, si chiese pigramente?

Arthur era un uomo alto con arti lunghi, quindi ... beh, forse no.

Era anche più largo del suo dito, pensò, con un leggero rossore, mentre allungava la mano destra per arruffare i suoi peli pubici scuri.

Da lì, fece scivolare il dito attorno alla base del membro e sulle palle, arrotondate e sode sotto il suo tocco.

La pelle del suo cazzo era perfettamente liscia sotto i suoi polpastrelli mentre lo tracciava per tutta la sua lunghezza, meravigliandosi della sua sensazione.

Arthur emise un basso ringhio quando raggiunse la punta, il suo cazzo tremante sotto la sua mano.

Se ne andò, improvvisamente imbarazzata da quanto fosse stata affascinata.

Arthur allungò una mano, accarezzandole il fianco attraverso il farsetto, e lei gli sorrise.

Date le circostanze, non aveva senso essere timidi, e lo stavano imparando entrambi.

Improvvisamente si rese conto che era ancora, per la maggior parte, vestita e si chinò per sbottonarsi la fascia, tirando la gonna di lato per rivelare i pratici pantaloncini sotto, non le mutandine più corte preferite dalla maggior parte delle donne da queste parti.

Arthur sollevò il suo doppio, esponendo la pancia, apparentemente contento di accarezzarlo per un po ', alzando di tanto in tanto gli occhi sul suo viso come per confermare.

Non ne aveva bisogno, Yasimina era già completamente felice, piena di anticipazione per quello che doveva venire, come sicuramente avrebbe dovuto esserlo anche lui.

Non si prese nemmeno la briga di spingere la gonna attraverso la tenda, la gettò semplicemente da parte sulle lenzuola.

Guardandolo sotto di lei nella luce fioca del sole al tramonto, lei allungò una mano per afferrare la base del suo farsetto, agganciarlo sotto i suoi seni e poi, con un movimento improvviso, rilasciandolo e sopra la sua testa.

Yasimina non era particolarmente orgogliosa dei suoi seni.

Erano, secondo lei, troppo grandi per una donna guerriera, curve prominenti che risaltavano dal suo ventre muscoloso e dalle braccia forti.

Il suo compagno paladino non dava segno di essere d'accordo con la sua valutazione, le sue mani tese a prenderle a coppa con le sue dita sottili, stringendole delicatamente e accarezzandole.

Il simbolo sacro del loro dio comune, che pendeva da una corda di luce intorno al suo collo, si annidava nel suo décolleté mentre lui faceva scorrere le mani sui suoi capezzoli rosa pallido.

Yasimina si ritrovò a dare un involontario sussulto di piacere alla sensazione.

Affamata, si premette contro di lui, sdraiandosi sopra di lui sul letto, le sue mani ora libere di vagare per la sua schiena nuda, aggrovigliandosi ancora una volta tra i suoi capelli mentre si baciavano.

Con i suoi seni nudi premuti contro il petto nudo del suo amante, i peli le solleticarono i capezzoli mentre le sue mani nude le frugavano i fianchi, le natiche e le spalle.

Il bacio andò avanti e avanti, con occasionali pause per prendere aria mentre esploravano disperatamente i corpi l'uno dell'altro.

Arthur a un certo punto fece scivolare le mani nei suoi pantaloncini per sentire la curva del suo sedere.

Era ben consapevole del suo cazzo contro la parte superiore della coscia, ma non aveva tempo per questo ora, lasciando che le sue lingue e le sue mani parlassero, mentre rotolavano sulle lenzuola, perse l'una nell'abbraccio dell'altra.

Arthur fu il primo a liberarsi, ora sopra di lei, inarcandosi tra le sue braccia, e poi appoggiandosi sulle sue cosce, ansimando, respirando verso la donna sotto di lui.

Dopo una pausa, quando entrambi riacquistarono ciò che era rimasto della loro compostezza, sorrise ampiamente e rapidamente le tirò giù i pantaloncini, gettandoli di lato, lasciando Yasimina improvvisamente nuda, le gambe leggermente divaricate e il suo petto che si alzava e si abbassava con il tuo profondo respiri

I suoi occhi erano pieni di passione, sicuramente riflessa nei suoi.

Guardò in basso, oltre il petto e l'addome, quel lungo cazzo affascinante, ora raggruppato in un'ombra scura.

La sua mano le accarezzò il ventre sodo, abbassandosi sui fianchi, arruffandole i capelli biondi tra le cosce leggermente divaricate.

"Arthur," disse, parlando per la prima volta da molto tempo, "ti amo. Fallo a me completamente."

"Oh, Yasimina," ansimò, "sì ..."

Si chinò su di lei, il suo petto premuto contro quello di lei.

I loro occhi si incontrarono, ognuno vedendo il desiderio sul viso dell'altro.

Yasimina sentì il suo cazzo premuto contro il suo inguine, e represse a malapena un brivido di anticipazione.

Sembrava insicuro, insicuro su cosa fare, spostando la sua posizione su di lei, finché non sentì la punta premuta contro la sua area più intima.

Lo guardò implorante, incapace di esprimere a parole quanto lo volesse.

Arthur fece scivolare la testa del suo cazzo nelle labbra della sua fica, dapprima in modo esitante, e poi, con un sussulto di gioia, sempre più fiducioso.

Era così grande dentro di lei, come niente che avesse mai provato prima, e gridò forte per un dolore improvviso mentre i suoi fianchi cominciavano a scuotersi contro i suoi.

Le sue unghie improvvisamente affondarono nella sua schiena mentre spingeva di nuovo, facendola urlare una seconda volta, prima che si tirasse indietro inaspettatamente.

"Ti ho fatto male?" chiese, preoccupato scritto sul suo volto.

"No," mentì, "no, sai solo che non l'ho mai fatto prima."

Nonostante il dolore, desiderava disperatamente che tutto ciò non finisse.

Aveva fatto male, sì, ma non poteva dirglielo.

Ma allo stesso tempo, si era sentito così bene, inondando il suo corpo di sensazioni che superavano di gran lunga il dolore scomodo.

Come potrei spiegarlo?

Come tutto fosse stato così mescolato, e il piacere fosse stato così grande che avrebbe fatto di tutto per sperimentarlo di nuovo.

"Prendimi, Arthur," sussurrò, "oh per favore ..."

Si spinse di nuovo dentro, e questa volta fece meno male.

Ma il piacere ... oh, il piacere non è diminuito.

Al contrario, è aumentato.

Si mosse contro di lei, il petto che premeva contro i suoi seni, le braccia attorno alle sue spalle, i fianchi che si muovevano con un ritmo goffo mentre cercava inesperto di corrispondere alle sue risposte.

Yasimina si lasciò sfuggire un gemito di soddisfazione mentre il dolore svaniva in una sensazione deliziosa che minacciava di sopraffarla completamente.

Era così bello dentro di lei, il suo magnifico cazzo lungo che le accarezzava le zone più sensibili, coprendola, portandola a una beatitudine che non aveva mai conosciuto prima.

Non le importava che non riuscisse a trovare il ritmo giusto, che ogni tanto si fermasse per aggiustare leggermente la sua posizione.

Niente aveva importanza, per quello che era, e lei lo adorava per questo, aggiungendo una dimensione lontana al di là di quanto carnale sembrava che stesse fluttuando in uno spazio senza tempo.

Poi, inaspettatamente, si ritirò, lasciandola vuota e insoddisfatta.

Ansimava e giaceva su un fianco accanto a lei.

Forse aveva solo bisogno di un respiro, decise, accarezzandosi il petto inzuppato di sudore.

"Mi dispiace," disse, "io ..."

"Zitto," lo interruppe, "è stato meraviglioso."

"Credo..."

Questa volta lo zittì con un bacio, e lui rispose con entusiasmo, avvolgendole le braccia intorno alla schiena.

Si voltò verso di lui, continuando a inondarlo di baci.

"Meraviglioso," ripeté, infine, appoggiandosi all'indietro in modo che le sue cosce si mettessero a cavalcioni sui fianchi, il suo cazzo premesse contro le sue natiche.

Lui sorrise, allungando una mano per accarezzarle i fianchi, e poi si spostò per abbracciarle di nuovo i seni, stuzzicandole i capezzoli duri mentre sussurrava un respiro tranquillo.

Spostò indietro la mano destra, allungandosi dietro di lei per accarezzare la parte inferiore del suo cazzo, premendolo contro la sua carne.

L'afferrò, scivolando, massaggiandosi la testa, e poi si mise in ginocchio.

Gemette di nuovo il suo nome e lei si sedette sopra di lui, premendo la sua lunghezza contro la sua figa calda e bagnata.

Lady Yasimina lanciò il suo gemito di passione, lungo e senza parole.

Si rese conto, ora che il suo peso stava premendo su di lui, che non si era completamente premuto prima.

Il suo cazzo era ancora più grande di quanto avesse pensato, e non poteva fare altro che ansimare e boccheggiare mentre muoveva i fianchi su e giù contro il suo cazzo.

Ora che lei era in testa, sembrava che non avesse problemi a far corrispondere il suo ritmo, e questa volta le ondate di piacere andavano avanti all'infinito.

Si sporse in avanti, i suoi lunghi capelli sul viso, i capezzoli che sfioravano il suo petto, mentre lui le teneva le natiche lentamente.

Anche lui stava ansimando, ora, il suo viso pieno di piacere che sembrava corrispondere a quello di lei.

"Sei così bella," gemette.

Era come se le sue parole spezzassero una sorta di incantesimo, mentre la liberavano da una vita di inibizioni e gettavano fuori dalla finestra ciò che restava della sua cautela.

Yasimina iniziò a muoversi più velocemente, cavalcando su e giù su di lui.

I suoi seni tremavano mentre premeva più forte che poteva sul suo cazzo.

Gemeva, non era nemmeno sicura di cosa stesse dicendo, anche se era sicura che il suo nome fosse lì da qualche parte, insieme alle lodi alla Dea.

La sua carne colpì quella di lei, il suo cazzo la riempì ancora e ancora.

I suoi capelli erano selvaggi, i suoi capezzoli erano duri contro le sue mani mentre cavalcava il suo amante, sempre più forte, implorandolo senza parole di liberarla.

Quando raggiunse l'orgasmo, non fu come nulla che potesse immaginare, facendola quasi piangere di gioia quando sentì anche Arthur allungarsi e pompare il suo seme dentro di lei emettendo un lungo gemito di piacere disinibito.

Alla fine si rotolò su di lui, sdraiata accanto a lui, il suo corpo tremante per i postumi dell'orgasmo, abbracciandolo con le braccia mentre si baciavano dolcemente.

Si accoccolò contro di lui, i loro corpi premuti insieme.

Le cose erano cambiate per sempre.

CAPITOLO XXXXVII
ZULA

La villa sembrava silenziosa mentre Zula scendeva le scale verso la sua stanza.

Dopo gli eventi della notte precedente, aveva dormito fino a tardi, ma è rimasta scioccata nello scoprire quanto alto fosse il sole nel cielo quando finalmente si è svegliata.

A quel punto, normalmente ti aspetteresti che il villaggio fosse pieno di attività mattutine, ma non c'era traccia di nessuno.

Forse erano fuori, a ripulire tutto.

Sopprimendo uno sbadiglio e passandosi le dita tra i capelli, entrò nel salone principale della villa.

Sembrava che tutti avessero finito la colazione e non era rimasto molto, nemmeno per il più piccolo stomaco di un folletto.

Prese una mela avanzata e ne morse un morso, mentre qualcuno entrava silenziosamente nella stanza dietro di lei.

"Posso offrirti qualcosa? Ce ne sono tante in cucina."

Si voltò e vide Yakin lì in piedi, educato e discreto, come sempre.

"No, va bene, posso aspettare fino a pranzo. Comunque potrebbe essere un po 'tardi per la colazione."

"Ovviamente."

"Dove sono gli altri, comunque?"

"Sono tutti fuori, stanno controllando la città o semplicemente controllando le cose. Penso che Lady Yasimina sia al tempio, e Valeria è andata a trovare la sua amica dal negozio di pergamene. Non sono sicuro di Conan e Snagg; non l'hanno fatto non dire dove stavano andando ".

"Forse dovrei vedere come stanno anche le cose", ha ammesso, "invece di dormire. Il disastro della notte scorsa sembrava abbastanza diffuso."

"Hai già fatto molto!" sbottò il giovane, più animato del suo solito io, "tutto quello che hai fatto nel tempio, così tante persone sono vive grazie a te. Non puoi sentirti in colpa per non aver fatto di più!"

Lei sorrise; Era bello sapere che aveva davvero aiutato le persone, anche se era imbarazzata nel ricordare che non era stato il suo primo pensiero in quel momento.

Era diventata un'avventuriera per i suoi scopi, ovviamente, non per il desiderio di correggere gli errori degli altri, come aveva fatto Yasimina ...

Ma pensare che a volte lo faceva comunque, le dava una sensazione calda e piacevole a cui non era molto abituata.

"Grazie, Yakin," disse, "è molto gentile da parte tua dirlo."

Trascinando le parole e guardando a terra, ha detto:

"È la verità. So che sei un avventuriero e affronti queste cose tutto il tempo, ma il resto di noi lì nel tempio non lo siamo, e tu mi hai salvato la vita, insieme a quella di tutti gli altri. Sono molto grato per questo. il tuo rilascio ... non so cosa sarebbe successo se tu non fossi stato lì. "

"Bene," disse, sentendosi un po 'imbarazzata dalla lode, soprattutto considerando da chi proveniva, "hai anche mostrato coraggio. Considerando, come dici, non sei abituata a queste cose. Dopo che il demone ti ha attaccato qui. Non hai provato a lasciarci, come avrebbero fatto altri. Quindi dobbiamo ringraziare anche te ".

"Non è lo stesso. Inoltre, non potevo lasciarti, non dopo tutto quello che hai fatto. Tutti voi, voglio dire. E vedervi in azione, uccidere quei non morti con la vostra spada, e non indietreggiare. Eri veramente bello."

Si bloccò, la mela a metà strada verso la bocca.

Aveva appena detto quello che lei pensava avesse appena detto?

O la sua mente stava giocando brutti scherzi?

"Uh, voglio dire ..." disse, arrossendo improvvisamente, "era ... era bello il modo in cui tu ... lui ... voglio dire ... non voglio dire che sei ... uh , no. è che non sei ... "

"Quindi pensi che io sia bella?" Chiese, evitando a malapena di balbettare mentre cercava di capire cosa stesse cercando di dirle.

"Beh ... sì ... ma davvero, non è ..."

"Ma tu sei umano," disse, indicando l'ovvio.

"Beh, ovviamente non funzionerebbe mai."

Deglutì a fatica, diventando piuttosto rosso ora, ed evitando di guardare nella sua direzione.

Zula rimase immobile, la mela ancora in mano, mentre cercava di digerire ciò che sentiva.

Gli era sembrato così ovvio che non ci sarebbe mai stata un'opportunità per mettere alla prova le sue fantasie.

La barriera tra le loro rispettive razze era sempre sembrata così insormontabile, e non gli era mai venuto in mente di provare la stessa cosa.

Ma era quello che aveva appena insinuato, non è vero?

Che anche lui desiderava che ci fosse un modo per aggirare l'ostacolo?

Che non c'era, ovviamente, non importava quello che a volte sognava.

Ma allora, questo rendeva davvero le cose impossibili, o semplicemente ... anatomicamente scomode?

"Penso che dovrei andare adesso," disse il giovane, sembrando più nervoso di quanto lo avessi mai visto, anche di fronte a un esercito invasore di non morti.

"Non!" disse ad alta voce, allungando il braccio, non volendo lasciar passare il momento.

La guardò, perplesso dal tono urgente della sua voce.

Zula si sforzò di trovare una ragione per fermarlo.

Una le venne in mente, dal nulla: aveva funzionato su Boris, dopotutto.

"Ho dei vestiti da lavare", disse, "nella mia stanza. Se potessi raccoglierli, per favore."

"Certo," disse sollevato e si diresse verso le scale.

Zula lasciò la sua mela mezza mangiata e gli corse dietro.

"Sono sicuro di poterla trovare," disse, presumibilmente sorpreso che lei lo stesse seguendo.

"Lascia che te lo mostri," disse senza fiato, trotterellando su per le scale il più velocemente possibile con le sue gambe corte.

Una volta dentro la stanza, Yakin si guardò intorno, alla ricerca di vestiti abbandonati.

Quando, ovviamente, non poteva vederne, si diresse verso l'armadio, ma a quel punto Zula era proprio dietro di lui, e si tolse la giacca di pelle.

"Ecco qua," disse, diffondendolo, "penso che si sia sporcato dopo quella faccenda con i non morti di ieri. Alcuni di loro puzzavano un po '."

"Oh, è vero," disse, un po 'insicuro, prendendo l'abito che gli era stato offerto.

Indossava una camicia di lino leggero sotto, con maniche lunghe e abbottonata intorno al collo.

Non aveva quasi paura di abiti più femminili, ma non erano mai stati abiti lunghi e gonne.

Non era solo che erano scomodi durante l'avventura; Si sentivano semplicemente a disagio, come se si stesse vestendo come qualcun altro.

Molto meglio indossare la sua solita giacca di pelle e leggings, come aveva fatto quella mattina.

Zula si staccò da Yakin e chiuse la porta con un leggero clic.

Poi si tolse la camicia dalla cintura dei pantaloni e se la infilò sopra la testa.

Non indossava niente sotto, ovviamente, e tenne modestamente il braccio sinistro sul petto mentre si voltava verso Yakin, tenendo la maglietta con l'altro.

"Anche questo, credo. La contaminazione sembra permeare tutto, non credi?"

Gli occhi del giovane erano spalancati e chiaramente focalizzati su di lei, in bilico sul suo ventre nudo, braccia e spalle.

Guardò in basso e vide, con suo crescente entusiasmo, un grumo che cominciava a formarsi tra i tremiti di Yakin.

Il fatto che il rigonfiamento fosse all'altezza della sua testa la spinse temporaneamente indietro, ricordandole, dall'evidenza, della loro apparente incompatibilità.

Gli esseri umani erano così alti, con tutto ciò che sembravano simili ai goblin sotto altri aspetti!

Quanto lontano potrebbe richiedere?

Ovviamente, Yakin stava lottando per trovare le parole adatte quando si allungò cautamente per prendere la maglietta, un rossore si diffuse di nuovo sulle sue guance.

"Sarebbero tutti i vestiti?" chiese nervosamente.

"Hmm," disse, come se riflettesse sull'idea, prima di prenderlo in giro, "pensi che dovrei togliermi anche i pantaloni? E le mutandine?"

"Non è quello che io ..."

Zula non riuscì a trattenere una risatina alla sua espressione sciocata.

"Oh, rilassati!" disse, notando che ora lui stava ovviamente tenendo la camicia e la giacca in modo tale da nascondere il suo inguine alla sua vista. "Hai appena detto che mi trovi bella, quindi quanto può essere brutto?" La sua voce si addolcì un po ', "lo intendevi davvero?"

Annuì in silenzio prima di ritrovare la calma e aggiungere:

"Probabilmente dovrei tornare a lavorare."

"Vaghi per casa. Stai dicendo che non mi hai mai visto spogliarmi?"

"Non!"

Sembrava essere onesto, il che, rifletté, sarebbe stato abbastanza tipico di lui.

Decise di non dirgli che la sua privacy non era stata così sacrosanta.

Invece, ha sorriso e ha detto:

"Bene, ora è la tua occasione," e sollevò entrambe le braccia sopra la testa, allungandosi sulle punte dei piedi, inarcando la schiena per spingere fuori i seni nudi.

Ancora così distesa, calcolò che sarebbe stata a malapena in grado di raggiungere il suo petto, se fossero stati abbastanza vicini perché lei ci provasse.

Gli occhi di Yakin quasi saltarono fuori dalla sua testa.

"Zula!" ansimò, "per favore non disturbarmi in questo modo!"

"Pensi ancora che io sia carina?" chiese, muovendo una mano a coppa un seno arrotondato, facendo scorrere le dita verso l'alto per accarezzare un capezzolo rosa.

Poi fece qualche passo verso di lui, i fianchi che dondolavano in modo seducente.

"Oh dea, sì ..." gemette, "ma sai che non possiamo! Sei così piccola e delicata, e so che non puoi pensare che un umano possa ...".

"Piccolo e delicato?" gridò, in realtà un po 'offesa.

Ed è solo perché era umano!

Corse da lui, strappandogli i vestiti abbandonati dalle dita senza nervi.

"Ti faccio vedere quanto sono 'piccola e delicata'!"

Lo afferrò per i fianchi, girandosi e poi dandogli una spinta improvvisa.

Sorpreso, e forse scoprendo che era più forte di quanto avesse supposto, Yakin barcollò, sbatté le gambe contro il letto dietro di lui e poi cadde all'indietro sul materasso.

Zula gli balzò subito dietro.

Era un letto a misura d'uomo, il che le rendeva lussuoso, anche se adesso cominciava ad avere anche altri vantaggi.

Si arrampicò sul suo corpo disteso, le mani premute contro il suo petto vestito, finché non si trovò faccia a faccia con lui.

"Mi dispiace, io ..." iniziò, ma lei non lo lasciò finire.

"Grande, grande idiota!" gridò a metà: "Quante volte pensi che io sia rimasta sdraiata su questo letto, pensando a te? Solo perché hai la taglia sbagliata non significa che io ... oh, diamine ..."

Gli afferrò la testa con entrambe le mani, tirandolo verso di sé e baciandolo appassionatamente sulla bocca.

Si sentiva strano, con la bocca più grande della sua, anche se la differenza era molto minore di quanto lei avrebbe potuto immaginare.

All'inizio sembrava paralizzato, insensibile, ma dopo un po 'iniziò a rispondere gentilmente, le sue labbra si aprirono, la sua lingua scivolò contro la sua.

Si tirò indietro, ansimando, per guardarlo da sotto di lei.

Alla fine sembrava aver fatto i conti con la situazione, e il rossore sul suo viso sembrava essere più eccitante ora che semplice imbarazzo.

"Dea ..." ansimò, "davvero ... tutto questo tempo?"

"Non avete idea!"

Yakin si protese febbrilmente verso di lei, facendo scorrere grandi mani lungo i suoi fianchi tremanti e stringendole leggermente i seni.

Le sue mani erano sorprendentemente morbide, ma la sua presa era salda, e crebbe in sicurezza mentre la accarezzava, i suoi enormi pollici che sfregavano contro i suoi capezzoli.

Per capriccio, gli gettò una gamba sul petto, mettendosi a cavalcioni su di lui, spingendosi in alto in modo che le sue mani afferrassero le lenzuola ai lati della sua testa.

Yakin mosse avidamente la lingua, strofinando i tumuli che penzolavano su di lui, e lei gemette, muovendo il suo corpo mentre lui si muoveva per assaporare ogni lato a turno.

Lei sussurrò il suo nome, poi si chinò per baciarlo di nuovo, le sue mani questa volta le afferrarono la schiena nuda e poi si chinarono per coprirle le natiche attraverso gli indumenti di pelle.

Ha cercato di raggiungere la fibbia della cintura, ma era in una posizione scomoda per lui, attualmente premuta contro il suo petto.

In ogni caso, si staccò da lui, stringendogli la maglietta tra le mani, liberandola dai suoi tremori mentre lui le manovrava il corpo.

Agganciarlo al petto, fece scorrere le dita sul suo stomaco esposto.

Mentre lottava per tirare l'indumento sopra la sua testa, più in alto fino ai suoi pettorali.

La sua pancia era piatta, come lei già sapeva, e sebbene non fosse particolarmente muscoloso, non era nemmeno grasso.

Le sue mani corsero sui capelli chiari sul suo petto (ce n'era relativamente poco, presumibilmente perché era ancora un giovane, piuttosto che una stranezza umana) e sui suoi capezzoli rosei, premendo la punta delle dita contro la sua carne soda.

Scivolò più in basso, facendo scorrere le mani sul suo corpo, mentre si voltava verso di lui, ammirando la linea pulita della sua mascella, ei capelli ora leggermente arruffati.

Lo guardò negli occhi vedendo che osservavano i suoi movimenti con un'adorazione che non aveva mai osato immaginare.

La vedeva per quello che era veramente.

E ora c'era un calore nelle sue viscere, un desiderio di incredibile intensità quando si rese conto che tutte le sue fantasie si avveravano in una volta.

Si chiedeva quasi se stesse sognando, ma era tutto così reale, il suo corpo così caldo contro il suo, che finalmente toccava fisicamente ciò che aveva ammirato così spesso da lontano.

Le sue dita tremavano quando raggiungeva la vita delle sue cosce, mentre cercava di sciogliere i lacci e doveva fermarsi per mantenere l'equilibrio, cosa che non aveva mai dovuto fare prima, anche con le ciocche più complicate e diaboliche.

Alla fine, è stato in grado di tirare i pantaloni sulle cosce, facendo scorrere le mani sulla loro superficie interna, prima di fermarsi.

All'improvviso, i suoi occhi si concentrarono sui boxer di Yakin e sulla forma inconfondibile sottostante.

Deglutì a fatica, cercando di raccogliere il coraggio per fare il passo successivo.

"Zula ..." disse, ma poi si fermò, apparentemente incapace di esprimere alcun pensiero che gli era appena passato per la mente.

Il suono del suo nome la spinse all'azione e lei gli tirò giù delicatamente i pantaloncini, guardando il suo cazzo alzarsi dal suo nido di peli pubici, orgoglioso ed eretto.

L'aveva già visto, ovviamente, anche se non glielo avrebbe mai detto, e aveva un'idea di cosa aspettarsi.

Ma mai così, completamente pieno di energia e così vicino.

È stato enorme.

Forse, rifletté, non tanto per gli standard umani, anche se, anche allora, forse, abbastanza grande.

Lentamente, con il cuore che batteva all'impazzata, si avvicinò e osò appoggiare il gomito contro l'incavo dell'inguine dell'umano.

Sdraiata con il braccio al fianco, scoprì che il suo polso non raggiungeva nemmeno la punta e le sue dita a malapena la oltrepassavano.

Il cazzo eretto di Yakin era grande quanto il suo avambraccio.

Non era nemmeno solo la lunghezza, rifletté, mentre tolse il braccio e iniziò ad accarezzare le palle arrotondate dell'umano.

La circonferenza assoluta era notevole, rispetto a qualsiasi cosa avesse visto in un goblin.

Fece scorrere la mano sulla pelle liscia del membro, allungando le dita abili per cercare di circondarlo ... ma era troppo grande, troppo largo perché i suoi polpastrelli si incontrassero sul lato opposto.

"Oh mia dea ..." mormorò, gli occhi fissi sull'enorme membro di fronte a lei.

"Mi dispiace," disse Yakin, la sua voce piena di rimpianto.

"Ci sono altre opzioni", disse a bassa voce.

"Che cosa?" chiese ansiosamente.

"Per cominciare: questo ..."

Il goblin si sporse in avanti, baciando la base del suo cazzo, beccando la pelle del suo scroto prima di far scorrere la lingua lungo l'intera parte inferiore del suo membro.

Ben presto la punta fu davanti a lei e, allungando le dita, abbassò il prepuzio di Yakin finché la testa luccicante fu scoperta.

La accarezzò, le sue dita agili suscitando sussulti di apprezzamento dal suo amante umano, prima di piantare baci sulla superficie liscia.

Spostò un po 'la sua posizione, lasciando che le sue palle si sfregassero contro la sua pancia, e inclinò la testa, la bocca aperta più che poteva.

Sorprendentemente, non era ancora abbastanza, ma almeno era in grado di avvolgere le labbra attorno alla sua superficie superiore, frustarlo con la lingua, assaporando le gocce del suo pre-cum.

"Oh oh dea ... Zula ..." gemette, i suoi fianchi che si spostavano involontariamente sotto di lei, con lo sfortunato effetto collaterale del suo cazzo che scivolava libero dalla presa dichiaratamente insicura della sua bocca.

L'afferrò per la spalla e la tirò indietro verso la sua erezione gonfia, ma questa volta il ladro si liberò.

"Il mio turno," le disse, strisciando tra le sue gambe per inginocchiarsi accanto a lei.

Si slacciò la cintura, la tirò e poi si chinò per togliersi gli stivali.

Le mani di Yakin erano già sulla sua vita, tirandole i pantaloni, che aveva intorno alle ginocchia prima che lei finisse di togliersi gli stivali.

Si girò sulla schiena, rimuovendo abilmente il resto del suo capospalla, le gambe divaricate per rivelare le sue mutandine.

"Fammi vedere," sussurrò l'umano, ed entrambi aiutarono a far scivolare l'ultimo pezzo di stoffa sulle sue cosce flessibili.

Togliendo le mutandine dal letto per finire di tirare insieme gli altri vestiti, Zula si inginocchiò, prendendosi a coppa il seno destro con una mano e facendo scivolare l'altra giù per la pancia per riposare tra le sue gambe, sentendo l'umidità lì.

"E bene?" lei chiese.

"Così bello," disse, meravigliato. "Perché non potevamo ... Perché non l'abbiamo fatto prima?

Lei balzò in piedi e si avventò su di lui, le gambe divaricate sul suo petto, e lo baciò di nuovo, un bacio persistente pieno di passione a lungo negata.

Zula finalmente si liberò, inarcò la schiena e si trascinò sul viso.

Yakin le fece piovere baci lungo la gola, le spalle e il seno, succhiando con evidente gioia i suoi capezzoli duri, ma di nuovo si mosse verso l'alto.

Le labbra dell'uomo umano vagavano per il suo ventre, che rabbrividì al suo tocco, ma Zula lo voleva più basso, così si tirò su finché le sue ginocchia non raggiunsero le lenzuola su entrambi i lati della testa.

Gli allargò le cosce, mentre lo guardava, vedendo che a sua volta lui la guardava con occhi attoniti.

"Leccami", ha chiesto, "leccami la fica, Yakin. Metti la lingua nella mia fica."

Era un po 'imbarazzante accovacciarsi su di lui in questo modo, ma ne valeva la pena perché sentì la lunga lingua del suo amante accarezzarle le pieghe bagnate e poi sondare dentro di lei.

Il suo primo tocco nelle sue aree più intime fu un momento di pura beatitudine, e lei lasciò uscire un lungo sospiro di sollievo prima di dondolare lentamente i fianchi avanti e indietro contro di lui.

Dea, come ci si sente bene!

Allungò una mano per sostenerla mentre lei spingeva più forte contro la sua bocca.

Lanciò un'occhiata al punto in cui la mano le teneva la spalla e fece un sorriso improvviso quando le venne in mente un'idea.

"Ho un'idea migliore," disse, distogliendo il viso da lui.

"Sì?"

Gli tenne la mano, baciandola.

"Potresti essere troppo grande in altri modi, ma in questo," le accarezzò l'indice, "in questo sembri perfetta."

Allontanò le gambe da lui e si voltò, presentando la schiena allo sguardo scioccato dell'umano.

Il suo cazzo si alzò davanti a lei, e lei lo afferrò, facendo scorrere la mano lungo la sua lunghezza, il suo viso quasi premuto contro il suo inguine in alto.

Si è adattato in modo che le sue gambe fossero più larghe che poteva comodamente maneggiare, e ha continuato a massaggiare il suo cazzo.

Urlò quando, senza bisogno di ulteriori istruzioni, lui infilò il dito nella sua fica dolorante.

Aveva quasi esattamente le dimensioni del gallo di un goblin, e non molto diverso per forma e spessore.

Spinse i fianchi contro la sua mano, assorbendo tutto mentre ansimava di piacere.

"Dammelo, Yakin!" ha implorato, "più forte, più veloce!"

Rispondendo con entusiasmo, il giovane iniziò a muovere il dito dentro e fuori con un ritmo crescente, mentre lei continuava ad accarezzarlo e di tanto in tanto urlava parole di incoraggiamento.

Non poteva sopportare molto di più.

Non era solo il modo in cui muoveva la mano, il modo in cui la stava riempiendo, ma il semplice fatto che fosse lui, dopo tutti i suoi sogni e il tempo che aveva passato a concedersi.

La frustrazione repressa si stava raccogliendo dentro di lei e non sarebbe stata più negata.

La canaglia ha urlato senza parole quando è arrivata, la figa che abbracciava il suo dito bagnato, la mano che stringeva l'enorme cazzo di fronte a lei così forte che Yakin emise un ringhio di piacere e dolore.

Lei sussultò mentre lui si ritirava, il petto che si sollevava mentre si inginocchiava per sedersi accanto a lui.

Si scostò una ciocca di capelli sudati dal viso.

"Allora," disse, "ne è valsa quasi la pena, quasi."

Sorrise imbarazzato, e poi i suoi occhi si spostarono sul suo cazzo eretto, sollevandosi appena sopra la sua pancia.

A differenza di lei, doveva ancora portare con sé per raggiungere la soddisfazione.

"Cosa ti piacerebbe?" chiese maliziosamente.

"Non lo so ...', disse, senza staccare gli occhi dal suo viso, "non è mai stato così prima"

"Be ', non credo che abbiamo finito ..." assaporò la parola, passando la lingua sulle labbra, "...' opzioni '. Non ancora."

Si sporse, baciando di nuovo la punta del suo cazzo, e poi rifletté che sembrava le piacesse guardarlo in faccia, e perché no, visto che le piaceva vedere le sue stesse reazioni?

Si mosse per accovacciarsi tra le sue gambe, di fronte a lui.

Il folletto dovette chinarsi un po 'per premere il suo viso contro il suo cazzo, alzando lo sguardo per vedere la sua espressione rapita.

Leccò la parte inferiore della punta, suscitando un gemito di piacere, poi si spostò per far scorrere la lingua sulla sua superficie più luminosa.

Yakin allungò le mani per sostenerla, prendendole i seni leggermente cascanti, evidentemente compiaciuto di scoprire che i suoi capezzoli erano ancora duri.

"Ti piace così?" Chiese, alzando per un momento la testa dal suo compito.

Annuì senza dire nulla.

"Cosa ne pensi di questo?" si mosse verso l'alto, premendo un seno contro il suo cazzo, strofinando la parte inferiore del suo glande con il capezzolo, le sue palle premute contro il suo stomaco.

Il suo cazzo sussultò spasmodicamente, dandole tutta la risposta di cui aveva bisogno.

"Penso di sapere di cosa hai bisogno," gli disse, spostando la sua posizione fino a quando il suo enorme cazzo si appoggiò contro la sua pancia.

Si spinse più in basso, stringendole i seni in modo che lui premesse contro la sua scollatura.

Poi in modo seducente iniziò a muoversi su e giù, strofinando il suo cazzo tra i suoi gemelli, a volte accarezzandogli la testa con una mano libera, guardandolo continuamente negli occhi con la sua.

"Dea ..." ringhiò, i suoi fianchi iniziarono a sobbalzare contro le lenzuola, facendole quasi perdere l'equilibrio per un momento prima che si adattasse ai suoi movimenti. "Oh Zula, sei così bella!"

Stava spingendo più forte tra i suoi seni ora, le sue palle che battevano contro di lei mentre i suoi fianchi pompavano su e giù.

Il suo cazzo scivoloso e sudato scivolò contro la sua pelle, mentre cercava di trattenerla come meglio poteva all'interno del suo décolleté, pizzicando i suoi stessi capezzoli mentre sussurrava il respiro.

Chiamò di nuovo il suo nome, ancora più forte.

"Oh dea, sto per ..." si spinse verso l'alto un'ultima volta, il suo cazzo stretto tra i seni scivolosi di Zula, "... VIENI!"

Quando arrivò, la sua testa era leggermente inclinata verso il basso e il primo ruscello la colpì al mento.

Si meravigliò della forza e del volume, sicuramente impressionanti anche per gli standard umani.

Ma non fu l'ultima, e mentre lei continuava ad accarezzargli e spremergli il cazzo, lui venne altre tre volte.

Con fontane di liquido che sgorgano verso l'alto in rapida successione, schizzando sulle sue spalle e sui suoi stessi fianchi.

Alla fine iniziò a rilassarsi e Zula rotolò sui talloni, con gli occhi spalancati.

"Wow ..." mormorò, cercando di pulirsi il mento con il braccio, ma riuscì solo a diffondere ulteriormente lo sperma.

Sentì un ruscello scorrere lungo la sua spalla e sul suo petto prima di fermarsi finalmente.

Poi si è liberata da lui, afferrando una manciata di lenzuola e usandole come un panno molto più efficace.

"Immagino che tu abbia qualcosa da pulire adesso," disse con un sorriso.

Dopo essersi pulita il più ragionevolmente possibile senza scusarsi per fare un bagno, Zula si sdraiò accanto al suo amante umano, avvolgendo le braccia intorno al suo ampio petto e accoccolando la testa contro di lui.

Lo sentì avvolgere delicatamente un braccio intorno a lei e udì il suono del suo respiro mentre tornava alla normalità.

"Immagino che ti sia piaciuto allora?" lei chiese.

"Oh sì! Penso che avevi ragione sul fatto che avevamo più opzioni."

"Niente è veramente impossibile se ci pensi. Immagino che avremmo dovuto pensarci prima."

Annuì e rimasero insieme ancora un po ', mentre il sole si alzava al cielo fuori dalla finestra.

Nessun altro sembrava essere ancora tornato a casa, e Zula si chiese quanto tempo avrebbero avuto ancora per se stessi. Sperava che fosse abbastanza a lungo per scoprire cosa voleva veramente sapere.

"Penso di essere pronta adesso," disse, dopo un po ', liberandosi da Yakin.

"Pronto a cosa?" Chiese assonnato.

"Penso che tu lo sappia già."

Lei scivolò lungo il suo corpo.

Il suo cazzo non sembrava così grande ora che era flaccido, ma quando iniziò a passarci la mano, sentì che iniziava a indurirsi e crescere.

L'uomo umano grugnì di piacere, riprendendo lentamente i sensi.

Poi i suoi occhi si spalancarono mentre metteva il suo cazzo in crescita tra le sue cosce, strofinando su e giù contro il suo cazzo.

"No, Zula, non puoi ..." disse, capendo improvvisamente la sua intenzione.

"Posso provare."

"Ma non voglio farti del male!"

"Non potresti mai ferirmi, Yakin."

"Penso di poterlo fare!"

Nonostante le sue proteste, ha continuato a strofinarsi contro di lui finché non è stato di nuovo completamente duro.

Si alzò, rendendosi conto che doveva in parte scavalcarlo, premendo le ginocchia contro i fianchi.

Anche in quella posizione, il suo cazzo ha colpito la parte superiore delle sue cosce.

Per un momento, mentre si librava lì sopra di lui, prese seriamente in considerazione di dare ascolto al suo consiglio.

Ma solo per un secondo.

Zula premette la testa del cazzo di Yakin contro le labbra della sua figa e poi si costrinse a scendere.

Urlò ad alta voce mentre la sua massiccia circonferenza la allungava, riempiendola di sensazioni incredibili al di là di qualsiasi cosa avesse mai provato prima.

Non era ancora completamente dentro, si rese conto, costringendo le sue cosce a premere sul membro sovradimensionato.

Sarei stato dolorante domani mattina.

In realtà, era ancora mattina, quindi sarebbe stata dolorante nel pomeriggio.

Molto doloroso.

Ma non le importava, ne sarebbe valsa la pena per questo.

"Dea!" gridò Yakin, "Sei così forte!"

"Fanculo!" gli gridò, quasi delirante, "Dolce dea, Yakin! Scopami e basta!"

All'inizio era difficile fare una mossa, era così grande, ma una combinazione della sua crescente umidità e della sua pura determinazione la spinse ad andare avanti.

L'enorme cazzo di Yakin si muoveva dentro e fuori dalla fica dolorante del folletto mentre le sue cosce lottavano per guidarla sempre più in profondità, la sua fica tesa contro la potente larghezza di lui.

Non poteva portarlo in fondo; non era anatomicamente possibile, ma nonostante tutto ciò che era sacro, si sarebbe avvicinato il più possibile.

Zula gettò indietro la testa e urlò di gioia, i seni che sobbalzavano mentre pompava su e giù con crescente vigore.

Anche Yakin gemeva rumorosamente ora, le sue mani tremavano sui suoi fianchi mentre la impalava, ma lei riusciva a malapena a sentirlo dalle sue stesse urla.

Non sapeva cosa stesse dicendo, se stava dicendo qualcosa, tutto quello che sapeva era che le sue urla di gioia disinibita echeggiavano nella stanza, mentre quel glorioso, magnifico, enorme cazzo martellava ancora e ancora.

Si unirono alle urla, urla non più distinguibili dalle precedenti, poiché l'orgasmo più grande e spettacolare che avesse mai conosciuto la spinse quasi al totale collasso fisico.

Sentì Yakin versare il suo seme dentro di lei, ma questa volta meno di prima.

Come avrebbe potuto essere altrimenti, ma lui continuò a tenerla dentro mentre si calmavano lentamente, accarezzandosi l'un l'altro nel bagliore dell'orgasmo.

Alla fine, si ritirò e lei si sentì come se avesse lasciato un abisso dietro di sé, tra le sue gambe.

Zula si accasciò, esausta oltre ogni dire, desiderosa di dimenticare il sogno.

Si chiese brevemente come avrebbe spiegato agli altri quella che sarebbe stata sicuramente un'improvvisa incapacità di camminare ...

CAPITOLO XXXXVIII
VALERIA

Il disagio di Valeria aumentò quando svoltò l'angolo della strada dove abitava Onna.

Per tutta la mattina si era ripetuta che non era successo niente.

L'assalto dei non morti si era concentrato sui templi e, in misura minore, sulla Rotonda e sui principali mercati della città.

Quindi sicuramente Onna viveva abbastanza lontano da essere al sicuro.

Ma se non fosse stata a casa?

Avrebbe potuto fare shopping o persino pregare Mimir, la sua divinità preferita.

Non sapeva nemmeno come fosse andato il Tempio del Dio della Conoscenza, poiché almeno altri tre templi avevano sofferto molto durante l'attacco.

La convinzione che fosse successo qualcosa di terribile cominciava a tormentarla.

Era stata ingenua a scartare quelle possibilità all'inizio della giornata?

Quando si svegliò da un lungo e piacevole sonno, il sole splendeva già dalla finestra, e il pensiero dei suoi trionfi la notte prima l'aveva messa di buon umore, non volendo contemplare pensieri oscuri.

Si era vestita con alcuni dei suoi vestiti migliori, un abito da elfo bianco di seta e pizzo e il cotone più morbido possibile.

Le gonne erano lunghe, quasi fino al pavimento, meno pratiche dei suoi vestiti normali, con un corpetto stretto bordato d'oro, lunghe maniche esterne che le scivolavano libere all'altezza dei gomiti.

Aveva persino cantato mentre si pettinava i capelli, facendo il possibile per intrecciare le lunghe ciocche dorate, enfatizzando la forma frondosa delle sue orecchie.

Un cerchio in filigrana d'argento ha completato l'effetto.

E anche lei aveva scelto una collana sottile con un piccolo smeraldo che ora si annidava contro la sua pelle nuda appena sopra il petto.

Era stata felice di essere viva, accogliendo un nuovo giorno, come aveva fatto tante volte dopo aver affrontato i pericoli della sua carriera di avventuriera.

Ora, tuttavia, la sua mente cominciava a riempirsi di terribili possibilità.

Come avrebbe potuto scartare paure così ragionevoli?

La città non era sopravvissuta indenne.

E se Onna fosse stata ferita o peggio?

Il pensiero era troppo terribile per contemplarlo; il cuore gli batteva forte nel petto mentre iniziava a camminare più velocemente, un freddo sudore di paura si formava sulle sue sopracciglia ornate.

Il giorno prima non aveva avuto paura, o almeno non così.

C'erano stati brevi scoppi di paura, sì, ma non quella paura che distruggeva l'anima che le si aggrappava adesso.

Quindi, aveva combattuto per la sua vita, per la vita di tutti in città, e aveva avuto poco tempo per pensare a nient'altro che tattiche e combattimenti.

Questa era completamente diversa, un'esperienza a lei quasi sconosciuta.

Si fermò quasi per offrire una preghiera alla Signora dei Boschi, a Muriela, a qualunque divinità stesse ascoltando, ma sapeva che adesso non avrebbe fatto alcuna differenza, ei suoi piedi la portarono inesorabilmente veloce alla casa del suo amante.

* * *

Il negozio era già davanti a lei, con gli appartamenti di Onna in cima.

Era intatto!

Ma cosa significava veramente?

E le finestre erano chiuse, l'intero posto chiuso.

Non dovrebbe essere così a quest'ora del giorno!

Lanciò un grido preoccupato mentre sollevava le gonne e cominciò a correre, aprendo la porta sul retro e su per le strette scale fino alla porta della camera da letto, battendo con urgenza sulla porta con il suo piccolo pugno.

Sembrava un'eternità il tempo impiegato per aprirlo.

"Che fretta ..." disse Onna, "Chi è ... Valeria!"

"Stai bene!"

"Oh, ero così ..."

Non ha dato alla donna umana la possibilità di finire la frase, quasi gettandosi tra le sue braccia.

Le loro labbra si incontrarono in un lungo bacio appassionato, e ci volle un po 'prima che si liberassero, e Onna ebbe la presenza di spirito di chiudere la porta dietro di loro.

"Stai bene!"

"Ho appena detto che ..."

"Ebbene lo sei!"

"Anche tu".

Risero, ancora incrociati, abbracciandosi, in piedi, stretti insieme dentro l'ingresso dell'appartamento.

"Sapevo che saresti stato al centro di tutto. Ero così preoccupato."

"Pensavo ti fosse successo qualcosa".

"No, non era qui vicino."

"Ma perché il negozio è chiuso?"

"Nessuno sa se torneranno. La città è in preda al panico. Non c'è stato niente del genere da ... da quando non so quando. Non poteva aprirsi."

"È finita. È finita. Li abbiamo arrestati. Abbiamo scoperto chi erano e li abbiamo detenuti."

"Quindi eri tu? Deve essere stato pericoloso. Oh mio Dio, sei ferito?"

"No, sto bene. Davvero" fece scorrere una mano tra i riccioli marroni di Onna, "e anche tu, che è ciò che conta."

Rimasero così ancora per un po ', guardandosi negli occhi, prima che Onna finalmente rompesse il silenzio.

"Sembri felice di vedermi quasi quanto lo sono io di vederti. E tu sei quella che si è messa in pericolo. Entra e siediti. Posso offrirti del tè o qualcosa del genere?"

Declinò l'offerta del tè, ma almeno cedette per abbracciare la sua amica e si sedette su un lato del divano.

Onna si sedette accanto a lei, il braccio appoggiato sulla spalla di Valeria.

"Oh, il tuo vestito è così bello!" disse, apparentemente notandolo per la prima volta, "Non l'ho mai visto prima. È così bello, e ... oh, è vera seta? Ha una lucentezza così bella. E guardami; io" Non sono vestito per ricevere visitatori in assoluto ".

Il che era vero.

Valeria sapeva che la sua amica aveva una collezione di abiti eleganti, ma oggi era vestita in modo casual con un gilet marrone senza maniche a buon mercato indossato sopra una semplice camicetta bianca con una gonna scura al ginocchio e scarpe di pelle.

In effetti, l'elfo non l'aveva mai vista vestita così casualmente.

Forse preoccupata per il disastro della città, aveva appena indossato dei vecchi vestiti senza pensarci davvero.

E ancora ...

"Sei ancora bellissima," le disse, facendo scorrere un dito lungo la guancia dell'umano e sentendo ogni parola che diceva.

Senza vestirsi in quel modo, era ancora affascinante come l'aveva conosciuta Valeria, la purezza del suo aspetto brillava senza bisogno di ornamenti.

"Tu sei veramente."

Sorrise e si rannicchiò vicino all'elfo, appoggiando la testa sulla spalla dell'altra donna.

Rimasero così per un po ', in silenzio, con le mani intrecciate tra loro.

Era bello stare lì a condividere il suo calore, e Valeria ha respirato il profumo del suo partner, godendosi la sensazione dei loro corpi vestiti fianco a fianco.

"Valeria," disse Onna dopo un po ', "che cosa abbiamo?"

"Di cosa stai parlando?" chiese, perplessa.

"Noi. Cosa c'è tra noi? Voglio dire ..." sospirò, alzandosi leggermente e spazzolandosi i lunghi capelli di lato. "Sei un elfo. Vivrai per secoli. Tu ... in realtà, quanti anni hai? Se non ti dispiace che te lo chieda."

"Centottantacinque".

"WOW."

Gli occhi dell'umano si spalancarono.

Poi rise, mezza a se stessa.

"Non posso credere di non averti mai chiesto questo prima."

"Sai che viviamo più a lungo degli umani."

"Sì, ma non sapevo quanto e questo è il punto. Non lo farò: sono umano. Avrò i capelli bianchi anche prima che tu sia di mezza età. Penso."

"Be ', no," disse piano, "non pensarci, voglio dire. Mancano anni ... decenni, anche. Non ho intenzione di andare da nessuna parte."

"Davvero? Staresti con me, anche quando ..."

"Certo. Perché non dovrei?"

Si rese conto che ci stava pensando, inconsciamente, da un po '.

Nonostante i suoi rapporti con altre donne, anche un uomo, se si contava Solomon, avrebbe voluto solo essere qui, insieme a Onna.

La monogamia non era naturale nella sua cultura, ma forse poteva anche provarci.

Non poteva immaginare di poter aver bisogno di qualcun altro, non nel modo in cui aveva bisogno di Onna.

"Ma sarò vecchio."

"Sarai tu. Questo è ciò che conta per me. Ti ricordi tutte quelle notti che abbiamo passato a parlare? Anche prima che fossimo ... coinvolti in qualcos'altro. E non è che il sesso non sia buono", ha aggiunto con un leggero sorriso.

"Oh dea, il sesso è buono ..." Onna concordò con tale sentimento che entrambi scoppiarono in una risatina imbarazzata in seguito.

Valeria si calmò, raddrizzò il viso e guardò di nuovo negli occhi castani dell'umano.

"Sei tu. Siamo amici da anni, e ora è ancora più profondo di quello."

Si chinò e infilò la testa nell'incavo della spalla di Onna, i suoi morbidi capelli castani le cadevano sulla guancia.

Non poteva ancora usare la parola, anche se sapeva di doverlo fare.

Ha reso le cose più reali, portando la sua vita in una nuova direzione.

"Non voglio perderti mai più," sussurrò invece, le sue labbra che sfioravano il collo dell'altra donna.

Onna fece scorrere silenziosamente una mano sulla guancia dell'elfo, tracciando il contorno di un orecchio appuntito.

"Allora ... finché non sarò vecchio ..."

"Anche quando sei vecchio."

"Sì?"

"Mmm hmm."

"Bene, mentre aspettiamo quello allora."

"Per me va bene."

"Questo pomeriggio, per esempio ..."

"Mmm ..."

Valeria alzò la testa e si baciarono.

Un bacio lungo e soffice che sembrava non finire mai.

"Camera da letto?"

"Camera da letto."

Senza fiato, entrarono nell'altra stanza, abbracciandosi intorno alla vita.

Si sedettero una di fronte all'altra sul letto, Valeria tese una mano al suo amante e la attirò per un altro lungo bacio.

Si abbracciarono, uno stretto abbraccio, le mani che si passavano tra i capelli.

Le dita dell'elfo vagarono verso il corpo del suo amante, sentendo il tessuto morbido e leggermente consumato del giubbotto.

Delicatamente, si appoggiò allo schienale e aiutò Onna a togliersi l'indumento prima di allungarsi per baciarla di nuovo.

Questa volta, c'era solo un tessuto più sottile della camicetta sotto le sue dita curiose, i capezzoli eretti di Onna che allungavano leggermente il tessuto sul suo seno.

Presto Valeria aveva tirato fuori la camicetta dalla cintura del suo amante e le sue mani saettavano sotto, sentendo la pelle calda ed elastica contro la punta delle dita.

Fu il turno di Onna di fare un passo indietro, lasciando che le mani dell'elfo strisciassero verso il suo ventre.

L'umano cercò l'abito di Valeria, accarezzò la stoffa e, nello stesso tempo, evidentemente cercò i fiocchi.

"Sono dietro," sussurrò l'elfo, e si spostò sul letto per farle piacere.

Onna spinse via le ciocche bionde, ma invece di muoversi per sciogliere i lacci, si chinò per premere le sue labbra contro la parte posteriore del collo del suo amante, il suo respiro caldo contro la pelle.

"Voglio baciare ogni centimetro del tuo corpo," rantolò, e Valeria mormorò il respiro in risposta.

Onna si appoggiò a lei, premette il suo petto contro la schiena dell'elfo e soffiò dolcemente nell'orecchio di Valeria.

La sua lingua presto la seguì, sfregando leggermente le pieghe, correndo lungo la punta appuntita e la bionda sospirò soddisfatta.

Potrei lasciarlo andare avanti così tutta la notte; era così bello stare con il suo amante.

Ben presto, tuttavia, le sue dita tenere separarono i lacci sul retro del suo vestito, scivolando lentamente verso il basso mentre si allentava.

La donna umana rimase a bocca aperta di gioia quando, al posto della normale camicia da notte di Valeria, scoprì un indumento di pizzo che si intonava al vestito, aderente saldamente alle curve dell'elfo, la pelle pallida parzialmente visibile sotto.

Mentre lasciava che il vestito le girasse intorno alla vita, Onna, fedele alla sua parola, iniziò a baciarle le spalle nude, le sue labbra e la sua lingua scivolando sulla carne.

Quando si allungò per baciare il braccio, la maga si voltò a guardare la sua compagna, i cui occhi castani fissarono i suoi mentre si spostava lentamente verso il basso.

Sorrise mentre Onna le infilava in bocca ciascuna delle sue dita sottili e, una volta che aveva finito, la attirava per un altro bacio appassionato.

Le mani della donna umana erano tra i suoi capelli, che correvano per la loro lunghezza e sfioravano il pizzo della sua biancheria intima.

Valeria spinse le sue mani sottili da elfo sotto l'orlo sciolto della camicetta, accarezzando la morbida schiena del suo amante sotto il tessuto, curve familiari sotto le sue dita che carezzavano delicatamente.

Onna si contorse deliziata al suo tocco e l'elfa colse l'opportunità per sollevare la camicetta più in alto, finché non rimase intrappolata sotto i tumuli gonfi del petto dell'umano.

Onna lo sollevò avidamente, sollevando le braccia sopra la testa e scuotendo i morbidi riccioli marroni per liberarli dal tessuto.

La spinse via con un movimento rapido, quasi sprezzante, e le loro labbra si incontrarono di nuovo, affamate, assaporando le lingue, i seni nudi dell'umano ora premuti contro il sottile pizzo delle mutande di Valeria.

Si separarono, ansimando mentre l'elfo accarezzava quei tumuli succulenti, curve morbide contro le sue mani.

Onna si dimenò più in basso, raggiungendo la parte superiore del vestito di Valeria, ancora raggomitolata intorno alla sua vita.

Obbligatorio, l'elfo si è appoggiato all'indietro in modo da poter sollevare i fianchi, permettendo alla bruna di tirare lentamente l'indumento di seta sulle sue lunghe gambe.

Onna si appoggiò all'indietro sulle cosce, prendendosi il tempo necessario per piegare con cura il vestito, a differenza del modo in cui aveva appena trattato i suoi vestiti scartati.

Si sporse in avanti, attraverso il letto, i seni pesanti penzoloni, mentre lasciava cadere delicatamente l'indumento piegato sul tappeto.

Quando finì, Valeria accarezzò la parte bassa della schiena del suo amante e poi sciolse abilmente il nodo alla sua vita.

Con un ringhio musicale di frustrazione, Onna l'aiutò a togliersi di mezzo la gonna corta e semplice.

La donna umana si appoggiò allo schienale, seduta sul letto, gli occhi vaganti sul corpo dell'elfa.

"Così bella," sussurrò, mezzo a se stessa.

"Come te," rispose Valeria, bevendo l'affetto negli occhi scuri del suo amante, e ammirando il modo in cui i suoi capelli si riversavano sulle sue spalle nude.

Onna prese una delle gambe snelle dell'elfo, sollevandola delicatamente, rimuovendola dalle delicate scarpe ricamate per premere le sue labbra contro le sue dita nude.

Mordicchiò baci lungo l'arco del suo piede, fino alle caviglie di Valeria, e la bionda si lasciò sfuggire una risatina soddisfatta.

Giocando con l'umano, lasciò il piede dalla sua presa, premendolo contro la spalla di Onna, intrappolando una ciocca di capelli tra due dita e poi impastando delicatamente la carne.

Fece scivolare il piede più in basso, accarezzandolo sul décolleté di Onna, la pelle liscia contro quella di lei.

Ma l'umano la prese di nuovo, chinandosi in avanti per far piovere baci sullo stinco di Valeria, e si voltò prima davanti e poi dietro le ginocchia.

Si mossero leggermente sul letto.

Onna si spostò in una posizione più prona e Valeria si appoggiò ai cuscini mentre le labbra indagatrici dell'umano si muovevano sulle sue cosce.

Si gettò dall'uno all'altro, baciando, come promesso, ogni centimetro di pelle disponibile.

La donna elfa sussultò di piacere quando Onna prese la pelle liscia dell'interno delle cosce, il suo viso che ora sfiorava l'orlo della minuscola gonna della sua biancheria intima.

Si fermò lì, alzandosi per un altro appassionato bacio bocca a bocca.

Le loro lingue intrecciate, le mani di Valeria corsero tra i capelli del suo amante mentre la abbracciava, assaporando la forma arrotondata delle sue orecchie e le piacevoli curve del suo collo.

"Oh, Valeria ..." sospirò la bruna quando finalmente si liberarono.

Adesso erano seduti uno di fronte all'altro, i seni che si alzavano e si abbassavano a meno di un centimetro l'uno dall'altro.

Gli occhi dell'umano si abbassarono istintivamente sulla scollatura della sua compagna, la pelle pallida e liscia che si elevava sopra il pizzo.

L'indumento era allacciato davanti con un piccolo fiocco rosa, poi una serie di tre piccoli bottoni a pressione sotto quello, in una fila che si estendeva appena sopra i fianchi.

Delicatamente, slacciò la cravatta.

Quindi aprì ciascuno dei fermagli uno alla volta, molto lentamente, assaporando il momento, esponendo il corpo dell'elfo centimetro dopo centimetro.

Poi sorrise, un lampo di denti bianchi contro le labbra rosa, e fece cenno a Valeria di voltarsi.

L'elfa volentieri obbedì, rotolò sulla sua fronte e finì per sdraiarsi a pancia in giù premendo il cuscino contro la sua guancia.

Chiuse gli occhi, sorridendo, deliziata dalla sensazione delle mani di Onna che esploravano il suo corpo.

Lo sentì togliersi la biancheria intima, il pizzo che le sfiorava la pelle delle gambe mentre se lo toglieva e, immaginò, lo sistemò con cura sul tappeto con il vestito.

Le lenzuola si strinsero mentre Onna si muoveva, e la cosa successiva che sentì fu un alito caldo sul collo e sulle guance.

La sua lingua le leccò delicatamente la punta dell'orecchio destro ed emise un mormorio di respiro senza parole.

Un bacio piantato tra le sue scapole.

Baci più morbidi, che si spostano verso l'esterno, sulle sue spalle.

Ai lati del petto, poi di nuovo al centro.

Scendendo questa volta, le sue labbra premettero contro la sua spina dorsale.

Baci che le piovono sul corpo, intorno alla vita.

Ancora più in basso, all'unico capo di abbigliamento che indossava ancora: un paio di mutandine elfiche di seta a disegno floreale in pizzo bianco.

Dita morbide, che accarezzano la seta.

I seni di Onna erano appoggiati alla parte posteriore delle sue cosce.

Le sue mutandine erano orlate ... ma solo parzialmente.

La curva superiore dei glutei esposta all'aria più fredda della stanza.

Baci anche lì.

La punta di una lingua calda, che si lancia in cima alla sua fessura.

Valeria riaprì gli occhi quando Onna la fece rotolare sulla schiena.

Guardò la donna umana, vide i suoi capelli castani cadere, ora spettinati, sul suo viso, strisciare sul corpo della donna elfica.

"Che dolce ..." disse piano, passandosi una mano tra i capelli, poi prendendo a coppa il mento di Onna.

Tuttavia, la bruna non aveva finito ei suoi baci si spostarono sulla pancia della donna elfica mentre si alzava lentamente dal letto.

I seni di Valeria desideravano essere toccati, sentire la morbida carezza di quelle belle labbra.

La maga trattenne un gemito di frustrazione mentre i baci di Onna continuavano a diffondersi sempre di più sul suo corpo snello.

I suoi capezzoli erano duri, gonfi, desiderosi di qualcosa di più del pennello di aria fredda.

Le sue mani afferrarono le coperte in attesa, non volendo rompere l'incantesimo supplicando.

Quindi sì, benedetto sollievo!

Le mani di Onna le coprirono i seni, le sue labbra si muovevano delicatamente su di essi, assaporando ogni centimetro di carne curva.

L'umano accarezzò i capezzoli pallidi e duri dell'elfo con la lingua, succhiandone uno finché Valeria non poté fare a meno di emettere un gemito di gioia.

L'umano rise, un suono musicale di puro piacere, e poi si baciarono di nuovo bocca a bocca, Onna sdraiata sul corpo del suo amante, i seni che si sfregavano l'uno contro l'altro, le mani che vagavano liberamente.

L'elfa si alzò sui gomiti, spingendo in alto la sua compagna, finché i suoi stessi baci non piovvero giù per la gola di Onna e sui suoi seni.

Divorava i seni dell'umano con fame, con meno dolcezza di quanto aveva fatto il suo amante.

La sua bocca era aperta, le sue labbra scivolavano sulla carne tonda, la sua lingua sapeva di gocce di sudore salato.

Ha succhiato un seno, infilando il grande capezzolo marrone nella sua bocca, premendo il viso contro il morbido tumulo.

Era disperata, spinta quasi alla distrazione dalla bella donna nelle sue mani, il corpo dolorante per il desiderio.

Voleva Onna dentro di sé adesso, portandola avanti e indietro finché non gridò di gioia.

Invece, la donna umana la spinse delicatamente ma con fermezza contro le lenzuola.

La maga gemette di desiderio frustrato, tenendosi a malapena insieme per lasciare che Onna finisse ciò che aveva iniziato.

Sicuramente il delizioso tormento non potrebbe durare ancora a lungo?

Onna le stava baciando i fianchi adesso, appena sopra le mutandine.

Presto, con suo grande sollievo, sentì l'ultimo capo di abbigliamento scivolare lungo le sue cosce e cadere dal lato del letto.

Abbassò lo sguardo sul suo amante, i suoi stessi seni ansimanti per il desiderio represso, mentre fissava ancora una volta quegli occhi marroni profondi.

Onna allargò le gambe della maga, esponendo il suo sesso, e Valeria non poteva più tacere.

"Per favore oh per favore ..."

La mora ha risposto allargando ulteriormente le sue cosce, allargando la sua figa.

Ma invece di premere immediatamente il viso su quel sedile umido di piacere, baciò il piccolo tumulo sopra di esso, i suoi corti capelli dorati attaccati alle labbra bagnate.

Ma solo per un momento, perché sembrava che nemmeno lei potesse trattenersi più.

Valeria ha lanciato un grido di gioia quando il suo amante ha finalmente piantato i suoi baci sulla sua figa rosa gonfia.

Presto fu dentro, la sua lingua leccò profondamente per un momento prima di ritirarsi per toccare ripetutamente le zone più intime della maga.

Dopo il loro tempo insieme, sapeva fin troppo bene cosa piaceva al suo compagno, e la donna elfa si ritrovò a gemere e piangere, il suo corpo inarcato contro le lenzuola, i suoi piccoli seni spinti in aria, le sue mani che si stringevano e si allentavano.

Urlò di nuovo, più forte, quando un dito si unì alla lingua di Onna, sondando dolcemente dentro di lei.

Il suo amante ha iniziato a succhiare delicatamente il suo clitoride e Valeria sapeva che non poteva durare a lungo.

Emise una serie di sussulti musicali, accelerando il passo, non volendo che finisse, ma sentendo che doveva presto.

E poi, proprio mentre era in cima a quello che sicuramente sarebbe stato un climax più che straordinario, sentì Onna fermarsi.

Desideroso del suo rilascio, si lasciò sfuggire un grido dal tono quasi pietoso.

Pochi istanti dopo, il suo grido fu soffocato quando Onna si alzò sul letto accanto a lei e la avvolse tra le sue braccia.

Le loro bocche si incontrarono, Valeria assaporò il suo stesso sesso sulla lingua del suo amante mentre si intrecciavano.

Entrambe le donne rimasero senza fiato mentre completavano il bacio, una risata tranquilla sulle labbra di Onna tra i loro respiri ansimanti.

Le mani di Valeria corsero lungo la schiena della donna umana, per scoprire che il suo compagno non si era ancora tolto le mutandine.

Si prese immediatamente cura di quel problema, e loro due si stavano rotolando sul letto, una lotta di mani e corpi che colpivano mentre si mettevano in posizione.

Valeria ha presto trovato l'inguine di Onna su di lei, un'ombra sul suo cespuglio scuro, la figa bagnata e accogliente.

Prima che potesse fare qualsiasi cosa, la testa del suo partner era tra le sue gambe, il suo corpo giaceva sopra il suo.

Quando le dita e la lingua di Onna iniziarono di nuovo il loro amorevole lavoro, Valeria afferrò le natiche della sua partner e la tirò verso il suo viso.

Se Onna sapeva cosa le piaceva, e lei, oh lo sapeva sicuramente, lo stesso valeva anche al contrario.

La lingua dell'elfo saettò nella fica del suo amante, scivolando contro le pieghe familiari, massaggiandole la clitoride, assaporando il sapore di umano.

Continuarono a leccarsi a vicenda, di tanto in tanto giocando con le dita, la mano libera che stringeva la schiena del suo partner.

A un certo punto, Onna fece una pausa nel suo ministero, alzando la testa per emettere un lungo gemito appassionato mentre il suo corpo si appoggiava a quello di Valeria, prima di tornare al suo compito ancora una volta.

Questa volta non ci furono più interruzioni.

Valeria si sforzò di trattenere le sue calde leccate mentre ondate di piacere le attraversavano il corpo e un gemito lamentoso le salì in gola.

Onna si stava muovendo più velocemente, più in profondità, ora, e l'elfo rispose in tono gentile.

Raggiunsero il culmine insieme, urla attutite dai corpi convulsi l'uno dell'altro mentre tremavano di felicità.

"Oh dea ... oh dea ... oh, Onna ..." Valeria rimase a bocca aperta quando riprese la capacità di parlare.

Il suo amante rotolò su di lei, rotolandosi nel letto per sdraiarsi di fronte a lei, e si abbracciarono, baciandosi nel bagliore.

I capelli di Onna erano in disordine, con ciocche attaccate al collo e alle spalle e la fronte inzuppata di sudore.

"Spero che ti sia piaciuto tanto quanto me"

"Lo sai che l'ho fatto."

"Non lasciarmi mai Valeria."

"Non lo farò," promise ... e quasi pronunciò le parole.

Tuttavia, è ancora rimasta indietro.

Non poteva nemmeno dire a se stessa perché fosse.

Dopo una vita così lunga, perché non ammettere che qualcosa era finalmente cambiato, che aveva sperimentato qualcosa di completamente nuovo?

Qualcosa per cui gli elfi avevano una parola ancora più lunga degli umani.

Ma qualcosa che nemmeno adesso non poteva dire ad alta voce.

Era sciocco, davvero, ma lo era.

Appoggiò la testa contro la spalla di Onna e inalò il suo profumo con soddisfazione.

Mi sono venute in mente le parole di una vecchia poesia elfica, qualcosa dei suoi giorni più giovani.

"Cosa significa?" Chiese Onna e Valeria si rese conto di aver parlato ad alta voce.

"È una vecchia poesia", ha risposto, "sulla ricerca del posto perfetto nell'universo, l'essere tutt'uno con il mondo. Mia madre la recitava quando era piccola."

"Sembra bellissimo."

"Mmm ..." Si stava lasciando andare, al sicuro nel calore delle braccia del suo amante, a suo agio e felice come non era mai stata con nessun altro nella sua vita adulta.

Mentre riposava, sentì le mani di Onna accarezzarle dolcemente la schiena, gentili come le ali di una farfalla.

Si arrese alla sensazione, godendosi la gioia edonistica di essa.

Le mani di Onna si spostarono più in basso, verso le sue natiche, poi girarono sui suoi fianchi e giù tra le sue gambe.

Il sogno svanì dalla sua mente mentre guardava il volto sorridente del suo amante.

"Ancora?"

"Perché no?"

All'inizio Onna si accarezzò solo le labbra della fica, ma alla fine un dito scivolò dentro, languido e lento, Valeria rispose allo stesso modo, e si distesero insieme, i loro corpi stretti, accarezzandosi dolcemente con morbide carezze che andavano avanti all'infinito , Rilassante.

Un bel bagliore caldo di affetto reciproco.

Il tempo sembrò fermarsi mentre banchettavano lentamente, mantenendo la stessa posizione, le gambe parzialmente intrecciate, i seni premuti, guardandosi silenziosamente negli occhi.

Valeria si sentì il cuore esplodere di gioia.

Non ricordava il momento in cui si era sentita felice come adesso, rannicchiata tra le braccia di Onna, fluttuando in un mare di pura e inimmaginabile felicità.

Fu allora che finalmente pronunciò le parole.

"Ti amo, Onna."

Il suo partner si lasciò sfuggire un piccolo sussulto.

"Anch'io ti amo, Valeria. Ti ho amato da quando ci siamo incontrati, ma non sono mai stato in grado di dirtelo. Ti amo tanto."

Sembrava liberatorio, come se un peso fosse stato sollevato.

Perché non era mai stato in grado di dirlo prima?

Ora che l'aveva fatto, lo ripeté tra baci morbidi.

"Ti amo, ti amo, ti amo ..."

Le dita di Onna dentro di lei accelerarono il suo ritmo mentre continuavano a baciarsi.

Valeria era felicissima, voleva quasi cantare per il mondo intero.

I suoi occhi erano spalancati mentre sentiva avvicinarsi il secondo climax della giornata.

Sussurrarono i nomi degli altri abbracciandosi mentre si avvicinavano al bordo.

L'orgasmo era accecante, escludendo tutti tranne la donna tra le sue braccia.

Stavano piangendo entrambi.

Onna quasi singhiozzava mentre il suo corpo sussultava, la sua figa si contraeva intorno alle dita di Valeria.

Tuttavia continuò, premendo più a fondo, stimolando il clitoride dell'elfo anche mentre scendeva dalle vertigini della sua esperienza.

Valeria non riusciva a crederci.

Aveva appena sperimentato uno degli orgasmi più intensi e meravigliosi di tutta la sua vita, eppure la sua eccitazione era appena diminuita.

Si aggrappò al suo amante, sussulti di sorpresa che echeggiavano per la stanza mentre le sue dita continuavano a muoversi dentro di lei.

Il secondo climax è stato, incredibilmente, anche migliore del primo.

Mai, in tutta la sua vita, aveva sperimentato qualcosa di così meraviglioso.

Non era mai venuto due volte prima, in così rapida successione, tanto meno come adesso.

Urlò il nome del suo amante, completamente persa nella sensazione.

Si baciarono, persi in un abbraccio senza tempo.

Tuttavia, le dita continuavano i loro movimenti e lei ancora rispondeva.

Dolce dea di tutto ciò che era sacro, sicuramente non poteva ...

Poteva.

Oh come poteva ...

EPILOGO

La città stava cominciando a tornare alla normalità dopo i recenti orrendi eventi.

Apparentemente, poco potrebbe spaventare a lungo la gente di Tarantia.

Il commercio era essenziale e gli abitanti della città avevano vite da condurre, anche dopo il piccolo inconveniente di una piaga di zombi.

Il mercato era di nuovo aperto, i venditori vendevano le loro merci e, per la maggior parte, i danni strutturali erano stati minimi.

Eppure, se qualcuno conosceva la città oltre a Conan, avrebbe potuto dire che non si era ancora ripreso dallo shock.

Erano passati solo due giorni dopotutto, e se guardavi da vicino, potevi vedere le espressioni scioccate su alcune facce, gli sguardi nervosi che cercavano di rimanere ben nascosti.

Il trading potrebbe essere tornato alla normalità, ma è stato un po 'meno rumoroso del solito.

Molti avevano perso persone care o amici e gran parte del giorno precedente era stato speso a pulire i corpi dalle strade.

Era qualcosa che nessuno poteva dimenticare facilmente.

Certo, era uno dei pochi che aveva idea di cosa fosse realmente accaduto.

Altrimenti, non c'erano chiare indicazioni che i non morti non sarebbero tornati.

La notte prima aveva taciuto, tutti erano rimasti nelle loro case, sperando che non succedesse più.

Alcuni hanno indicato la doppia eclissi lunare, dicendo che in qualche modo aveva magicamente causato la resurrezione dei non morti, ma altri hanno sottolineato, con buone ragioni, che davvero non lo so, non lo so.

Nessuno sapeva con certezza dove i morti fossero risorti dai morti, e non c'era una buona spiegazione del motivo per cui erano scomparsi così all'improvviso.

Conan sapeva la verità, ovviamente, ma non c'era modo di dirlo a nessuno.

Avrebbero chiesto di sapere perché non aveva emesso un avvertimento, e il fatto che non avesse conosciuto tutti i dettagli in tempo, o che non conoscesse il momento della crisi fino a quando non stava per accadere, non era qualcosa che avrebbe probabilmente andrà giù molto bene.

Le emozioni erano alte e non voleva rischiare un confronto.

E non era mai diventato un avventuriero semplicemente per la gloria e la fama.

Quindi, con un po 'di colpa, ora stava camminando per le strade della città, uno dei tanti perso nei suoi pensieri, ma rassicurandosi di essere ancora in piedi.

Alla lunga, nulla cambierebbe, gli eventi passerebbero alla storia e al folklore, come molti avevano fatto prima.

Tarantia avrebbe continuato, perché lo faceva sempre.

"Per favore aiuto!"

Una donna lo aveva afferrato per il braccio e lo teneva stretto.

Per quanto perso nelle sue fantasticherie, non l'aveva nemmeno vista avvicinarsi.

In effetti, non era del tutto sicuro di dove fosse ... vicino al quartiere dei mercanti, forse, ma non poteva dare un nome immediato alla strada in cui stava vagando.

"Che succede?"

Era una donna giovane e snella con i capelli scuri e un'espressione piuttosto allucinata, con rughe di preoccupazione su un viso altrimenti grazioso.

In qualche modo, sentiva che lei aveva visto più nella sua vita di quanto avrebbe dovuto vedere chiunque di quell'età.

Il suo vestito era semplice e semplice, del tipo lusinghiero per i domestici o per i dipendenti minori.

Era chiaramente sconvolta e lui non poteva fare a meno di sentire che, in un certo senso, poteva essere colpa sua.

"Appena arrivato!" disse, tirandogli il braccio.

Il suo viso si voltò dall'altra parte, per guardare dietro l'angolo in fondo alla strada.

La sua voce sembrava disperata, ansiosa.

Aveva qualcosa a che fare con l'attacco dei non morti, giusto?

Qualche retaggio del suo fallimento nell'affrontare il problema prima che si trasformasse in spargimento di sangue.

Il senso di colpa lo spronò e gli permise di spingerlo in avanti.

"Come ti chiami?" chiese, mentre correvano per la strada, svoltando in un viale più ampio che gli era più familiare, "cosa è successo?"

Lei non rispose, e lui non si fermò a chiedersi perché lo avesse scelto, quando dovevano esserci una dozzina di persone più vicine all'edificio a cui si stavano avvicinando.

Se questo era qualcosa di cui era stato responsabile, anche indirettamente, doveva fare pace con se stesso.

La donna quasi lo spinse verso la porta, che era semiaperta.

"Velocemente!" ha detto, "per favore! Lui è nella parte posteriore!"

Entrò e trovò un corridoio non decorato.

C'era una porta all'altra estremità e un'altra sul lato, di fronte a una scala che portava al piano superiore.

Probabilmente ci sarebbe stata una cucina sul retro, ma non era ancora chiaro quale fosse il problema.

Decidendo che, con la donna prossima all'isteria, era più utile vedere cosa stava succedendo che interrogarla, si affrettò lungo il corridoio fino alla porta.

Sentì un'improvvisa puntura sul collo.

Si fermò, cercando la fonte del dolore.

Un piccolo dardo era intrappolato lì, sepolto nella carne.

Guardò in quella direzione: la scala.

Sopra: una figura che si era persa di vista.

Si lanciò verso le scale, ma improvvisamente le sue gambe si sentirono deboli e inciampò.

"Mi dispiace ... mi dispiace tanto," disse la donna, e lui si voltò per vederla guardare mortificata, nella sua direzione, appena prima che le sue gambe cedessero completamente.

Il torpore si diffuse in tutto il suo corpo.

Doveva essere un veleno ad azione rapida!

Si maledì per la sua creduloneria, ma non c'era più niente che potesse fare.

Come ci era riuscito, da solo e senza aiuto?

"Se fossi in te, scapperei," disse una voce di donna dall'alto, "correrei il più lontano possibile da questa città e non tornerei mai più".

Il suo carceriere guardò un'ultima volta nella sua direzione, i suoi occhi scuri si riempirono di rimpianto e, sì, il suo sguardo diceva qualcosa di profondo, inespresso dolore.

Poi è corso fuori dalla porta.

Si chiese chi fosse, mentre la nebbia gli riempiva la vista e i suoi occhi si chiusero.

L'ultima volta che sentì furono dei passi che scendevano le scale.

* * *

Conan si svegliò sdraiato su un fianco su un pavimento di legno.

All'inizio era sbalordito, la sua vista offuscata e le sue membra si rifiutavano ancora di muoversi al suo comando.

Qualcun altro stava attraversando la stanza, le suole in morbida pelle emettevano un suono caratteristico ma silenzioso contro le assi del pavimento.

Non riuscivo a vederlo, non ancora.

I passi si fermarono.

"Ah, sei tornato" disse una voce, la stessa che aveva sentito dall'ultimo piano del palazzo.

"Fai ... donnggdeg ..." La sua lingua e le sue labbra risposero leggermente meglio di qualsiasi altro senso.

"Non dovresti essere in giro ancora per molto," lo informò la voce, e fu in grado di girare la testa leggermente nella sua direzione.

Vedeva un paio di stivali di pelle, ma nient'altro.

"Aspetta, finché non senti qualcosa nelle tue membra. Le droghe degli elfi oscuri sono davvero molto utili."

Mentre parlava, un altro senso tornò.

Si rese conto che le sue mani erano legate insieme, le corde che le affondavano forte nei polsi.

Le sue gambe non sembravano essere altrettanto limitate, ma senza le mani non poteva lanciare incantesimi o usare una spada e, chiunque fosse, presumibilmente lo sapeva.

E chi potrebbe essere, comunque?

Nessun altro sapeva della sua parte nello sconfiggere la Presenza e se qualcuno avesse saputo abbastanza da attaccarlo, probabilmente ne avrebbero saputo abbastanza per esserne grati, anche se con riluttanza.

Drogarlo e legarlo sembrava un po 'estremo.

A meno che la Presenza non avesse ancora alleati, naturalmente, pensò con un brivido di paura.

Secondo Valeria e gli altri, tredici persone erano entrate nella Rotonda e alla fine della notte c'erano dodici corpi.

Gli era stato detto che il tredicesimo era fuggito, ma se non fosse stato del tutto esatto?

Quella era stata una donna, no?

E se avesse cambiato idea e fosse tornata per vendicarsi?

L'idea era decisamente inquietante, soprattutto perché nessuno avrebbe avuto la più pallida idea di dove fosse.

Le sue gambe formicolarono bruscamente quando la
circolazione iniziò a tornare alla normalità, e fu in grado di mettersi
in ginocchio, le braccia ancora un po 'tremanti, ma
fondamentalmente funzionanti.

Scosse la testa, trovando la sua vista completamente ripristinata,
e si guardò intorno.

Ero in una stanza grande, senza finestre.

Troppo grande per l'edificio in cui era appena stato, a meno che
non occupasse l'intero piano superiore, il che sembrava improbabile.

Il pavimento era ben levigato, fatto di legno di alta qualità e le
pareti rivestite di stampe costose.

C'erano alcune sedie ben imbottite negli angoli, ma non
sembravano essere state usate.

L'unica luce proveniva dall'alto, da un lucernario, a indicare che
fuori era ancora giorno.

Il suo rapitore era in piedi di fronte a lui.

Non era nessuno che avesse visto prima, una donna un po 'più
bassa di lui, vestita di pelli aderenti e un mantello nero con
cappuccio.

Una spada corta pendeva da un fodero alla cintura e l'elsa di un
corto pugnale faceva capolino dalla cima di uno stivale alto.

Poteva capire dal modo in cui appariva che era competente ed
esperta, forse altrettanto esperta in combattimento quanto lui.

I suoi capelli, quello che poteva vedere sotto il cappuccio, erano
di un castano intenso, ma la sua pelle era pallida, come se vedesse
raramente il sole, cosa piuttosto difficile per Tarantia.

Nonostante tutto, non aveva traccia di accento.

Tuttavia, furono i suoi occhi a catturare immediatamente la sua
attenzione.

Erano scuri, duri e privi di emozioni, e si adattavano
all'espressione calma ma determinata sul suo viso.

Inoltre, avevano un colore leggermente strano, anche nell'ombra proiettata dal cappuccio, un bagliore rossastro sull'iride che sembrava davvero avrebbe dovuto essere marrone.

E gli ricordavano vagamente i granati.

"Dove sono?" Sì, sembrava che adesso potesse parlare correttamente.

Almeno quello era qualcosa.

"A casa di un mercante di nome Lady Gedren. Non ha più bisogno di lei."

"Perché è morta," fece notare, chiedendosi quale sarebbe stata la sua reazione alla sua conoscenza.

La sua espressione non tremolava nemmeno.

"L'ho uccisa," disse, naturalmente, prima di alzare le spalle, "beh, in parte, si è uccisa. Ma soprattutto ero io."

"L'altra donna ... quella che mi ha portato a casa ... chi è? Sta bene?"

Il suo rapitore lo guardò in modo strano.

Quella domanda, almeno, l'aveva colta di sorpresa.

"Se n'è andata", disse infine, "era la serva di Gedren. Se sai cosa è meglio per lei, in questo momento sta correndo più veloce che può. Ma in ogni caso, non importa."

"Allora," disse, vedendo che lei non sembrava sul punto di parlare di nuovo, e se ne stava lì a fissarlo, "chiederò l'ovvio: chi sei e perché sono qui?"

"Il mio nome," disse semplicemente, "è Cassandra. E tu sei qui perché hai fallito."

Non ha detto niente a questo.

Chiaramente qualcosa era andato storto e sicuramente aveva coinvolto la Presenza.

Ma cosa?

"Hai distrutto il santuario sotterraneo", ha detto, dopo una pausa, "l'hai distrutto con una palla di fuoco. E, sì, l'ho visto ed è per questo che so chi sei. Non potrei non notare qualcosa di così vicino. Io immagina te Il piano era impedire alla Presenza di raggiungere questo mondo, ma, se fosse davvero così semplice, non credi che i precedenti avventurieri che hanno cercato di fermarla avrebbero fatto lo stesso? "

"La Presenza non si sconfigge così facilmente. Hai solo ritardato un po '. Vedendo il risultato, solo molto, molto poco, considerando quanto tempo ha dovuto aspettare".

Si voltò, camminando verso qualcosa nascosto nell'ombra nell'angolo della stanza che non aveva visto prima.

Lo raccolse e indietreggiò al centro della stanza, tenendo in mano uno scettro decorato, che terminava in un grande cristallo circondato da denti affilati.

Conan non l'aveva mai visto prima, ma poteva indovinare cosa fosse dalla leggenda di Kahudreth.

"La Presenza è arrivata", disse, quasi con reverenza, "ha un'ancora vivente per questo mondo ora. È nel mio sangue e lo rilascerò presto. Tarantia diventerà la Città dell'Inferno, la fine di un mondo. Un portale. Attraverso il quale i demoni potranno entrare in questo mondo. I loro eserciti saranno magnifici, il loro potere inimmaginabile. E quegli eserciti marceranno al mio comando, portandomi ricchezza e fama, e tutte quelle altre cose che non avrei mai potuto avere prima. "

"Terremo vicini i mortali, ovviamente, perché avremo sempre bisogno di schiavi. Il genocidio non è davvero molto interessante, ma essendo l'incarnazione fisica della Presenza, la sua voce qui nel mondo solido ... dovrebbe essere abbastanza buono, giusto? pensi?

Sembrava aver interrotto il suo discorsetto, e Conan le esaminò il viso per qualsiasi segno di debolezza.

Non ne trovavo nessuno.

"Allora perché non l'hai già fatto?" chiese invece.

"Ah, è qui che entri in gioco tu. La Presenza vuole che tu veda come trionfa. Si nutre di quel tipo di emozione. Preferisce meglio il tradimento, ma la disperazione inorridita è abbastanza vicina a questo. Quindi aspettiamo abbastanza a lungo. lo sapevi. Hai perso, vedrai i tuoi piani fallire. È un peccato che anche gli altri non possano essere qui, ma, beh, questo riduce anche le possibilità che qualcosa vada storto, e tu sei l'unico che ha distrutto il santuario ".

Si strinse di nuovo nelle spalle.

"Cosa c'è? La Presenza, voglio dire."

Fece una breve risata; ma aveva l'impressione che la risata non fosse qualcosa a cui era particolarmente abituata.

"Capisco perché sei un mago. Sempre curioso!"

"Ma è anche una domanda giusta", ha continuato, "che cos'è la Presenza? Fammi vedere se capisci ... è un dio morto, essenzialmente. Apparentemente 'morto' è un termine relativo per esseri di quel tipo di potere . manifestare nel nostro mondo, governare le cose direttamente, cosa che, come sai, non è qualcosa che gli dei hanno mai fatto. Così lo hanno bruciato, ucciso e imprigionato i suoi resti all'Inferno. Non credo che sia mai veramente divino . di più. Essere morti ti farà questo, immagino, ma è abbastanza vicino. "

"E se ha un punto d'appoggio in questo mondo, nessuno degli altri dei sarà in grado di fermarlo. Non più. Cosa potrebbero fare? Guidare i suoi adoratori nella giusta direzione attraverso indizi e scoperte fortuite? È meglio così. Loro può fare. Questo di solito può essere gestito, ed è già un po 'tardi per quello. "

"Chissà, forse hanno già provato e fallito", evidentemente un pensiero la colpì mentre parlava, e lo guardò incuriosita, "come facevi a sapere dov'era il santuario, o che dovevi distruggerlo? sacerdote ti ha indicato la direzione giusta? Oppure un fervente adoratore di qualche divinità è capitato di imbattersi in informazioni preziose al momento giusto? Il tuo piccolo gruppo di avventurieri ha qualche divinità protettrice, che potrebbe essere stata insolitamente generosa con te ultimamente?

Non disse niente, ma non poté fare a meno di notare il suo viso.

"Lo pensavo già," disse, "beh, puoi dire alla divinità che ha fallito. Anche se ovviamente lo scopriranno abbastanza presto, sarà piuttosto ridondante."

Si era reso conto di aver lasciato scappare la cameriera.

Avrebbe potuto uccidere la testimone, ma invece l'ha lasciata scappare.

Era un po 'di pietà, ma forse una vera misericordia.

Dopotutto c'era una scintilla di moralità in questa donna, qualcosa a cui poteva fare appello?

Sembrava essere la sua unica possibilità.

"Perchè vuoi fare questo?" Ha detto: "Perché l'inferno sulla Terra? Devono esserci modi più semplici per ottenere fama e fortuna. Non è necessario distruggere tutti gli altri lungo la strada. La Presenza non è un miglioramento nel mondo che abbiamo! Lei diffonderà miseria. e distruzione, e tu sarai al centro Non sei Gedren ... diavolo, l'hai uccisa Perché? Perché sapevi che era malvagia?

"Lo vuoi?" Continuò: "Vuoi essere Gedren? Cosa ti ha fatto la città che volevi trascinarla via in questo modo? Cosa ha fatto il mondo per questo?"

Era la cosa sbagliata da dire, e si rese conto che quando lei fece alcuni passi improvvisi verso di lui, e il suo viso finalmente mostrò un vero volto.

"Guardami!" Urlò, tirando indietro il cappuccio del mantello.

Gli puntò la mano libera sulla fronte e lui vide due piccole corna lì, i loro occhi marroni improvvisamente molto evidenti.

"Guardami! Sono un mezzo demone! Sono condannato; ho il sangue dei demoni nelle vene."

"Tutti quelli che mi vedono, tutti quelli che vedono è questo! Il prodotto di desideri innaturali, contaminati dal male puro, un incrocio di razze generato nelle fosse dell'Inferno. Questo è ciò che sono, questo è ciò che sarò sempre., Per tutti" .

"Tu ... sei mezzosangue, come me. Ma la tua metà non umana proviene da un antenato elfo. Alla gente piacciono gli elfi, anche se non li capiscono. Gli elfi sono belli, gli elfi sono buoni e disponibili. Probabilmente. essere un grande successo con le donne, giusto?

"Ma io ... no, sono un'orribile propaggine dell'orrore. Vedo il disgusto negli occhi delle persone quando mi guardano, quando vedono le mie corna, i miei occhi, ricordando loro che il mondo non è un posto sicuro e non un posto felice. Non ho niente, nessuno. Non ho mai avuto. Sono deforme, non come te. "

Si ritrasse dalla forza della sua tirata.

Non aveva pensato che fosse deformata, anche dopo aver visto le corna.

"Forse non hai incontrato le persone giuste", ha detto. "Alcuni di noi riescono a vedere oltre. Penso che tu sia una donna attraente, e forse hai solo bisogno di una possibilità."

"Se non fosse per questi?" sputò, indicando di nuovo i suoi occhi e le corna.

"Non ho detto questo. Sei attraente, davvero. Perché non vuoi crederci?"

"Perché non è vero," urlò, "e anche se lo fosse, non importerebbe! Che diavolo stai cercando di fare, Conan? Seducimi e consegnami al lato della luce? Perché se è così cos'è, sul serio, hai scelto la donna sbagliata. Finché ti prostituisci in giro per la città, o qualunque cosa tu faccia, ho effettivamente lavorato. Quella merda non funziona su di me. "

"Avrò rispetto! Avrò potere. Non sarò mai amato, ma sarò temuto e avrò più di quanto abbia mai avuto prima. Sarò la Principessa Demone, e nessuno, nessuno, lo farà mai disprezzami di nuovo. "

"Ascolta, io ..." iniziò.

"Abbastanza!" abbaiò: "Zitto! Zitto, e assisti alla tua sconfitta come dovresti!"

Sollevò lo scettro e il cristallo sulla punta esplose in una brillante luce bianca che inondò la stanza.

Il fuoco bianco sembrò avvolgere la forma del semidemone, e poi altre fiamme eruttarono intorno ad esso, formando un tornado infuocato.

Sembrava un'illusione, per prima cosa, dal momento che il pavimento non bruciava.

Ma lui poteva sentire il calore sul suo viso.

Piuttosto che un'illusione, doveva essere qualcosa di contenuto, a cui era stato magicamente impedito di diffondersi nell'ambiente circostante, ma altrettanto mortale se lo si toccava.

Strisciò indietro mentre cresceva per inghiottire di più la stanza, la stessa forma di Cassandra ora nascosta dietro il muro di ruggente luce arancione.

Morse la corda che gli legava i polsi, ma era troppo stretta ... e anche se avesse potuto lanciare incantesimi, cosa poteva fare contro di essa?

Non ne avevo idea.

E la Presenza si stava avvicinando.

* * *

Cassandra si trovò sospesa nel mezzo di un tubo verticale di fuoco, muri di fiamme arancioni che le turbinavano intorno, diretti verso chi, chi sa cosa?

Poteva sentire il calore nella sua carne, quasi bruciare, eppure, per il momento, quasi confortante.

Si sentiva esultante, le sue emozioni aumentavano, godendo di una sorta di euforia che sentiva era più dovuta alla vicinanza del suo trionfo finale.

Abbassò lo sguardo.

I suoi piedi erano sospesi a mezz'aria, e sotto di loro poteva vedere il grande e cavo corridoio di fuoco che si estendeva per quella che in qualche modo sentiva doveva essere una distanza inimmaginabile.

Anche se, senza alcun punto di riferimento per misurarlo, non poteva dire come lo sapeva.

Da qualche parte, molto sotto di lei, c'era una torbida nuvola di oscurità e, nonostante la distanza, la sentì correre verso di lei.

Verso il mondo fisico.

Forse sarebbe stata la visione più chiara della Presenza che avrebbe mai avuto.

Una voce risuonò nella sua testa e si chiese se fosse quello che aveva vissuto Gedren.

Tuttavia, non era proprio una voce, poiché non poteva sentire il suono, non poteva dire se fosse profondo o acuto, maschio o femmina.

Era più come le parole formate nella sua testa, una versione più chiara e dettagliata del modo in cui le aveva parlato prima.

Non sapeva nemmeno che lingua, doveva solo parlare.

E conosceva il significato delle sue parole solo istintivamente.

VENGO, diceva. Ci sono riuscito. I PORTALI SONO APERTI E IO VENGO. IO SONO L'OMEGA, IL MARTELLO DI THOR, LA FURIA DI ODINO E PORTO UN NUOVO MONDO PER SOSTITUIRE QUELLO CHE DEVE CADERE. I miei nemici hanno fallito. Sono il rinato. SONO IL RISULTATO INEVITABILE DEL DESTINO.

Lo scettro bruciava nella sua mano, la sua luce bianca copriva anche il bagliore delle pareti in fiamme.

Poteva sentire il battito di un cuore gigantesco e, soprattutto, poteva sentirlo echeggiare attraverso il suo corpo, il suo stesso sangue che scorreva attraverso le sue orecchie in perfetta sincronia con il suono sottostante.

IL MIO MODO È STATO PREPARATO E SARAI
PREMIATO OLTRE TUTTI I TUOI SOGNI. AVRAI
ESERCITI, RICCHEZZA E SCHIAVI OLTRE IL NUMERO
CHE PUOI IMMAGINARE E IL MONDO DOVREBBE
TEMERE IL TUO NOME. DI TUTTI I MORTALI SULLA
SUPERFICIE DEL MONDO TU SARAI IL PIU 'GRANDE.

TI HO CREATO, QUESTA È LA MIA VITTORIA
FINALE. SEI CREATO PER QUESTO SCOPO, TUTTA LA
TUA VITA SI È MUOVUTA VERSO QUESTO PUNTO
SOTTO LA MIA GUIDA. PER GENERAZIONI HO
NUTRITO LA TUA LINEA E TUTTO È STATO COME LO
VOGLIO. QUESTA È LA TUA DESTINAZIONE

ECCO PERCHÉ ESISTETE.

Cassandra alzò la testa, fissando ora il vuoto nel vuoto, non
la forza che stava ancora correndo verso di lei, scalando la lunga
distanza dell'Inferno.

Ricordava ogni momento della sua vita, ogni momento di
disperazione e umiliazione, ogni orribile momento di
subordinazione e miseria.

Sentì una sensazione di bruciore insolita nei suoi occhi e per un
momento non riuscì a individuarla.

Poi si rese conto che stava piangendo.

Tra le lacrime gli parve di vedere come nello spazio, in alto,
nell'oscurità assoluta, apparisse un piccolo punto di luce bianca.

ORA TUTTO È ARRIVATO AL SUO CULMINATO. IL
TUO DESTINO È REALIZZATO. PER SEMPRE, SARAI IL
PIU 'GRANDE DI TUTTI I MIEI SERVER.

Cassandra urlò, un urlo crudo di pura angoscia e disperazione,
strappato dai suoi polmoni dalla forza della sua emozione.

Poi scagliò lo scettro con tutte le sue forze, direttamente nella
fossa senza fondo sotto di lei.

Colpì la Presenza con un lampo brillante ed esplose.

La nuvola scura si ritirò ancora più velocemente di quanto fosse venuta.

Questo era ciò che Kahudreth avrebbe dovuto fare, tanti secoli prima, ma era stata ritardata e non si era trovata nella posizione giusta al momento giusto.

Il fuoco intorno a lei scomparve e si ritrovò immersa nell'oscurità.

Non era nel mondo reale; era ancora dov'era stata.

E aveva appena distrutto la magia che l'aveva trattenuta.

Silenziosamente ora, accettando finalmente il suo destino, Cassandra cadde come una pietra e precipitò all'Inferno.

* * *

Conan si svegliò e si ritrovò sdraiato su un letto a baldacchino con lenzuola di raso rosso e un materasso lussuosamente morbido.

Era completamente vestito, ma non era più legato o trattenuto in alcun modo.

Cercò di ricordare come ci fosse arrivato; Non ricordava nemmeno di essere svenuto, anche se pensava che avrebbe dovuto.

L'ultima cosa che ricordava era di aver osservato la colonna di fuoco che si formava intorno a Cassandra e di aver tentato di mordere i suoi legami.

E dopo quello ... era qui.

"L'ho fatto."

Si alzò bruscamente alla voce.

Cassandra era seduta su una sedia proprio in fondo al letto.

La stanza in cui si trovavano era sontuosamente decorata, quasi sontuosa.

Presumeva, per mancanza di prove contrarie, di trovarsi ancora nello stesso edificio, probabilmente nella stanza personale di Gedren.

Sapendo quanto poco sapeva dei gusti di Gedren, sussultò interiormente al pensiero di che genere di cose potevano essere accadute in quella stanza.

Ma si rannicchiò ancora di più al suono morto della voce di Cassandra e a ciò che implicava.

"Siamo ..." la sua voce si spense, incapace di finire la frase: "... a Hell City."

"Ho fatto quello che volevi," disse, la sua voce ancora piatta.

Non la calma professionalità di quando avevano parlato per la prima volta, prima che lui avesse provocato la sua ira, ma un effetto privo di emozioni, come se fosse emotivamente prosciugata e sotto shock.

"Ho sconfitto la Presenza, ho distrutto lo scettro. Non sarà più in grado di uscire dall'Inferno, mai più. Esiste ancora, ovviamente. Se gli dei non potessero distruggerlo in modo permanente, difficilmente potrei. Ma lo farà. non essere mai più una minaccia. "

Il sollievo lo travolse e quasi crollò sul letto, pregando Muriela sulle labbra, ma la sua eccitazione fu mitigata dall'espressione piatta sul viso di Cassandra.

"Hai fatto la cosa giusta," fece notare, chiedendosi perché avesse dovuto rassicurarla.

"L'ho fatto?" lei chiese.

Fino ad ora non l'aveva guardato direttamente, guardando a mezza distanza, ma ora si voltò a guardarlo, e lui vide un'inspiegabile espressione di angoscia sul suo viso.

I suoi occhi erano ancora più rossi del solito e lui si chiese se stesse piangendo.

"Sì ... sì, certo. Pensa a tutte le vite che hai salvato, all'incalcolabile miseria che hai evitato!"

"Non l'ho fatto per loro," disse, quasi troppo velocemente, pensò.

Un tono più duro si insinuò anche nella sua voce; almeno adesso stava mostrando una sorta di emozione, riprendendosi da qualunque shock potesse averla travolta.

"L'ho fatto per me stesso."

"Mi controllava, era responsabile di tutto", ha detto, la rabbia chiaramente crescente, anche se non era più diretta a lui. "Per tutta la vita sono stato in balia degli altri, per tutta la vita le persone hanno ridotto la mia libertà, avevano potere su di me. Voglio essere libero, e non mi lascerei mai essere, sarei sempre il loro servo, no diverso da chiunque altro prima di lui ".

Non era del tutto sicuro di cosa rispondere, a parte "beh, ora sei libero".

"Ma non lo sono, vero? Non è cambiato niente. Ecco perché non posso fare a meno di pensare di aver preso la decisione sbagliata. Tutti quelli che mi controllavano lo fanno ancora. La Gilda, il mondo ... tutti. Io sono ancora quello che Lo sono. È stato prima che iniziasse. Forse quello che mi ha offerto era la cosa più vicina alla libertà che potessi avere. E ora quell'opportunità è svanita per sempre ".

"Puoi fare quello che vuoi", ha sottolineato, "il mondo è così com'è, ma non devi essere uno schiavo. Hai abilità, che puoi usare in quel momento. È possibile lasciare la Gilda , come già sai, un mio amico l'ha fatto "

"E allora? È diventata un'avventuriera come te. Non è il mio genere. Non è la vita, almeno non per me. E che tipo di abilità ho davvero? Che altro tipo di vita potrei condurre?"

Alzò le mani disperato.

"Bene, lascia la città! Trova un altro posto! È un grande mondo là fuori. Viaggia verso ovest; gli elfi vivono una vita abbastanza libera. Smettila di sguazzare nella disperazione in questo modo. Qual è il tuo problema? Posso smettere di pensare che sia una mancanza di coraggio. "

All'improvviso, si alzò, sbatté indietro la sedia e lo lanciò un'occhiataccia.

"Per questo, ricordi?" lei puntò un dito contro le sue corna, i suoi occhi marroni lampeggiarono. "Sono una progenie di demoni; e non è qualcosa da cui posso scappare."

Abbassò lo sguardo, improvvisamente di nuovo silenziosa, allungandosi per appoggiarsi a una delle colonne del letto.

"Stavo cadendo all'Inferno," disse, la sua voce appena più di un sussurro.

Si chiedeva se qualcuno l'avesse vista prima così emotivamente vulnerabile.

Non sembrava il tipo che normalmente si apre in questo modo.

"Quando mi sono svegliato e mi sono ritrovato qui, ho pensato che fosse l'Inferno. Mi sono reso conto che non lo è adesso; Non credo che l'Inferno potrebbe davvero essere così. Ma per un momento, ho pensato che lo fosse."

Ha cercato di digerire il concetto, ha cercato di dargli un significato, ma non è riuscito.

"Cosa vuoi dire che stavi cadendo all'Inferno?" Chiedo.

"Solo quello," disse, guardandolo di nuovo, "ho distrutto lo scettro e la magia che mi sospendeva ... dovunque fosse ... si fermò. La Presenza potrebbe anche avermi trascinato con sé. Dopo. Comunque. , non sarebbe sorprendente. Quindi, sì, lo stavo seguendo all'Inferno, dove è imprigionato ".

"Ma tu sei qui", ha sottolineato.

"Ovviamente," disse, con un pizzico di sarcasmo.

"Allora, cos'è successo?"

"C'era una luce", disse incerto, "una luce da sopra di me. Sembrava raggiungermi. E poi ..." esitò, sul punto di dire qualcosa, e all'improvviso cambiò idea. "E poi scoprii Io qui. Bene nell'altra stanza, cioè. E tu eri privo di sensi. Ti ho portato qui. Non sapevo cos'altro fare. "

Una luce dall'alto, quando era caduto all'Inferno ... la conclusione era ovvia.

Ma stava tralasciando qualcosa, e Conan pensava di sapere cosa fosse.

"Cos'altro?" chiese: "Hai sentito qualcosa quando la luce ti ha toccato?"

Cassandra lo guardò con occhi spalancati.

"Mi sentivo ..." disse, poi esitò di nuovo, allontanandosi da lui, rifiutandosi di guardarlo, "Mi sentivo ...", sussurrò, e l'ultima parola era qualcosa che non poteva capire.

Conan strisciò sul letto, inginocchiandosi ai suoi piedi, accorciando la distanza tra loro.

"... Amato?" Chiedo.

Lei annuì in silenzio, continuando a non guardarlo, poi parlò, con la voce rotta dall'emozione.

"Curato, protetto ..."

"Hai chiesto prima", disse, "quale divinità ci aveva aiutato, quella che ci ha dato la chiave per cercare la Presenza al momento giusto. Era Muriela, la dea dell'amore."

Poi si voltò a guardarlo, incredula.

"Muriela? Davvero? Ma lei è ... lei è ..." Scosse la testa.

"Non è importante? Non è drammatico e giusto? Ebbene, lo è; è tutto. Senza amore, che importanza ha qualcosa?"

"Ma sicuramente ..."

"Perché negarlo? L'hai sentito tu stesso. Non sembrava il Perdono o il Dio Sole, vero?

"Ma era tutto falso! Non era né vero né vero. E poi, perché Muriela mi avrebbe salvato?"

"Perché hai fatto la cosa giusta ... per qualsiasi motivo tu l'abbia fatto. Perché sei importante quanto chiunque altro. Okay, non dirò che sei una brava persona, perché probabilmente mi sgrideresti contro se lo faccio ", anche se si chiedeva se quello che c'era dietro quegli occhi marroni fosse spietato ed egoista come le piaceva dire," ma tu meriti comunque amore, tutti se lo meritano "

Si chinò su di lui, aggrottando la fronte e serrando le coperte con i pugni.

"Ti stai dimenticando di questo," disse, senza preoccuparsi di indicare questa volta, "sangue di demone, ricordi?

"Non sto dimenticando nulla; questo è il tuo aspetto, chi erano i tuoi genitori ... qualunque cosa ... ma non sei tu. Guarda oltre e vedrai davvero un cambiamento. Mezzo demone o no, meriti comunque di essere amato. ".

Spinse il viso verso di lui, finché non furono a pochi centimetri di distanza, il suo respiro caldo sulla sua pelle, gli abbaglianti occhi marroni che gli riempirono la vista.

"Come posso guardarli oltre quando nessun altro può?"

"Posso guardare oltre. E se posso, altri possono, semplicemente non l'hai notato. Ho detto prima che eri una donna attraente. Non era uno stratagemma, come sembravi pensare. Lo intendevo davvero. Sei ... sei davvero molto bella. "

"Provaci," ringhiò.

Conan prese improvvisamente Cassandra con il viso tra le mani e la baciò per tutto quello che meritava.

Gli occhi dei semidemoni si spalancarono per lo shock e le loro mani si premettero debolmente contro di lui.

Si ricordò che aveva un pugnale nello stivale e fu improvvisamente sollevato dal fatto che il suo primo pensiero non fosse stato quello di usarlo.

Cassandra lanciò un grido soffocato di indignazione, ma la tenne stretta, le braccia inchiodate ai fianchi, tanto da impedirle di ricordare il coltello come qualsiasi altra cosa.

La sua intenzione era quella di fermarsi lì, di fare un passo indietro, di cambiare punto di vista.

Ma, con sua sorpresa, la trovò che rispondeva, premendo le sue labbra sulle sue, la sua bocca che si apriva per far scorrere una lingua calda oltre la sua, piccoli rantoli che le salivano in profondità nella gola.

Il bacio continuò per molto più tempo di quanto lei si aspettasse, e poi finalmente lui si staccò, rilasciando le sue braccia mentre riprendeva fiato.

Cassandra lo attirò immediatamente per un altro bacio affamato, le sue labbra divoravano le sue, le sue mani gli scorrevano tra i capelli, afferrandogli le spalle.

La cinse con le proprie braccia, rispondendo in tono gentile.

Evidentemente a un certo punto aveva lasciato cadere il mantello prima di portarlo in camera da letto, e lui poteva sentire le curve del suo corpo attraverso gli stretti indumenti di pelle, e l'idea stava cominciando ad eccitarlo.

Il semidemone balzò sul letto, spingendolo indietro per atterrare sulle lenzuola di raso, le labbra ancora chiuse.

Alla fine si staccò, ansimando, i suoi capelli castani arruffati e una delle sue corna sporgente.

Il suo viso era arrossato, quasi delirante.

"Non era esattamente quello che mi aspettavo", la informò.

Gli fece scorrere le mani sul corpo, sentendolo attraverso la stoffa della tunica, e poi iniziò a tirargli via la camicia dai pantaloni, facendo scorrere agili dita sul suo ventre esposto.

Stava sorridendo, anche se non era del tutto sicuro che quella vista fosse rassicurante.

"È stata una giornata selvaggia", le disse senza fiato, "era ora che mi divertissi un po ', e posso dirlo", guardò il rigonfiamento crescente sulle sue cosce, "che sei pronto per questo. come me. Dicevo, è un'opportunità rara ".

"È passato un po 'di tempo, non è vero?" chiese con un sorriso, mentre lei cominciava a tirargli la tunica e la camicia intorno al petto, le unghie che gli raschiavano leggermente la pelle.

"Più di quanto pensi," rispose, la sua voce un ringhio fuso, "molto di più."

Si liberò dei suoi indumenti superiori, gettandoli da parte sull'ampia distesa del letto, il fresco raso rosso tenuto contro la sua schiena nuda.

Si mise a sedere sui gomiti e baciò di nuovo Cassandra.

Lei rispose con entusiasmo, le unghie sulla schiena di lui, le mani che premevano, impastano, ma non grattano abbastanza da far scorrere il sangue ... comunque, non del tutto.

Sembrava un animale selvatico, era libero, disperatamente affamato.

Non era la donna più bella che avesse mai incontrato, anche se non aveva mentito, in realtà era molto più attraente di quanto pensasse, e le corna e gli strani occhi cremisi non erano affatto un inconveniente, per quanto lo riguardava. .

Ma in quel momento, era senza dubbio una delle più entusiaste che avesse mai incontrato.

Prese la sua cintura, e lei gli ritrasse la mano, sibilando mentre gli dava una forte spinta.

La cintura reggeva la sua spada, e lui immaginava che lei non volesse che lui la toccasse.

Lo ha sciolto lei stessa; gettandolo via dal letto, ben oltre la sua portata.

Seguirono stivali e coltello, e ne approfittò per togliersi le scarpe.

Non ebbe la possibilità di fare nient'altro prima che lei fosse di nuovo sopra di lui, le sue mani che correvano sul suo busto nudo, i suoi denti gli serrarono leggermente il labbro inferiore.

Cassandra emise un ringhio, più pieno di lussuria senza parole che di aggressività, e lui fece scorrere la mano lungo la curva liscia della sua schiena rivestita di pelle.

Le afferrò le natiche, sentendo la sua forma tesa ... non poteva esserci un grammo di grasso su di lei, rifletté; era atletica come qualsiasi avventuriero che avesse mai incontrato.

Lei si ritrasse all'improvviso, togliendogli le mani dal culo e scuotendo la testa, anche se non aveva idea di cosa intendesse.

"No, no," disse, "vediamo come sei pronto."

Gli tirò giù i pantaloni fino alle ginocchia e le sue dita strinsero la coulisse dei suoi boxer.

Si dimenò sul letto per facilitare il suo compito, sollevando i fianchi quando lei finalmente lo scoprì, la realtà della sua eccitazione ora era completamente chiara.

"Hmm ... lo intendevi davvero," disse, afferrando il suo cazzo e facendogli scorrere la mano, stringendolo leggermente mentre lo faceva.

Lo lasciò stare, ma solo per cullargli le palle, le sue unghie che gli raschiavano leggermente lo scroto.

"Sì ..." sussurrò, quasi un sibilo.

La raggiunse, con l'intenzione di tentare di rimuovere alcuni dei vestiti che indossava ancora, ma lei era lì per prima, liberandosi dalla sua veste, mentre il suo membro sfregava il cuoio stretto sulle sue cosce forti.

Forse preferiva spogliarsi, come parte della sua insistenza sulla libertà a tutti i costi, per non sottomettersi agli altri.

Sperava solo che lei continuasse con quello.

Cassandra indossava una camicia di cotone a maniche corte sotto la tunica, rivelando braccia nude e muscolose come aveva sperato, con il tatuaggio di un pugnale che emergeva da un ammasso di spine sotto la sua spalla destra.

L'orlo della maglietta lo aveva appena liberato dai pantaloni, e finalmente ebbe la possibilità di sentire di più lei.

Le sue mani si abbassarono, accarezzandole il ventre e i fianchi.

Era atletica e lui poteva sentire muscoli sodi sotto la pelle calda che era sorprendentemente morbida e liscia.

Tuttavia, prima che potesse sollevare i suoi vestiti per rivelare di più, lei si era sporta in avanti, e lo stavano abbracciando e baciando ancora una volta, premendo le loro labbra contro gli zigomi e il mento, respirando aspro e pieno di desiderio.

Le baciò il naso mentre lei scendeva più in basso, verso la sua gola.

Poi le baciò la fronte, rimuovendole una ciocca di capelli.

Per un capriccio, inclinò leggermente la testa di lato, posizionando le labbra e poi succhiando una delle sue delicate corna nella sua bocca.

La sua lingua passò sulla superficie ruvida, le sue labbra serrarono la pelle intorno alla base, e lei lanciò un grido di deliziata sorpresa.

Sorridendo più che mai, lo lasciò andare e lo baciò appassionatamente sulle labbra ancora una volta.

Le sue mani si mossero sotto la sua maglietta, tirandola su, sentendo la distesa della sua schiena, la pelle calda e sorprendentemente elastica sotto i polpastrelli.

"Vuoi vedere questo, eh?" Ringhiò, terminando il bacio quando alzò le braccia e si tolse la camicia.

Conan l'afferrò, trascinandola sul letto, ammirando il movimento dei suoi seni mentre si chinava su di lei.

Non erano affatto male per qualcuno con un corpo così tonico, piacevolmente arrotondato e della giusta taglia, con punte marroni moderatamente grandi.

Le baciò la gola, facendo scivolare la bocca verso il suo décolleté, e poi permettendo alle sue labbra e alle sue mani di esplorare il seno di Cassandra, stringendo leggermente, baciando e succhiando mentre ansimava di piacere.

La sua mano libera corse lungo il suo fianco, afferrando una natica con l'intenzione di spostarsi per toglierle i pantaloni.

"No," scattò.

"No cosa?" chiese, perplesso, chiedendosi cosa avesse fatto di male questa volta.

Rimase in silenzio per un momento e poi disse:

"Lo farò".

Non era sicuro che fosse quello che intendeva inizialmente.

Tuttavia, si sfilò i pantaloni, rivelando un semplice paio di mutandine di cotone e cosce deliziosamente forti.

Le premette contro, il suo cazzo ora poggiava sul cotone invece che sulla pelle, annidato nella curva delle sue cosce.

Le baciò la spalla e il collo, correndo verso le sue orecchie, spazzolando i suoi capelli castani di lato mentre la faceva rotolare su un fianco.

Cassandra gli fece le fusa in risposta e aggiunse:

"È molto buono".

Si mosse in avanti mentre lui le spostava i baci sulla spalla e poi sulla schiena, sempre più in basso.

Improvvisamente si irrigidì, un rantolo che suonava un po 'come il panico che usciva dalle sue labbra.

"Qual è il problema? "Ha chiesto, preoccupato ora.

Se non sapevi cosa stavi facendo di sbagliato, come potresti sapere cosa non fare?

"Non voglio che tu veda," riuscì a dire, le parole apparentemente strappate dalla sua gola, mentre cercava di rialzarsi, contro il peso del suo corpo sul suo.

"Non vedi cosa?"

"Solo no ..." le parole si spensero, e lei voltò la testa per guardarlo, i suoi occhi marroni spalancati per la paura improvvisa.

Si alzò da lei e la guardò da sopra la schiena.

Cosa c'era di più da vedere?

Poi i suoi occhi si spostarono sull'unica parte di lei ancora coperta e il sospetto cominciò a sorgere nella sua mente.

"Oh," disse.

"Te l'avevo detto che ero deforme," disse, il viso che ricadeva sulle lenzuola, le spalle che si abbassavano, il desiderio quasi sconfitto.

"E ti ho detto," disse, "che non lo sei. Sei solo diverso."

Delicatamente, e il più attentamente possibile, abbassò le mutandine del semidemone e vide esattamente quello che si aspettava.

Cassandra aveva una coda.

Era piccolo, poco più di un pezzo, forse un pollice e mezzo.

Era nero e ricoperto di pelle gommosa in contrasto con la carne rosa delle sue natiche.

Brillava leggermente sulla punta appiattita a forma di diamante ed era chiaramente inutile, rudimentale e troppo piccola per essere visibile quando era vestita.

"Non ti rende brutto", ha detto, "in realtà non lo fa." Afferrò le coperte, rifiutandosi di guardarlo. "Ancora più importante, non cambia nulla."

La baciò al centro della schiena e poi continuò il suo movimento verso il basso verso la parte superiore del suo sedere.

Baciò la coda, leggermente, e fu sorpreso quando si mosse, tremando leggermente al tocco.

"Vedi?" disse dolcemente, "non importa", e la baciò di nuovo.

"Non ti interessa?" disse, sorpresa, rotolando di nuovo sulla schiena, lasciando il suo viso a pochi centimetri dal suo inguine. "Vuoi ancora ...?"

"Dea, sì," rispose, e con un grido, lei sollevò la testa dai suoi fianchi e gli diede un altro bacio appassionato.

Era sdraiato sopra di lei, le sue mani vagavano per il suo corpo tonico, sentendo i muscoli delle braccia, delle cosce e del ventre, i suoi seni premuti contro il suo petto, i suoi capezzoli inconfondibilmente duri e sodi che premevano contro di lui.

Si contorse sotto di lui, lentamente e sensualmente, le sue gambe che lo avvolgevano, le sue mani che esploravano la sua schiena, allungandosi di tanto in tanto per afferrare le sue natiche.

Mentre si baciavano, le loro bocche premevano avidamente l'una contro l'altra, sentì le punte delle sue corna sfregarsi contro la sua fronte, una durezza che contrastava con la consistenza della sua pelle che serviva solo ad eccitarlo ancora di più.

Allungandosi tra le sue gambe, corse tra i suoi corti capelli castani per sentire le sue labbra bagnate chiaramente gonfie di desiderio.

Non c'era niente di "mutante" laggiù, niente di straordinario, nemmeno se ... sibilò leggermente, respirando caldo contro il suo mento ... no, nemmeno dentro.

"Elenco?" chiese, forse inutilmente date le circostanze, ma consapevole di quanto forte sentisse il bisogno della sua autonomia.

Lei annuì, gli occhi fissi su quelli di lui, una mano intorno alla nuca e l'altra sul fianco.

"Vai avanti e ..."

Lei inclinò la testa all'indietro, i denti scoperti mentre lui spingeva dentro, un ringhio appassionato nel profondo della sua gola.

Le forti cosce di Cassandra afferrarono quelle del guerriero mentre i suoi fianchi cominciavano il loro ritmo, dentro e fuori lentamente.

Il sesso del semidemone gli calzava come un guanto, e il modo in cui muoveva il suo corpo sotto di lui era allettante, succulento.

Una delle sue mani afferrava le lenzuola di raso, mentre un'altra le teneva le cosce sempre più scivolose e sudate.

Premette le sue labbra contro di lui, i suoi denti gli sfiorarono la guancia, quasi mordendolo quando sentì il suo respiro caldo raggiungere le sue spinte.

Le sue mani lo stavano afferrando, vagando per il suo corpo, le dita dei piedi che sfregavano contro uno stinco mentre avvolgeva le sue gambe strettamente sopra le sue.

Il ritmo delle sue spinte le fece premere la testa all'indietro contro le lenzuola, la gola scoperta per poterla baciare, assaporando il suo gusto con la lingua.

"Più forte, più veloce ..." domandò, la sua voce un ringhiante ronza, sopraffatto dalla forza della sua lussuria.

Ha obbedito.

Le morbide lenzuola frusciavano sotto le loro natiche mentre il loro ritmo reciproco aumentava.

Lei rispose dandogli uno schiaffo sul culo, il suo respiro si trasformò in forti rantoli, reprimendo a malapena i suoi gemiti, i suoi occhi marroni spalancati, il suo viso arrossato.

"Oh merda ..." ringhiò, "è passato così tanto tempo ... più difficile ..."

Inarcò la schiena, i suoi fianchi premuti contro di lui, le sue labbra ora premute con forza contro il suo petto, le sue corna premute contro il suo mento, le sue dita che affondavano con forza nella sua carne.

Conan la lasciò andare, colpendola più forte che poteva, i suoi sussulti di sforzo soffocarono le sue stesse urla soffocate.

Alla fine esplose dentro di lei, e lei sentì lo spasmo del corpo del semidemone contro il suo.

I suoi arti si irrigidirono.

Un lungo urlo acuto uscì dalla sua bocca, attutito dalla sua stessa carne premuta contro la sua bocca.

Erano entrambi esausti, e Conan si ritirò dolcemente, rotolando sulla schiena accanto a lui, il petto ansante, sentendo le fredde lenzuola di raso contro l'umidità della sua pelle.

Era stato certamente impegnativo, ma aveva accettato felicemente la sfida ...

Cassandra si passò una mano tra i capelli e se li strappò dalle corna.

Aveva appena ripreso fiato e al momento si stava godendo la sensazione dell'aria fresca sulla sua pelle nuda.

Lanciò un'occhiata a Conan, che ricambiò il sorriso, con la sua stessa pelle che risplendeva per i suoi recenti sforzi.

Questo era stato molto diverso per lei.

Non era che non gli piacesse il sesso; gli piaceva quanto chiunque altro, e ne approfittava quando aveva la possibilità di divertirsi.

Ma in un certo senso, era così: spesso non aveva nemmeno quella possibilità, ed era più che capace di controllare i suoi desideri.

Durante una missione, era concentrata sull'obiettivo e per il resto del tempo era generalmente troppo occupata a impedire che l'attenzione degli altri fosse diretta verso se stessa.

È vero, la missione era finita adesso, e lei non voleva davvero pensare a cosa ciò comportasse o cosa avrebbe riservato il futuro, ma anche così, la sua reazione a Conan mentre la baciava era stata tanto inaspettata quanto apparentemente stato. per lui.

Era un bell'uomo, non poteva negarlo.

Ma normalmente, lo avrebbe semplicemente schiaffeggiato, sarebbe scappata e poi se ne sarebbe pentita da sola.

E il fatto che non sembrasse scoraggiato dalla sua natura era sorprendente.

Non aveva dubbi che, anche in una situazione diversa, probabilmente avrebbe voluto fare sesso con lui.

Ma per rispondere così rapidamente ai suoi movimenti ... aveva dovuto agire per istinto, piuttosto che per i suoi soliti processi di pensiero riflessivi e calcolatori.

Sono stato contento di averlo fatto, senza dubbio.

Conan si era rivelato essere il miglior amante che avesse mai avuto ... a mani basse.

Non era una lista lunga, ma comunque ...

Se se ne fosse andato, dopo se ne sarebbe pentito, anche senza sapere quanto sarebbe stato bello.

Ma perché non l'aveva fatto?

Muriela, doveva essere Muriela.

Conan aveva affermato che la dea dell'amore l'aveva salvata, e non aveva motivo di dubitarne.

Dopotutto, si adattava a tutto quello che era successo.

In qualche modo, il magico abbraccio della Dea aveva rimosso le sue solite inibizioni, dandole un'opportunità che normalmente non avrebbe avuto.

Non aveva mai pensato molto a Muriela.

Per essere onesti, non adorava nessuno degli dei, considerandoli irrilevanti per la sua vita nel migliore dei casi e, per la maggior parte, attivamente ostili alla sua stessa esistenza.

Ma poteva vedere, ad esempio, i vantaggi del dio della conoscenza, e persino Ymir aveva un'ovvia rilevanza, anche se era solo un nemico della sua specie.

Ma Muriela ... qual era il suo obiettivo?

Non aveva bisogno di amore, e comunque non l'aveva mai sperimentato.

Era una distrazione, una fonte di debolezza che non apparteneva al duro mondo in cui persino la maggior parte degli altri dei sembrava abitare.

Tuttavia, a quanto pare, aveva appena salvato la vita di Cassandra e le aveva lasciato una nuova possibilità.

ERIKA SANDERS

L'opportunità di avere una vita da godere.

Si chiese brevemente se Muriela avesse influenzato anche le sue risposte nel sesso con Conan, ma decise che probabilmente non era così.

La calda sensazione che era rimasta dopo il suo rilascio l'aveva messa in uno stato d'animo insolito, ecco tutto, rimuovendo parte della sua solita riluttanza, permettendole di avvicinarsi a qualcuno di quanto avrebbe normalmente fatto.

Il sesso era stato fantastico, ma era sicura che sarebbe stato altrettanto buono, non importava cos'altro.

Il solo sapere che Conan non la rifiutava per quello che era e che non aveva una malvagia ossessione per i demoni era abbastanza per darle eccitazione.

In realtà, per un po 'di tempo lì, si è sentita una vera donna normale.

Il modo in cui l'aveva toccata, baciata ... era stato completamente nuovo per lei.

Era, doveva ammetterlo, il miglior sesso che avesse mai avuto in vita sua.

Si rese conto che, mentre rifletteva sulla situazione, la sua mano destra era scivolata tra le sue gambe e si stava accarezzando distrattamente.

La sua fica formicolò di desiderio e sentì i suoi capezzoli indurirsi nell'aria fresca della stanza.

Dannazione, era ancora arrapata.

Considerando la forza dell'orgasmo che aveva provato solo pochi minuti prima, era piuttosto sorprendente.

Ma era anche eccitante, e Cassandra non aveva assolutamente intenzione di ignorare il desiderio che le stava ritornando nello stomaco.

Il semidemone rotolò su un fianco e si protese verso il corpo del suo partner, accarezzandogli il ventre piatto.

Inclinò la testa di lato, ancora sdraiato sulla schiena, e le rivolse un altro sorriso che lei non poté fare a meno di interpretare come affettuoso.

In realtà, sembrava che gli piacesse.

È stata un'esperienza così insolita che non sapeva come rispondere.

Poi, invece, spostò la mano più in basso, verso il suo inguine.

Fece scorrere la punta delle dita, con insolita tenerezza, attraverso il groviglio leggero dei peli pubici, e gli accarezzò il cazzo, ancora leggermente umido dei suoi succhi.

Era, notò, piuttosto inerte e al momento non sembrava rispondere alle sue cure.

Ha cercato di evitare la delusione sul suo viso, ma evidentemente ha fallito, perché la prossima cosa che ha detto è stata:

"Di nuovo? Così presto?"

Lei annuì, senza parole.

"Dovrai aspettare ancora un po '," disse, e poi le fece un sorriso, "ma non penso ancora a lungo."

Grugnì frustrato e rotolò di nuovo sulla schiena, fissando la tenda che copriva la parte superiore del letto a baldacchino.

"D'altra parte," disse frettolosamente, "sono sicuro che c'è qualcosa che posso fare mentre aspettiamo."

Si alzò su un gomito e si chinò su di lei, premendo le sue labbra sulla sua gola esposta.

Normalmente, avrebbe sussultato o sarebbe saltata se qualcuno si fosse avvicinato a un'area così vulnerabile, ma in quel momento si sentiva bene, ed emise un leggero sospiro di piacere mentre lui iniziava a muoversi sopra la parte superiore del suo sterno.

I baci di Conan si spostarono sulla parte superiore del suo décolleté, poi iniziarono a muoversi verso l'alto il dolce gonfiore del suo seno destro.

La sua mano libera scivolò sulle costole e sul petto dall'altra parte.

Cassandra sentì i suoi capezzoli contrarsi ancora di più in attesa e il suo respiro le si bloccò in bocca.

La mano e la bocca hanno raggiunto simultaneamente i rispettivi seni.

La lingua del guerriero sferzò il suo capezzolo destro, mentre lui afferrò quello sinistro con il pollice e l'indice, massaggiandolo delicatamente.

Cassandra mosse le gambe contro le lenzuola, unendo le cosce, mentre sollevava una mano per passarsi tra i capelli, seguendo le piccole punte delle orecchie.

Succhiava e pizzicava, e Cassandra dovette mordersi il labbro per non piangere.

Forti segni di eccitazione non erano nel suo stile, ma se lui avesse iniziato a riprenderla come aveva fatto prima, non era sicura di poter resistere anche una seconda volta.

Conan le lasciò il seno, ma solo per abbassarsi, le sue labbra e la lingua scivolarono contro il suo addome.

Adesso respirava affannosamente e chiuse gli occhi, cercando di calmarsi.

Poteva sentirlo muoversi ancora più in basso, una mano che ora accarezzava una coscia sollevata, i capelli sul suo tumulo che le sfioravano la bocca.

Allargò leggermente le gambe, chiedendosi se fosse bravo con le sue dita come con il suo cazzo, e sentì le sue labbra morbide premere contro le sue zone più intime.

Poi, non il suo dito, ma la sua lingua, le leccò lentamente l'intera lunghezza della figa, separando a malapena le sue pieghe ardenti e desiderose.

Sapeva dell'atto, ovviamente, ma non l'aveva mai sperimentato personalmente.

Ma, naturalmente, nessuno le aveva mai prestato questo grado di attenzione.

Strinse la mascella mentre un gemito minacciava di lasciare la sua gola mentre Conan spingeva la sua lingua più a fondo, leccandole i succhi.

I suoi occhi si aprirono di scatto, abbassò lo sguardo e vide la sua testa premuta contro il suo inguine, la sua lingua che la sondava e la portava a nuove altezze.

Cassandra le afferrò i seni con entrambe le mani e le pizzicò i capezzoli mentre allargava le gambe il più possibile.

Conan prese il suo clitoride, e il tocco della sua lingua le morse il labbro mentre ringhiava di lussuria.

Gli premette le labbra contro il viso mentre lui continuava a compiacerla, e sentì le lenzuola di raso scivolare contro le sue natiche.

La sua coda sussultò alla sensazione, e lasciò andare uno dei suoi seni, per premere la mano contro la parte posteriore della testa del suo amante, guidandolo.

"Oh cazzo ..." sussurrò.

Adesso stava quasi cominciando a credere nel potere della Dea, questo gli faceva sentire così bene.

Era sicura che l'avventuriero guerriero avrebbe potuto raggiungerla solo con la sua lingua, ma sembrava che avesse altre idee.

Dopo quella che sembrava un'eternità di puro piacere, si liberò e si spostò al suo fianco per premere un bacio sulle sue labbra.

Cassandra gli afferrò l'inguine e lo trovò più duro laggiù.

Gli afferrò la spalla con l'altra mano, baciandolo forte sulla bocca, premendo forte il suo corpo contro il suo.

Quando finalmente si ritrasse per prendere aria, vide due segni rossi sulla sua fronte, dove le sue piccole corna smussate lo avevano conficcato.

L'aveva segnato e l'idea le piaceva.

Gli fece scorrere le mani sul petto, i capelli arruffati contro le dita e lui le accarezzò delicatamente uno dei capezzoli.

Fece scorrere la mano lungo il suo cazzo, anche se lui le metteva una mano sul fianco, accarezzandogli i glutei arrotondati.

"Ancora esausto?" ha scherzato.

"Non proprio più."

"Nemmeno un po?"

"Va bene ..."

"Allora stenditi", ordinò, "perché non sono per niente."

Gli diede una forte spinta e lui avvolse le coperte in modo che il raso rosso le avvolgesse le gambe.

Poi gli balzò sopra, le cosce a cavalcioni sui suoi fianchi, le palle accoccolate contro il suo tumulo.

Ringhiò, sapendo che non importava cos'altro fosse il caso, il sangue di demone le scorreva ancora nelle vene.

Le fece scorrere le mani sul busto.

"Vuoi scopare di nuovo un mezzo demone?" ha chiesto, "vuoi scopare qualcuno con sangue di demone?"

Ringhiò di nuovo, questa volta più a lungo, con l'intenzione di sembrare minaccioso, anche se in realtà ne uscì più di una fusa.

Il viso di Conan sembrava rapito, i suoi occhi fissi sui suoi, la bocca leggermente aperta, e lei sentì il suo respiro rumoroso.

Si chinò e lo trovò ancora più forte mentre le massaggiava il cazzo contro l'interno della coscia.

Cassandra si alzò, le gambe divaricate e premette la punta della sua erezione contro la sua figa.

"Sto aspettando un 'sì'", gli disse, con un ringhio scherzoso.

"Sì!" disse frettolosamente: "assolutamente sì!"

Si spinse su di lui, sentendo il suo cazzo duro affondare dentro di lei, e dovette premere forte le labbra per non urlare con selvaggio abbandono.

Anche se non riusciva a trattenere un gemito soffocato che le saliva dalla gola, abbastanza forte da fargli sentire.

Conan era grande, più grande di chiunque altro avesse mai incontrato.

Tuttavia, non è stato spiacevole e la verità è che sembravano adattarsi il più perfettamente possibile per due persone.

La riempì, allargando le labbra, il suo meraviglioso cazzo premette in profondità nella sua figa mentre lei spingeva i fianchi più che poteva su di lui, le sue palle premevano contro le sue natiche.

Si aggrappò al suo petto per mantenersi in equilibrio, e le sue cosce e i suoi fianchi iniziarono a cavalcarlo mentre continuava a cavalcarlo.

Il suo cazzo era dentro e fuori, e non c'era bisogno che lei lo pregasse di andare più veloce o più forte, poiché controllava l'intero movimento.

All'inizio, con sua successiva sorpresa, iniziò a goderselo lentamente, cavalcando finché il suo cazzo non si staccò quasi.

Quindi spingendosi di nuovo su di lui, muovendosi lentamente verso l'interno.

Si sentiva davvero meraviglioso, si prendeva solo il suo tempo, ed entrambi ansimavano di piacere, gli occhi spalancati, bevendo ogni centimetro del suo corpo nudo e agitato.

Iniziò ad aumentare il ritmo, sentendo i suoi fianchi che spingevano indietro contro i suoi mentre trovava il suo ritmo, costringendosi a scavare più a fondo dentro di lei.

Le sensazioni che le inondavano il corpo erano incredibili, ogni centimetro del suo brivido di passione.

Le afferrò il sedere, vicino alla coda, e lei non le importava, voleva solo continuare a scoparlo ancora e ancora, voleva che il suo cazzo continuasse a spingerla dentro.

La sua altra mano ha raggiunto uno dei suoi seni, prima prendendolo a coppa e poi pizzicando il capezzolo.

Emise un involontario gemito di piacere e, stringendolo più forte che poteva, iniziò a muoversi contro di lui ancora più velocemente di prima.

Cassandra chiuse gli occhi, trovando il piacere quasi insopportabile, la bocca serrata per contenere l'abbandono a cui era così vicina ad arrendersi.

Le sue natiche sbattevano contro la sua carne, il suo cazzo sbatteva contro di lei ancora e ancora, la sua mano stringeva un seno improvvisamente sensibile ad ogni tocco.

Che cazzo ... non gli importava più!

Cassandra emise un gemito di profonda passione, sorprendendosi con il suo volume.

Anche così, lei continuava a premere contro di lui, più forte che mai.

Gemeva, imprecava, urlava ancora e ancora, dando a ogni sensazione il regno completo.

Stava facendo lo stesso, ma lei riusciva a malapena a sentirlo, e sapeva che non poteva durare a lungo in quel modo.

"Oh cazzo ...", ha urlato, "oh, cazzo ... oh, Dea ...", era la prima volta nella sua vita che usava quelle parole, "fanculo ... Agghhh! ... sì, sì ... cazzo ... SI! "

Sembrava un'esplosione.

Un urlo le uscì dalla bocca quando raggiunse l'orgasmo per la seconda volta quel giorno.

Cassandra quasi pianse di gioia quando Conan fece lo stesso, pompandola, riempiendola di nuovo con i suoi succhi mentre il suo grido si mescolava al suo.

Rimase sopra di lui per alcuni istanti, stordita dall'intensità, dalla sua stessa resa alla passione.

Era arrossata, accaldata, coperta di sudore scivoloso.

Poi i suoi seni si sollevarono mentre si allontanava da lui e crollò accanto a lui sul letto.

Conan provò a dire qualcosa, ma non riuscì a trovare abbastanza fiato per farlo.

Gli agitò una mano in modo sprezzante, altrettanto incapace di parlare, e rilassò il suo corpo dolorante contro il letto.

Questa volta, anche lei aveva bisogno di riposare.

Almeno per un po'.

* * *

Conan era inginocchiato sul letto, le mani che stringevano la vita di Cassandra, mentre lei si accovacciava davanti a lui, a quattro zampe, le mani che stringevano le lenzuola, già macchiate dei frutti della sua passione.

Sospettava che Gedren avesse passato molto tempo a cercare di tenerli puliti, poiché il raso non era l'ideale per tali scopi, non importa quanto fosse piacevole sulla pelle.

Bene Gedren o, meglio, l'inafferrabile cameriera.

Lentamente ma con fermezza, si mosse dentro e fuori dalla fica desiderosa del mezzo demone.

Le lenzuola si raggomitolarono sotto le sue ginocchia, scivolando contro il materasso con la forza del loro movimento reciproco.

I suoi seni ondeggiavano a tempo con i piccoli grugniti di piacere che lei lasciava uscire mentre lui continuava a muoversi dentro di lei.

Si erano svegliati per scoprire il tramonto e le lune che si alzavano verso il cielo, inondando la stanza di luce più che sufficiente per vedersi.

Quasi immediatamente, le loro mani erano state l'una sull'altra, assaporando ogni piega, ogni curva dell'altro corpo volenteroso.

Ora eccolo lì, a prenderla da dietro, con meno urgenza di prima, ma ancora sopraffatto dalla passione, ancora eccitato dalla sensazione del suo corpo contro il suo, la sua figa che inghiotte il suo cazzo.

Non c'era più alcun dubbio nella sua mente che Muriela fosse intervenuta in questo, dando a entrambe una ricompensa per un lavoro ben fatto.

Era passato molto tempo dall'ultima volta che si era sentita abbastanza giovane per fare l'amore tre volte in così poco tempo.

Eppure adesso era impaziente e pronto come lo era stato quando avevano iniziato, e lei era evidentemente la stessa.

Quanto tempo era passato dall'ultima volta che si erano svegliati?

Le lune si erano notevolmente alzate nel cielo, eppure entrambi erano rimasti sopraffatti dal desiderio.

Ma questa volta stavano semplicemente godendosi l'esperienza, non disperati di avvicinarsi a un altro climax.

Ricordava la volta che era stato con Arwen e l'incantesimo che lei aveva usato; era qualcosa del genere, ma sembrava del tutto naturale, nonostante il fatto che, logicamente, sapeva che a quel punto avrebbero dovuto essere entrambi esausti.

Cassandra si voltò verso di lui, guardandosi alle spalle per sussurrare fiato.

Non che ne avesse bisogno.

Le sue cosce premevano contro le sue, le sue natiche che pompavano contro i suoi fianchi mentre lui continuava le sue azioni.

Spostò indietro la mano per strofinare la base della sua piccola coda, facendola sobbalzare e lusingando un altro gemito dal suo amante.

Sembrava passata un'eternità che finalmente si tirasse fuori, nessuno dei due era esausto.

Si spostò sul letto, sdraiata sulle sue braccia mentre lui si lasciava cadere sulle cosce.

Si baciarono, per quella che sembrava la centesima volta ... e forse lo era.

Le sue mani vagavano per il corpo dell'altro, le accarezzava il seno, le spalle, il culo e le cosce, e le sue apparentemente ovunque contemporaneamente.

Cassandra abbassò la testa e lui le fece piovere baci sul naso e sulla fronte mentre le sue mani cominciavano a esplorare la sua pancia e le natiche.

Si chinò più in basso, i capelli arruffati contro le sue labbra, poi si chinò per baciargli il petto, leccandogli i capezzoli e poi ancora più in basso, fino all'ombelico.

Conan sospirò di piacere mentre il semidio avvolgeva le sue labbra intorno alla testa del suo cazzo.

In realtà, non aveva pensato che l'avrebbe fatto, non sembrava il tipo.

Ma, se non lo era, lei stava imparando velocemente, e lui sussultò ad alta voce mentre lei lo spingeva più dentro, con la lingua che lo avvolgeva, le sue corna che premevano contro i suoi fianchi.

Le passò una mano tra i capelli, tenendole la testa a posto mentre continuava a succhiare.

Troppo presto, si liberò, ansimando, una traccia della sua saliva cadde sulle lenzuola.

Si baciarono di nuovo, ferocemente, il loro sapore in bocca, e sicuramente lei doveva aver notato il suo gusto nei suoi momenti prima.

Cassandra giaceva supina, la luce della luna proiettava la sua ombra sul suo corpo, le gambe divaricate.

Ancora in ginocchio, le si avvicinò, prendendo in mano una gamba atleticamente muscolosa.

Si chinò in avanti, soffiando aria fresca sul suo inguine umido, poi si raddrizzò di nuovo, facendola rotolare su un fianco, con la gamba sollevata.

Ancora una volta, entrò in lei e il semidemone si lasciò sfuggire un piccolo gemito di soddisfazione mentre lo faceva.

Da questa angolazione poteva spingere in profondità dentro di lei, ma manteneva i suoi movimenti lenti e languidi, sapendo che nessuno dei due voleva che finisse presto.

La stanza era piena del suono dei suoi rantoli, dei suoi gemiti sorprendentemente silenziosi e del leggero schiaffo della carne sulla carne.

Cassandra alzò un braccio sopra la testa, spazzolando i suoi capelli all'indietro mentre i suoi fianchi continuavano a muoversi contro i suoi.

Le sue urla erano senza parole mentre lui muoveva la mano per accarezzarle il corpo, guardando i suoi seni muoversi, il modo in cui la luce della luna le schizzava la pelle.

Alla fine la lasciò e si baciarono di nuovo, i corpi tesi, entrambi inginocchiati.

Le passò una mano tra i capelli, cullandole la guancia, mentre la guardava negli occhi.

"È ora," sussurrò, la sua voce roca.

"Il tempo?"

"Per farla finita. In modo che possiamo prendere strade separate. Come sai, dobbiamo."

Annuì, era stata un'esperienza meravigliosa, ma sapevano entrambi che non poteva andare avanti per sempre.

Avrebbero sempre tenuto il ricordo nella loro mente, come potevano dimenticarlo, ma sapeva che non poteva essere permanente.

Alla fine, erano troppo diversi per fare di più, due sconosciuti che si scontrano nella notte.

Cassandra si mosse contro di lui, le braccia ancora intorno alla sua schiena, spostando i fianchi verso l'alto, poi scivolando di nuovo in grembo in modo che potesse infilzarla ancora una volta.

Ansimò, sussurrandogli il respiro mentre scivolava su e giù.

Conan pregò silenziosamente la Dea, ringraziandola con ogni fibra del suo essere per l'esperienza di quella sera, per tutto quello che aveva fatto per lui nelle ultime settimane.

Li ricordava tutti, offrendo il nome di ciascuno a Muriela nella sua supplica.

Livia Jehnna Astrid Alatáriel Tamira Ghita Armati Xina Arwen Estari Eloise Freya Belit

E soprattutto, soprattutto adesso: Cassandra.

Il suo corpo era scivoloso contro il suo, la schiena liscia contro le sue mani, i suoi seni che scivolavano contro il suo petto, le sue cosce che gli stringevano i fianchi.

Suonò di nuovo la coda con la punta di un dito, sentendola muoversi in risposta.

I suoi fianchi premevano contro i suoi, i suoi gemiti accelerarono mentre si abbracciavano, gli occhi chiusi, respirando in perfetta sincronia.

Conan premette le sue labbra sull'orecchio del suo amante e sussurrò il suo nome.

Pochi secondi dopo, si lasciò sfuggire un lungo gemito senza parole mentre entrava dentro di lei per la terza e ultima volta.

Cassandra si contorceva contro di lui, urlando più e più volte mentre veniva trascinata via da quello che era evidentemente un incredibile orgasmo multiplo che consumava tutto.

E poi, fortunatamente, tutto era finito.

* * *

Diversi anni dopo.

Cassandra si appoggiò all'asciugamano come un materasso improvvisato, trascinando una mano nella sabbia calda dietro di lei.

Guardò la spiaggia, fissando l'unica nuvola bianca all'orizzonte, che fluttuava pigramente contro l'azzurro brillante del cielo.

Il sole picchiava su di lei, riscaldandole le braccia e le gambe nude, la lunga falda del cappello le proteggeva il viso dal suo bagliore.

Era arrivata molto a nord, lontano dalla polvere e dal vuoto di Tarantia, dalle sue strade di ciottoli e dalle cupole di marmo che non avevano più niente da offrirle.

Qui sull'isola, aveva incontrato persone che onoravano il suo aspetto come un segno della grazia divina, non come un'orrenda mutazione.

Era il loro capo adesso, di qualche tipo, anche se dava pochi giudizi, preferendo lasciare che facessero quello che volevano.

Aveva potere, ma non era davvero necessario maneggiarlo, la maggior parte delle volte.

Aveva una casa vicino alla spiaggia ... sì, una casa vera.

Era un posto dove sentivo di poter finalmente chiamare con quel nome.

Casa.

La consideravano bella e si occupavano di ogni sua esigenza.

Cibo delizioso, buon drink, un materasso di piume straordinariamente soffice.

Chi potrebbe volere di più?

Anche il sesso era abbastanza buono.

FINE DELLA SAGA

Milton Keynes UK
Ingram Content Group UK Ltd.
UKHW020012061124
450708UK00001B/108

9 798227 255709